窈窕珍馐 2

缘何故／著

北京燕山出版社
BEIJING YANSHAN PRESS

图书在版编目（CIP）数据

窈窕珍馐. 2 / 缘何故著. — 北京 : 北京燕山出版社, 2021.9

ISBN 978-7-5402-6194-8

Ⅰ. ①窈… Ⅱ. ①缘… Ⅲ. ①长篇小说—中国—当代 Ⅳ. ①I247.5

中国版本图书馆CIP数据核字(2021)第187968号

窈窕珍馐2

著　　者：缘何故
责任编辑：刘占凤　任　臻
特邀策划：号　号　李姣姣
排版设计：南大古　张　强
出版发行：北京燕山出版社有限公司
地　　址：北京市丰台区东铁匠营苇子坑138号C座
邮政编码：100079
发行电话：（010）65240430
印　　刷：北京盛通印刷股份有限公司　（010）52249888
开　　本：880mm × 1230mm　1/32
印　　张：12.75
字　　数：394千字
版　　次：2021年9月第1版
印　　次：2021年9月第1次印刷
书　　号：ISBN 978-7-5402-6194-8
定　　价：45.00元

目录

Contents

目录

Contents

第1章

夏家，夏老太太半躺在床上，捂着胸口流泪，夏仁给她后背垫上枕头，口中轻声安慰:“姨妈，您别往心里去，那边也说了，金家没成功把菜谱拿走。”

夏老太太泪眼婆娑:“怎么就养了这么一群吃里爬外的东西！老爷子留的东西，连我们自家人都不知道，被他们拿去讨好金家！尚荣，尚荣！”她叫儿子的名字,“你得让他们把东西交出来,咱们尚家的东西,怎么能留在一群外人手里？”

尚荣站在她房间的窗边，背着手朝外头看。尚家的珍珑如今在深城已经很有根基，家里自然财力雄厚，他住的房子，地处深城最昂贵的住宅区，从窗户看出去，满目都是在寸土寸金的一线城市最为珍贵的茂密绿植。外头的花开了，香气顺着纱窗攀爬进位于二层的房间。

房间里，夏家的亲戚们在母亲的床边围了一大群，个个温言软语，与他们母子同仇敌忾，安慰的同时，还不忘拍上几句马屁。

他看着这些脸，脑子里记起的却是儿时受到的冷遇。

轻轻拍打母亲被褥的舅舅舅母，在记忆里曾经凶神恶煞地指着夏家大门喝令母亲将自己送人；为母亲端茶递水的另一位表哥，曾经因为一颗糖，叫他野种，拉着夏家的其他小辈把他按在地上打。

可这些人如今在他面前却乖顺得像是经过驯化的狗，哪怕他指着太阳说那是方的，他们都绝不敢蹦出个圆字。他是尚家说一不二的王，他拥有了儿时想要得到的一切，也终于让所有曾经看不起自己的人匍匐在了脚下。

面对他的打量，这群亲戚战战兢兢地赔着笑脸，附和着母亲的话："就是，太没道理了，老爷子留下的东西，居然收在一群外姓人手里，这么多年了，还一点不让你们知道，我看啊，根本就是没安好心，说不准暗地里早就跟那群金家人勾搭上了，也不知道拿了多少好处，尽惦记着帮一群外人。"

接到师母晕倒的消息赶来的一群尚老爷子的徒弟们刚进门就听到这话，六师弟当即不干了，朝说话那人嚷嚷起来："你再说一遍？谁拿了金家好处？"

他们的到来让现场寂静了几秒。

到底是珍珑的台柱子，夏家亲戚背后说闲话没什么压力，当着面却不敢大放厥词，屋里只有夏老太太的啜泣声，过了一会儿，她才开口："老二啊。"

老二马元忠因为刚才那个夏家亲戚的话也有几分不悦，但面对她，终究尊重地喊了一声："师母。"

夏老太太朝他摊开手："还回来吧。"

老二皱了下眉头："什么？"

一旁的夏仁忍住白眼："菜谱啊，还能是什么？"

夏老太太和一屋子夏家亲戚的目光齐齐聚集在他们身上，老二沉默片刻，说："这是师傅留下来的，抱歉师母，我不能把它给您。"

夏老太太瞪大眼睛看着他："我是你师母！"

老二摇头："这是尚家的传承，我不能把它随便交给别人。"

夏老太太气笑了："传承？尚家的传承，你不交给姓尚的，交给一个外人？老二，这么多年，你一句也没跟尚荣和我提过那本菜谱，现在遇上姓金的，倒是一点也不藏私，拿得痛痛快快，老二啊，原来我们是别人，你大师兄那个姓金的就是自己人了？"

她也是气到了一定地步才会说出这样的重话。这些年她作为师母，对这群老爷子的亲传弟子，虽说关系算不上亲热，但表面都是和和气气过得去的。

老二果然听得有些不舒服，但还是忍耐下来："我没有私心。"

"真敢说啊。"一旁终于有个夏家的亲戚憋不住了，自言自语似的嘲笑道，"吃着珍珑的饭，帮着外人挖尚家墙脚，这还是被发现了的，谁知道没被发现的时候有多少？"

"你放屁！"老六是个暴脾气，顿时被点燃了，"大师兄根本就没惦记过尚家的东西！他要是想要，当初哪里还轮得到你们！"

老二听到师弟的话，立刻转头喝骂："老六！"

老六闭上嘴，有些后悔自己的口不择言，但覆水难收，后悔也来不及了。

现场果然再次陷入沉寂，就连站在窗边始终没有说话的尚荣都朝他递来深沉的视线。

尚家当年的那笔老皇历，在场的人没有一个不知道的，只是谁都不会主动去提而已。

夏老太太果然惊怒，竟连躺都躺不住了，坐直身体，也拔高了声音："小六，你这话什么意思？尚荣不是你师傅亲生的，难不成你那个大师兄就是了？我嫁给你师傅，他入了尚家户口本，继承尚家，继承得正正当当！你要是这么不服气，当年干吗不跟着他一起去金家？"

"师母，老六。"老二不愿意听他们争吵，拦住道，"都少说一句。老六，师傅没留下血脉，不管以前怎么样，最后继承尚家的总归是尚荣，以后不要再说这种伤和气的话了。师母，您也一样，一日为师，终身为父，这些年我们留在尚家，做的一切也都是为了传扬师傅的名声……"

他这话说得一点不亏心，这些年他和师弟们守着尚老爷子留下的摊子，可以说毫无私心，兢兢业业，否则也不会这么多年都不主动跟身在临江的大师兄联系了。

跟从小没少照顾自己的师兄断绝来往，他心里不难受吗？怎么可能。可师母心思敏感，尚荣喜怒难测，夏家的这群亲戚又擅长搅风搅雨，为了避免尚家不稳，毁掉师傅留下的基业，他也只能忍着，一切以尚家的稳定为主。

最开始他准备把菜谱给金窈窕时，也是想着能让金窈窕认尚老爷子为师祖，再推动铭德跟珍珑合作。但很可惜，夏老太太和夏家的这群亲戚们，明显都无法读懂他们对师徒传承这四个字根深蒂固的信仰。

夏老太太因为被老六戳中软肋生出的心虚和怒火难以消散，听到他这样像极了和稀泥的话，只觉得可笑："你少搬出你师傅来压我！你师傅都去世多少年了？这些年我们家亏待过你们吗？名利地位，亏待过你们吗？要名利给名利，要地位给地位。我们对你，比对自家人还好，结果到头来，你们就是这样回报的？瞒着我们，把我们的东西送去给金家，他们能给你们什么？能给你们比我们更好的待遇吗？你们的良心呢？"

夏老太太本意是想敲打一番这些徒弟，毕竟尚家比起金家，家底丰厚不知多少，她不相信这群聪明人会真的为了芝麻丢掉西瓜。

老二听了却狠狠怔了一下。

你们，我们。师母的这些话里，立场实在太分明了。

他忍不住抬头环顾房间一圈，尚家这幢房子里，充斥了太多夏家人，只有尚荣……不，尚荣最开始也不是姓尚的。

但他们是一家人，这一家人里，没有包括他们这群尚老爷子的徒弟。那么现在的尚家，到底该姓尚，还是姓夏呢？

老二陷入沉默，脑海中忽然这样询问自己。半分钟后，他什么也没说，回头示意几个师弟一眼，转身朝着门外走去。

夏老太太拍着床："站住！站住！谁让你们走了？"

老二没停步，到门口时，始终没出声的尚荣开口低沉地叫了一声："二师兄。"

老二凝神看了他一会儿："尚荣，师母的想法我左右不了，但你应该有数，师傅留下的东西，并不是天经地义该给你的。"

尚荣的表情猛地冷了下，老二却没有理会他的反应，带着人径直离开了。

屋里，夏家人因为他的坚持不肯妥协闹成一团，夏老太太哭着说："狼心狗肺啊！一群喂不熟的白眼狼！"

一群亲戚附和着跟她骂人。

听到白眼狼这个词，尚荣的眼皮却跟着跳了下，随即厉声开口:“闹什么闹！”

夏家人果然因为他一句话闭上嘴巴，比狗还听话。

金窈窕根本不知道一本被自己拒绝的菜谱把尚家闹了个鸡犬不宁。她安排完人事留意合适的技术人才后，借着公司食堂，给远赴深城投奔自己的露娜煮了一锅香浓的水面。

面是现切的粗面，比小指头略细一些，要煮上一段时间，再捞出过冰水，才能保证面彻底熟透的同时还爽滑筋道，同时不显黏稠。

食堂里现成的汤，公司基本隔段时间就会调来一波集中培训的小徒弟，为了让他们能快速进步，每天都得让他们实战练手。因此铭德食堂里到处都是好东西，灶上从不熄火的老火靓汤，就是外头很多饭店都不可能找到的味道。

老火汤讲究炖，营养先不说，要炖得够久，才能把食材里的香味都榨出来。锅里的猪骨和牛骨是每天都要更换的，有时候金窈窕也会让人把鸡鸭鹅鸽子之类的食材一起放进去炖，这些食材在老火汤里炖透，比用清水炖煮出来的更加好吃，本身的滋味也有来有往地奉献到了骨汤里，能让骨汤尝起来更加丰富醇厚。

今天里头刚好有炖好的鸡，面条过冰水后另起小锅，用骨汤短暂汆煮，金窈窕捞出里头的鸡，撕下饱满滑嫩的鸡腿，斩块，码进面中，加进食堂里本来就有的红烧牛腩，再撒一把青蒜，香气四溢。

旁边的另一口小锅则红汪汪的，是露娜指名想吃的樱桃肉。

炸过的肉球跟樱桃差不多大小，包裹上深红酸甜的糖醋汁，跟新鲜的菠萝块一块烹煮，露娜眼睛盯着樱桃肉，手上端着金窈窕给的糖藕一块接一块地吃，糖藕又甜又绵，内里填充着软糯的糯米，糖味并不怎么腻，甜香却十分诱人，让她吃得连连眯眼，连诉苦都变得有一句没一句的。

“我爸妈最近老给我介绍相亲对象。”

“你敢信吗？我最高纪录一天连见三个！”

“我说我不想相亲，他们也不听，真是气死我了。”

“唔，好软，真好吃，窈窕，这个藕的糖汁怎么这么香啊？”

金窈窕无奈地看着三句话就转移了重点的好友：“自己拿纯甘蔗汁熬的糖，当然香。”

露娜嘻嘻一笑：“窈窕，你要是男的我就嫁给你了。”

面条和樱桃肉上桌，露娜果然一吃就停不下来，酥脆的肉球外脆里嫩，咸咸香香，糖醋汁和菠萝块酸甜无比，让人胃口大开，面条则柔软筋道，浸在醇厚的老火汤里，又浇上红烧牛腩稠厚的汁水，并着爽辣的青蒜苗同时咀嚼，简简单单的一口面都能吃出丰富的层次。

露娜咬了口滑嫩的鸡腿肉，霎时间什么烦恼都忘了，一边吃一边说：“我要减肥的，我不能多吃，你不知道，我上次参加一个派对，碰上胡晚月她们了，我的天，胡晚月胖的啊，双下巴都出来了，怎么会突然胖成那样，我可不能像她……”

她说着吃下了大半碗面条，半点也不见要停筷子的意思。

金窈窕对胡晚月她们不怎么感兴趣，只问她：“你那个前男友，是彻底离开公司了吧？”

露娜听着有点怅然：“你说简文啊？是啊，我爸把他裁了，他闹腾了好久，还换各种号码给我打电话道歉，我都有点不忍心了，结果我爸跟我说，他家里欠了好多钱，之前跟我借钱，根本不是为了创业，而是想拿钱去还赌债，你说他怎么会是这样的人呢？我以前居然一点没看出来。”

你能看出来才怪了。金窈窕有点恨铁不成钢：“那些相亲对象呢？就没有一个看上眼的？”

露娜吃了一大块牛腩，被口中肥厚交织的软糯肉块美得直眯眼：“我就是不喜欢他们啊，一点感情基础也没有，提起结婚就跟做生意似的。我抗议好几次了，我爸妈却一点也不搭理我，我都快被他们折磨死了，为什么非得要我结婚呢？”

金窈窕看她一脸天真的苦恼，有点不忍心告诉她真相：“露娜，你最近都在做什么？”

露娜疑惑地“嗯”了一声，提着筷子思考起来：“我，我最近在学做手工，准备给你和我爸妈一人做一个鸵鸟皮的小钱包，然后逛街，唔，对了，我给你买了一双鞋子，这次带来了，一会儿拿给你试一试……”

金窈窕听得叹了口气，问：“那公司呢？家里的公司，你一次都没有去吗？”

“公司有我爸爸呀。”露娜说，“我去干什么？我又不能帮忙。”

金窈窕抽了一张纸巾给她：“你有没有想过，等到你爸妈精力不够的时候，家里的公司应该怎么办？”

露娜愣了愣：“啊？”

金窈窕问她：“所以你还想不明白你爸妈究竟在担心什么吗？”

露娜怔住。

金窈窕掏出振动的手机看一眼，起身拍了拍她的脑袋：“我去处理一下工作。”

食堂门口，路过的许晚有点疑惑，问旁边的一位铭德员工：“那女孩子是谁？”

看着跟窈窕关系挺好的。

那员工是从临江调来的，知道得很多，探头朝食堂里看了一眼，立马认出了露娜，惊讶道：“这不是殿下的宠妃吗？居然从临江追到深城来了。”

许晚认真地盯着这位同事，你开玩笑的吗？是开玩笑的吧？

她突然替某人生出了几分危机感。

把金窈窕叫出食堂的短信是员工发来的，金窈窕出门后直奔部门而去：“怎么回事？”

“××银行刚刚给我们来电话，说我们公司的抵押资产没有通过审核。”那员工脸上也有几分焦急，“不知道怎么回事，前几天都还好好的，说流程很快就要结束了，结果现在突然来了这一出。”

金窈窕抿起嘴，坐到下属让出的位置上翻看了一遍邮件，格式和措辞很严谨，也很公事公办，她看了一会儿，打电话给之前联络过的对接经理，对方含糊了半天，最后耐不住她的逼问，只好对她说：“金总监，您也别为难我了，是上头给的命令，我争取过，可官大一级压死人，我有什么办法。”

金窈窕立刻听出了深意，平静下来：“好的，我知道了，辛苦你了。”

这位经理前不久才因为铭德的贷款问题被上司骂，后来又被铭德的员工几次追问，肚子里原本憋着火气，但这会儿听她这样一说，委屈却散了不少，有些不好意思起来："您别这么说，我也没帮上忙。"

金窈窕面对冲击，冷静得很快，挂断电话后，还朝一旁看着快要急哭的员工笑了笑："没事，不是你的错，继续工作吧，问题我会去解决的。"

她离开办公室后，一屋子员工眼泪汪汪的。

被安慰的那个姑娘哭唧唧地说："殿下好可靠啊。"

另一位大小伙子也附和点头："想嫁。"

因为突然生出的危机感追着金窈窕来到办公室，想旁敲侧击地问一下金窈窕食堂里那个陌生的小姑娘是谁的许晚看了看那位因为焦急而显得有些楚楚可怜的女员工，又看了看那位样貌有几分清秀的小伙子。

样貌姣好的中年贵妇此刻忍不住有点头秃。

深城的一处餐厅，某银行高层约人喝酒，喝着喝着接了个电话，听完后训斥几句挂断了。

好友问他："谁啊？"

"行里的下属，为一个小公司的贷款来跟我争取。"高层不以为意地摆摆手，"我都说过不行了，现在还打电话跟我磨叽，也没点眼力见儿，找骂。"

好友："哟，贷款这点小事你还亲自过问？"

高层摆摆手："哪里，是有人给我打了招呼，我才插手一下的，反正也是个小公司，随便找点理由就搪塞过去了。"

好友点头，随口一问："哪家公司？能被人托到你头上的，还是小公司？"

高层不以为意："可不就是小公司，外地刚来的，我看资料也没什么特别的地方，就给办了。名字叫什么来着……好像是铭德？"

话音刚落，对面的好友就噗的一声，呛到咳嗽起来。

高层愣了愣，看向好友："你怎么了？"

好友已经变了脸色，一边咳嗽，一边抬手抓住他的胳膊："铭德？真的叫铭德？到底是谁托你干的？这人要害你啊！我跟你说你惹上大麻烦了！"

第2章

贷款没下来，显然不正常，金窈窕想过很多可能性，最后还是定在铭德被人盯上了这个选项上。

她贷的数额其实不大，也就是铭德一家分店的投资额，申请的也不是临江的银行，而是深城当地的一家银行。毕竟鸡蛋不能放在同一个篮子里，临江是铭德的大本营，那里的资产都是铭德的退路，为了稳妥，她尽量不去动用。

但铭德资金有限是个大问题，因此在金窈窕的计划里，深城这边的业务拓展不能过慢，却也只能徐徐图之，得用一家店兑出另一家店这样的办法才行。

眼下她却看到了一点危机。

这种借贷方式首先太过缓慢，其次负债风险完全压在铭德的肩头，铭德又没有什么分担风险的伙伴，一点类似这样的风吹草动，就会让整个公司的周转陷入被动，不确定因素太多了。

金父虽然有所怀疑，但也不能确定究竟是不是尚家做的，想了想，他建议道：“我们换一家银行，实在不行的话，就去临江贷，钱肯定能贷到。”

金窈窕却摇了摇头:“不急，银行那边的合作可以先放一放。”

金父问:“那分店呢？不开了吗？”

金窈窕:“当然开。”

金父皱了皱眉头:“不贷款的话，钱从哪儿来？”

金窈窕沉吟着回答:“我觉得我们需要寻找一些投资人，引入资金的同时也可以帮忙分担风险。”

金父听得发愁:“以铭德目前的定位，不开放加盟，经营上还有技术难度，只怕会很难找。”

资本圈眼光毒辣不是假的，餐饮行业本来就是不容易受到青睐的投资选项，更何况铭德旗下的餐厅为了保证质量，注定不可能病毒式拓展。近期不是没有人因为铭德餐厅极高的热度找上门来提出合作，想要加盟，金窈窕一概拒绝，引进加盟商虽然可以赚一笔轻松的快钱，但那笔钱到手的同时，也代表铭德的招牌距离被砸不远了。

金窈窕闻言也沉默了一下:“放出消息再说。大投资拉不到，就拉小的，积少成多。”

她不怕困难，铭德有现在这个基础，已经比她从前创业时所拥有的多得多。

那时候她在海外，人脉有限，根基浅得不能再浅，对经营也一窍不通，靠着那笔天使投资，还不是硬生生打出了一片天地？

金窈窕想到自己从前栽过的那些跟头，此时想来，全是财富。她抬头看向父亲，父亲也看着她，父女俩沉默片刻，终究相视一笑。

金父想着女儿说的话，拉不到大投资，就拉小的，积少成多。他忍不住为女儿面对困难的坚韧态度而欣慰:“好。”

父女俩商量出章程，都准备好了迎接即将到来的新挑战。

金窈窕没有浪费一点时间，迅速展开行动，先是寻找了几家靠谱的投资中介。

中介听到铭德的行业性质，有点犯难:“最近经济形势不太好，资本方面都比较谨慎，我尽量给您留意。”

金窈窕早有准备，谢过对方，随即通知相关员工准备开会，讨论未来铭德可能会遇到的新挑战。

她心理预期的金额并没有放得很高，毕竟铭德此前从未拉过面向个人的投资，公司又开了太久，相当长的一段时间还经营得不温不火，市场对他们的信任度绝对有限。因此开会之前，她首先来到会议室准备，拿笔在一张白板上写写画画起来。

她相信只要能打开这个局面，铭德未来的抗风险能力一定会越来越高，只是这注定是一场漫长艰苦的战役。

一步一步来吧，不着急。

太子殿下对自己的江山很有耐心，为此她可以付出庞大的时间和精力。

露娜吃完饭也不知道跑去了哪里，到她开会前才恹恹地过来找她，手里提着之前提到的鞋子："窈窕，你说得对，我想过了，我之前真的没考虑那些问题，我是不是很蠢啊？之前还差点被简文骗了，怪不得你和我爸妈都那么不放心我。"

你那不是蠢，是纯。

金窈窕安慰她："你很好，你只是需要好好想想自己未来要选择什么样的生活而已。"

露娜若有所思，片刻后才想起带来的鞋子，亮给金窈窕看："这是我抢到的小香联名限量款，全球只有五百双，我花了好大功夫才买到的，你一双我一双，好不好看？"

金窈窕笑着收下："好看。"

露娜又高兴起来。

许晚忍不住跟来会议室一探究竟，就见露娜撒娇耍痴地在说话，金窈窕脸上的笑容淡淡的，却很耐心，两人站在那儿……确实是有点……宠妃……

许晚想到这个词，整个人都不好了，赶紧进屋倒水。金窈窕看见她，礼貌地问了声好："许阿姨，您不用做这个的。"

许晚实在是不想走，镇静地笑道："反正一会儿要开会嘛，我闲着也是闲着。"

露娜这才反应过来："一会儿你要开会吗？"她看向那块写满了字的白板，

发现有点看不懂,“你写了什么？”

金窈窕简略地解释了一下，对即将来临的长久战役斗志昂扬。

露娜听得似懂非懂，许晚也跟着听了，想起不久前在办公室外听到的关于铭德贷款被拒的话题，拿着一次性茶杯问:“拉投资？窈窕你缺钱吗？”

金窈窕隐隐觉得这位听众的回应有点不对。

露娜反应过来:“窈窕你缺钱啊？我有钱的，我全都借给你吧。”

这位不谙世事的大小姐因为无业，零花钱全是流动资金。

许晚警惕地看了露娜一眼,放下杯子,态度认真起来,竟有些攀比的样子:“窈窕，铭德还缺多少资金？这个数够吗？”

她比了个数字，金窈窕的目光从她为上班特意换上的低调但仍无比昂贵的腕表上划过，大概理解了她那个数字后面零的数量。

公司的几个保安拿着东西路过，听到她们的话，跟着走进会议室:“怎么了？铭德资金链出问题了？”

金窈窕深吸一口气，转开目光:“没有，准备拉点投资而已。”

一身保安制服的几位叔叔走近她写了字的白板，背着手观看起来，一边看一边点头。

孟叔说:“后续发展规划制订得很有战略眼光。”

刘叔也赞同:“小金做事情一直都挺稳的，她主张的项目肯定可靠。”

孟叔:“我手上还算宽裕，你呢？”

刘叔:“唔，我也能投点，反正一把老骨头，钱放在那儿也是闲着。”

几位老人看向金窈窕:“还差多少？”

金窈窕默默擦掉白板上的内容，送走这批投资人，喝着许晚倒好的茶水，陷入了短暂的思考。

正要出门，遇上正准备来开会的员工，问她:“金总监，您怎么出来了？不是准备开会吗？”

金窈窕:“不用开了，都回去工作吧。”

“咦？”员工们疑惑道,“不是要制订拉投资的计划吗，投资不拉了吗？”

金窈窕端着茶杯，也感到无语："已经拉到了。"

一场准备会议的时间，她筹集到了比预期金额高出数倍的资金，至少足够铭德拿下半个深城的市场。她就像一个准备上场厮杀的将军，骑马提枪踏上沙场，对面的敌军却纳头便拜，还高叫大王。

这些心情，自然是没法对手下的员工们说的，因此她也只能挥一挥衣袖，深藏功与名地离开。

背后的员工们却陷入了沉默，好半天才爆发出议论声："什么意思？殿下一个人把投资拉到了？！"

刚才还在办公室里为贷款发愁的女孩又感动了："殿下真的好可靠，我也想嫁了。"

茶还没喝完，手机振动，金窈窕回神接起，才发现是银行之前那位对接经理打来的。

电话那头的经理有点一头雾水的样子："金、金总是吗？是这样的，我们领导说之前系统好像出现了故障，才导致贵公司的贷款申请被拒绝，让我联系您这边再重新递交一次申请。"

真是个来得莫名其妙的好消息，只不过……

金窈窕说："谢谢您，不过我们暂时不需要了。"

经理："啊？"

经理挂断电话，给传达指令的高层打去，高层正往行里赶，听到这话猛地一踉跄。

他有些惊恐，啥意思？铭德贷款被拒还没过去多久吧？之前还争取了一下，现在主动给他们，他们却不要了？

他的好友得知以后也是一脸的不妙："完蛋了，这是生气了！"

于是，没过多久，金窈窕再次接到银行的电话，这次是那位高层亲自打来的，语气温柔和煦："金总啊，贵公司的资质我仔细看了下，是非常有发展前景的，因为行里的系统问题，才耽误了审核过程，给贵公司添了不少麻烦。这样，您要是没时间重新递交申请的话，我这边开个通道，直接用之前那份备好的，给您加紧放款？”

还有上赶着给钱的？

对方越这样，她越警惕，而且铭德现在确实没有背债务的必要，她依旧拒绝道：“不用了，多谢您的好意。”

铭德已经拉到了投资，而且数目比贷款金额多得多。

通话结束后，高层直接脚下一软，这么强硬的吗？

好友的表情，就像是已经看到了他未来的一百零八种死法：“给钱都哄不回来，你真的惹上大麻烦了！到底是哪个朋友这么恨你，这种借刀杀人的法子都能想出来？天啊。”

高层一想也是，人家铭德看起来根本就不缺钱，打这种招呼，搞的是铭德吗？分明搞的是自己啊！他想起那位之前还跟他称兄道弟的哥们儿，恨得怒目圆瞪。

“夏仁！”

铭德，拉到投资的金窈窕还没来得及走完流程，新的合约书竟接踵而至。

之前联系的一家中介给她打来电话，说有资方主动提出要投资铭德，而且还是一大笔钱。

中介的语气很是不可思议：“现在经济形势那么严峻，大家下手都很谨慎，这么爽快的合作对象可不好找，铭德的运气也太好了。”

金窈窕同样感到意外，但还是理智地没有立刻答应，能得到这笔投资对她而言当然是如虎添翼，但有了前期敲定的资金，她和铭德都有了更加宽松的选择余地，不需要如此急切：“好的，你可以联系对方找个时间跟我面谈，接触之后我再考虑能不能进行下一步合作。”

中介为了佣金，比她还急：“您可别太优柔寡断了！”

金窈窕一听就觉得不对：“是不是对方有什么问题？”

中介只能坦白：“对方不想露面，全权委托给我们处理，但您放心，我们在业内口碑有保障，您绝对可以放一百个心地信任我们！”

金窈窕警惕心又起，顿时失去了对这笔钱的兴趣：“是吗？”她已经准备拒绝了，只是拒绝之前顺嘴多问了一句，“是哪家机构？”

对方报出一个名字。

金窈窕愣了愣。她咽下拒绝的话，转而开口道：“资料发给我看一下吧。”

中介发来邮件，金窈窕打开，落款果然是那个熟悉的名称。

她眯了眯眼，有些意外自己还能看到这个名字，她当初虽然做了一回非常优质的被投资方，回馈给了这位投资人比预期更加丰厚的回报，在资本市场里，可以称得上是一桩非常值得的交易。但私心里，她还是想见见这位在她最低迷时给了她机会的合作者。

过去没有机会，没想到现在却还能有遇见的时候。只是对方仍旧是那个不肯露面的神秘作风，让她一时有些难办。

为投资铭德掏空了所有零花钱的露娜来找她，人未到香先至，金窈窕转开目光看向门口：“你怎么把饭带出来了？”

露娜手上拿着两个餐盘，里面打满了从铭德食堂带出来的菜，一边走一边兴致高昂地说：“你不是没时间去吃吗？我就给你带出来一起吃，窈窕，你们公司吃得也太好了点吧？”

她来深城好多天，一直没有回临江的意思，金窈窕也没劝她走。当然不是因为露娜倾家荡产投资了铭德的缘故，而是因为金窈窕隐隐觉得这位从前没心没肺的小美人似乎正在用远离临江的方式做着一些抉择。

她打来的两盘菜都是同样的菜色，金窈窕只看一眼，就知道食堂的大厨今天练的是自己前段时间刚刚改良过的葱酥鲈鱼和金焗鸭。盘里还有铭德食堂平日常见的梅菜扣肉和水晶皮冻，一小团鲜嫩的青蔬，除了米饭，每盘里还装了一块厚厚的肉馅饼。

这分量，像是天天说要减肥的人吗？

菜香扑鼻，上午刷朋友圈的时候还嘲笑胡晚月把双下巴修没了肯定花了很大功夫的露娜这会儿什么都忘了，递给金窈窕一双筷子，自己在旁边坐下就吃。

葱酥鲈鱼是拿红葱头和青葱炸出来的油做的，这菜尤其费葱，偏偏炸完油后，葱又都得捞出弃用。留下的葱油拿来煎鱼，鲈鱼煎到焦黄后再行烹制，油里的葱香在后续的烹煮过程中会发挥出意想不到的色彩，炖煮到浓稠的汤汁渗透进鱼肉里，鲜得跟其他做法都不同。

露娜吃得呜呜叫。

金焗鸭更难做些，因为火候不好掌控，鸭下锅后要不停在滚热的锅里滑动焗烤，直到鸭身的每一个地方都被焗成金黄，才能起锅，再朝鸭腹填塞材料卤制。卤汁浸透鸭肉后，这只鸭还得再行熏烤，这样多的工序以后，鸭皮依旧紧致，里面的鸭肉却已经被烹成酥烂软嫩、汁水横流的状态。

露娜吃得喵喵叫。

梅菜扣肉和水晶皮冻自然不必说，扣肉柔糯不腻，咸鲜可口，皮冻则是用猪蹄髈和黄豆做的，炖到酥烂以后，去掉油脂，里头的肉和黄豆都被处理成更适口的大小，凝结得无处不在，每口都能尝到丰富的滋味。

那么多菜，露娜吃完竟还能啃掉那个厚厚的肉饼，肉饼别看厚，皮却很薄，咬下的时候内里的肉汁迸出来，搞得她手忙脚乱，连搭理金窈窕的精力都没有了。

就这还减肥？行吧，反正能吃是福，多吃点也好。

咔咔嚓嚓啃完那个馅饼，露娜才问金窈窕："你在这儿看什么啊？怎么连食堂都没时间去？"

金窈窕扫了眼屏幕，面露微笑，并不解释，突然听到动静，转头一看，果然又是贵妇许晚，来给她送喝的。

许晚最近出镜率很高，尤其露娜也在的时候，金窈窕经常能跟她碰上。她也没深想，只觉得老让这么个身家斐然的贵妇照顾自己怪不好意思的，而且这位贵妇在不久之后还会正式成为铭德的投资人。

她道："许阿姨，您别忙这些了，赶紧去吃饭吧。"

许晚笑道："我吃过了。"

这才开饭没多久呢，金窈窕惊讶地说："您吃得这么快？"

许晚看着金窈窕身边又开始闷头苦吃并且还在偷吃金窈窕盘子里的菜的露娜。她其实没吃两口看到露娜打了两盘菜出来，一猜就知道对方肯定又是来找金窈窕，这让她还怎么还吃得下去哦？

许晚忧愁，真的好愁，但她不能说，只能若无其事地把带来的果汁递给金窈窕，笑着问：“大中午的，你不去食堂吃饭，什么事情那么忙？”

金窈窕指了下电脑：“看个文件。”

许晚跟着她的手指下意识瞥了一眼，就看到一个熟悉的名字，喜道：“铭德跟晶茂有合作吗？”

金窈窕：“什么？”

许晚对她的疑问有些不解，指着文件显示的这一页上落款的名字：“这个机构，是晶茂以前设立在瑞士的，只不过很少对外活动，基本上都是些比较特殊的项目才会用上，没什么人知道，早些年就交给启明在管了。”

她说完，还高兴原来自家儿子私底下跟金窈窕是有联系的，抬起头，却发现金窈窕脸上的表情不太对劲，眼神……眼神有点……

许晚琢磨着，忍不住站直身体，搓了搓自己的胳膊。

吃完自己的饭，因为没过瘾开始偷吃金窈窕盘子里的饭的露娜也缩起脖子，把已经抓到手上的肉饼轻轻放回了原处。

露娜忐忑地说：“我，我错了……”

金窈窕面无表情地关掉电脑站了起来，朝外走去，同时掏出电话。

电话只响了几声就被接起，沈启明略微冰冷的嗓音带着疑惑：“窈窕？”

金窈窕冷声问：“你在哪里？”

沈启明反应了一秒：“你怎么了？”

金窈窕没回答，仍旧问：“你在哪里？”

沈启明大概终于感觉到了有点不妙，语速都放慢了：“我在晶茂园区。”

晶茂在临江是大楼，园区是在深城的办公点。

金窈窕得到回复，直接挂断，拿着手机朝着公司大门走去，她长腿迈开，黑发随行走飘动，行动间气势磅礴，让路过的员工都吓得不敢靠近。

“哇，殿下要去砍谁？”

露娜终于发现了金窈窕不是因为自己偷饼在生气，抓着饼追了上去：“等等我呀！”

留在原地的许晚一头雾水，窈窕刚才给谁打电话呢？是要去杀人吗？谁那么倒霉啊？

第3章

露娜吃完第二个肉饼，一边擦手，一边咂摸着口中的滋味。

饼是牛肉芹菜馅的，皮又薄又软，汁肥馅满，也不知道是怎么调的馅，咬下去就是一包鲜汤，她还能再吃五个！

金窈窕没有让她走，但一路也没说话，坐在车座上眼神锋利地盯着窗外。

露娜看出她好像心情不好，所以才追上来的，这会儿陪在旁边，小心翼翼地看着她的表情。“窈窕。”露娜问，“你怎么了？是铭德遇上麻烦了吗？”

金窈窕依旧看着窗外，但也没把气撒在她头上，过了一会儿才说：“没有。”

她的话里听不出什么情绪，眼神却越来越沉。

这算什么？悄无声息的一笔钱，就像那些过去莫名出现在衣帽间里的珠宝首饰。珠宝首饰是按时结算的工资的话，那么钱呢？分手费？赡养费？

沈启明可真是个做好事不留名的活雷锋。

晶茂园区，助理办公室接到园区保安的电话。

接电话的是宁萌。

她本该被留在临江的，还曾因为沈启明疑似避嫌的举动悄悄自喜。然而这点自喜却在那天被沈启明轻描淡写地打破。之后，她花功夫接手了一部分跟深城园区公司相关的工作，凭借此举抢到了来深城的名额，沈启明果然像他表现的那样，对她出现在深城这件事没有半点表示，宁萌对他这个表现，也不知是该喜还是该忧。

但不管怎么样，她还是跟来了。

她在同事间的工作效率数一数二，助理部的人再排挤她仍旧不减她在这方面的优势，否则这么些年，她怎么可能频频得到在沈启明身边露脸的机会？

她知道沈启明最看重的是什么，所以她终究是成功了。成功坐在深城助理部的位置上，宁萌望着大门紧闭的办公室，内心腾地升起一股期冀。

电话打来，她面带微笑地接起，那头的保安说有没预约的客人来拜访沈总，请助理室代为通传。宁萌应了一声，询问来客的名字。

保安说："是一位叫金窈窕的女士。"

宁萌脸上的笑意霎时间消散得干干净净。她抿了抿嘴，才说："好的，我跟沈总说一声，请那位客人稍等。"

电话挂断后，她望着座机上那个可以接通办公室的内线键，却没有立刻去按，而是转开头处理起了其他工作。

再过十分钟吧。

金窈窕坐的车在园区外被拦下，园区保安得知她要找沈启明，又没有预约，只说自己要跟助理部通报一下。

金窈窕倒也没为难对方，本来就是正常流程，她没有预约找上门，通报一下无可厚非。

保安给园区总助办公室打完电话，金窈窕站在晶茂园区门口，望着内里空旷的场地，没有立刻得到可以进去的答复，她就知道自己估计要等一会儿。

以前也是，她偶尔找沈启明，又担心沈启明正在忙，让前台通传之后，至少都得等上十几二十分钟。可真是个大忙人啊，连见未婚妻的时间都没有。

金窈窕等了那么多次，早该习以为常的，眼下肚子里却腾地冒起一股火。

去你的吧！滚！什么善解人意？什么贤妻良母？老娘已经跟你分手了，你算个蛋！还等你？你想屁吃！

她直接掏出手机，给沈启明打了过去，对方这次依然接得很快："窈窕？"

金窈窕："沈总，您可真是个大忙人，我已经在贵公司园区门口等了五分钟，不知道什么时候才能被放行？"

沈启明愣了一下："你在晶茂？"

"您跟我装什么蒜？"金窈窕气笑了，"五分钟之前我亲眼看着保安给您助理部打的电话，您跟我说您不知道我在这儿？"

电话里能听到座椅在地面推拉的动静，随后就是开门声，沈启明的声音变沉了一点，没说让人放行的话，开口就是："我出来接你，在那儿等我。"

助理区，宁萌掐着时间，正准备过一会儿就给办公室打电话，紧闭的办公室大门却忽然被从里推开。本应在办公的沈启明拿着电话脚步如风地出来，外头的一群人都看愣了。

众多助理下意识起身跟上他，沈启明朝外走，目光扫到众人，视线毫无温度："刚才园区保安的访客电话是谁接的？"

宁萌脑子嗡的一下，脸色霎时间惨白。

他怎么会知道？金窈窕给他打电话了？怎么可能呢？以金窈窕那个性格，怎么可能会因为多等了几分钟就告状呢？

宁萌被沈启明罕见的怒火吓得都站不稳了，哆嗦着嘴一句话都说不出来。

金窈窕带着露娜等在园区门口，有进出的员工看到她，小声议论——

"那个小姐姐好好看，谁啊？"

"听说是来找沈总的。"

"那怎么等在门口？"

"保安不放行吧，沈总那么忙，一天天的，不可能什么女人来了都见啊？"

正说着，园区大门内的第一幢办公楼里就浩浩荡荡出来了一群人，为首的沈启明那张脸哪怕隔着两条街都能迅速被余光捕捉到。他气势惊人，走得极快，将在场的员工全都镇住。

什么情况？沈总怎么出来了？平常在园区里很少看到这位出现在顶层和地下车库之外的地方的。

气势惊人的沈总径直走向等在门口的两位访客，对上刚才还被议论的那个黑发女孩，冷淡的气场瞬间就减弱了很多，开口喊了一声："窈窕。"

被拦在门外的那位访客冷笑一声，说："沈总贵人事忙，怎么敢劳动您亲自下来？"

听到这话的众多员工倒吸一口凉气，沈总竟没有发怒的意思，还道歉道："抱歉，让你等了那么久。"

他也没解释自己不知道金窈窕来，因为不管怎么开脱，金窈窕终究是等了他很久。园区的保安却被这阵仗吓住了，出来战战兢兢地表明不是自己故意为难贵客："沈、沈总，对不起，我不知道这是您的贵客才没放行的，我给助理部打了电话了……"

跟着出来的宁萌听到这话后脸色更白，知道自己这次无论如何都逃不开被问责了，但是看着金窈窕，除了惊慌，她仍旧错愕不已，觉得眼前这个人陌生得让她不敢辨认。

这种陌生跟外表和衣着的改变并不挂钩，而是——

金窈窕怎么会直接把电话打给沈总呢？她怎么会在沈总亲自出来接人之后还不领情地嘲讽呢？

第4章

晶茂园区，以浩浩荡荡进入大楼的金窈窕和沈启明为中轴，扩散开强烈的令人不敢接近的气势——主要是从金窈窕身上传来的。

金窈窕已经不记得以前每次到晶茂时自己是什么表现了，但用脚指头想也能推算出来。那时候的她奉献到没有自我的地步，生怕哪里做得不好，连偶尔来晶茂找人，都从不搞特殊待遇，前台让她等她就等，感觉被怠慢了，也一个屁都不敢放，只为了避免给别人留下不好的印象。

现在想想，真的是有毛病，那么多资本，自己也不知道把握，成天就想着谈恋爱，为了个男人患得患失，连尊重都等着别人施舍，活该被人当软柿子。她堂堂铭德太子，公司里的高管遇上她都得客客气气地打招呼，她又不用靠谁吃饭，用得着出来看别的公司的脸色？

晶茂园区不少员工远远看到这一幕，都觉得惊心动魄。

“这是谁来了？沈总居然也在，还跟她并排走。”

“刚才在园区门口碰上了，是来找沈总的，长得又那么好看，是沈总的女朋友吗？”

“不可能啊，你没见她对沈总的态度吗？连个笑脸都没有……讲道理，我还是第一次看到有女人对沈总这个脸色。”

“我知道我知道，我刚从外头进来，这个大美人没有提前预约被拦在了园区门口，一个电话打上去，沈总就亲自带着人下来接她了，还道歉！”

“什么言情剧狗血剧情，是哪家来的大小姐吗？”

“你开玩笑吗？晶茂这个级别，沈总还要买谁家大小姐的账？而且你见过谁家的大小姐对沈总这个表现,我看她跟沈总并排走路,跟看到两个霸道总裁似的。”

“妈呀,你说得对,我刚才就这么想呢,这小姐姐看起来简直就是S级的那种。”

沈启明也不需要别人动手，默默给金窈窕按电梯，跟在后头的一众助理看到这一幕，眼神都闪烁得厉害。

深城园区中一些近期才提拔到总助办的新助理不知道金窈窕的来历，一些从临江跟来的老助理却都是心里有数。老板虽然生活很低调，但身为助理，他们知道的肯定比普通员工要多一些，沈总家里有个未婚妻的传闻大家都听过，虽然他们过去很少有跟金窈窕打交道的机会，但这些年凭借只言片语，总归留下了对她的大致印象，比如这位未婚妻跟沈总两个人的关系上，沈总才是占据主导权的那个。

大家都觉得很正常，沈总这种级别的男人，被追逐和爱慕是再正常不过的现象。以他平常对人对事的表现，也不像是会留精力给感情的样子，他们跟着沈启明那么久，见过无数明里暗里对沈启明表示爱慕的对象，沈总在这方面，表现得简直像座无法登陆的孤岛。

然而近期的许多事情，都让他们对自己以往的印象产生了怀疑。

首先是沈总被甩。深城这边的员工虽然没有几个知道的，但临江的晶茂总部，此事已经无人不知。当天在场的一些员工虽然不知道金窈窕是谁，但对于现场的剧情却还原得惟妙惟肖，据说当时在咖啡厅里，甩掉沈总的小姐姐态度强硬又冷淡，无情得就像腊月里飘落的雪花。

反倒是沈总，又是出国默默陪伴又是吩咐他们给广电招商部打电话，现在人家来晶茂，还亲自下来接，全程没说几句话，脸上也看不出特殊的表情，可那态度摆得已经很明白了——来的这位哪是什么无足轻重的小角色哦。

助理们乖乖跟在后头，开始紧张地回忆自己以前有没有怠慢过这位。下属们毕竟都是看上司态度做事的，而且跟着牛气的领导做事，助理们也不可避免地会被捧出几分傲气，沈启明不当回事的那些爱慕者，他们更不可能殷勤备至。

回忆过后，他们是又喜又忧。

喜在这位过去低调，并不曾跟他们产生多少交集，因此也不存在怠慢得罪的可能，可忧愁在于，他们以前也没有主动示好过。

嗨！商场上锻炼出来的眼力见儿都哪儿去了？

焦点人物径直进了办公室，露娜这点眼色还是有的，没跟金窈窕一起进屋，而是和沈启明的助理们一样留在了办公室外。

这位可是跟着那位一起来的！助理们现在哪敢怠慢，小心翼翼地问露娜："请问您是……"

露娜悄悄挺直后背，可不能在晶茂给窈窕丢人，但她也没工作过，只能搜罗脑海中平常看的电视剧和父亲跟商业伙伴应酬时的画面，一本正经道："我是金总的助理，露娜。"

助理们想起来这位来找沈总的金小姐确实是在那个叫铭德的公司工作。跨了行业，他们对铭德的了解并不多，但归功于铭德食堂火热的超话，临江来的助理们印象却深得很，这家公司的员工平常吃得超级好！

想当好助理，眼睛毒，能从细节和谈吐判断陌生人的身份是最起码的技能。此时再看露娜这位铭德来的助理，打扮得也不像晶茂的同行，连衣裙是小香新款，编织了珍珠的小外套也是小香的限量款，手上提着拼皮定制的铂金包，项链、手镯、耳环无不大牌，就差把一座房子穿在身上了，从头到脚无不散发着白富美的气息。

金小姐家的公司……虽然声名不显，但好像是有点底蕴啊。

办公室里，沈启明关上门，看着面无表情的金窈窕，依旧没为自己开脱，也没说会调查接线助理并按照公司规章处罚的决定，只说："晚点我让人通知园区，下次你来找我，可以直接上楼。"

金窈窕想到自己过去那些静默无声的等待，冷笑一声："不用了。沈总那么忙，我不会随便来打扰的。"

沈启明皱了皱眉头，看着她："窈窕。"

金窈窕静了静心，掏出手机，打开邮箱，将那份文件调出来，递给他看："沈总，眼熟吗？"

沈启明垂眼看到文件的落款，睫毛颤了下，表情看不出变化："这是什么？"

金窈窕笑了："沈总，您真以为没人能知道这家机构跟晶茂的关系吗？"

沈启明："谁告诉你的？"

"不用问这个。"金窈窕说，"你就说你认不认识这份合约吧？"

沈启明沉默了几秒："晶茂的投资事项有专业的部门去规划。"

金窈窕："那为什么他们不走晶茂公司的账面，要用上这家神秘机构来接触铭德？"

沈启明垂眸看着她："可能是因为比较方便。"

"我看不太像。"金窈窕笑着说，"因为这家机构是沈总您个人的私账，不跟公司账面挂钩，有些钱，当然不能用公账来走。"

沈启明没说话。

金窈窕脸色冷了下来："为什么不告诉我？"

沈启明看了她一会儿，没再开脱，只说："没有必要。"

他真的不擅长说谎，金窈窕一早就知道这件事，就像她知道沈启明这个人做事有多么直接一样。她几乎没见过这个人顾虑过谁的想法，以他直接而自信的作风，这笔钱的用意倘若是帮助自己或者铭德，以晶茂的名义来进行合作是最简单有效的方式。

走私账给这笔钱，倘若是想帮助自己，也不可能这么偷偷摸摸，给完后还一声不吭，这太影响效率了。但如果是悄无声息地给分手费，那就很体面了，双方都不必亲自下场。

金窈窕把手机收起来，不想再继续纠缠，撂下一句："沈总，我再说一遍，您不亏欠我什么，我说过，以后商场上遇见了大家都是朋友，这种不知道是赡养费还是什么的钱，麻烦您以后不要再给了。"

沈启明愣了一下，目光追着她："赡养费？"

金窈窕伸手去开门，沈启明抬手按住，金窈窕拉了一把，竟没能把大门拉开，她皱眉抬头。

沈启明一手撑着门，低头看着她，瞳孔像两片深邃的海："这不是赡养费。我以为铭德需要这笔投资。"

金窈窕拉不开门，索性松手："既然是投资，为什么不直接给我？"

沈启明没说话，金窈窕："松手，我要出去。"

沈启明果然依言，她一把拉开大门，沈启明伸手想拦，中途又放下胳膊，金窈窕正要出去，却见外头站着垂泪的宁萌，她顿时挑起眉头。

宁萌知道以沈启明的作风，今天自己的失误肯定是躲不过去的，与其过后被追责，她不如自己提出来，还能在沈总眼里争取几分印象分。

她看着出来的金窈窕，抿了抿嘴，小声叫道："金小姐。"

金窈窕看着她哭，不知道她葫芦里卖的是什么药："你找我？"

宁萌捏着拳头，扫到跟出来正看着金窈窕的沈总，刚才受到的惊吓尚未消失，内心的不甘却又重新涌了上来。凭什么呢?

宁萌又用那种熟悉的眼神看自己了，金窈窕看不懂也不想看，有点不耐烦起来："有话就赶紧说。"

宁萌咬了咬嘴唇，按捺住心头的不甘："对、对不起，金小姐，我是来跟您道歉的。之前您来拜访，保安的电话是我接的，当时我以为沈总在忙，才没有立刻告诉他您来的消息。"

金窈窕倒是愣了下，目光转向一直没有辩解这个问题的沈启明，沈启明皱着眉头看向宁萌："你就是这样工作的？"

宁萌低着头说："是我的失误，对不起，沈总，金小姐，过后我会写检讨，也接受部门的批评和处罚。"

其实她没必要主动来跟金窈窕道歉，晶茂的规章制度很严格，不管她怎么做，惩罚都躲不过去，沈总也不是那种随心所欲的领导，他向来公事公办，既不会因为她道歉就轻饶她，也不会出于泄愤就给她难堪。她只是想在沈总面前挽回一点印象分，能当着他的面得到金窈窕的谅解，总归是好事。

金窈窕看着宁萌，这位以往对着她总是一副公事公办模样的助理还是头一次在她面前显露出这么惶恐的样子，她突然觉得好笑。

不管是跟沈启明参加活动以后发短信来道歉，还是自己在工作时间给沈启明打电话的时候刻意出声表示她也在，以往再多的举措，她总是忍下不曾发作，现在再看那些隐忍，真是好笑极了。

她一点也不想配合演那些粉饰太平的戏码，对上宁萌没等到回答后悄悄看来的眼神，她轻笑一声："宁小姐，您不用跟我道歉，我没有那么不讲道理。只是我想告诉您，您喜欢沈总，大可以大大方方地追求他，我不是您的情敌，犯不着暗地里搞那些不漂亮的小动作跟我过不去。"

宁萌死都没想到会从金窈窕口中听到这种话，也死都没想到金窈窕会这么直截了当地当面捅破这层窗户纸。

比起她，金窈窕难道不是更不愿意沈总知道她的心意的那个人吗？

宁萌看着金窈窕，一时间头脑空白，回过神，才发觉对方已经走近，笑着给她整理了一下鬓角的头发。

比起她现在惊慌失措的样子，金窈窕自信斐然，仿佛站在高高的台阶上，耀眼得浑身都在发光："宁小姐，加油，我相信你可以的。"

说罢毫不留恋地走了。

宁萌发起抖来，看向不远处的沈总，沈总听到金窈窕说的话，果然皱着眉头看向自己："你喜欢我？"

她期待了那么久，终于等来了这一刻，对上沈启明的目光，宁萌腾地涌上些许期冀，竟没有出口解释。

但沈总的目光只在她身上停留了一秒不到的时间，又转回离开的金窈窕方向，他眼神很深，不知道在想什么，忽然松开了抓住大门的手迈出脚步，路过她身边的时候连脚步都没有停顿。

宁萌怔怔地回头，沈启明朝着金窈窕的方向走去。

她想到金窈窕鼓励自己追求沈启明时不似逞强的笑容，忽然觉得自己那些小心翼翼费尽心力发挥的手段，在对方眼里，可能就跟自己这个人一样，渺小得像一粒尘土。

金窈窕发觉自己的胳膊被拉住，惯性回头，果然是沈启明，她想到对方不解释自己被拦在园区外的原因，好气又好笑："沈总，您是不是觉得替助理扛下不是自己的错，被我指责也不回嘴，特别伟大？"

"我不是替她扛错。"沈启明甚至不知道接电话的助理究竟是哪一个，因为走路太快，散开的几缕额发松松地搭在他的额头上，他看着金窈窕，声音很沉，"窈窕，你不开心，本来就是我的错。"

金窈窕皱起眉头看着他，搞不懂他话里的逻辑。

沈启明盯着她说："你是我的未婚妻。"

金窈窕沉下脸："沈总，我不是，我们已经分手了，不收您的赡养费，不代表咱们还有关系。"

沈启明抿了抿嘴，身上的雪松香气飘来："那不是赡养费。"他顿了顿，才接着开口，"我不出面给这笔投资，是害怕你不愿意收。"

金窈窕挑眉。害怕？沈启明的字典里还有这个词？

她挣了挣被沈启明抓住的胳膊："松手。"

沈启明果然又依言照做。

金窈窕抬起头，沈启明的睫毛在灯光下打出两排阴影，让他幽深的瞳孔更加深不可测。她看了一会儿，皱起眉头，竟觉得眼前这个熟悉的人有点陌生。

金窈窕没再说话，转开头，掏出手机给露娜打了个电话："你在哪儿？"

露娜居然没有叽叽喳喳，而是非常稳重地回答道："金总，我在晶茂的休息室，您的事情办完了吗？"

金窈窕被沈启明搞出的迷茫再度加深："你怎么了？"露娜吃错药了吗？

露娜咳嗽一声："金总，您办好事了是吗？我现在就出来找您，您稍等。"

片刻后，露娜的声音果然从不远处传来，金窈窕看去，只见自家好友在一群晶茂助理的包围下走得昂首阔步，再仔细一看，人群里居然还有个蒋森。

蒋森看到沈启明跟金窈窕，眼睛瞪大了一下，竟然没有立刻上来耍嘴皮子，也不知道在隐忍些什么。

那边的露娜则一本正经地和跟出来的晶茂助理们握手道别："我很高兴认识你们。"

晶茂的助理们明显都被她镇住了，连蒋森也清了清嗓子，十分稳重地伸出手："我也很高兴认识您。"

这群人正式得简直就像在开什么大型会议。金窈窕复杂地看了她一眼，从哪儿学的这是？

露娜转身，朝她眨眨眼，好像完成了什么了不得的任务，趁着别人看不到，激动地捏了捏金窈窕的手。

金窈窕被小美人捏着手，不想再去琢磨沈启明葫芦里到底卖的什么药，干脆利落地说："沈总，多谢您的好意，不过铭德已经拉到了投资，不需要您的友情赞助，我过来，也是想把话说明白，希望大家在商言商，不要再搞悄悄给钱这一套。"

沈启明凝视她，很久之后说："好。"

金窈窕带着露娜进电梯，本来想安静离开的，谁知顶层的一群晶茂助理全都争先恐后地赶了过来："我送您！"

晶茂的助理热情得未免有点过头了。金窈窕一一拒绝，没让任何人送，坚持自己离开。电梯门关闭后，露娜挺直的后背倏地一软："天哪，终于没人了，窈窕我没给你丢脸吧？"

金窈窕失笑："没有。"

结果下楼后，又是另一波注目礼，晶茂的员工不知道哪儿来那么大的热情，都不用发话，前台就自觉无比地叫人去通知在等待的司机，又亦步亦趋将她送到大门口。

车里，司机黄叔也是莫名其妙："窈窕，晶茂的人也太好客了，一直拉着我吃东西，还给我送来好多好多水果。"

这会儿车里还有没吃完的水果呢，一大堆放在副驾驶座上，鲜嫩嫩水汪汪地散发着香气。

金窈窕听着他的话，看向窗外，没有理会，也不想理会。过去的她，即便是跟沈启明结婚以后，也从未在晶茂得到过这样隆重的优待。

金窈窕靠进柔软的车座，嗅着车里经久不散的水果清香，双手交叠，头往后仰，缓缓闭上眼睛。

果然情情爱爱这种东西，都是拖后腿的累赘。

电梯外，沈启明转身离开，蒋森还在跟一群助理对刚刚铭德那位助理的严肃和专业啧啧称奇，那一板一眼的态度，庄重得就跟电视里一样夸张，搞得他们也不敢丢晶茂的脸，只能赛着比专业，连平常没正形惯了的蒋森都不敢嬉皮笑脸。

看不出来，铭德声名不显，公司里规矩还挺重。

沈启明没理会他们的八卦，径直朝办公室走去，路过助理区的时候，他想起什么，转头看向看到他后站起来的宁萌。

宁萌白着脸看他："沈总。"

沈启明平静地说："去人事准备一下离职手续。补偿会按照裁员标准给你。"

即便知道沈启明对自己没有兴趣，宁萌也万万想不到会得到这样的处理，她站在那儿，脑子嗡的一声，心像是堕进了深海："沈总，我是犯了错误，得罪了贵客，可应该还不到要被开除的地步吧？"

晶茂的规章制度很严格，她不相信沈启明会随心所欲地制定惩戒。

沈启明："嗯。"

那难道是因为知道了自己的心意？宁萌缓慢摇头，难以接受这个理由："沈总，我是整个助理部考核成绩最好的员工。如果是因为顾虑我的个人感情，我可以保证不会影响工作。"

以她的了解，沈总绝不是那种意气用事的人，他绝不会因为员工喜欢自己就随便开除下属。

沈启明以前确实不太在意这个，毕竟从小到大喜欢他的人那么多，即便他知道了，每个都避开显然也不现实。但现在……他想到母亲除夕那天吃着速冻水饺说的话，那是他以前从未想过的问题。

他没有理会宁萌的询问，转开眼，继续朝办公室走，工位里的宁萌手指都发起抖来，实在是不甘心："沈总！喜欢您的又不只我一个！整个公司，那么多人，为什么偏偏开除我？"

沈启明这次倒是真的停下脚步了，转过头，却没跟她解释为什么，而是问："还有谁喜欢我？"

整个助理办公室大惊，纷纷怒瞪宁萌，你不要害人啊你！

第5章

办公室，沈启明调出那份自己也有备份的关于投资的合约，看了一会儿后，起身踱步到窗边。

窗外是偌大的晶茂园区，不久前的混乱好像没有在这里留下痕迹。他神色晦暗，看不出情绪，手指轻抚着腕上的手表。

大门被轻轻敲响，助理部没有提前给电话，因此无须猜测他就知道敲门的是谁，沉声说了一句："进来。"

门被推开，探进头的果然是蒋森，金窈窕带着露娜离开以后，他又变回了平常玩世不恭的样子，小心地打量了一会儿沈启明的脸色："老沈，听说窈窕来找你发火了？"

沈启明扫了他一眼。

蒋森是他的同学，很早就跟他和窈窕认识，后来他进入晶茂，公司里全是父亲的亲信，他需要自己人，就选择对方做了帮手。蒋森这人虽然玩世不恭，可工作能力出众，在对外的交际应酬上也是一把好手，因为性格外向，在他面前偶尔敢开开玩笑，长此以往，就成了他为数不多的朋友之一。

他俩虽看上去关系紧密，但实际论起来，也达不到至交好友的地步。沈启明这样的性格，也注定不可能对谁坦诚相待，之所以两人能维持住不错的交情，蒋森功不可没。

然而沈启明同样知道，对方愿意为此付出心力，多半是为了双方能更有效率地合作，并不仅仅是单纯为了友情。因此他也默契地给出足够对方不背叛晶茂的利益，并不把希望寄托在虚无缥缈的人性上。

这样的笼络，在商场上，他自问做得足够娴熟，从在晶茂一无所有到最后羽翼丰满到足够逼迫父亲退居二线，每一个倒戈的助力背后，无不深埋着利益二字。他给这些人他们想要的，比父亲给的更慷慨更符合心意，因此他们选择投奔他的阵营，只要能得偿所愿，就永远不会离开。

可偏偏离开公司，他不知道在家庭里，该给窈窕一些什么。结婚也好，每天按时下班回家也好，母亲拥有的和从未拥有的，他都给了，他不明白到底是哪里出现了问题。

沈启明沉声说："你想问什么？"

蒋森干笑一声，转开话题："外头的助理说，你把宁萌辞了？"

沈启明："嗯。"

蒋森道："按理说以你的作风不至于啊？是窈窕终于跟你闹了？"

沈启明不明白他为什么会这么问："没有。"

蒋森瞪大眼睛："窈窕居然到现在都不闹？"

沈启明皱起眉头："她为什么要闹？一个助理而已。"

窈窕是他的未婚妻，未来唯一的妻子，不论如何，都犯不着把一个助理看在眼里。

蒋森转念一想："也对，你俩都分手了，她确实没有闹的理由。"

沈启明听到分手二字，目光锋利地看向他。蒋森看出他的不悦，再度干笑起来，却会错了意："我说错了，我说错了，没分手她也不可能闹，她怎么敢跟你闹？"

不敢和不必要是有区别的，他这马屁拍得让沈启明有点不舒服："她为什么不敢？"

以前窈窕从来不发脾气，可就在不久之前，在这个办公室里，对方才当面发了一场脾气。

蒋森思来想去，也觉得自己这话有矛盾："也是，你俩私底下打电话那么硬核……不过讲道理，谁能看得出来啊？我以前一直以为她在你跟前真的是个小可怜来着！你跟她拿的剧本难道不是逢场作戏的豪门联姻吗？谁能想到你俩不愧是情侣，崩人设都一起崩的。"

沈启明眉头皱得更深了，他虽然听不懂蒋森话里的一些名词，可逢场作戏还是能听懂的，那是他父亲和母亲从他记事起就每天上演的戏码。他因为厌恶那些，一直以来都刻意避开。

蒋森却用相同的词汇来形容他和金窈窕的关系，有那么一瞬间，沈启明的瞳孔都缩了下："你为什么会觉得她在我面前是小可怜？"

明明她想要的，他都已经给了。

蒋森不知道他为什么这么问，笑道："还不是你以前藏得太深？你看你也不带她出门见人。"

沈启明说："这是我的私生活。"

蒋森："可你看连晶茂都没几个人认识她，来一趟园区，还得跟门卫登记，估计在临江那边也是差不多的情况。"

沈启明倏地顿住，他沉默片刻，开口说："出去。"

蒋森莫名其妙地被赶走，关门前他听到沈启明打电话的声音："让宁萌进来。"

晶茂人事部的动作很快，宁萌一力拖延，解雇通知仍迅速降临，她几近绝望，却忽然得到沈总要见自己的消息，只当对方终于回心转意，不料进办公室后，对方开口的却是："这样的事情你做了几次？"

宁萌愣了愣，隐约察觉到不妙，侥幸的念头如潮水般退去："沈总……您在说什么？"

"这样的失误。"沈启明坐在办公桌后，面无表情地看着电脑桌上的显示屏，连眼神都没有给她一个，声音里的威压却不容忽视，“我不想重复第三次。”

宁萌听懂了，声音发起抖，第一反应自然是推诿：“沈总，我不知道金小姐跟您说了什么，我听不懂。”

金窈窕到底想怎么样？当面戳穿窗户纸时，她只是讥讽，没有提及她们之前的矛盾。她还以为金窈窕真的那么高高在上，不在意沈总，也不在意自己跟沈总的关系，结果居然在走后跟自己过不去吗？

沈启明看着电脑：“她什么都没说，现在是我想问你。”

宁萌的身体一寸寸僵直，她忽然觉得自己好可笑。金窈窕根本没把她放在眼里，她喜欢的人却主动为了金窈窕跟她翻旧账。

即便被解雇，宁萌这一点体面还是想给自己留住的，她捏紧拳头，依旧摇头：“沈总，我不知道您在说什么。”

沈启明扫了她一眼，在她以为已经躲过去的时候，办公室门被轻轻敲响，数位从临江跟来的同事鱼贯而入：“沈总，您要的访客记录，临江那边已经发过来了。”

沈启明看着那叠纸，几秒钟后才伸手接过来，不多，几张而已，金窈窕以前去公司的次数并不多，几乎每次都是为了给自己送吃的。有时候是熬得香浓软糯的粥，有时候是炖得清亮澄澈的汤，她总是笑眯眯地拎着保温壶进办公室，托腮看着自己吃，有时候也会问：“启明，今天很忙吧？”

那时候自己是怎么回答的呢？还好？还行？

他以为那就是全部了，直到现在，他看到这些访客记录，每一次的等待时间，少则二十分钟，长的，半小时以上都有。

桌边的助理开口道：“沈总，我问过临江助理部的同事，这些通传都是宁萌过的手。”

沈启明的视线落在那些数字上，很久以后，他抬起头。他不是会因为怒火失去理智的人，也没有破口大骂或出言侮辱，只是平静地说：“是我的错，才让她经历这些。”

宁萌没有被骂，却因为这句连怒气都听不出来的话，心中涌出一股任何时候都不曾如此强烈的绝望。对上沈启明的目光，她张了张嘴，浑身虚脱一般，却半个字都说不出来。

“这些”是什么意思呢？

她以为被解雇已经是最坏的结果了。可这一刻，她发现自己错得离谱。她在沈总眼中，被归类为了卑劣不堪的“这些”。

恢复空荡的办公室内，沈启明放下那几张已经看了无数遍的纸。

窈窕跟自己在一起的时候，原来还在经历着这样的生活。这是他现在发现的。是否还存在没被发现的呢？

沈启明仰起头，看向头顶散发着光芒的灯柱，突然想笑，笑直到如今才发现自己的可笑之处。

铭德，金窈窕将拒绝签订投资合约的决定告知中介，对方觉得她不可思议，但劝过几回后，终究还是放弃了。

金窈窕挂断跟中介的电话，一个人安静地待了一会儿。

很累的时候靠独处来度过的习惯也不知道是什么时候养成的，小时候她很娇气，遇上不顺心的事情总会找爸妈诉苦。后来开始创业，学着独立，那时她孤身在海外，跌跌撞撞地接触那些以前从未得知的世界，觉得辛苦的时候，想回头找自己熟悉的护盾，可惜那个时候，她的护盾已经消失了。

最后，她渐渐学会了一个人支撑很多事，直到现在，自然而然地用上了自己最熟悉的做法。

外头有人敲门，她停顿了几秒，短时间没能从熟悉的状态里抽离出来，因此回答的声音都显得有些冷淡：“谁？”

“窈窕。”大门打开，母亲笑眯眯地站在外头，“我到处找你，你怎么偷偷躲在这儿呢？”

金窈窕愣了下，随即才反应过来，露出笑容：“有什么事吗？”

露娜搭着金母的肩膀，踮着脚一蹦一蹦的：“窈窕！阿姨说想吃栗子酥！咱们今晚吃栗子酥吧，好不好？”

金母但笑不语，金父虎着脸进来，提着一叠文件，是关于投资合约的。他把合约放在桌上，对金窈窕说："我说我做，非不要。别给她们做，你那么忙，少惯她们。"

露娜一点也不怕他，笑嘻嘻的："窈窕做得比较好吃嘛！"

她说完以后，才发现金窈窕坐在那儿安静地看着金父、金母和自己，疑惑地说："窈窕？对了，你在这儿干吗？睡午觉吗？"

"嗯。"金窈窕笑着站起来，"除了栗子酥，还有什么想吃的？"

栗子酥虽然叫栗子酥，却是蒸出来的糕点，应该叫栗子糕才对。栗子煮熟后碾碎加面粉，搅拌进核桃肉和葡萄干，核桃得事先炒过，炒得香气扑鼻，再打成粉末来用，要的虽然是香气，却不能用更香的芝麻，那样就抢了栗子的风头。糕浆倒入模具以后，中间小小地铺上一层自家做的枣泥，上锅热气一蒸，出来得蓬蓬松松，软软糯糯。

露娜捧着热糕，一边吃一边哈着气说："窈窕，我想过了，反正回临江也是被我爸妈逼婚，我还不如留在铭德给你当助理打杂呢。就是我现在身无分文，你得管我吃管我住。"

她的钱全给金窈窕了，金窈窕当然是随便她："你爱待多久就待多久。"

露娜吃着栗子糕若有所思："不过我没工作过，可不能给你丢人，吃完糕我就翻资料去，必须得当个给你长脸的助理。"

金窈窕以为她说的资料是专业书籍，也没当回事，拿着合约跟自家父亲商量："得找个时间咱们回临江开股东会，把这事宣布一下。"

铭德做了那么多年才开启第一轮融资，实在是起步太晚，不过融资计划是否成功，还得股东会投票通过。

因为揉糕的时候加了奶粉，屋里除了栗子糕的香气，还有奶香。虽说牛奶营养比较丰富，但做需要加热的糕点时，金窈窕还是喜欢往里头放奶粉，这样出来的香气会更浓郁，奶味跟栗子也是绝配。连金父都没逃过热栗子糕的魅力，翻文件的时候还不忘咬一口，糕体蓬松得像云朵一样，中间夹杂着软糯又不过于甜的枣泥，打碎的核桃和栗子都能吃出一点小痕迹，一个粉绵绵，一个香喷喷，搭配得无比合适，葡萄干也被蒸得心服口服，酸酸甜甜地半溶在糕体里，一口下去，热腾腾的，滋味美到不行。

金父看了栗子糕一会儿，专门咬了口有两个葡萄干的角落，一边嚼一边说："你想好了，咱家股东全是金家自己人，你许阿姨、孟叔、刘叔他们可不姓金，这会一开，可回不了头，你真决定了要让外姓人进铭德？"

他虽然承诺不妨碍女儿的决策，但"铭德姓金"这个老观念一时半会还转不过来。

金窈窕笑道："我只嫌外姓人不够多。"

铭德就是金家人太多了，企业风格才会那么守旧，那么多家族股东，个个是她的长辈，虽说除了金老三，也没有特别能搞事的吧，但绝大部分肚子里也有自己的小九九。

她想要彻底接掌铭德，第一步就是削弱股东会的力量，股东们团结是好事，可太团结，她就有点不乐意了，万一哪天团结起来对付自己呢？

所以在目前这个铭德最缺资金的阶段，愿意投资铭德的外姓人，只要靠谱，那绝对是越多越好。这些天中介又给她介绍了几个投资人，虽然投资数额没有许晚和沈启明给的那么可观，可其中有两个她感觉靠谱的，也照章都接纳了下来。

金父睨了女儿一眼，似乎有些对宗族观念的意难平，但到底没开口，最后只是吃了口糕，笑道："既然那么缺钱，你怎么又把送上门的晶茂投资推了？"

许晚这几天老找金母说情，迂回地让她劝劝金窈窕。

金窈窕愣了下，倒不意外父亲知道这件事，失笑道："缺钱是一回事，那种钱肯定不能要。"

现在再想自己去找沈启明算账这件事，她也觉得有点不应该，其实当初悄无声息拒掉合约也是一样的结果。可她当时实在是太不爽了。一直以为的投资人居然是前夫这种事情，放在谁身上都难以接受。又不是拍电视剧，她在沈启明身边一头热了那么多年，也算对他的行事作风有了解，那人什么时候做事情偷偷摸摸过？能用上如此曲折的方式，无非就是为了体面，而且这份体面里还包括了"钱货两讫”的意味。

她再好说话，也是有自尊的，过去那是不知道，这回知道了，她宁愿当面去表明立场。

本来也不至于气成那样，路上她想的是好好谈，结果到了晶茂门口，被拖着等来等去，想起自己过去曾经被踩在脚底的真心，才又变成了那个情况。过去的辛酸虽然都已经过去，可如今再想起，谁能一点波澜都没有?

金窈窕想起沈启明说他隐蔽给钱只是害怕自己不肯收的解释。

说实话，她这辈子都没想过能从沈启明嘴里听到“害怕”这两个字，这样充满了情绪化的字眼,还是对于自己的,从对方的口中吐出来,总显得有点不真实。

金窈窕皱起眉头。

露娜吃着栗子糕帮她说话:“本来就是嘛，金叔，窈窕都已经跟沈启明分手了，唉，换成是我，我也不可能会要我前男友给我的投资，别说用的那个机构了，就是晶茂亲自出面，窈窕也不会收的。”说着她朝金窈窕扬了扬下巴，“是吧窈窕?咱们还没穷到那份上。”

金窈窕笑了一声，却说:“不，假如真的是晶茂正式出面的话，我会收的。”

露娜一愣:“啊? ”

金窈窕:“露娜，晶茂资金雄厚，公司经营状况也稳定，是个很值得放心的合作方。”

露娜有点不明白:“可那是沈启明的公司哎，跟晶茂合作，显得旧情难忘似的，多没面子啊。”

金窈窕好笑地回答:“露娜，假如我因为跟沈启明的关系，刻意拒绝跟晶茂的合作，那才叫真正的旧情难忘。你得学会在商言商。”

她也是跌了那么多的跟头以后，才发现的这个道理，否则一开始也不会轻易接受许晚的投资了。

投资又不是施舍，双方平起平坐，即便在金融市场上，一个前景良好的被投资方也是会被无数资方追着跑的。铭德现在虽然声名不显，她却对自己的眼光和实力有自信，投资她的股东，她怎么也不可能会让对方吃亏，当初沈启明给的那笔钱虽不是股投，她也回报给了对方远胜于市场预期的收益。只要这笔钱是真正出于平等给出的合作，别说晶茂了，就是程琛登门，她也会认真考虑的。

不过程琛肯定不太可靠就是了。

露娜似懂非懂，金母也不懂，金父却笑着点头："不错，在商场上，确实是不能感情用事。"

他说完，又吃了口香甜的栗子糕，拿着手机去通知临江铭德总部的股东们最近准备迎接他们回去开会的消息。

铭德去年成绩好，股东分红比以往多了些，公司里的氛围也越发开放积极，股东们如今对金窈窕已经有点服气了，一听说是她要筹备开的会，个个满口答应一定会到，也不追问会议内容是什么。

金父通知了好几个之后，滑动通讯录，看到金老三的名字才忽然停下来。

想起这个三弟，他叹了口气。

刚才电话里的股东们，因为铭德蒸蒸日上的成绩，跟他说话的声音都是带着笑的，却不知道老三在程家过得怎么样。

金父看了一会儿，滑动手指，把那个号码删除。

他自己选的路，想来不会差吧？

金窈窕其实还琢磨着在正式会议之前再找几个投资方，拉投资这件事情，除了钱，最重要的还是要给铭德带来各行各业的资源，拓展的行业越多越广，自然对铭德的帮助就越大。金家的股东们是指望不上了，许晚和孟爷爷他们，属于有钱但没什么资源的那种。不过这没什么关系，人家愿意投资就是信得过铭德，金窈窕肯定是感激的。

不过铭德庙小，为了未来的发展着想，股东的关系网当然是织密一些比较好。

在此之前，又遇上了另外一个小插曲——金窈窕接到叶白情的电话时其实有点疑惑，这位孕期模特虽然对她情感上比较亲近，但平时主动联系她的时候却不多。

她问："叶小姐？找我有什么事？"

电话那头的叶白情好像快要哭出来似的:“金、金总监，您现在在深城吗？”

金窈窕疑惑地问:“我在深城，有什么事吗？”

叶白情啜泣着说:“我现在人在医院，明天可以去找您吗？”

金窈窕立刻听到重点，惊了:“你在医院？你怎么了？身体出问题了？”

“不是我。”叶白情说,“是我的一个朋友，我想带她去见见您。”

金窈窕莫名其妙，叶白情干吗要带一个生病的朋友来见自己？但她还是同意了，反正第二天也没有什么事情。

挂断电话，叶白情看着躺在病床上的黛比。黛比转开头，看向窗外，这一次没有笑。

人高马大的医生站在病床边，此时的表情也无比严肃:“黛比，我们的心理治疗出现了问题，你究竟对我隐瞒了什么？你不应该不信任你的心理医生。”

黛比始终不说话。

叶白情捂着肚子，坐在黛比的床边，轻轻握住她骨瘦如柴的手:“黛比，跟我去一次吧。”

自从落地深城，对方始终找借口不跟她去铭德的餐厅，黛比对进食真的一丁点兴趣也没有，因此她劝得格外费力，任由对方拖延了几天，照对方说的那样，带她到处玩耍。

没想到这么几天就拖延出了问题。

叶白情对厌食症患者的心理状态不太了解，却知道对方就在昨晚，实践了自己曾经想过但不敢真的去做的事情，要不是发现得早……

可她昨天白天还笑眯眯的，看起来很开心的样子，怎么会这样呢？再借由对方想到自己，叶白情的眼泪掉得停不下来。

马家，金父二师弟的独生子马勒整了整衣服，掩住房门，朝外走去。

后头跟的两个小弟问他:“勒哥，咱们干啥去？”

马勒轻哼一声，桀骜不驯:“找那丫头片子，砸场子去。”

胆敢看不上尚家的菜谱，我倒要瞧瞧铭德是个什么水平。

第6章

叶白情下车，好友有些担心地问她："你还好吗？昨天状态那么混乱，身体能不能吃得消？"

之前袒露心声，她可是听说过叶白情之前的遭遇，孕早期消耗得太多，这个孩子她怀得本来就十分艰难。昨天黛比突然出现状况，把所有人都吓坏了，叶白情也不例外，挺着大肚子陪着他们在医院折腾了很久，现在又带着他们出门，实在是很耗费精力。

叶白情摸着越来越显怀的肚子，笑道："没关系，现在吃得下东西，我身体已经调养得比之前好多了。"

托铭德和金窈窕的福，她摆脱了孕吐的阴影，早些时候孕检医生还会叮嘱她好好休息，不要剧烈运动，可上一次再去体检，医生给的医嘱已经变成了让她多出门走动。

好友还没说话，人高马大的医生紧紧皱起了眉头："白，我不知道你为什么那么坚持要我们来这里，如果是因为喜欢吃这家餐厅做的菜，那么我只能说，厌食症并不是靠饮食就能治愈的疾病。纽约有无数家高级餐厅可以做得比这更好，我甚至都没有听说过这家餐厅的名字。黛比该做的，是尽快和我回去展开新的治疗，你这样只会浪费她宝贵的时间。”

叶白情给金窈窕打了个电话，对这位医生的态度淡淡的：“可我们总得试试，那位金总监曾经就帮助过我不是吗？”

“你们的情况不一样。”医生皱着眉头说，“这家餐厅的食物，前些天你让人打包回家，黛比同样不感兴趣。更何况你们国家这些腌渍的食材和烹饪方式本来就很不健康，黛比的生活习惯一直很规律，精神状态好的时候都吃不了，现在怎么可能接受得了那些食物？”

叶白情皱起眉头。

黛比戴着口罩和帽子下车，深城的天气已经很暖和了，她仍穿着厚厚的外套，细瘦得仿佛风一吹就能倒。她露出的瘦骨嶙峋的脚腕上贴着绷带，是昨天被他们救下的时候伤到的。

医生叹了一口气，去搀扶她，小声地说道：“黛比，我不知道你为什么要那么做，你要相信，你已经很出色了，你拥有那么多喜欢你的歌迷，他们爱的都是你的作品。”

他是唱片公司斥巨资为黛比请到的医生，为黛比做了很久的心理咨询，黛比向他倾诉的时候，说的都是自己没有变瘦之前在事业上受挫的心境。

黛比口罩后的面孔动了动，也不知道是不是在笑。

医生隐约感觉到她在隐瞒什么，可黛比不肯说，他也没法撬开对方的嘴。

抬头看了眼面前这座叶白情非要让他们来一趟的餐厅的大楼，他到底不好转身离开，只好跟上。

路上，叶白情给黛比翻译深城临江两地媒体刊登着铭德新闻的报道，黛比眼神温柔地听着她说，却始终没有表露出感兴趣的样子，医生却听得直皱眉。

他在自己的国家，因为职业缘故，是收入颇丰的上流阶层，吃过的美食数不胜数，连许多蜚声国际的米其林餐厅，他都不觉得有什么了不起，叶白情却如此吹嘘一家地区性小企业，在他看来未免太没见识了些。

餐厅还没到营业时间，店里没什么人。金窈窕因为叶白情的请求，提前将客人请来了这里。

深城的第一家分店近期已经不怎么需要她亲自坐镇了，虽然还没选出得力的主厨，但公司食堂历练有素的厨师们被源源不断地送到这里，又有特别被调来帮忙的屠师傅坐镇，已经足够满足日常的经营需要了。

这是她刻意引导的局面。拥有铭德以后，她在事业上的定位自然跟以往有了不同，想要管理好一家企业，事事都冲锋陷阵不符合应有的管理效率。那么多的餐厅，她一家家坐镇，那把她劈成十份都不可能兼顾得过来。她要做的，是把一个个得力人手安排到适合他们的位置上帮助自己。就像现在这样。

叶白情的电话打来，她出去接人，看到对方挺起的肚子和明显红润了许多的脸色，她笑着打招呼："你看起来很好。"

叶白情如同以前那样依赖地牵着她的手，寒暄几句，金窈窕这才看向对方带来的客人。

中间那个黑衣黑帽黑口罩黑墨镜的神秘人士轻轻摘下脸上的保护措施，浅金色的头发瀑布般滑下，轻声对她打了个招呼。

看清楚那张脸的时候，金窈窕下意识愣住，脑子里闪过的第一个念头是：这个人不是已经去世了吗？

随即她才反应过来——那是不久之后才会发生的事情。

黛比在欧美是很大牌的明星，她的去世，掀起了一阵强烈而经久不息的浪潮。金窈窕出国的时候，她已经去世很久了，然而依然有无数热爱她的粉丝年复一年地怀念和祭奠她，以至于金窈窕这个不怎么关注娱乐圈的人，都听说了许多关于对方的事迹。

如果没记错的话，对方应该是在今年新专辑的发布之前离开的，在她位于纽约的豪宅里。

死讯公布的时候，正在期待新专辑的粉丝们近乎崩溃，那之后，无数与对方有关的过往和新闻被源源不断地挖掘出来，包括一些不为人知的往事。

比如已经持续了很多很多年，因减肥而导致的厌食症，她身边的知情人透露说是为了工作才患上的。但很久之后，又有新的真相被揭露，金窈窕才知道对方患上厌食症，最大的压力原来是来自于唱片公司的老板男友。

她虽然红，所在的唱片公司却不大，是早年还没有出名的时候就签约的公司，规模小，资源当然也就有限，在这样的公司里还能走红，她出众的创作能力功不可没。

她的粉丝也一直奇怪她为什么始终留在这家小公司，直到她去世后，大家才知道她和高层持续多年的恋情。

比较糟糕的是，这位男友并没有跟她结婚的打算，跟她恋爱的同时，还在追求一位富商政客的女儿，试图得到更多的资源。但与此同时，又与她分分合合，始终不放手这棵摇钱树。也是为了让摇钱树更加受欢迎，这位男友多年来对她的外形严格要求，甚至在她去世前不久，还曾试图说服她去做个能让她看起来更美的整容手术。

个中种种，无须赘述，总之内情曝光以后，莫说粉丝，连她的朋友们都错愕不已，毕竟生活中的黛比看起来自信极了，每天都在毫无破绽地微笑。直到她死，她的痛苦才为人知晓。

叶白情眼含期冀地对金窈窕说出自己的请求，黛比没多少表示，她来只是因为想要让叶白情这个关心她的人得偿所愿才来的，面对金窈窕这个陌生人，她明显有点戒备，脸上礼貌又疏离地挂着微笑。

"厌食症……"金窈窕重复了一遍这个她已有印象的名词，无奈地说，"这不是靠饮食能治好的，我又不是医生，我的菜也不是灵丹妙药。"

叶白情听到这话，露出难过的表情。

其实她也知道这个道理，只是她总觉得铭德是个让她重获新生的地方，金窈窕和她做的菜，都能给她强烈的温暖和依赖感。

一旁的医生见金窈窕推辞，态度倒是变好了些，觉得叶白情虽没见识，但这个被她推崇的人倒还有几分自知之明，他转向得到金窈窕的回答后也没表现出什么失望情绪的黛比："回纽约吧，纽约有更好的餐厅，也有更好的医疗，你的情况是可以控制的，只要我们继续好好治疗，我相信你很快就能回到公司了。”

黛比不置可否，金窈窕却看了那个医生一眼。

他这样自然地提到公司，明显是不知道黛比在公司的境遇，黛比的心结，竟然对心理医生都不愿透露吗？

众人马上要走，金窈窕迟疑了一会儿，还是开口叫住了他们：“等等。”

她想起自己看到的新闻，想到叶白情的那篇文章，看着眼前活生生的黛比，忽然有点担心。

她看起来什么帮助似乎都没得到，连心理医生都不肯相信，就这么走了，她会不会仍旧踏上那个不乐观的结局？

黛比看金窈窕盯着自己，笑了笑，虚弱而礼貌地询问：“您有什么话要对我说吗？”

一个活生生的人站在自己面前，有温度的。金窈窕沉默片刻，还是决定不管有没有用，都尽自己所能地拉上对方一把：“来都来了，来者是客，在我们国家就入乡随俗，试着吃顿饭再走吧。”

医生坐在窗边，神情有些不悦：“她不是说自己不是医生，她的饭菜也不是灵丹妙药吗？为什么忽然又改变主意了？以黛比现在的身体状况和精神状况，她根本帮不上忙，只会浪费时间。”

叶白情也不知道金窈窕为什么突然改变主意，但心头却隐隐有些开心，望着后厨的方向，并不搭理那位医生。

医生看了她一眼，得不到回应，只能喝了口桌上的甘蔗水，随即挑眉看了看杯子。

放了什么东西？香气扑鼻，温温热热，可以说是相当好喝。

他看着这杯疑似特产的玩意儿，因为之前的情绪，一时也说不出夸奖的话，只能转开话题：“还有，她改变主意就改变主意，邀请黛比进厨房干什么？”

第7章

叶白情不说话，那位医生只能捧着甘蔗水看向窗外，皱着眉头说："黛比的时间很宝贵，已经在这里浪费了很多，月底还有新专辑的录制工作，她再不回纽约，一定会耽误很多事情。"

叶白情听得瞥了他一眼。

这位医生从跟着来到深城开始，每一天都在劝说黛比早些回国，从深城的医疗条件到餐饮水准，每一样都能让他得到黛比在这里只是浪费时间的结论。

偶尔听他跟黛比交流，叶白情总觉得哪里不太对劲，因为他安抚黛比的方式，重点都是告诉黛比，她现在的状态完全可以胜任唱片公司接下来安排的工作。

他很关心黛比，无微不至，给黛比信心，告诉她歌迷们有多么爱她，多么期待她，每次做完心理辅导之后，还不忘提醒黛比可以趁着难得的休假时间进行创作。

黛比都这样了，难道不该让她暂停工作好好休养吗？这些天叶白情了解了一下她接下来的工作流程，从下个月开始，直到深冬，单曲、专辑、MV、广告、全球巡演等，工作日程满到让她这个平常也非常忙碌的模特都觉得咋舌，当然，也可以赚到比她多得多的钱就是了。

叶白情不知道黛比的精神和身体如此之差，为什么还任凭公司安排那么多工作给她，也不明白她为什么要把这样一个医生带在身边，还形影不离，但潜意识里，她总觉得黛比似乎也不喜欢这位医生。但她始终没有反抗过，让吃药就吃药，到了治疗时间就乖乖做辅导，甚至在这些天游玩的间隙，也认真地继续着创作，刚才要不是金窈窕开口挽留，可能她会顺其自然地听从这位医生的话，跟他启程返回纽约，像个被线绳操控着的漂亮木偶。

医生喝着香气清幽的甘蔗茶，掏出发出响声的手机，然后看了叶白情一眼，起身去角落接电话。

叶白情隐约听到对方压低的声音断断续续地传来："是的……发现得早，身体损害不严重……我在说服她回去，她反抗的情绪并不强烈，也许真的只是想度个假……"

黛比被金窈窕邀请进后厨，所有客人只有她被允许入内，熟悉的面孔不在身边，面对陌生的金窈窕，她有点不安。

金窈窕背对着她走向橱柜，拿出一个透明的坛子，抱着向她走来。

对上金窈窕的视线，黛比本能地压抑住不安，露出礼貌的笑容："这是要邀请我品尝的东西吗？"

她这么问着，其实内心深处对食物毫无兴趣，她以为面前这个漂亮的黑发姑娘应该会和以前她所接触过的试图帮助她的人一样，拿出美味的食物邀请她品尝，然后安慰她，告诉她没有减肥的必要，她已经很成功了，拥有那么出众的才华和那么多爱她的歌迷，她过得比世上的大多数人都更加好。

但是这回没有。

金窈窕放下坛子，对她说："这只是材料。"

黛比愣了一下。

金窈窕站在那儿，朝她招了招手，非常自然地提出要求："过来帮我。"

她的态度太理所当然，还带着一点点仿佛非常了解的朋友才能表现出的熟稔，黛比对上她眼尾微微翘起的眼睛，不知道怎么，内心的陌生和戒备消减了许多，她甚至生出一种错觉，觉得面前这个女孩了解她内心深处不为人知的痛苦。

黛比慢慢走过去，才发现金窈窕抱出来的坛子里放的原来是腌渍的花朵。

坛盖掀开，甜甜的香气飘散出来，萦绕在鼻尖，黛比忍不住说："好香。里面放的是玫瑰吗？"

她隐约嗅到了玫瑰的香气。

"不止。"金窈窕说，"这个酱很难腌的，也就是你远道而来，我才分给你吃。去年腌起来的玫瑰，每次到时令，都得添新的东西和新的蜜，腌得越久越好吃，等到今年秋天，还可以放桂花进去，到时候桂花的香味一加，会比现在的味道更丰富，泡水做菜味道都很特别。你好奇的话，到时候可以来尝一尝。"

黛比没有立刻回答，只是笑了笑。

金窈窕看着这坛已经腌了很久的百花酱，也不追击，转开话题，问："做过饭吗？"

黛比摇了摇头。

她没做过饭，没有时间做饭，更没有必要做饭。她很忙，每天的日程里都排满了工作，工作之余，还要创作，公司给她安排了足够照顾她生活的人手，到了该吃饭的时候，自然而然会有餐点送上。

为了健康，也为了保持体形，这些食物通常都是营养师精心搭配的。只是不管是健康的营养餐，还是朋友盛情邀请她去享用的米其林，在她吃来都一个样。

比起口味，她更在意餐品的蛋白摄入，维生素摄入，淀粉摄入，能量摄入，在意这些是否会超出基础代谢，让她变胖。

金窈窕丢了个料理盆给她，盆子里盛着白生生的面粉："没事，反正揉面不难，不会做饭也不影响。"

面粉加奶粉用水和开，倒入融化的黄油，黛比看到黄油，欲言又止，金窈窕却没有理会，只说："试试看。"

她不太会拒绝人，沉默两秒后，还是洗干净手上前照做起来。

第一次揉面，触摸到柔软温热的触感，黛比愣了愣，望着手中微黄色的面团，金窈窕把活给她后就做起了别的，一边做一边给她解释："做饭很有意思的，把一个一个普通的材料组织在一起，单看起来，没有什么了不起的地方，面粉就是面粉，黄油也只是黄油，可它们搭配在一起，就会变成酥脆的饼皮。"

她没有说什么带着开解目的的话，仿佛只是在和一个普通朋友闲聊，声音微哑，不疾不徐，很好听。黛比渐渐听入迷了，两人虽然不熟悉，但这会儿各干各的，气氛竟也显得非常和谐，黛比有一下没一下地按着面团，目光被金窈窕手上干净利落的动作吸引，忽然有了点兴趣："你在做什么？"

金窈窕一边收拾手上的鸡，一边回答："酒仙鸡。"

这是她之前跟父亲去马家拜访时看到的那本菜谱里写在第一页的菜，既然是尚家的祖传菜谱，她自然不会随便放在自己店里售卖，只是今天来的客人比较特殊，跟生意关系不大，她又对看到的这道菜很有兴趣，就顺手做来试一试，当作游戏。

金窈窕做菜的时候，铭德旗下的厨师们也喜欢围观，都说看她做菜是件让人享受的事情。她的手指细长，动作很灵活，几乎没花费多少工夫，就将舀出的百花蜜跟自家酿的甜酒并其他材料一起调好了酱汁。

酒仙鸡这道菜做法蛮有意思的，挑一只肥鸡，先用盐搓洗，再在外皮抹上酒制的酱汁，用明火迅速烘烤。喷枪在金窈窕的手里就像个威风的武器，轰鸣的烈焰烘得肥鸡外皮迅速收紧。

甜酒和花蜜里有糖分，被这么一烤，鸡的外皮立刻就出现糖化的焦黄，这就对烘烤速度要求很高，明火温度惊人，但凡在同一个地方停留太久或是停留太多次，那个部位烘烤出来的色泽就立刻变得不好看起来。但这对金窈窕而言自然不是什么难事。

酒汁烘干一遍，再刷一遍，再烘再刷，如此反复几次，鸡皮表面已经凝结起了厚厚一层酒膜。

鸡被烤得焦黄，晶晶亮亮的油脂渗透出来，金窈窕在鸡的表面扎上眼，剩余的酱汁抹进鸡腹中，放进一个小烤盆里。

烤盆底部垫上事先准备的其他食材，食谱里写的是熊掌和梅花鹿筋，金窈窕肯定不能摧残保护动物，就换成了自己琢磨出来的一些其他食材。食物的口味，她有自己的理解，蹄筋提前用酒泡发，跟醉过的熏鱼和火腿片一起厚厚地铺在底部，放很少的一勺高汤，堪堪盖过需要炖煮的蹄筋，随即封上烤盆，推进烤箱。

黛比看她烘鸡，看得目不转睛，对吃饭没胃口是一回事，看人做饭看得有趣，又是另一回事。

那些条理有序的步骤，就像她手里越发柔软光滑的面团一样，像是舒缓解压的游戏。

金窈窕看了眼她在做的工作，朝她一笑："可以了。"

黛比看着她把面团倒出来，分成剂子，压扁，涂抹黄油，再次压扁，重复几次后，包入馅料。

馅料也是现调的，酱罐里香气扑鼻的花酱，拌进绵绵的其他东西，金窈窕看她好奇，主动解释道："是前段时间自家做的板栗沙，放了核桃酱和芸豆沙，味道不重，跟花酱搭配的也好。"

黛比点头，跟着金窈窕一起，将包好馅料的黄油面团封口。

柔软的面团在她的手中改变着形状，变成一朵圆圆丑丑的花，她的手弹琴时利落无比，做起这项工作，却仿佛不受控制一般，出来的成品比起金窈窕的，简直是天壤之别。但她摊开手看着那朵丑花，脸上竟不自觉露出了微笑。

金窈窕帮她将作品放入烤炉后，她也没有离开，隔着玻璃，看着里头自己亲手做的作品神奇的变化。

热力的催化下，之前揉进去的黄油终于闪亮登场，一部分急不可待地浮出表面，另一部分则在面皮里不甘寂寞地沸腾跳跃，平平无奇的面团开始迅速膨胀，像雨季得到了滋润的菌菇一样生长。她曾经见过那么多的酥皮糕点，还是第一次看到它演变成酥皮的过程。那些一道道出现的分层，就像皮肤受伤绽开的裂纹，却那么漂亮。

甜味飘散出来，另一个烤箱里正在加热的酒仙鸡也开始弥散出另一股香。

铭德的餐厅后厨总是很整洁，阳光洒落进来，没来由的，嗅着交织的香气，黛比忽然觉得内心这一刻很轻松，很想说说话。她看着金窈窕被阳光照射的侧脸，曲线精致而漂亮，目光恍惚了一下。

金窈窕也没看她，手上收拾着一把水嫩的荠菜，笑了笑："做菜很有趣吧？"

黛比笑着点头，这次不需要金窈窕提出，她就主动上前帮忙洗起荠菜来："我没见过这种蔬菜。"

荠菜还没下市，嫩得不得了，简直能掐出水来。金窈窕说："其实你们国家也有，只是不知道怎么吃。在我们国家，时令菜是一种饮食文化，一年四季不同的月份，都有独属于这个月份特有的味道。这种味道需要耐心去挖掘，一样一样品尝，就从春天过到了秋天。等从荠菜吃到冬笋，一年就快结束了。你看，时间过得很快的。"

黛比从这段平缓的话语里似乎看到了时间的长河，和来自一个并不熟悉的国家隐秘而澎湃的力量。她轻声说："是啊，时间过得好快，金，你这样美好的人，每天都过得很快乐吧？"

金窈窕笑了笑，问她："你知道我最开始做菜是为了什么吗？"

黛比此时感觉，就像是面对一个值得依赖的好友，她摇了摇头："我不知道。"

金窈窕："是为了追求一个男人。"

黛比愣住，有些想象不出面前这个果断自信的女孩追求他人的画面，联系到自己，她怅然地说："那你们一定很幸福。"

"不。"金窈窕笑着说，"我们分手了，是我提出来的。"

黛比一惊："为什么？"

金窈窕以前很少对人提起自己的情感，但面对深陷困境的黛比，她才发现坦诚过往似乎并没有那么困难。那些埋在心底的情绪说出来后，似乎对她也是治愈，金窈窕坦然地回答："因为我累了，不被爱是一件很辛苦的事情。"

黛比听得一慌，几乎以为对方看穿了什么，但随即又觉得这不可能。她和金窈窕，只是第一次见面而已。

她渐渐冷静下来，好久以后，才说："你这样的人，怎么可能不被爱呢？"

金窈窕笑着问："为什么不可能？"

黛比轻声说:“我以为只要足够优秀，做得再优秀一点，就会被爱的。”

“黛比。”金窈窕算是知道她为什么把自己逼到那个下场了，这姑娘简直比当初的她还卑微,“有些时候，自欺欺人是没有用的。”

黛比怔了怔，惨然一笑:“是啊，你说得对，自欺欺人是没有用的。”她看着金窈窕，有些难以理解,“可你不觉得难过吗？”

金窈窕把洗好的荠菜甩了甩，睨了她一眼:“有什么值得难过的？有些人可能天生就不适合拥有爱情，比如我。可你看，没有爱情，我过得比当初快乐多了。我有事业，有家人，有朋友。黛比，你看这些菜。”

水灵灵的荠菜焯水之后，下进沸腾的高汤里，很快就变得柔顺，被金窈窕捞出，盛在碗中。

金窈窕:“尝尝。是蔬菜，卡路里很低的。”

黛比的眼泪已经在眼眶里打转了，她看着金窈窕，好一会儿才接过递来的叉子，叉起一片柔软的菜叶，塞进口中。

跟她习惯的水煮蔬菜不同，舌尖是醇厚的高汤味道，从未尝过的新奇蔬菜气味特别极了，带着一点点非常浅淡的苦味，却并不难吃，可能是处理得好，连那点轻微的苦味都仿佛成了清爽的代名词，搭配着涮煮它的汤，鲜甜得她脑海中一瞬间闪过了金窈窕说的那句“季节的味道”。

金窈窕:“怎么样？”

黛比点点头，眼眶里的泪水滑落，哽咽着说:“很香，我从没吃过。”

“你没吃过的还多着呢。”金窈窕笑着说,“我们国家光野菜就不知道有多少种，槐花、榆钱、香椿、蒲公英……春夏秋冬，雨季的蘑菇，从最东边的城市走到最西边的城市，很多食物的名字就连我都叫不出来。”

黛比怔怔地听着，烤箱里的糕点此时好了。金窈窕拉着她去看，递给她一双隔热手套:“小心。”

黛比抽了抽鼻子，仔细地照着金窈窕的提醒，将里头滚烫的烤盘抽出来。

甜蜜的香气扑面而来，热力尚未退去，饼还在滋滋作响，表皮绽开肉眼就能看出的酥脆分层。

盘子里的酥饼看外形有点普通，其实制作工序不该这么简单的，要是完全让金窈窕操作，光是用来塑造花形的不同颜色的面皮至少就得准备五六种，只是今天多了个新手，为了让新手感受到做菜的趣味，她才一切从简，也没进行雕花步骤。

酥饼的外形简陋，香气却一点也不简陋，外皮的奶香混合着内馅繁复的甜味，金窈窕拿铲子特地铲了一块黛比做的递过去："尝尝吗？"

饼皮里有黄油，有碳水化合物，有浓郁的糖分，放在平常，黛比绝对连碰都不会去碰。

但这是自己做的。

黛比接过来，隔着手套，感受到饼身的炙热，她轻轻吹了一会儿，小小地咬了一口。

咔嚓——

酥皮淅淅沥沥地顺着边缘掉落，香气一瞬间弥漫了整个口腔，烫人的内馅已经尽数融化，从半固体的状态，变成了浓稠流淌的甜浆，坚果和红豆的甜，夹杂着花酱的精致，那是卡路里的味道，却也让人感到满足。

金窈窕说："我以前也跟你一样减过肥，一天就吃一个苹果，后来觉得自己真傻，你知道为什么吗？"

黛比被烫得微微张着嘴，却没有停下咀嚼的动作，她摇摇头。

金窈窕弹了她脑门一下："那么多美好的东西，为了一个不爱自己的男人放弃，是不是蠢货才会干的事情？"

黛比捂着被弹的脑门，听金窈窕这样说，却不知怎么联想到了自己。

她做了那么多的心理辅导，但因为身份，她担心惹出麻烦，始终不敢透露自己情感上的遭遇。她觉得神奇极了，在这个大洋彼岸的国家，怎么就遇到了一个仿佛能通晓自己内心的人呢？

不知道是因为感同身受，还是因为委屈，听完金窈窕的话，黛比捧着饼缓缓蹲下，哭得浑身发抖，停都停不下来。

离开纽约之前，男友告诉她，他可能会在不久之后跟那个追求已久的富商政客的女儿结婚，却又恳请她不要离开，说他并不喜欢结婚的对象，追求对方只是为了利益。

那么多年了，分分合合，黛比始终不敢承认男友可能并不像他说的那么爱自己。她听对方的话，维持身材，拼命工作，一年出两张专辑，努力为属于两人的公司赚钱，期待着也许哪一天，对方不再需要为了利益去和别人在一起。

蠢货啊……

但她再蠢，也快要坚持不下去了。

金窈窕站在那儿，任由她哭，无须多问，也能猜出是什么情况。

另一个烤箱里的酒仙鸡到了时间，金窈窕打开烤箱，将那个硕大的烤盆端出来。

烤盆顶端的盖子揭开，锅里仍在沸腾，蒸汽如炸开的蘑菇云，带着充满冲击力的香气散得无处不在。

锅底原本只有一点点的汤汁如今已经被收得差不多了，提前烘过酒衣的鸡色泽漂亮地躺在被汤汁浸润得柔软弹糯的蹄筋上。鸡汁流淌下来，底部铺垫的食材的香气通过烘烤浸进鸡肉里，酒在加热以后已经挥发得差不多了，水汽却被牢牢锁在烤盆内，乍一嗅，尽是湿润浓厚的鲜香。

金窈窕不知道这道菜按照菜谱里原本的做法做出来该是什么样的味道，她肯定不可能真的搞来熊掌，哪怕再爱做菜，基本的道德底线还是得遵守，许多古籍里的菜谱流传至今变得水土不服，多半都因食材而起。

不过更换材料以后，酒仙鸡的气味依旧让她觉得满意。

黛比好像哭够了，捧着饼靠近，看了眼烤盆里的鸡肉，嗅到香气，轻声问:“这就是你说的酒仙鸡？”

金窈窕“嗯”了一声:“想尝尝吗？”

这次她倒是没有主动递。

黛比沉默片刻，却点了点头，金窈窕就拿叉子撕了一小片鸡腿肉递给她。

黛比的厌食很严重，即便当下，对食物的接受程度也很有限，更何况刚才她还吃了几口金窈窕给的小酥饼，这会儿主动要来的鸡肉其实是有点不想吃的，但她仍旧坚定地将肉塞进了嘴里。

鸡皮上事先烘烤过的酒汁，吸收了汤里的蒸汽和鸡肉渗出的汁水，变得又软又糯，厚厚一层，甜中带咸，让鸡皮都变得格外有质感。

鸡肉内部也被抹上了酒汁的酱料，内外兼并，将滋味一并渗透进鸡肉里，其实吃不出多少酒味，只隐隐约约尝到一点酒的微香。可能是经过烘烤，酒酱已经顺利转化成了另一种全新的状态，复杂而玄妙，除了鲜还是鲜。

黛比再没食欲，也为此时口中的鲜美而折服，她已经吃饱了，却忍不住看着锅里："这就是你们国家做菜的方式吗？"

她回忆着金窈窕此前处理这只鸡时简直可以称得上艺术的诸多步骤，还有刚才自己跟着做饼时，那种温暖而舒适的感觉。

金窈窕叉了一块蹄筋出来吃，烘烤前的汤汁给得恰到好处，烤盆密封得也好，加热后汤汁化出的水汽得以在小小的空间里反复循环，到了这会儿，汁水基本收干，只剩薄薄一层，高汤的鲜味全融进了食材里。

泡发蹄筋的时候放了酒，在高汤的作用下，酒味被调节到恰好的地步。搁置在顶端的鸡在烘烤过程中不断有鸡汁流淌下来，渗透进底部的食材里，使得蹄筋尝起来软糯咸鲜，果然比其他做法多了一层风味。

听到黛比的问话，她点了点头，问："你的医生和朋友都在外面，拿出去给他们尝尝？"

黛比看了一会儿锅里的那只鸡，忽然说："金，那不是我的医生，是我……公司请来的医生，他治疗我的时候，一直在替公司监视我。"

金窈窕听得一惊："监视？"

黛比也不知道在想什么，片刻后又戴着手套，上前端起那口烤盆："我们出去吧。"

外头，已经等待许久的众人忽然嗅到一股特殊的香味。

香气也分很多种，比如铭德的甘蔗茶，就是隐约的幽香，润物无声，让人嗅到的时候只觉得温暖。但也有充满侵略性的，比如眼下这一股，出现的一瞬间就强有力地抓住了所有人的注意力，让人下意识转头寻找它的来处。

叶白情的肚子咕噜一声，立马饿了，口中唾液开始泛滥分泌。那捧着茶杯已经喝完第三杯甘蔗水的医生也惊愕地看向香味的来源，但他随即看到了更加惊讶的一幕，金窈窕和黛比一起从后厨出来，端着烤盆的那个人，竟然是黛比。

黛比还笑得十分放松，一边走一边跟金窈窕说着什么，那是她几乎不可能对陌生人做出的表现。

医生意外地站了起来："黛比？"

黛比平常在他面前总是很顺从，此时却只看了他一眼，并不回应，平静地将端出来的那个烤盆放在了桌上。

烤盆靠近，香气更加浓郁，让坐在周围的人都情不自禁地锁定它。因为黛比坚持留在深城，不尽快回国展开工作而越来越缺乏耐心，连带着对这家餐厅都生出几分迁怒的医生也不由自主地看了盆里一眼。

鸡可以一会儿再吃，下一秒医生还是将注意力转回了没有搭理自己的黛比身上："黛比，你还好吗？"

黛比笑着说："我很好。"

看起来没有什么反常的，精神也稳定，医生点了点头，放下心来，准备吃鸡，却听黛比说："不过我暂时不打算回纽约了。"

医生的手已经摸到了叉子上，闻言立刻看向她："你说什么？"

黛比说："我想要在这里多待一段时间。"

医生的表情变得严肃起来："黛比，这里的医疗水平有限，我不建议你做这样的决定，而且饮食上……"他顿了顿，才发现自己的手还摸在叉子上，对面的叶白情正一脸无语地看着自己，他的手指立刻从叉子上弹开。

黛比笑道："您看，这里的餐厅水平其实很不错。"

医生皱起眉头："黛比，你的精神状况很危险，我们需要回纽约进行下一步治疗，才能顺利进行接下来的工作……"

"那个啊。"黛比凝视了医生一会儿，突然笑了，"请您回去转告汤米，让他暂停我的工作吧，我需要一段时间的休息。"

医生终于愣住了:“我回去?”

黛比点头:“对。”

她与男友派来的这位医生始终和平相处，有时也知道对方的一些话是在诱导自己继续为公司工作，但再不舒服，她都从未说过让对方离开的话。

此时开口，医生果然难以置信，片刻之后，他想到什么，目光转向金窃窕:“你对我的就医者做了什么?”

金窃窕想到之前看过的黛比的新闻，又联系到刚才黛比说的“监视”，此时再看这位医生，果然哪儿都显得不对劲。

她打电话让现在没在店里的下属们尽快赶回来，收起手机，平静地与这位高大的医生对视:“我什么也没做。”

叶白情和带着黛比来的那位朋友露出摸不着头脑的表情，也察觉到了有点不对劲。

黛比抿了抿嘴，隐瞒了那么久，突然觉得没什么不能说的:“就照我说的，回去对你的老板交差吧，你应该问你老板对我做了什么。”

她说罢，本以为事情已经结束，却不料那医生审视着她，忽然开口叫了一声保镖的名字。

人高马大的保镖原本就站在桌边，听到他的声音，站了出来。医生说:“黛比的精神有些不稳定，我们需要带她回纽约治疗。”

那保镖迟疑地看看黛比，又看看医生，片刻后竟真的朝黛比走来。

黛比后退一步，忽然意识到了什么。是啊，这些保镖也是公司出面替她雇佣的。他们在医生和自己之间，选择了听从医生，黛比心头升起浓浓的难以置信，原来男友竟从最开始就安排了制约她的人手在身边。

对啊，她可是公司最大的摇钱树啊。她绝望又想笑，忽然不知道自己这些年究竟在追逐什么。

这些保镖个个人高马大，肌肉虬结，胳膊比她大腿还要粗，假如真的强行要带走她，她连一丁点反抗的能力都没有。

黛比的嘴唇哆嗦起来，胳膊猛然被金窃窕拉了一把。

金窈窕抬眼看着这群保镖，神情冷厉，气势竟分毫不弱："你们要在我店里干什么？信不信我立刻报警？"

保镖听到她的话，果然顿了顿，医生示意其他保镖上前帮忙："把黛比带走，我们立刻去机场，最多两个小时就能启程返回纽约。"

现场的气氛忽然紧张起来。

一个保镖犹豫片刻，朝金窈窕伸手，想要将她拨开，胳膊却忽然被一只手抓住，低沉的声线传来："我劝你最好别动她。"

在场众人皆是一愣，金窈窕也意外地看向来人："沈总？"

沈启明看起来有点憔悴，眼下都挂着黑眼圈，当然脸蛋还是漂亮的。他个头半点不比被抓住的那个保镖低，精悍又锋利地侧着头，只微微启唇，威严就朝对方倾轧而去："让开。"

保镖被他注视着，下意识退开几步。

金窈窕看着保镖退开，目光转回沈启明，想到前不久在晶茂园区发生的争执，抿了抿嘴："沈总怎么会在这里？又路过吗？"

沈启明垂眸看着她，视线很深，在她以为他会回答"是"的时候，他忽然开口道："我去铭德，他们说你在这儿，所以我来这里找你。"

金窈窕愣了一下，还来不及意外这个并不符合对方风格的回答，黛比的额头就靠上了她的后背："金！"

金窈窕赶忙转头安慰她："别怕。"

沈启明看着金窈窕被双手环抱住的腰，睫毛微微一颤。这是谁？

店外一阵响动，有人拥了进来。

一部分是铭德的员工，一部分是沈启明的助理叫来的商场保安，闹哄哄中，几个身份有些特殊的也跟了进来。

马勒带着三个关系好的师弟，本来是奔着找铭德麻烦来的，听说铭德饭点要排队，所以特意来早了一些，结果才出电梯就听到这边闹哄哄的，他一头雾水地跟着人群进店后，看到不远处剑拔弩张的场面，立刻意识到这是有人赶在自己之前来搞事情了。

看金窈窕周围围着的全是彪形大汉，马勒的眉头立马挑了起来，上前开口道："干什么呢，一群大男人欺负女人？"

他错步一钻，挡在金窈窕面前，不忘回头没好气地挖苦她一声："你还真的挺能得罪人的。"

得罪他也就算了，居然连外国人都能惹毛。

金窈窕回忆了几秒才想起他是那天在父亲二师弟家里见过的人："马勒？"

马勒看出她没记住自己，手指猛然哆嗦了一下，气得低头直瞪她。

沈启明看着他护在金窈窕前面又回头跟金窈窕大眼瞪小眼的模样，睫毛又微微一颤。这又是谁？

马勒随即注意到餐厅里似有若无的香味，瞪着金窈窕的双眼缓缓转开，落向一旁香味来源的方向。

一口深深的烤盆里，安静地卧着一只鸡，还在散发着热气，外形很熟悉，却比他曾经在父亲的指导下试着做过的香气更加浓郁。

医生身边的几个跟他对峙的保镖顺着他的目光转去，也偷偷地看了眼鸡。

好香哦。

第8章

沈启明冷冷淡淡往那儿一站，刚才准备动手的保镖捏着被他一握到现在还生疼的手腕，硬是被镇得不敢乱来。马勒挡在金窈窕和黛比前面，还拉着三个小弟，眼含挑衅，一副不怕打架的样子，餐厅的员工和商场的保安陆续赶到，人越来越多。

领着一群徒弟到场的屠师傅一见金窈窕与人起冲突，近来因生活美满渐渐佛系的脾气立刻八月瓜似的炸了，聚光的绿豆眼瞪得如芸豆那么大："窈窕，什么情况？找咱们麻烦的？"

黛比的额头抵在后背，隐约能感受到颤抖，金窈窕有点担心她的精神状态，只想快点让前方的始作俑者们离开："差不多吧。"

嘿！屠师傅立马带着人将这群彪形大汉团团围住。

不会说英语也不影响他们表达自己的不满，现场的形势立刻出现了转变，医生看着金窈窕那边人多势众的援军，再看看自己这边大猫五六只的战斗力。打是可以打的，但毕竟不是主场，保镖战斗力再强，他也不敢真的在异国他乡跟人发生肢体冲突。

他终于感觉到了强烈的不妙，只能不死心地试图劝说黛比："黛比！我是你的医生，只有我可以帮助你！你的精神状态很不稳定，我很担心你，现在的你没有理智做决定的能力！"

现场人很多，黛比抵着金窈窕的后背，回想着刚才面对众多保镖时，这个刚才救赎了自己的女孩毫不犹豫地挺身而出帮助自己的举动，她腾地汲取到了强烈的暖意。

男友比她想象中更早更惊人的控制手段带给她的痛苦和战栗缓缓退去，她轻轻松开环在金窈窕腰上还在颤抖的手，抬起头来，第一次用前所未有的理智和冷静的目光审视起前方这个男友派来的监视者。

哦，不，其实不是这一个，而是这一群。

她看着他们，就像看到了自己这些年苟延残喘的自欺。

刚才的她，原本还只是想用停止一段时间工作的方式来修复一下自己，可这一秒，她忽然看清了。

"你帮不了我，你也不担心我。"黛比流着眼泪，竟然笑了起来，"回去吧，不用再监视我了，回去告诉汤米，一切都结束了。"

金窈窕隐约猜出了她的话外音，眉头猛然挑了下，在这样剑拔弩张的气氛中，她仍忍不住低头看了眼自己——分手buff究竟挂在了哪里？

医生不明白黛比做个饭的工夫，为什么对他的态度会出现这样剧烈的转变，在黛比强烈抵触自己，而且武力也占不到优势的前提下带走对方显然已经不现实，身边围着那么多人，前方还有个单手一握就制止了保镖动作的沈启明，僵持片刻后，他只能在一众不善的目光中离开。

他的脸色很难看，不知该如何跟给自己许下重金的雇主交代。

跟在他身后的人高马大的保镖们临走前意难平地回头看了眼桌上热气未消的酒仙鸡，医生却没有余力关注食物，电梯里，接到他越洋电话的雇主因为这个突如其来的糟糕消息痛斥起了他的工作失误。

医生听着那些质疑自己医疗水平的话，只觉得颜面尽失，同时也觉得冤枉：

“先生，这难道是我想要的结果吗？我已经尽力了，可黛比小姐始终不信任我，她让我告诉您，一切都结束了，我甚至不知道她说的话是什么意思！”

电话那头，雇主的声音突然像是被掐住了嗓子的鸡那样卡住了：“她说一切都结束了？”

医生烦躁地回答道：“是的。”

那头原本气势汹汹的声音忽然慌张起来：“怎么可能……”

闹哄哄的人群散开，金窈窕让屠师傅带着小徒弟们回去休息，自己走到门口送保安们离开，她心情有些激荡，一回头，才发现沈启明也从店里跟了出来，站在几步开外看着自己。

金窈窕看到对方脸上明显的黑眼圈，顿了下：“沈总找我有什么事情吗？”

沈启明看了她一会儿，忽然说：“以后不会了。”

金窈窕愣了下：“什么？”

沈启明：“不会再有人把你拦在晶茂门口了。”

金窈窕有点没弄懂，沈启明却说：“对不起，以前让你等了那么久。”

金窈窕终于意识到他说的是什么，沉默了一下，试探道：“沈总？”

沈启明今天这是怎么了？

沈启明凝视着她：“窈窕，我一直以为我什么都能做得好，但我发现，我好像太自信了。”

金窈窕皱起眉头：“沈总，你到底怎么了？”

黛比平缓了刚才过于激动的情绪，红着眼睛过来找金窈窕：“金，谢谢你。”

她长得实在是很美，虽然瘦得过头，但这种不健康的瘦削在宽松的衣料笼罩下也不显得丑陋，尤其刚刚哭过，她红着眼眶的样子，金窈窕看着都有几分我见犹怜。

沈启明却只是平静地用余光扫了她一眼，注意力又放回到金窈窕身上：“那份拒签的投资合约，这周之内我想以晶茂的名义重新发给铭德。”

金窈窕怔了下：“沈总，这是好事，我代表铭德欢迎晶茂的投资。”

一旁听不懂他们交流的黛比感受到气氛的诡异，开口问道："金，你们在说什么？"

金窈窕回过神，回答道："这位是沈先生，我们在聊他投资我的公司的事情。"

黛比一愣："投资？你们公司正在开放投资吗？"

金窈窕笑着回答："是的。"

黛比看了她一会儿，又回头看了背后的餐厅一眼，忽然浅浅地笑了："金，我也很喜欢你和你的公司，请问我有这个荣幸跟你合作吗？"

金窈窕有点意外她的心血来潮："你认真的？"

黛比："当然，我虽然身体不行，可这些年努力工作，也有一些积蓄。"

她这话实在是太谦虚了点，公司和男友虽然在精神上控制她，让她无底限地工作，可到底不敢把心思真的摆在明面上，该给她的钱，还是半分都不敢少。身为正当红的歌手，她的积蓄哪是一点，各项收入加上源源不绝的版权费，光她位于纽约的那座豪宅，就已经让许多圈内同行只能望洋兴叹。

金窈窕看她不像作假的自荐，自然不会拒绝，首先，黛比投资的举动看起来似乎像是燃起了求生欲的样子，其次，黛比这个人本身也是一个非常有价值的合作者，她当即点头同意："你愿意的话，我当然很欢迎。"

沈启明迅速扫了黛比一眼，嘴唇微微抿起。这到底是谁？

金窈窕之前制定的融资金额有顶点，黛比愿意加入，自然会占据部分留给晶茂的金额，但这样一来，也表示目标全部达成，这代表铭德即将在她的手中开启全新的篇章。

金窈窕舒了口气，看回沈启明，想到自己不久之前去晶茂拒绝投资的壮举，失笑道："抱歉，沈总，之前是我太冲动，没能公事公办、心平气和地跟您商量。"

可能是心里还存着过去的一些情绪吧，虽然嘴上老说过去了，但遇上与曾经卑微的自己挂钩的事情，她竟然还是没能忍下来。就像以前刚创业的时候，她听到沈启明的名字就像踩了雷似的，表面看起来是对沈启明有意见，其实说到底，还是厌恶当初那个不被爱的一无是处的自己。

金窈窕发现这一点非常不好，得改，以前的她既然已经消失了，就该消失得干干净净。

沈启明却没像之前几次那样默认她的话，他沉默了一会儿，沉声开口道："窈窕，你从来就不需要跟我公事公办。"

又是一句不符合沈启明风格的话。金窈窕看向他。

沈启明微垂着头，这样近距离地打量，金窈窕才发现对方看起来真的不太好，除了神情疲惫，他下巴居然冒出了一点青色的胡楂。虽然这并没有让对方看起来邋遢，反而让他多出了点罕见的风流气息，但胡楂出现在沈启明身上，就是很不可思议的事情。

金窈窕："沈总你还好吗？"

这是晶茂倒闭了，还是晶茂倒闭了？

沈启明看了她一会儿，居然笑了："我看起来很不好吗？"

金窈窕没说话。

沈启明的笑容渐渐收起，片刻后低声说："晶茂还有工作，我回去了，刚才那些人如果再回来找麻烦，你可以打电话给我。"

说完又看了金窈窕一眼，才带着助理们转身离开。

电梯里，他想了想，又朝身后的助理说："留一个人下来在楼下盯着，出问题的话通知我。"

助理们愣了一下，随后点头，其中一个偷瞥了眼他轮廓分明的侧脸，壮着胆子问："沈总，是不是尽量别让老板娘发现？"

沈启明"嗯"了一声，没否认老板娘这个称呼，过了一会儿又说："不要当着她的面这么叫，她不喜欢。"

几个助理咋舌地对视几眼，那个胆子比较大的想了想，又拍马屁道："沈总，老板娘是真漂亮，而且物以类聚，连朋友都那么好看。"就是那位朋友似乎有些眼熟，总觉得在哪儿见过似的。

沈启明淡淡地瞥了那位拍马屁的助理一眼。这糟心孩子从哪儿来的？

沈启明离开后，金窈窕皱着的眉头半天没松开，黛比问："金，刚才那个人是谁？”

金窈窕过了一会儿才开口道：“前任。”

黛比愣了愣，想起她之前说过的话：“这就是你之前追求的那个男人吗？”

金窈窕：“嗯。”

黛比看着她，几秒后，眼神微动：“金，我觉得你好像搞错了什么。”

金窈窕看向她，黛比对上她的目光，轻声说：“你可能不是不被爱着的人。”

她太了解不被爱是什么感觉了，她的男友虽然口口声声说爱她，可即便每天这么说，依然让她无法自欺欺人下去。

金窈窕：“别瞎想了，他今天很奇怪而已，跟我说的话比过去一周说的加起来还多。”

黛比蹙起眉头，不知该如何解释。

刚才那个姓沈的先生，从出现到离开，注意力完全在金身上，她站在旁边那么久，也只分到了一秒不到的视线。她好歹也是走到哪儿都被前呼后拥的大明星，在男友面前再卑微，出门也从没得到过这样的待遇。眼神是不会骗人的。

两人返回餐厅，跟迎上来的叶白情几人说了几句话，叶白情一边小心询问着黛比刚才那位医生的情况，一边搀扶着她朝餐桌方向走，走着走着，脚步忽然顿住。

金窈窕问：“怎么了？”

叶白情盯着桌子，瞠目结舌。

金窈窕跟着看去，两秒钟后也愣住了。

桌子上那个硕大的烤盆里，竟然只剩下铺在底部的蹄筋等材料了，散发出来的香气倒是丝毫不减，然而——

金窈窕：“鸡吃完了？”

叶白情：“不是我吃的！我真的一口都没吃到！”

金窈窕摸不着头脑地左右看了看，隐约觉得现场好像少了谁，但一时半会又想不起来。

叶白情捂着饥肠辘辘的大肚子，盯着烤盆的目光仿佛错过了一个亿。

鸡呢？我的鸡呢？我那么大的一个鸡呢？！谁那么没公德心啊？刚才都快打起来了，还不忘偷吃东西！

马勒转头瞪了一眼跟在自己身后的师弟们，理直气壮地说："看什么看？"

师弟们看着他手上的鸡。勒哥，你还记得咱们是干吗来的吗？

金家，叶白情等人被邀请来做客，烤箱亮着，厨房里蒸着一口锅，香气四溢。

家里来了金发碧眼的外国人，金父金母跟社会脱节已久，不认得黛比是谁，但对她的热情一点不少，金母瞧她瘦成那个样子，不停念叨着要让她多吃些才行。

黛比听不懂，但也知道这位时不时跟她说几句话的阿姨是在关心自己，金母端着甘蔗水给她喝，她就微笑着一点点喝干净。

金窈窕跟母亲说："她厌食症很严重，不能吃太多东西，别喂了。"

金母接过空杯子，看着黛比叹了口气："造孽哦，好好一个漂亮小姑娘得这种病。"

黛比对流食的接受程度还可以，甘蔗水温暖香甜，她喝下去也不觉得有什么不适，反而还觉得心里暖洋洋的。

借着这股暖意，她舒了口气，手上帮金窈窕干活，口中轻轻诉说起自己跟男友这些年的分分合合。

金窈窕早就知道这件事情，手指轻轻翻动，朝青团里包入内馅。

屋里散发着艾叶特殊的清爽气味，叶白情等人听得脸色苍白，黛比低着头，看起来倒比她们状态更好一些，只是说着说着会忽然停下声音，陷入几秒的沉默。

可能是把话说出来后对情绪有好处吧，她停顿的次数越来越少。从签约公司到现如今，将近十年的感情经历，也不过短短几十分钟就说完了，屋里陷入沉默，叶白情等人都不知道该说什么。

黛比笑了一声，问金窈窕："这个青色的团子，就是你说的，你们国家的饮食文化吗？"

金窈窕"嗯"了一声："清明是我们祭奠先祖的节日，那个时候，气候变暖，一整个冬天都看不到踪影的野菜就会出现。不过我们国家太大，每一个地方的习俗不同，我们家乡这一块，到了这个时候就会用艾草来做吃的。吃完这个青团，就像得到了季节的祝福，接下来的一年都可以顺顺利利，渡过难关。”

她还是那个平平淡淡的样子，并不表现出对黛比的同情，这反倒让黛比觉得更加舒适。

黛比看着眼前泛着草绿色的神奇团子，眼中有了笑意：“真是个神奇的国家。”

馅都是金窈窕和金父亲手做的，青团的外皮吃起来都差不多，到了一定的水准，就全靠馅料来提升滋味了。铭德旗下的餐厅，清明节也提供短暂的节气菜单，餐厅里卖的东西，就跟现在金家餐桌上的这些差不多。

新上的春笋，嫩极了，一掐都能出汁，被切成小丁，跟豆腐、肉末、大葱等材料搅拌均匀。这是肉馅的。

虾泥、香菇丁、木耳碎、肉末另起一碗，这是三鲜馅的。

虾头炸油，下咸鸭蛋黄，煸得粉生生的，再倒进南瓜泥、蟹黄，炒得咸中带甜，一股咸鲜。

红豆、绿豆蒸熟后去皮，一点点熬出来的新豆沙。

辣味肉末的、肉松的、芝麻核桃的……

青团里抹了油，揉得光滑圆润，细腻得感觉不到半点颗粒，上锅蒸熟。

叶白情还想着之前莫名其妙不见了的那只酒仙鸡，害得她硬是把剩下的蹄筋配着饭吃完了，因为太好吃，对那口没尝到的鸡越发耿耿于怀。

她半是当真，半是安慰黛比：“一会儿跟我一起多吃一点吧？金调的馅料，一定非常美味，而且你包得也很好，特别圆。”

黛比看着沾着面粉的双手，轻声说：“我觉得很有趣。”

在金窈窕的指导下包馅料，揉青团，不管是哪个步骤，都让她感受到了跟那天在铭德后厨里如出一辙的放松。她真的很久很久，没有这样舒服的感觉了。

青团的气味渐渐飘散开来，顺着蒸汽，到处都是艾叶特殊的清香，嗅着这个香味，就像是站在了春意盎然的森林里。

黛比闭着眼睛深深地吸了口气，然后掏出兜里的手机，开机，上面显示无数未接来电，她看着那名称下熟悉得简直可以倒背如流的号码，很久之后，按下了通话键。

电话那头的男友前所未有地迅速接听了她的电话，声音一如既往的温柔："黛比，你还在那个国家吗？我很担心你，你还好吗？"

黛比听着这个声音，轻轻回答："我很好。"

汤米松了口气似的："那就好，黛比，是那个医生做了让你不高兴的事情，对吗？我已经让他滚蛋了。"

黛比笑了笑。

男友又是那副深情的口吻："黛比，我爱你，我很想你。回来吧，如果你真的不愿意，我可以放弃跟她结婚的打算，我只要你在我身边。"

黛比的笑容变得更大，她拿着手机，缓缓走向金家大门，打开房门，看向外头的院子。入目是满眼的春色，阳光很温暖，空气里带着花香，一切都像背后飘来的青团香气那样柔软。

"汤米。"黛比说，"解约的工作，我会交给律师，他们很快就会找你。我会回纽约的，但我再也不会回到你的身边了。"

"黛比。"屋里的金窈窕叫了一声。

黛比回头，挂断电话，逆着光，金窈窕看不清她的表情，只能端着青团招呼她："干什么呢？青团蒸好了，快来尝尝。"

成熟后的青团柔软又可爱，绿油油的一小团，散发着诱人的热气。

金父爱吃肉，早就做好了记号，一拿一个肉馅。春笋提前焯过水，半点不涩，嫩得几乎可以称为酥软，肉馅汤汁丰盈，被青团柔软的薄皮兜着，趁热咬一口，满嘴都是浓香。

三鲜馅的也好吃，菇类和鱼虾肉原本就是绝配，更别提还是金窈窕的手艺。

金母吃到了那个南瓜馅的，一入口就瞪大了眼，咸鸭蛋的咸配合甜甜的南瓜合适极了，加上虾头油和蟹黄提鲜，跟青团的艾草香配得不能更配。

黛比嗅着香气，手上也被递了一个青团，她捧着看了一会儿，才轻轻咬了一口。

外皮果然是很特别的味道，像青草一样，但并不难接受，相反，青团咬起来软软糯糯，细腻弹牙，带着这股清新的草香，非常适口。

软软烫烫的南瓜馅带着甜味从缺口涌出来，流淌到她的嘴里，咸中带甜，甜里还带着鲜。

她仍旧吃不了很多东西，一口青团嚼了很久才咽下，她轻轻擦了下眼角。吃完这一口，接下来的一年，一定会顺顺利利，渡过所有难关的。

大洋彼岸的一家公司里，被挂断电话的人脸色苍白地回拨着刚才主动打来的号码，听着电话那头始终如一的提示音，双眼越睁越大，最终浑身颤抖起来。

回临江开股东大会之前，金窈窕送黛比去机场，上次带她来的那个朋友，这次也跟她一起回纽约。

医生和保镖们都走了，黛比一个电话叫来了一个律师军团，落地深城，只为护送她回去。

她和来的时候一样巨星风范，戴着口罩、墨镜和帽子，遮得严严实实，露出最多的皮肤就是手背。

临别之前，金窈窕递给她一个纸包，她愣了愣，打开后才发现里头原来是那天在铭德厨房里做过的花饼。

金窈窕说："秋天的时候加进桂花，馅料会更好吃，到时候你会再来做吗？"

黛比看着饼，片刻后笑着给了她一个拥抱，掷地有声地回答："我会的。"

第9章

网上很快热闹起来，就连金窈窕这个没时间上网的，偶尔都会接到几条后台推送的消息——

“惊变，新锐唱片公司DSB疑遭当家超人气歌手黛比解约！”

“DSB宣布黛比本年度新专辑延迟发售！”

“DSB负责人汤米·维多力辟谣言，称与黛比还在合约期内，且合作愉快，双方不存在解约纠纷！”

“DSB内部知情人透露，巨星黛比私下与业内知名娱乐公司接触，十年合作，走红后抛弃旧主？八一八名利场里翻脸无情的逐利者。”

金窈窕看到最后一条，忍不住皱起眉头，立刻猜测到这是黛比那位不想放手的男友撕破脸反击了。

黛比是欧美目前最能赚钱的歌坛巨星之一，她所在的公司却是个在业内排不上号的小公司，黛比虽一直在为公司赚钱，但入行十多年，毕竟不是从刚出道就走红。她是创作型歌手，公司资源不行，靠着自己的才华一步一个脚印才越来越有知名度。

近些年，她厚积薄发，人气以几何式增长，带动着原本籍籍无名的小公司也开始崭露头角。靠着黛比的名气，这家公司吸引了不少丰厚的资源，许多新人也因为他家出了个人气巨星，渐渐在签约公司的选项里添加进了这家跟许多大型娱乐公司规模不相匹配的新秀。

黛比的男友汤米借此身家飞速增长，眼看着大好前景，在这样的前提下，对方能轻易放手黛比这棵不可或缺的摇钱树才怪。

因为这些新闻和一些唱片公司放出的似是而非的消息，网络上一时骂战不断。黛比在国内的影响力绝对不容忽视，外头说什么的都有，有觉得黛比和这家帮不上忙，有时还会拖后腿的小公司早该解约了，解得好解得妙的，也有看完那些指向名利场纠纷的文章之后评价黛比翅膀硬了就解约的行为太翻脸无情的。

国内都是这样，海外的混乱可想而知，这样的情况下，即使解约成功也多少会被泼上污水，但很快，黛比展开了反击。

其实她也没有做什么，就是在自己的社交网站上清清楚楚明明白白地对所有人陈述了自己的病情，和自己在工作和情感上的经历。

让一个受伤的人开口对人解释自己的痛苦、暴露自己的弱点需要莫大的勇气，过去的黛比显然没有这份勇气，不论是出于自尊，还是出于不想戳穿自己给自己编造的幻境，这么多年了，她即便对身边的朋友都只字不提。

一直将她控制得非常完美的男友显然也没料到这个不论受到何种委屈都没有真正离开过自己的女友这一次会如此坚决。为了挽回黛比，他用尽一切手段，甚至还改变原定的计划，承诺会和那个政客女儿分手然后跟黛比结婚。

但他低估了一个女人的决心。

黛比的公开回应引发了比最初的解约新闻更加轰动的效应。

一时间，歌迷尽数沸腾，连警察都被惊动，上门开始调查那位疑似帮助唱片公司对黛比进行长期心理控制的医生。正在进行解约拉锯战的唱片公司更加被打得措手不及，对外宣传的渠道直接陷入瘫痪，黛比的律师团乘胜追击，势如破竹。

相恋多年，以这种方式结束，不得不说，是一个难堪的结局。

黛比澄清了自己的声誉，也终于抢占优势，可被男友这样施压算计，金窈窕放心的同时，不免有点担心黛比的心理承受能力，忍不住给对方关机了很久的手机发了条短信，鼓励她加油。

不料没多久，黛比居然主动给她回了个视频通话，那边是阳光正好的清晨，身陷鏖战的黛比正在……挖地?

金窈窕看着画面里蹲在地上挥舞小花锄的黛比:“你在做什么？”

她看起来一点也不像想象中的那样沉闷低落。

手机是别人拿着的，黛比戴着口罩，蹲着抬头看她，帽子下方的一双眼睛笑得眯起来:“金，你说得没错，我们国家果然也有你说的那种菜，公园里遍地都长满了！好多华人都知道来摘呢！”

她背后果然是不少大爷大妈，金窈窕看着蹲在老人群里一起薅公园野菜的大歌星陷入了迷思:“你看起来状态不错。”

黛比将一棵连着泥土的荠菜放进身边的野餐篮里:“金，这些天，我都是自己做饭的，等一会儿回到家，我会按照你教的做法，把这些野菜亲手烹饪成熟，不用担心我，我从没有比现在更好的时候了。”

她申请了人身保护令，汤米无法靠近她，但这些天，他不断通过各种方式联系她。

那个口口声声说了那么多年爱她的人，终于亲手戳破了她自欺欺人的梦，他拒绝结束合约，毫不留情地示意公司放出消息对她施压，甚至在这些手段不再有用后，绝望地对她破口大骂。

她知道汤米快要什么都没有了，她离开以后，他的公司会大受打击，发展会陷入停滞，甚至因为她不肯默默接受压力而袒露真相的行为，连被他正在追求的那个可以给他带来更多权势的女孩也毫不留情地离开了他。

那位政客的女儿在甩掉汤米后主动邀请黛比见面，她去了。

那女孩很美，很自信，很漂亮，还给她带了一束花。在她面前大骂了一顿汤米后，那女孩说:“黛比，干得好，你也挽救了我，我会去听你的演唱会的。”

社交软件上，无数粉丝正自发地保护着她，他们关心她的身体，就像跨越大洋给她发来短信的金窈窕那样。

黛比看着手中刚刚挖出来的，鲜嫩翠绿的，因为金窈窕才认识的野菜。

金说，吃完那颗青团，就会得到节气的庇佑，接下来的一年可以顺顺利利渡过难关。

金说的是真的。她想，她已经感受到来自那个黑发女孩的力量了。

临江，挂断黛比的视频后，金窈窕低头失笑。要命了，把不接地气的大明星带去挖野菜可还行？

她又有点为对方高兴，黛比的样子，明显是慢慢从阴影里走出来了。

金窈窕看向窗外，车开过熟悉的街道，停在铭德总部门口。她踏出车门，踩在平坦坚实的马路上，仰头看向前方的写字楼，眼神微动。

这是铭德，也是即将在她手上重新洗牌的战场。

今天的铭德总公司，员工们纷纷奔走相告："殿下回来啦！"

从把工作重心转移到深城之后，金窈窕回总部的次数就越来越少，员工们虽然不知道她为什么忽然回来，但内心里都因此雀跃不已，因为……

公司食堂的大师傅们听说殿下回总部，今天一定会工作得更卖力！

其实铭德的食堂平时已经吃得非常优秀了，完全成了大多数员工每日幸福感的最大来源，但御驾亲征久不回朝的殿下突然班师回朝，总部这群被留在朝中无法时时面圣的旧臣，为了争宠，不超水平发挥一下，可能吗？

果然没过多久，消息灵通的八卦群里就流传开了食堂今天临时修改的菜单。

单看文字，员工们的口水就差点哗啦一下淌出来。

"啊啊啊！芋泥南乳肉！这是铭德大院之后要上的新菜吧？我听说以后眼馋好久了！"

"椒麻鸡！有椒麻鸡！"

"还有鲅鱼丸子！我听隐宴项目组的人提起过！"

"红烩甲鱼和椒盐鲜鳝是哪个项目组的菜？朋友们来讨论一下。"

"谁知道，不过我已经发超话了。"

铭德超话，临江本地商圈的围观者们都是满脸的一言难尽，这公司能不能好了？

铭德员工看完菜单，浑身都充满了干劲，被腹内的饥饿催生出的浓浓斗志驱使，埋首疯狂工作起来。

公司实力眼看着一天比一天壮大，各部门的绩效标准紧跟着水涨船高，食堂超话走红以后，人事部收到的新人简历也比以前多了，铭德这种福利好、吃得好、工资高的公司上哪儿去找，未来的竞争一定会变得非常激烈。可千万不能自寻死路，给外头削尖了脑袋想进来的新人腾位置。

会议室外，是比办公区更加严肃的气氛。

提早到达的金父被一群股东拦住抱怨，这场会议的主题是他和金窈窕回来的前一晚才透露给公司里的股东的，看这群股东现在的样子，恐怕是昨晚都没睡好觉。

“大哥啊。”这些人七嘴八舌，“铭德的股权怎么能分给外姓人呢？这不是瞎胡闹吗？”

金父心里其实也有那么点剩余的传统观念作祟，可当着这些人的面，他半点都不能给女儿拖后腿：“有什么不行的，什么年代了还这种老思想？谁规定过公司里的股东就只能姓金？”

股东们一时哑然，不知该怎么说，金父摆摆手：“别跟我讲这些，现在我的决策权都交在窈窕手上了。”

他这句话里透露出的信息量一时让在场的很多人都怔住了。

之前那场驱逐金老三的股东大会，最后出来要股份赶人的到底是金父，金窈窕确实在公司活跃得很，但不得不说，在场不少股东都没朝那个方面想过。到底……到底只是个女孩啊……

说话间金窈窕到场，见他们聚在门口，挑眉问道：“怎么不进去？”

股东们如梦初醒似的看着她，金父背着手，没说话，看了她一眼后转身进会议室了。

金窈窕一时猜不出父亲那一眼是什么意思，她进去后刚要找地方坐，却见父亲一个转步，拖开了右首的椅子，坐了下去，将会议桌主座的位置空了出来。

金窈窕眉头微挑，进门的其他股东见状也都顿住，纷纷交换视线，眼神惊疑。

金窈窕看向父亲，术后恢复得越发有元气的高壮男人正襟危坐，动也不动。两秒钟后，金窈窕停顿的脚步重新迈开，朝着会议桌本该属于父亲的座位走去。

背过身的时候，她脸上微微笑了。父亲这样爱面子的一个人，现在却用他的地位做台阶来给她造势。

金窈窕收起笑容，转身落座，抬眼用目光扫视过所有股东，始终被她克制得恰到好处的强势终于毫无遮掩地倾泻而出："人到齐了，那就开会吧。"

股东们看看安静坐在右首的金父，又看看在主座坐得理所当然的金窈窕。也不知怎么的，刚才在金父面前都敢念叨几句的人，此时尽数熄了声。

第10章

可能是金父主动放弃首座的意味太过微妙，整场会议风平浪静，金窈窕开会之前还做过有人出面反对她该如何驳斥的准备，结果到最后竟一个出头的都没有，让她隐隐有些不习惯。

老顽固们这么好说话的吗？

散会后，她若有所思地离开，金父走后，一群股东才开始窃窃私语。

“你怎么不说话啊？”

“说什么？新官上任三把火，我送上门给她烧吗？”

铭德餐厅，金窈窕吃着今天的椒盐鲜鳝和鲅鱼丸子，鳝鱼是干煸过才进行烹制的，外皮被煸得焦脆，内里却很肥嫩，轻轻一咬，椒盐粒就伴着鲜甜的汁水一起涌进口中，连骨头都煸酥了，越嚼越香。

鲅鱼丸子，顾名思义，是鲅鱼做的，鱼肉打成泥，混进鲜肉，调味后徐徐加水不停搅拌，最后一挤一颗地成形入汤。脆嫩的丸子哪怕只用白水来煮都能煮出一锅海味，更别提煮在滋味本就出众的高汤里了。不过鲅鱼汤里的主角其实是蔬菜，水嫩嫩的娃娃菜，手掌那么大，切成两半入肉汤跟鱼丸一起煮，直煮到菜梗微透，菜叶柔软，吸饱了鱼丸和汤里本身的水陆两鲜，甘甜得无法用言语来形容。

父女俩对坐，也不对刚才股东会议开始前金父的举止进行多余的讨论。金父舀了勺浸透南乳肉肉汁的软烂芋泥送到口中，看着方才雷厉风行结束工作后又恢复成平常模样的女儿，眼底深处有笑意。

女儿是真的很能搞事，也真的比想象中更让他放心。刚才他往右边那么一坐，心里的很多担子忽然就跟着放下了，看着女儿代替自己站在那儿发号施令的时候，他心里的放松比怅然多。

金父开口评价刚才吃到的芋泥："嗯，入味了，南乳汁也调得很好，是你研究的？"

"嗯，本部食堂的这几个大厨是练出来了。"金窈窕琢磨着自己吃的那口椒盐鲜鳝，也跟着点头，"等新项目整合好，这批大厨都能调起来用，就是接下来铭德缺的人恐怕有点多，加上这些人还是不够。"

金父低头尝了口浓油赤酱的红烩甲鱼，眼也不抬地说："你现在管着两个项目组，再加上这个新项目，再坐在副总监的位置上有点不太合适。"

金窈窕抬眼看他。

金父："铭德还有个副董事长的位置，一直没人坐，你先暂代。等公司更稳定一些，人心都收拢了，爸再把手上的担子都交给你。"他吃了口甲鱼肥厚滑嫩的裙边，露出笑容，"一把年纪，也该服老退休喽！"

金窈窕笑了一声："胡说八道，您还年轻着呢。"

父女俩对视一眼，继续低头吃饭，平静得好像刚才他俩提到的话题不是关于整个铭德的未来归属权似的。

融资流程正式走完，已经是几个月以后的事情，这期间，铭德总部再次进行了大刀阔斧的改革，将未来深城的发展计划提上日程。

蕾秋和贾冰洋联系她，告诉她纪录片已经制作结束，正等待台里定档，金窈窕才恍然发现原来又到了深秋。

她打开窗，微凉的冷风吹拂进来，电话里蕾秋笑着说："可算尘埃落定了，天天吵架，吵得我皱纹都多了两条。"

电话里传来小孩咿咿呀呀的说话声，金窈窕笑着问："你把儿子接过去了？"

蕾秋工作忙，孩子一般都交给父母来带，按理说她这会儿在京城，孩子应该不在身边。

蕾秋沉默了一下才说："贾冰洋跑临江接来的。"

前段时间孩子发起高烧，她那时候在拍摄组，孩子打电话说想她，她也无能为力，当天她的情绪有点受影响，因为一点理念矛盾又跟贾冰洋爆发了争吵。

当时她也是情绪太复杂，吵着吵着居然吵哭了。贾冰洋被吓到了似的，原本还在据理力争，一看她掉眼泪，立马没了声音。

他俩从合作以来，几乎天天都要拌嘴，拌完嘴第二天还是一样工作。蕾秋以为那次吵完也就结束了，还有些因为掉眼泪觉得丢人。谁知道没多久，贾冰洋忽然离组一天，晚上披星戴月回组时，居然把她儿子从爹妈那儿接来了。

她走了一会儿神，才听金窈窕问："辛苦了，片子成品怎么样？准备定档在什么时间？"

蕾秋回神，笑了起来："台里有个一直很提拔贾冰洋的领导，看完片子以后很满意，说是能给咱们尽量早些安排。至于质量，晚些时候我把成品发给你过目，你只管放心好了，贾冰洋这个人虽然倔，但水平真的可以，我这段时间也学到了很多东西。另外，这次拍摄其实挺顺利，从立项到完成就用了几个月的时间，京城台还没有出过这个题材的纪录片呢，他领导挺重视的。"

不久，金窈窕果然收到了蕾秋发来的成品，她点开看了十来分钟，眼神微动。

她虽然信得过贾冰洋的水平，可她知道的让贾冰洋崭露头角的作品毕竟不是这个题材，作为投资人，她肯定不敢对结果抱以百分之百的信心。但看过成品之后，她心中悬起的最后那一点不安终于彻底消失。

金窈窕没时间看完全集，十几分钟后她收起手机，换上之前准备好的礼裙下楼。她手上拿着一张烫金请柬，是今年的临江商会发来的邀请。

今年的商会除了照常给金父发了请柬，也单独发了一张给她，金窈窕这次本来可去可不去，毕竟铭德只需要一个人到场就够了，只不过父亲前段时间复查身体，医生说术后的病情控制得很好，但建议不要过多应酬。

外头已经有点冷了，金窈窕顶着寒风到会场，刚落地就听到一旁的人在窃窃私语："晶茂今年来不来啊？"

"不知道啊，听说晶茂沈总最近把工作重心都转移到深城去了，临江市因为这个上门打听了好几次呢。"

"嗨，急什么？沈总肯定因为什么事情耽误了，我前几天带人去明珠山看枫叶的时候还看到过他的车子，他在临江的。"

"他真住在明珠山啊？我听说好几次了，还不相信，那边那么靠近景区，平常游客多得要死，怎么看也不像是沈总的风格啊，怎么会把房子买在那儿？"

金窈窕越过他们朝里走，沿途跟几个认出自己的人微笑。

明珠山的名字灌进耳朵，眼前好像就蔓延开了一片红。

那里的枫叶是金窈窕此生见过最美的，每到这个时节，都红得漫山遍野。作为临江历史最悠久、名气也最大的风景区，每年到了秋天，她都会跟父母或者朋友去赏一次枫叶。小时候，她试图跟父母软磨硬泡，希望能把家安在明珠山脚，这样秋天的时候一推开窗户，眼前就都是她最爱的风景。

但父亲那个性格，不喜欢太热闹的地方，明珠山大部分区域都是开放给游客的，最美的时节，游客也最多，天南海北地汇聚在一起，吵吵嚷嚷，交通堵塞，风景再美，居住体验也肯定很糟糕。母亲虽然喜欢热闹，可向来顺从，父亲不同意，她也不会无条件地满足女儿。

因此很长一段时间，这都是她心中的执念，她跟身边的很多朋友都提起过。记得有一年秋游，学校组织去明珠山，她站在一颗大石头上毫无包袱地张开胳膊朝山下喊："我早晚有一天要住在这里！"

结果一回头，发现沈启明也在，他就坐在不远处的一棵树下看书。那会儿他还是个冰凉冷郁的少年，比现在被商场历练出的形象更加尖锐，看人的眼神都像带着刺似的，被她吵到，他倒是没生气，合拢书瞥了她一眼就走了。

当时她在沈启明面前还是温言细语的小可爱，发现自己吵到了对方看书，那叫一个无地自容，结果没想到，当时的她一语成谶，多年后她跟沈启明的婚房，居然就坐落在这片枫叶里。

订婚那天，沈启明的爸妈很晚才来，手挽手亲亲热热地出现了不到半小时就又走了，当时金窈窕挺紧张的，沈家父母走后，她紧张地问沈启明，是不是他们不赞同他俩在一起。

沈启明平静地说："不会，他们很喜欢你。"

她还想追问，沈启明就起身离开了，没一会儿就拿了串钥匙给她。

就是明珠山那幢别墅的。

金窈窕立刻松了口气，问他是不是沈家爸妈留下的礼物。毕竟沈启明的性格比金父还爱安静，怎么看也不像是会把房子买在明珠山的样子。

沈启明当时看着她高兴的样子，"嗯"了一声。

她就这么住在了明珠山，在景观最好的那幢房子里，看着山上的枫叶红了又绿，却没想到有一天自己会主动逃开梦寐以求的风景。

出国以后，她所在的地方并不长枫树。当时她没再跟沈启明产生任何交集，也并不打算回国，但可能是思乡吧，刚开始的一段时间，她总是很想念那片贯穿了她大半人生的红枫。因此秋天来临之前，她专程跑了很远找了片枫树林，捡了很多枫叶回家挂在窗边。

后来她所在的那个地方居然开始种起了枫树。

她那时候有点惊喜，还专程去帮种树的工人干了点小活。监工的人很和善，告诉她自己是代表出资的环保机构来监督栽植的，还免费送了两棵枫树到她的院子，她给钱都不要。

于是她窗外的一片街景，又换成了她爱的颜色。很长一段时间，那都是她每个秋天的慰藉。

现在她再度失去了枫树，可人在临江，距离明珠山不过半小时车程。金窈窕仰头望了眼天幕，目光微动，突然有些想去明珠山赏枫，只不过听那些人话里的意思，沈启明现在还住在那里。

也对，金窈窕想起来了，她之前回国的时候，沈启明也是没搬家，当时过去的年头比现在还久。

正回忆着，一旁忽然传来让人生气的嗓音："金总。"

金窈窕一回头，果然是程琛，戴着眼镜，笑得让人很不爽。

她跟着笑起来："程总，您现在该叫我金董了。"

程琛沉默片刻，推了下眼镜，扯开嘴角，声音从牙缝里挤出来："忘了，没来得及祝贺您高升。"

此时远处一阵骚动，人声远远传来——

"沈总！"

"沈总您可算来了。"

闹哄哄的，金窈窕皱眉朝那边扫了一眼，果然见比周围人都高了一个头的沈启明鹤立鸡群地出现了。他神情平静地跟上来问好的人说话，穿着深灰色的西装，宽肩长腿，赏心悦目，身后跟着一群助理，还追着个女的，挺眼熟，金窈窕没多久就想起来了，哦，以前好像也是差不多的时候就有这位来着。可能也是这场商会？反正是被记者拍到对方跟沈启明同乘一辆车，不过她当时装作没看到。可能是因为害怕？

金窈窕想着已经记不起来的心路历程，有些想笑，却见人群中的沈启明目光转了过来，在她身上停顿片刻后，朝旁边的程琛扫了下，眉头微皱，然后走了过来。

程琛还要说话，瞧见沈启明径直靠近，愣了愣。

沈启明甩开会场里的其他人，走到金窈窕身边，看了程琛一眼，又看了程琛一眼。

程琛被看得发毛："沈总？"

沈启明面无表情地跟他握了下手："你好。"

金窈窕瞥了他俩一眼，以为他俩要谈事情，拿着酒杯朝旁边走去，沈启明两秒后却又跟了上来。

金窈窕回头："沈总，您跟着我干吗？"

沈启明看着她，语速比平常似乎略快一点："我只带了助理，没有带女伴，那个女伴是蒋森的，蒋森的车半路坏了，才一起坐我的来。"

金窈窕沉默了一下，有些没想到这个过去她甚至不敢问的问题居然会是这样的答案。

沈启明还是看着她："我不认识她。"

金窈窕抬眼："哦……"

跟我说这个干什么？

沈启明看着她，余光又朝后面的程琛瞥了一眼，见金窈窕似乎没有跟自己说对方的打算，微微抿了下嘴。

远处有人找沈启明，金窈窕拿着酒杯垂下眼："沈总，那边叫你呢。"

沈启明看了一眼，是商会的人，却没有立刻动身，依旧看着金窈窕："家里的枫叶红了。"

金窈窕愣了下，再次抬头："什么？"

沈启明的睫毛在灯光下打出一片暗影，看不清他的神色，只能嗅到一如既往熟悉的雪松气息。

撞上金窈窕的视线，他好像笑了笑，却没再多说什么，抬手递了一样东西过来："我过去了，你少喝点酒。"

他长腿迈开，朝着找他的那群中年人走去。

金窈窕留在原地，垂眸看着自己的手心，是一片火红的，完整的，漂亮得没有半点缺陷的枫叶。

她眉头缓缓皱了起来。

京城广电，才给金窈窕报告过进度的蕾秋和贾冰洋却等来了一个不好的消息——领导突然来电，说原本准备给贾冰洋安排的那个黄金档期没批下来。

贾冰洋都已经开始筹备宣传稿了，突然得知这个结果，当然无法接受："刘哥，不是说那个空档暂时还没有节目上报吗？片子又没问题，也过了审，为什么突然不行了？"

第11章

刘哥就是京城台里一直对贾冰洋颇为赏识的那位领导，看到贾冰洋给出的纪录片成品后，他十分满意，恰巧京城台此前从未发行过类似题材的纪录片，他之前还给贾冰洋打包票，说一定好好推广这部作品。

这会儿局势突生异变，他为此还跟台里的人吵了架，也恼火得很，又觉得对不住贾冰洋的付出，长叹一声："小贾呀，台里的其他领导发的话，咱们胳膊拗不过大腿，哥也没办法，劝你还是算了。"

台里的其他领导……

贾冰洋挂断电话，有些难以置信，他争取的档期并没有稀罕到那个份上吧？更何况又没有节目安排，怎么会有领导特意开口去搅黄？

蕾秋的儿子高烧早已经退了，近来跟蕾秋在拍摄组里玩，被大家宠得已经不像刚来时那么胆怯，他拿着蕾秋给的小蛋糕跑来给贾冰洋吃，见他脸色不好，瑟缩了下，举着小蛋糕小心翼翼地喊他："贾叔叔？"

贾冰洋回过神，立刻露出笑容，蹲下来咬了一口他捏在手里的小蛋糕："真好吃呀。”

小孩被他一哄，又高兴了，蕾秋却敏锐地感觉到了他笑容里的勉强：“贾冰洋？你还好吗？”

贾冰洋沉默地嚼着那口滋味普通的蛋糕。

他知道刘哥劝他是为了他好，他没本钱，没靠山，也习惯了退让低调，当初林森一个调令就空降成他付出无数心血的制作组的领导，他半句抗议都没提过，但这会儿一口气横在胸口，却怎么也没办法像以前那样咽下去。

这部片子，已经不是他一个人的片子了，金窈窕投资的钱，那么多人员的忙碌，蕾秋为了不耽误进度，跟他风里雨里地跑，连孩子发烧都没办法回临江探望，那么强势的一个女人，担心到吵架时憋不住委屈地哭。

贾冰洋抿着嘴，松开孩子，腾地站起来：“不行，我得去争取个说法。”

他本想去找领导争取的，却不料撞上一个出乎意料的对象。

林森领着一群下属坐在办公室里，瞧见他，只撩了下眼皮，口中嗤了一声。身边的那群下属面色各异地打量着贾冰洋，其中还有不少他认识的。

贾冰洋愣了一下：“林森？你怎么回来了？”

他都快要忘记这个人了，自立门户以后，刚开始，他还有点想做出自己的理念给林森看的心思，后来每日忙碌于拍摄的各种工作，心思彻底投入进了作品，渐渐很少会去回想过去跟林森的纠纷了。更何况林森跟他本来就不是一个世界的人，他草根出身，撞了大运得到金窈窕的投资才有机会实现自己的抱负，为了省投资人的经费，他带着拍摄组的一众成员拼命压缩不必要的花销。林森却是含着金汤匙出生，轻而易举地就能空降坐镇他争取已久的纪录片组，拿着台里批下的巨额经费，也不着急赶工，至少贾冰洋带着成品刚回京城的时候，没听说他有什么片子要上，只听到有人说他正带着组里的人在海外度假。

林森听他这么问，冷笑一声：“我不回来，难不成看着你在台里上蹿下跳？”

两秒钟后，贾冰洋意识到了他这句话里的意思：“林森，我片子的档期被刷是你干的？”

林森懒洋洋地玩手机，余光都不给他一个：“少给我泼脏水啊，台里的决定，关我什么事？人家无非是觉得我的片子更适合这个档期。”

贾冰洋难以置信：“你的片子不是早就定档了吗？”

他以前跟林森还在一个组的时候，就听林森得意地经常提，说台里的亲叔叔已经给他铺好了未来的路，他的片子还没出来，就注定会在全年最火爆的春节黄金档播放，海外的宣传渠道也早早准备齐全，只等他大功告成，就进行投放。

但春节档至少是几个月以后的事情，他从没想过要跟林森争个高低，眼下争取的这个档期，也远远比不上春节档的含金量。林森居然放弃春节档的资源，来跟他抢这个时间，说林森没抱着故意跟他过不去的心思，哪怕是傻子也不会信。

林森终于有了反应，放下手机，讥诮地转向他：“贾冰洋，你搞这个制作组出来不就是想跟我别苗头吗？怎么着？被我踹出组怀恨在心，自立门户不算，还想回头来抢我的东西哪？告诉你，少做梦了，京城台第一部美食纪录片，你以为你抢在我前头交片就能拿到台里给我的宣传资源？我该说你自不量力好呢，还是说你痴心妄想好？”

贾冰洋错愕地看着他：“你在说什么？谁要抢你的宣传资源？”

林森：“少给我装蒜，贾冰洋，真看不出来，你个浓眉大眼的，肚子里小九九还挺多，果然穷山恶水出刁民，说的就是你这种不择手段的泥腿子。”

贾冰洋被他骂得狠狠闭了下眼，手指都颤抖起来，但为了片子，他还是拼命忍耐，好声好气地说：“行，我不跟你抢这个第一，你也不用担心我抢你的宣传，你想先上，我就让你先上，等你的片播完了，我再争取下一个档期。”

林森盯着他看了一会儿，眼中的讥讽更浓：“那你就试试呗。”

贾冰洋愣住了，片刻后提高声音道：“林森！我希望你的针对可以到此为止，片子里投入心血的不只我一个，我也对你构不成威胁！”

林森耸了耸肩，转头朝背后几个因为他们的争吵不敢作声的下属笑了笑，示意他们欣赏贾冰洋此刻失控的情绪。

他迈步朝外走去，路过贾冰洋的时候，抬手拍了拍他：“贾导，你想下我的面子，还指望我不追究？不好意思，我这人性子直，眼睛里揉不进沙子，你那片子想上，还是等我心情好点再说吧。”

他面带笑意地离开后，贾冰洋在原地怔了一会儿，等领导过来，才迟疑地问："领导，这次的档期我可以不要，但您总得给我个确定的答复，究竟什么时候能排时间给我的片子。"

他接到刘哥的电话时，原本还以为只是想要的档期出了问题，纪录片延后再上也是可以的，毕竟发行许可证都办下来了。但刚才林森的威胁，明显大有深意。

领导看看他，果然笑着打太极："小贾啊，台里最近忙得很，你这个事情不急，等大家商榷商榷再决定。"

贾冰洋的心立刻凉了，他将这个消息告诉给刘哥后，对方也怒了，出面为他争取。可刘哥能做的有限，再者贾冰洋声名不显，台里的人并不当回事，最后也没争取到什么进展。

贾冰洋去了临江，给金窈窕谢罪："金总，我对不住您的投资，是我给纪录片组惹来的麻烦。"

因为忙深城即将展开的大项目，金窈窕最近都待在临江的铭德总部工作，她抽了个空，直接在家里接待客人。除了贾冰洋，蕾秋也来了，这位暴脾气的灭绝师太坐在贾冰洋旁边，倒没有埋怨贾冰洋，而是一起道歉："窈窕，组里的人都在努力争取，但是希望不大，对不起。"

有空的时候，金窈窕会负责家里的晚餐，秋天可吃的食材很多，比如肥肥壮壮的黄油蟹。

黄油蟹很大只，外表跟青蟹差不多，只有吃的时候才能尝出区别，普通螃蟹只有蟹盖里的那一点膏黄，黄油蟹却连关节里都能填满，只需清蒸，就是秋天最鲜甜的滋味。

锅里蒸着蟹，金窈窕手上处理着新鲜的莲藕，面对愁云惨雾的两人，她这个投资人的情绪倒是平静得很，抽空还跟蕾秋打趣："你怎么黑了那么多？拍摄很辛苦吧？天天在外头晒太阳。"

蕾秋苦笑："窈窕，说正经的呢。"

金窈窕掰了一小块莲藕咬了一口，因为足够嫩，这藕生吃都脆甜脆甜的，她说："急什么，许可证不是已经下来了？"

贾冰洋叹了口气："金总，您可能不了解这个行业，有许可证但是压着不让播的电视剧多了，有些拖了一两年都不稀奇，林森要是真的打定主意要跟我为难，说不准就能拖延到那个时候。要不然……要不然……"他咬了咬牙，说，"要不然，您把我从拍摄组里除名吧。"

蕾秋皱起眉头，金窈窕也白了他一眼："胡说八道什么？"

她投资的是贾冰洋这个人，又不是图他的这部作品，纪录片的投资在她看来，本就是提前结下善缘而已。更何况贾冰洋这人不赖，这么久的交情了，她犯不着为点钱把人家拖出来踩，那成什么了？

贾冰洋见她这个反应，有点愧疚又有点感动，垂着头说："您的投资，那么多人的心血，我……我着急啊。"

莲藕切好，倒进高汤里，金窈窕倒进糯米和排骨，盖上锅盖："急有什么用？想办法解决问题才是该做的，你们台上不了片，不能换个台试试吗？"

贾冰洋苦笑："刘哥也帮我想过了，可我没名没气，又是第一部片子，播了可能会得罪林森，还不一定能掀起水花，明摆着是亏本生意，谁会去做？"

到底还是因为他太没用，否则也不至于被林森打压到这个地步，连帮他争取的刘哥都跟着在台里遭白眼。那些人未必跟他有仇，只不过是觉得没必要为了个无名小卒跟林森作对，也只有金窈窕这个伯乐还愿意不放弃他而已。

烤箱里的红薯熟了，散发出甜蜜的香气，烤盘取出，红薯被烤得皮开肉绽，糖汁都流淌了出来。

金窈窕戴上手套，将金黄色的红薯肉用勺子挖出来，碾碎，倒进糯米粉。这是用来做红薯球的。

红薯也可以蒸熟，只不过金窈窕觉得吸饱了蒸汽的红薯吃起来没有烤出来的香。高温脱去水分之后，红薯变得格外香甜，连糖都不用多加，倒进牛奶，揉成圆圆的团子。团子中间戳个小眼，压入新鲜的水牛芝士，包起来。

金窈窕想了想，忽然说："实在不行的话，就放在网络上播吧，拍了那么久，被压着不见天日，怪可惜的。"

贾冰洋怔了下，迟疑道："可不上星，回报方面，平台可能会比较苛刻……"

纪录片又不是什么自带热度的电视剧，更何况还是个没名气的导演拍出来的，没有哪个平台会愿意花大价钱去买，贾冰洋之前也想过这个选择，只不过他始终割舍不下京城台那么广阔的舞台。

金窈窕揉着红薯球，笑了一声："有什么关系？只要别买断，等知名度上来，回报肯定会有的。"

那倒确实，近些年各大电视台引入网络热门大片的举措并不鲜见，然而……那都是具有相当关注度以后才能获得的待遇，贾冰洋对自己可没那么大的信心。他也不知道金窈窕对他为什么能这么信任，但不得不说，被金窈窕这么一安慰，他觉得前路似乎也平坦了起来。

金窈窕朝他和蕾秋招招手："别坐着了，去洗个手，过来帮我。"

金黄色的红薯球，热腾腾软糯糯地在手中成型，嗅着那股带着奶味的甜香，贾冰洋逐渐放松了很多，轻声道："金总，您真的不担心我把您的投资打水漂吗？"

金窈窕看了他和蕾秋一眼，蕾秋不太擅长做饭，贾冰洋一边做，一边把蕾秋没捏紧的红薯球拿来收尾，看得她一笑。

"别想那么多了。"金窈窕不紧不慢地说，"既然给了你投资，就是信得过你这个人，再不济，就算这次投资真的打了水漂，又不是没有再爬起来的机会，贾冰洋，你的路还长着呢，别给自己太大的压力，想做什么就去做吧。"

贾冰洋揉着红薯球，眼眶忍不住热了下。

红薯球油炸，锅里的莲藕糯米排骨也炖好了，咕嘟咕嘟冒着泡，散发出秋天特有的浓香。也就是这个季节，才能吃到这么新鲜的莲藕，再过几个月，都不是这个香味了。

金家一直常备着高汤，拿鸡和大骨吊着，炖得又清又鲜，莲藕在里头滚过，原本甜脆的质地成熟，变成了粉糯的新口感。

糯米被炖得黏糯，让汤也跟着变稠，排骨颤颤巍巍，轻松脱骨，肉味赠给高汤与食材，也收获了莲藕和汤中的曼妙。

"好香！"

金父和金母回家，刚打开家门，就嗅到这股鲜味，皱着鼻子分辨了一会儿：

“哟，今天吃藕啊？也对，秋天就得吃这个。”

贾冰洋跟蕾秋要忙活纪录片的事，等不到吃饭就得走，金窈窕给他们打包了炸好的红薯球，这会儿另起一锅正在炸新的。她“嗯”了一声，问父亲：“新项目组的宣传放出去了？”

融资结束之前，她就开始让深城分公司物色合适的店面，现在该做的准备都已经做好，时机成熟，市场放在那里，只等铭德大刀阔斧去开拓。

金父点头：“筹备那么久，资金全投进去了，铭德接下来的挑战可不小。”

金母进厨房给金窈窕帮忙，将滚烫的红薯糯米球捞出，看了看这对越来越习惯无时无刻随时谈工作的父女。生意上的事情她一点也不懂，只知道女儿似乎比丈夫手笔更大，进公司还没多久，就促成了一项自铭德创立以来前所未有的大项目，让见惯大场面的丈夫都有点吃不消。但莫名的，她总觉得丈夫担忧的话语里藏着那么点说不出的小骄傲。

盘子一端出厨房，一本正经的丈夫就闻着味道走了过来。

金母咬了一口，红薯球很脆，咬下去的时候发出一道清晰的咔嚓声，酥皮下却一派软糯。甜蜜的红薯香味格外浓郁，包在里头的清爽的水牛芝士流淌出来，烫到了她的舌头。

金母嚼着脆糯的红薯球，一边觉得烫，一边撒不开手：“好吃！”

“铭德大院现在销量最高的甜点就是这个。”金窈窕笑着将糯米莲藕排骨汤的锅盖掀开，让岑阿姨帮忙端出去，“入秋以后，隐宴的糯米藕也卖得很好，食堂里也是，最近上这个菜，部门职工跑得比平常都快。”

秋天的藕最新鲜，随便做做就是一道好味，更别提跟高汤排骨炖在一起了。

金父拆了只黄油蟹，这是寻香宴秋季的应季招牌菜，昂贵无比，也销量惊人。金窈窕爱吃蟹，他也好这一口，厚厚的蟹膏在蟹身里无处不在，对喜欢膏黄的人来说，吃起来实在过瘾得很。

金窈窕喝了口藕汤，汤中的糯米很软滑，被肉汤炖烂，颇有种稠滑的质地，配着酥糯的藕块，一口咬下，细密的长丝就从断裂处有趣地生长起来。

窗外的树上，风吹过，枯黄的叶子悠悠飘落下来。像藕汤和火红的枫叶一样，都是属于秋天的味道。

不过，对深城的另一群人而言，秋天的味道就显得不那么美妙了。

铭德放出了即将在深城开业多家分店的消息，惊动了尚家一大批人。

换季，夏老太太有点感冒，得知这个消息后连躺都躺不住了："金家这是什么意思？夏仁不是已经叫人去卡了他们的贷款吗？好好的，他们哪儿来那么大手笔？该不会是没卡住吧？夏仁，你快打电话去问问你朋友。"

夏仁有点忧愁："我那朋友好久都没跟我联系了，不知道怎么回事，我给他打电话，他就说在忙，不肯出来喝酒。"

他最近莫名其妙失去了很多朋友，比如铭德分公司所在园区的那个中年领导，再比如深城银行的高管好友。也不知道怎么的，以前大家都来往得挺好，抽空也经常寻欢作乐，但好像一夜之间，他的那些朋友仿佛变了心的渣男一般，跟他无疾而终了。

他当然想知道原因，只是大家原本就是酒肉来往，称不上深交，疏离以后，更不可能掏心掏肺。中年领导还好，只是搪塞他而已，那位银行高管就厉害了，仿佛存着怨气似的，连他的电话都不肯接。咋回事呢？

夏仁有点想不通，只能说："我之前问过，铭德没拿到银行的贷款，真的。"

因为高管朋友不接他的电话，他还是托旁人打听到的。

夏老太太瞪着眼，忽然想到了什么："肯定是那群吃里爬外的东西！肯定是他们！他们又帮着铭德来对付你哥了！"

一旁的尚荣沉着脸："没证据的话，不要胡说。"

夏老太太却来了劲，拍着床道："还要什么证据？用脚指头都能猜到，铭德在临江那么多年都不温不火，一来深城，动作一个比一个大！你爸的那群徒弟，之前还想把咱们家的菜谱交给人家，屁股歪得都没边了！"

尚荣沉声说："行了，最后人家也没拿走。"

"那是老二自己说的，菜谱又没还给咱们，你知道他背地里有没有偷偷送过去？你知道吗？"夏老太太气得哭了起来，"天哪，吃咱们的喝咱们的，最后拿咱们的东西出去摆阔！家里怎么就养了这么一帮白眼狼？"

她越骂越生气，声音也越拔越高，门口一群来探病的徒弟都沉默了。

老二抿着嘴，运了运气，心说这是师母，不能计较。

马勒却没他爹那么深的养气功夫，听到夏老太太说话那么难听，眼睛立刻就瞪大了，把手上拎着的礼物一丢，打开门怒目而视："说谁白眼狼呢？嘴巴放干净点！"

夏老太太吓了一跳。

老二试图阻止儿子："马勒！"

马勒却甩开父亲的手，环顾屋里一圈："说话要讲证据！尚家的菜谱我爸看得比命还重，连我都不肯给，怎么可能送去给金家？之前要给金家那丫头，也说好了要让她拜在师爷门下，人家说不肯，我爸就再没联系过他们了！"

尚荣看到身后那群尚家台柱子不好看的脸色，皱起眉头，知道不能让他们这么吵下去了。夏老太太见马勒对她嚷嚷，却腾地来了火："说得冠冕堂皇，谁知道你们背地里真的做了什么？我问你们，铭德要在深城开的那些新店，里头没有你们的手笔？"

老二愣了一下："铭德要在深城开新店了？"

刚放出来的消息，他确实一点没听说，金窈窕拒绝了菜谱后，他为了避嫌，也为了避免尚家多想，再给铭德添麻烦，已经很久没跟师兄主动来往了。

夏老太太却一点也不相信："还装！你们还装！别以为没人知道，铭德之前来深城开分公司的手续就是你们这群人出的手！还有他们家新店开业，你们敢说自己没去捧场？！"

这是老二等人帮助铭德的唯一的两个忙，自问都在对得起尚家和师傅的范畴内，夏老太太却不清楚，只觉得有一有二就有三。

老二长长地呼了口气："师母，您不用担心我们拿尚家的利益开玩笑，我跟师弟们心里都有数。"

夏老太太浑浊的眼睛盯着他，明显是半个字都不想相信："那你把菜谱还给我们。"

又是这个"还"。

唯独这一点，老二绝不退让："师母，这是师傅留下来的，我不能随便交给你。"

他不妥协，夏老太太的不信任就越浓重，怒极开口道："你师傅留下来的东西，我不能放心交给你才对！还尚家的利益？你以为我会相信？你们连股权都没有，尚家的利益只有尚荣和我会担心！你们捞尚家的钱，拿去帮铭德，这就是你们说的心里有数！"

尚荣听到这里，皱起了眉头："妈！"

可已经迟了，马勒险些气得跳起来："你会说人话吗？啊？"

他爸这些年都快把尚家的公司当作自己家的卖力了，不光如此，连对他都严格要求，字字句句教导他一切以珍珑的利益为先，甚至不惜牺牲自己本该能得的好处。

以往大家没遇上大矛盾，表面和和气气，马勒还以为尚家也拿他们当自己人，父亲才会这么无私奉献。结果这个老太婆不念好处就算了，还颠倒黑白，要不是看她年纪大，马勒能骂得她怀疑人生。

老二闭了闭眼，仍勉强保持体面地扯了把儿子："不许这么对长辈。"

加上之前送菜谱的事情，两次了。这么多年，他跟师母就爆发过这两次争吵，却听到了太多让他心凉的内容。那不是争吵中气急说出的口不择言，而是师母根深蒂固的想法，脱口而出的心里话。

他突然觉得很累，他这些年跟师弟们究竟在坚持什么呢？除了他们，没有任何人把他们当作尚家的一分子。

尚荣的脸色很难看，他也隐隐觉得铭德的大手笔里有自家这群台柱子的出力，可摊开来讲，到底不利于珍珑的稳定。但他不赞同母亲冲动的同时，也为这群人被戳穿后还表现得理直气壮的做法不快。

他想到老二上次对他说的话，"师傅留下的东西，不是天经地义就该给你的"，再联想到铭德的扩张，他的神色越发阴沉。

老二懒得跟他们多说，领着儿子和师弟们走了。

门外，一群师弟都很沉默，马勒余怒未消，踏出尚家大门后，转头看了隐忍的父亲一眼："爸，这就是你说的让我事事为先的'一家人'？"

老二没说话。

父亲隐忍的样子让马勒更来气了，他可没经历过什么拜师学艺的过程，也无法感同身受父亲对尊师重道四个字的执念。但以前，他是真的以为尚家对他们也跟父亲对尚家似的掏心掏肺。

他是尚家第三辈的首徒，因为父亲从小教导，视扛起尚家的未来为己任。那次他去铭德偷……拿走那只酒仙鸡后，他心中一直隐隐有个念头，却被肩头的责任感压了下来。

结果，呵呵！

临江，金窈窕接到程琛的电话，程琛笑眯眯地对她说："金董，明晚八点，京城一台黄金档，《天下美食》节目有我们沐合公馆友情出镜，记得收看哦。"

程琛现在三不五时就主动来找她嘚吧嘚几句，金窈窕都搞不清他哪儿来那么多精力，于是不为所动地笑道："是吗？那祝您的节目收视长虹哦。"

挂断电话，她收到贾冰洋发来的消息，说他们的那部纪录片定在几天之后开播，只不过不是京城一台，而是一个蛮大的视频网站。

金窈窕收起手机，合拢衣襟，仰头看着前方漫山遍野的红叶。

枫叶的观赏期快结束了，既然她人在临江，抽空还是来了一趟，果然跟记忆里一样美。

身旁有车停下，她转头看了一眼，是沈启明。

金窈窕愣了下："沈总下班回家？"

明珠山的别墅区好像不从这里走。

沈启明从车里出来，身上还穿着一丝不苟的正装，对上她的视线，说："我去铭德找你，他们说你来这里看枫叶。"

金窈窕看着他："找我有什么事？"

沈启明垂眸道："我以为你要回家。"

他说的家指的是哪儿自然不必挑明。

金窈窕没理会，她怎么可能回去，但想了想，还是问："沈总，你那天为什么给我带枫叶？”

沈启明轻声回答:“我以为你会喜欢。”

金窈窕的眉头慢慢皱了起来。

近段时间，沈启明让她感到极为陌生，他的很多言行，完全不符合他原来的风格，例如他现在说的这句话。

她看着沈启明，沈启明站在火红的枫叶里，也垂眸看着她。

她已经不再是那个事事都谨言慎行不敢多问的她了。目光交汇，身旁有枫叶随风飘落，金窈窕打量着对面被红枫笼罩的人，忽然开口——

“沈总，你难不成真的喜欢我？”

第12章

金窈窕问出这个问题的时候很冷静。过去的她无数次想问这个问题，但从来没有真的开过口，那时的她被很多情感和患得患失束缚，但现在已经不是了。

沈启明怔了，望进她澄澈明亮的双眼里，不知道她为什么会这么问："当然。"

明珠山的秋天，满地落枫，树叶随着微风打着旋落下来。远处有游客成群结队的喧闹声传来，但似乎被挡在了某个结界之外，车边的方寸之地，静谧得只有细密的沙沙声。金窈窕陷入了一种奇妙的矛盾，仿佛过去和现在的时空交织在一起，一端惊涛骇浪，一端静谧如水，分不清哪一边才是真实的。

沈启明看着她，眉头却渐渐皱了起来："窈窕，你为什么这么问？"

金窈窕半晌后笑了一声："沈总，所以我俩退婚以后的这段时间，你出现在我身边，到罗切斯特、到寻香宴、到深城，偷偷给铭德投资、给我送枫叶……做的这些事情，都是因为喜欢我？"

沈启明没有犹豫："是。"

金窈窕觉得有些不可思议，她因为沈启明近来反常的举动生出的这个怀疑，居然得到了确定的答复。她想到过去那个脑子里只有恋爱的自己，倘若那个时候，她能得到那片对方送来的枫叶，恐怕会高兴得一个晚上都睡不着。

沈启明的感情和回应，她过去梦寐以求的东西，居然在过去的自己消失以后，让现在这个对感情弃如敝屣的她得到了。是啊，也对，过去的那个自己连她看来都觉得可笑，恨不能抹杀得一干二净，又怎么能指望被别人看在眼里？

金窈窕沉静下来，将那两片交织的时空彻底挥灭，转开眼，摊手接下一片被风吹来的枫叶。枫叶已经干枯，很脆，缺失了边角，没有沈启明送来的那片漂亮。

她笑着说："沈总，现在的我跟以前很不一样吧？谢谢你看得起现在的我，不过抱歉，现在的我不想跟任何人谈感情。"

放弃那些多余的东西，她的人生果然不再糟糕。就像她之前跟黛比说的那样，有些人天生可能就不适合拥有感情。

沈启明看着她雪白的手心跟红枫鲜明的色泽对比，隐约感觉到金窈窕话里的不对劲，沉默地皱起眉头："为什么？你哪里不一样了？"

金窈窕丢开树叶，闻言皱了下眉。

沈启明跟她大眼瞪小眼，忽然意识到什么似的，不太熟练地干巴巴开口道："对不起，你穿什么都好看。"

金窈窕愣了一下，我跟你说的是这个吗？

司机从车里探头出来，小声开口："沈总……这里不好停车。"

明珠山是景区，交通堵塞得厉害。

金窈窕从沈启明那个莫名其妙的回答里回神，回头看了看周围拥堵的游客和车，不再多想，开口道："沈总先走吧，从这里拐出去，后面那条路就可以回别墅区。我也该回家了。"

沈启明："我要回晶茂，刚好送你。"

金窈窕看了眼时间，开口道："沈总，您今天有应酬？"

沈启明："没有。"

金窈窕笑了："没应酬您回什么晶茂？"

现在是下班时间，沈启明这个人的强迫症表现在方方面面，比如他的洁癖，再比如他每晚没有应酬或出差，绝对准点下班回家的习惯。

他会在六点钟以前准时到家，然后待在家里处理工作，一本接一本地看那些从公司里带回家的文件。他也不去书房，就待在客厅，于是金窈窕在屋里活动时总能看到他拿着不同文件审阅的样子。有时候金窈窕也很奇怪，他干吗不去书房，书房安静多了，客厅却总有她看电视的声音。

只是沈启明没有对此提过意见，每次都静静坐在看电视的她身边，偏又什么话都不说，只一味地工作，严肃的样子让家里的几个保姆走路都变得轻手轻脚，她看电视的音量也跟着越调越低。

现在已经快六点了，沈启明却说："有点工作，我回去加班。"

金窈窕倏地蹙起眉头："加班回晶茂？"

沈启明没觉得有什么不对似的，答道："嗯。"

金窈窕盯着他，忽然说："沈总，我以为你是下班立刻回家的那种人。"

沈启明正拿手机搜索着什么，闻言看了她一眼，睫毛下平静的目光带着理所当然："你又不在家里。"

金窈窕不说话了。

沈启明瞥到她的表情，沉默了一下："窈窕，你怎么了？"

金窈窕又问了一个自己以往从未问过的问题："沈启明，你以前准时下班，是为了什么？"

沈启明因为她的提问，迟疑了下："陪你。"

金窈窕怔了怔："沈总，您的陪法可真特殊，看文件都不带说话的，我还真看不出来您是在陪我。"

陪得她多少年都不能好好看黄金档的电视剧。但她从不知道，对方过去准时下班回家居然是这个目的。

沈启明垂眸看着她，低声说："我不知道你在意这个，对不起。"过了一会儿又问，"上车吗？"

刚才因为沈启明说喜欢她，心里生出的那一点为过去的自己的意难平不知道跑去了哪里，金窈窕没好气地说："上你个头。"

车里，沈启明掏出手机，屏幕上亮着他刚刚搜索的《直男一百道求生欲测试题》。

前方的司机见后头的老板表情严肃地摆弄手机，忍不住偷看后视镜，这是在忙什么大业务吧？

沈启明一道一道做，做完全部，跳出分数:二十五。满分一百。

已经第二次做了啊……他放下手机，看向窗外，眉头紧锁。

司机更小心了，连车速都放慢了些。看来老板这是遇上难题了啊，之前谈跨国并购案他都没这么外露地发愁过。

金家，金窈窕将一把装饰枫叶插进花瓶，摆弄了一下叶片，偏头欣赏着这抹鲜红。

手机响了一声，她掏出一看，是新闻软件发来的推送，关于林森那部《美食天下》的。

这是京城台的第一部美食纪录片，投资相当雄厚，估计是为了捧林森，《美食天下》在宣传上斥下巨资，片子还没上映，广告就打得沸沸扬扬，无人不知，连京城台的广告位都抽出不少用来介绍这部纪录片，网上的各种推文更是打着弘扬民族传统美食的旗号，不少观众都对此期待不已。

与《美食天下》相反，贾冰洋拍的那部《华夏珍馐》，因为不签买断，又是新导演的第一部片子，上播的视频网站对它称不上特别重视，虽然给了该给的待遇，但比起《美食天下》的阵仗，可以称得上是寒酸了，网上的人也基本没几个知道贾冰洋的名字。

两部片子差不多的放映时间，京城台受尽宠爱的纪录片如期而至。金窈窕打开电视，也给了个收视率，想看看把贾冰洋压得无力反抗的那位公子哥的作品。

记忆中她看过一点，但没剩下多少印象，就记得画面挺高端的。

恢宏的片头特效一看就花了不少钱，片子也符合她记忆中的样子，第一个出场的就是售价高昂的鱼子酱，金发碧眼的法国厨师用贝壳勺小心翼翼地挖出一小点，伴着音乐盛在一片金箔上。

她看了一点后，不得不承认拍摄的主题和食材真的很烧钱，但她看着看着，竟想找个毛毯把自己裹一裹。

背景音里，旁白字正腔圆地介绍着屏幕里那位法国厨师的来历，以及这个品牌的鱼子酱需要多么遥远的空运，一克售价多少钱。金窈窕啧啧几声，怪不得没留下印象，这美食节目究竟在拍什么呢？

不过，到底是投入了大量广告宣传又占据了优秀平台的新片，黄金时段，被宣传吸引的观众还是很多的。京城台里，林淼看着记录表上飞快攀升的收视率，靠在沙发里撑着下巴笑了一声。

一旁有下属报告："林导，贾冰洋的片子定在斑马视频播出了，跟咱们差不多时间。"

林淼听到斑马视频的名字，嗤笑一声："还真是网播，上不了台面的东西。"

他掏出手机，刷着节目组官博，凭借前段时间砸下去的钱，官博粉丝已经超过百万，节目播放后，很明显许多关注的粉丝都在收看，最新一条的宣传内容下，看评论就知道很多粉丝在一边看电视一边实时打字反馈。

前面几条热门评论都是无意义的"啊啊啊"，翻到最新评论，才逐渐看到有意义的内容，不少粉丝用叹为观止的语气感慨着节目组的大手笔。

林淼轻笑一声，刷新了一下，冷不防看到一条最新的："只有我觉得有点失望吗……说好的华夏美食，结果又是和牛又是金枪鱼又是鱼子酱的，看起来倒是挺好看，可这些食材距离普通人太遥远了吧？看得提不起劲来。"

林淼脸色一冷，直接把这个账号拉黑。

爷拍的片子是给你们这种泥腿子看的吗？华夏美食就不能高端创新？这片子可是要在国外播放的，他可不想给外国人留下中餐油烟缭绕的印象。

被拉黑的那个网友收到后台提示的时候都惊了，翻了个大白眼，直接关掉电视，上自己主页吐槽了一条，然后逛起了别的。

他是被广告宣传吸引来的观众之一，本来为了这个节目，他还特地点了外卖准备下饭，谁知看了半天，除了觉得贵，一点食欲都没能激起，他失落地推开外卖，躺在沙发上搜索起别的乐子。

打开斑马网站，等待的新番没有更新，他百无聊赖地乱逛起来，结果无意中收到首页的一条推送，说是美食纪录片开播。

他一看美食纪录片，还以为是刚才拉黑自己的那个，顿时来气了，结果仔细一看，居然是另一个名字。国内的美食纪录片可不多，怎么一开播还扎堆来呢？

之前没怎么听说过这个片子的名字，刚好无聊，他还是点了进去，打算看个热闹。

这片子倒很有网播的风范，没搞什么高大上的特效，片头比起刚才那部《美食天下》简单许多，却很有味道。

升腾而起的火焰，一口铁锅颠起，锅里同样升腾着火焰，旁边冒出一双筷子，朝火里一夹，夹出四个大字来——华夏珍馐。

那口锅和那团火可太有味道了，看得人不自觉就暖和起来。

这个网友笑了一声，觉得这个网播纪录片似乎比京城台大肆宣扬的那部片子更贴合宣传内容，他懒洋洋地靠在沙发里看了一会儿。

五分钟后，他捧着手机，唾液泛滥地奔向桌上刚才被自己推开的外卖。

觉得《美食天下》有点让人失望的网友不止这一个，节目开播后不久，网络上就渐渐出现了吐槽的声音，说这片子看起来总让人觉得怪怪的，出场的厨师不是外国人就是海外留洋回来的米其林海归，高端是高端，可顶着华夏美食的名头，实在让人感觉文不对题。不少去节目官博提出质疑的人还都被拉黑了，一时间这些被拉黑的人聚在一起牢骚不断。

结果在这一堆人中，忽然冒出来一个活跃的博主，亢奋不已地发了一堆图片，说："被拉黑的朋友们！看看我推荐的这部纪录片吧！博主我已经配着它吃了三碗饭了！"

网友们还以为他是来给《美食天下》宣传的，结果一点开图片，不见金枪鱼和鱼子酱，却是锅盘内浓油赤酱的食材飘着热气腾腾的白烟，有油光发亮的烤鹅、颤颤巍巍的红烧肉、松松软软被撕开的葱花卷……看着图片都让人食指大动。

金窈窕收到贾冰洋打来的电话，他有些激动地告诉她，投放在斑马视频的片子播放量在一段时间的低迷后，突然迎来了质的飞跃。

她点开对方发来的链接，是纪录片的第二集，右下角的视频播放量已经近百万，还在不断攀升中。

第二集的主题，恰好就是在铭德取的景。

金窈窕想起那天自己做的是一道罐焖肉。

贾冰洋团队里的摄影师很好，将制作的每一个步骤都拍得清晰诱人，罐焖肉用的五花肉其实挺肥的，被他们拍出来，却一点也不显得腻。

猪五花切成大块，表皮先经过明火烘烤，再整块肉进行煸制，直煸到肉块四周焦黄，逼出油脂，才下锅烹煮。瓦罐底部铺进笋干菇块，再把烹制到汁水半干的肉块塞进罐里，周围的空隙填满菜干，倒进肉汁，入蒸箱蒸到天荒地老，掀开盖子，隔水的食材吸饱肉的滋味，肉块火红油亮，酥嫩到发颤，倒进盘子的一瞬间，菜干鲜花绽放似的散开，笋干和菇块莹润地停在烘烤后格外柔韧肥厚的猪皮表层。

金窈窕“啧”了一声，觉得自己研究的菜干摆放位置实在很不错，绽放的一瞬间配上音乐，美感惊人。

作为掌勺者，她不可避免地出镜了，以前没经历过这种拍摄，她上镜时其实是有点紧张的，表情格外严肃，但出来的效果却不错。

弹幕铺天盖地——

“啊！肉啊肉啊肉！”

“我做错了什么？为什么要在深夜九点被安利这个片子！”

“默默爬起来点外卖……”

“绽放的样子也太震撼了吧！不敢奢求肉，给我吃一口香菇也行。”

“掌勺的小姐姐好美！大师风范！第一集《他乡》里我也看到她了！一眼钟情！她做酸菜鱼的时候真的好温柔！老奶奶吃鱼的时候我居然哭了！”

“是铭德啊！临江人哭了，没想到有朝一日能在美食片里看到家乡的名字，铭德这家餐厅历史很悠久！是我们临江之光！这个小姐姐叫金窈窕，是铭德的下一任接班人！她真的很美很牛的！”

“我枯了，我真的枯了，这个肉一看就好吃，可临江好远，不知道猴年马月才能去吃一次……”

“来深城吧，刚看到的消息，铭德马上要在深城铺开分店了。”

“看完《美食天下》面无表情的我哭了，我家乡也有这种做法，小的时候奶奶用瓦罐给我炖红烧肉吃，自从奶奶去世以后，再也没人做好肉等我放学回家了，奶奶我想你……”

“讲真的，这片子质量真的不像是网播水平，怎么之前一点动静都没听说？明明比《美食天下》要好看很多啊！那边简直是炫富，菜做得漂亮是漂亮，可一点感觉都没有，明明这才是我华夏美食啊！”

“这么好的片子为什么只有这么点播放量？不行！我要做自来水，去朋友圈安利！”

另一个屏幕面前，贾冰洋双手合十挡着嘴，目光一动不动地盯着那些不断刷新的留言，眼神闪烁，指尖微颤。

拍摄了那么久，又历经波折才上线，得到观众好评的这一瞬间，他摇摆不定的信心才终于安然落肚。

蕾秋抱着孩子坐在旁边一起看，看到那些评论，露出笑容：“贾冰洋，效果不错，你终于出头了。”

贾冰洋想到过去的种种，忽然有些想哭：“辛苦你了。”

之前没有跟林森硬碰硬而压下来的宣传直到此时才真正发挥作用。因为前期的蛰伏，不少观众都觉得这个纪录片组很穷，甚至自发为他们安利。有了口碑的力量，只需要一点点推动，推广效果就事半功倍。被吸引来的观众越来越多，播放平台骤然接收到这样惊人的流量，也看到了这部纪录片强大的潜力，甚至不需要贾冰洋争取，平台就主动倾斜更多的推广渠道，《华夏珍馐》的知名度滚雪球一般扩大，很快，讨论这部纪录片的话题随处可见，反倒是前期一枝独秀的《美食天下》，在有了对手做对比的情况下，热度日渐走低。

京城，林森看着网络上大片大片《华夏珍馐》的名字，眼神冷得像是没了温度："怎么回事？啊？宣传费都花到了哪里？啊？我要你们干什么吃的！"

下属被骂得委屈："该给的钱我们都给了，可观众的倾向我们又把握不了，您看，这几个跟咱们片组相关的宣传，投放量都很大，可底下的评论区，观众都拿咱们跟贾冰洋作对比，还有人直接在评论区里拉人去斑马视频，反倒是给他们做了嫁衣。"

林淼听到这话气得手都颤抖起来，这段时间他在节目官博下拉黑了不知多少做法类似的人，现在从别人口中听到，只觉得自己的脸皮像是被人放在地上踩："贾冰洋被你说得那么厉害，是给他们下蛊了吗？工作不得力就是工作不得力，少给我狡辩！"

下属被骂得嘴皮子都哆嗦了，可又不敢正面跟在台里背景深厚的林淼对喷，只能偷偷用余光瞥过去。怪他们宣传不得力，怎么就不觉得是你的片子拍得不行呢？台里再有资源，也控制不了观众的审美啊。

林淼的拳头握得咯咯直响。

其实他也知道台里的人不可能对宣传不上心，可他实在是难以忍受风头被贾冰洋抢去。明明已经把那个泥腿子赶走了，贾冰洋的纪录片别说在京城台，就连其他卫视都上不了，最后只能放在跟他的出身一样上不了台面的网播平台露脸。就这样都硬被他爬了起来，还踩着他的名号上位。他凭什么？

林淼知道这些天台里不少人都在偷偷看他的笑话，当时把贾冰洋赶走他有多风光，现在他看起来就有多可笑。

他这辈子没受过这么大的屈辱，气得眼眶都红了，嘴皮子哆嗦半天，声音从牙缝里钻出来："也不知道他用的什么手段，小人一个，敢骑在我脑袋上拉屎，我不把他打服气，这辈子就甭想在外抬起头了。把我手机拿过来！"

下属递给他手机，谨慎地问了句："林导，您要干什么啊？其实咱们收视率也还行，撑撑也能过去。"

林淼冷冷地看着他："什么叫撑？也就是国内这群观众没见过世面，一群跟贾冰洋似的泥腿子才把他捧上了天。"

他说罢，打开手机，搜索自家叔叔的电话，打了过去："叔，你得帮我把贾冰洋和他那部片子封了。”

他叔叔有点烦他的小心眼：“你也是，把人家档期刷下来就得了，还不依不饶个什么？人家贾冰洋又没干什么，这事不好办，我拿什么名义搞人家？”

林森气得拔高声音：“他把我的脸放在地上踩了都！您就说您帮不帮我？一句话吧！”

他叔叔向来宠爱他，被他磨了半天，算是答应下来，林森挂断电话，冷哼一声，朝旁边目瞪口呆的下属开口道：“咱们片子在海外的投放已经开始，走的跟他根本就不是一个路子，咱们是奔着世界去的。就他一个在国内网播平台挣扎的，拿什么跟我杠？”

下属被他睚眦必报的做派有点吓到了：“林、林导，有必要吗？封人没那么容易吧？”

林森觉得他见识短浅，冷笑一声：“贾冰洋没名气没资本，也就是一群乡下人捧他臭脚，你真当他多有能耐？等咱们片子在海外红起来，我弄他就跟弄只蚂蚁差不多。”

然而没多久，才答应了他要求的叔叔主动给他打来电话，说事办不了。

林森胸口一梗：“为什么？”

他叔叔有点不耐烦地说：“为什么？还不是因为你自己不够底气，你上网看看吧，人家热度趋势比你那破片高多少？上头的领导已经注意到这个片和贾冰洋的名字了，刚收到的文件，让咱们关注他。”

林森问他，他还烦呢，贾冰洋之所以离开京城台，跟他脱不了干系，万一上头追究起来，他又是一堆麻烦，全是这侄子给他惹出来的。

林森挂断电话，怔怔地打开他叔叔发来的网址，赫然是海外著名歌手黛比的个人社交主页。

第一条的动态就是一个视频，文字写着“推荐一部美食纪录片”。

林森看了一眼这个视频右下角的播放量，眼前一黑，竟比他投放的作品高了数倍有余。

国内那些没见过世面的也就罢了，外国人怎么可能也买这些油烟味的账呢？

第13章

大洋彼岸，黛比开着视频，在金窈窕的指导下亲手做煎牛排。她刚开完一场演唱会，精神很不错，人也稍微结实了些。

牛排边缘的些许肥油在铸铁锅里滋滋作响，黛比把一块黄油放在肉面上，笑着展示给金窈窕看：“我现在能吃一点肉了。”

金窈窕笑着说：“我这里桂花已经开了，上个月我采了很多腌进那瓶花蜜里，味道果然更好，你什么时候过来？”

黛比望着镜头一笑：“抱歉，我要爽约了，接下来我还有六场演唱会，至少要等到明年才能有空去找你。”

成功解约以后，她换了一家新公司，规模和实力在业内数一数二，因为她本身就具备的资本，新公司对她非常尊重和小心。

新公司给她请了新的心理医生，是个很好很温柔的人，也不逼迫她吃东西，知道她正在学做菜以后，只鼓励她在空闲时间可以动手做些有趣的菜品。黛比沉迷于细致又神奇的烹饪过程，自己做出来的东西反倒能多吃几口，慢慢的，她吃得越来越多，现在的食量虽然仍旧比不上正常人，可已经足够维持她的健康所需。

她长了点肉，粉丝们并不嫌弃，反倒还很高兴，夸奖她身体健康以后唱歌越来越有中气了。

黛比嗅着融合了黄油后散发出淡淡奶味的煎牛排香气，依照金窈窕说的，将蒜块和迷迭香丢进锅里，想到过去，痛苦的记忆竟已经有些模糊。好像就是人生的一道坎，跨过去后，越走越远，再回头看时，那原本巍峨到好像无法越过的障碍渺小得像一颗砂砾。

说的虽然是爽约的话，金窈窕却听笑了，一点也不生气，反倒还为黛比感到开心："没关系，等你明年再来时，罐子里的桂花腌熟，又可以添槐花了。还有，谢谢你帮我们宣传纪录片啊。"

黛比说："我是铭德的股东，铭德投资的片子，我当然要出力。更何况，金，你们的纪录片拍得确实很好，我看到那些菜的时候，就想起了你。"

黛比这样的名气，宣传一部纪录片，自然吸引来了无数她的粉丝观看。

海外平台突如其来的热度，把贾冰洋都吓到了，铭德融资成功这件事情暂未对外界公开，他自然不知道黛比和金窈窕的关系，不免震惊于一位国际巨星主动为自己的片子宣传这件事。事实上，他本就没想过要在海外宣传，他又不是手握整个京城台国际资源的林森，他没那个本钱。这部片，他是拍给自己国家的观众看的，也不觉得需要去讨好谁，之所以同步放到海外，无非是想让在外生活的同胞们品尝到一点故土的味道。

相比起来，京城台为林森的造势才称得上野心勃勃，京城台文化输出做得本来就不弱，手上那些渠道几乎全部倾进林森的作品里，但即便如此，也没见有哪个跟黛比同一级别的明星出来帮忙推广的。

贾冰洋第一时间就想到了金窈窕，他打电话过去问，金窈窕果然知道，却也没多解释，只让他好好处理一下英文字幕，借着这个机缘拼一把。

挂断电话后，贾冰洋感动得不行。黛比的身价有多高，即便没合作过，他作为圈内人也心里有数，想请动她帮忙，花钱不说，光门路就不知道有多难找。金窈窕投资他的作品不说，还这样出人出力。

靠着这部片子爆红，他如今接收到了许多圈内人递来的橄榄枝，但金窈窕的这份赏识之恩，即便他日后真的出头，也永远不会忘记。

海外，两个拍摄组的争端再次悄无声息地展开，进度却很不相同。

麦克在休息时间收到首页推送，闲来无事，戴上耳机，点开那部广告里据说是从华夏而来的片子。因为家里女友的缘故，他对女友国家的许多东西都很感兴趣。片子开播，做得十分用心，竟专程配了英文旁白，他看得毫无障碍，觉得拍得还行，就是不怎么有记忆点，水平中等偏上吧。此时旁边的一个同事端着咖啡瞥了眼他的手机："你也喜欢法餐吗？那我给你推荐我觉得拍得最好的法餐纪录片……"

麦克摘下耳机，愣了一下："我看的不是……"

同事端着咖啡杯露出迷茫的神情："抱歉，我看到里面的菜还以为是法餐，还觉得拍得挺一般。"

麦克听到这话，有些意外地看了眼手机，脑子里跟着生出同样的念头来。

确实。

他照着同事说的那部法餐纪录片的名字一搜，点开，立马就觉得这部果然质量更高，差不多的菜色，法国人拍的明显更有文化特征，他看着看着，就把刚才那部水平一般的忘干净了。

回家后，他见女友团在沙发里聚精会神地盯着手机。麦克脱下外套，笑着打招呼："亲爱的，你在干什么？"

女友说："我在看我们国家的美食纪录片，黛比推荐的，现在很火呢。"

麦克以为女友说的是他看过的那部片子："真的吗？我觉得那部片子一般，怎么会火呢？你可以试试《××》，拍得更好。"

女友愣了一下："《××》不是法餐纪录片吗？跟我们华夏菜有什么关系？"

麦克摊开手："我觉得差不多啊。"

女友莫名其妙地看着他："你在说什么？"

麦克想起女友是黛比的粉丝，尴尬地笑了一声："好吧，是你喜欢的艺人推荐的，那就算了，我陪你继续看。”

他走过去，看了一眼屏幕，却愣住了：“咦？”

手机里传出来的旁白并不是熟悉的母语，而是浑厚有力的另一种语言，只有屏幕下方的字幕让他看懂了画面里正在做的是什么东西。

屏幕上的菜肴跟他白天看过的纪录片大相径庭，拍摄的地点也不是整齐划一的餐厅，反倒更像是家里的厨房，微黄色的暖洋洋的灯光下，一口大大的蒸锅正在冒着热气，蒸锅旁边，瘦削的黑发女孩正用修长的手指摆弄着一块面团。

她的手可太巧了，轻轻几个动作，柔软的面团就被压扁，包进馅料，合拢出漂亮的褶皱。

画面里传来小孩子清脆的声音，镜头转动，只见一个小不点踮着脚在她身边看。

远处一张巨大的圆桌上，摆开数不清的餐盘，桌边有人走动，莫名给人非常温暖的感觉。

麦克看着画面里的女孩捻面，感到新奇又陌生，一时竟忘了自己刚才想说的，安静地坐在女友身边看起了手机。

他问：“这是在做什么？”

“她在做年夜饭。这是《华夏珍馐》的第三集《节庆》。”女友轻声回答，“在我们国家有很多传统节日，最重要的就是新年。每到新年，家人都会团聚在一起吃年夜饭。这是非常幸福的一件事情。”

麦克听着，露出向往的表情：“真有趣。”

画面上那些前所未见的菜色也很有趣，屏幕上那女孩白净精致，动作和神情却非常利落，偶尔转向家人时，平静的眉眼里才会显露出淡淡的温情。

她将包好的饺子下锅，又拾掇起别的菜品。

麦克在她的手中看到了许多前所未见的菜，好奇地一边看一边问女友。

片子拍摄得也好，画面清晰，收音更加细致，镜头拉近，肥厚的外皮被炖煮到近乎半透明，油汁四溢的三黄鸡、在汤汁里咕嘟咕嘟沸腾着的酥烂柔软，一戳就晃的红焖蹄髈、从碗里扣出来的顶部嵌着蜜枣，光糯米就有五六种颜色的八宝饭……

热锅下菜，锅里的火轰隆一声冒起老高，配合音效，震撼非凡。画面漂亮极了，出来的菜品看上去也十分精致。

怎么说呢……不是法餐的那种精致，而是另一种特有的精致，被包得个个圆胖漂亮雪白的饺子、色泽美妙得像彩虹一般的八宝饭，这些东西，是麦克在同事推荐的那部顶级法餐纪录片中看不到的。

麦克好奇地问："这就是华夏菜吗？好像跟我吃的不一样，我以为你们国家平常在家里也吃麻婆豆腐和糖醋鸡块。"

女友翻了个白眼："我们好吃的东西多着呢，你们不知道而已。那些店里卖的一点也不正宗，片子里做菜的这个女孩是我们国家非常著名的餐厅老板，你看她做的，就知道我们平常吃什么了。"

麦克看着那张圆桌上琳琅满目的菜色，回想起刚才的做菜流程，只觉得刷新了既往的认知，生出无穷好奇来："有机会的话，真想去你的国家看一看。"

这部纪录片给他的感觉太新鲜了，配合上听不懂的语言，虽然从没吃过那些东西，可隔着屏幕，仿佛也能感受到它们的美味。

节庆啊……他无限好奇起那片自己从未踏足过的土地。无限遐想中，他一低头，却见女友端着播放完毕的手机哭了起来。

麦克吓了一跳："你怎么哭了？"

女友捂着脸，眼泪滑落下来："我好想家，好想家啊。下一次更新要到五天以后，天啊，为什么我不会做菜？好想吃白斩鸡、饺子、八宝饭、红焖蹄髈啊……"

麦克赶紧哄她："别哭了，下午我也找到了一部你们国家的美食纪录片，我们继续看吧。"

谁知视频打开，女友瞥了一眼，却生气起来："这才不是我们国家的菜呢！"

类似的场面同时在许多地方上演，因为黛比的宣传，不少世界各地的华人都得知了《华夏珍馐》这部纪录片，点开之后被馋得要死，专程找到《华夏珍馐》的官博留言——

"一边看一边掉眼泪，三年没回国了，看到第三集《节庆》，一边肚子饿一边哭得停不下来……”

“在留学，看完《华夏珍馐》以后学着片里的做法给自己炖了红烧牛腩，嘻嘻，房东一家把汤底都刮干净了。”

“呜呜呜，节目组杀了我吧！我在英国，又不会做菜，今年一定要争取回国过年！”

华人圈口口相传，继而自发向身边的朋友推荐，加上黛比的影响力，这部风格独特的纪录片吸引了相当可观的海外观众，一时间《华夏珍馐》的海外频道粉丝量迅速攀升，每一集的更新下都写满了不同国家的留言，对华夏美食好奇的、思念家乡美食的、来跟节目组申请其他语言的字幕翻译的……

林森怔怔地看着自己斥巨资推广过的节目主页，也有被推广吸引来的观众留言，但播放量却始终上不去，留言也不是他想象的那样，大家在看完片子以后对华夏美食刮目相看。

比起因他的作品好奇华夏美食的，反倒是海外同胞质疑他到底在拍什么东西的留言更多。反观贾冰洋那边，热闹得就像他镜头拍摄到的铁锅里的火焰。

贾冰洋的片子在国内收获好评，他虽然意外却也不是不能接受，对方拍的那些油汪汪的菜，到底是这片土地的人们每天都接触的东西。观众没见过世面，欣赏不来高端的阳春白雪，看不懂他先进文明的创新理念，很正常，可海外市场不同啊，出国的华人们也都见过世面，怎么也吃贾冰洋油烟弥漫的那一套呢？

可无论他想得通还是想不通，有一个结论显而易见，那就是贾冰洋真的起来了。

被他一脚踹出组，又一脚踹出京城台，贾冰洋靠着这部他看不上眼的纪录片，起来了。

林森还没能从巨大的落差中抽离，更多的糟心事接踵而来。

京城台的各项工作是紧跟时事的，近年来经济形势逐渐稳定，便开始慢慢抓起了对外文化输出工作，否则以之前贾冰洋在京城台里的地位，也不可能申请下来全台第一个美食题材的纪录片项目。虽然后来他被这个辛苦组织起来的项目组一脚踹开，但他重新组起来的拍摄组带着华夏美食的名号不仅走出国门，成绩还越来越好。

原本只是注意到《华夏珍馐》这个名字的高层领导真正上了心，台里的人就跟着有了动作，开会商量买进《华夏珍馐》的工作。

工作一进展，之前的很多事情就都瞒不住了，大领导这才知道这部自己审批通过的片子本该最开始就在京城台播的，许可证都办好了，最后却莫名其妙跑去了一个网播小平台。这太不正常了，不用多想都能看出不对，他皱着眉头问："到底怎么回事？这么好的片子，知不知道正面意义有多大？当初为什么会走？为什么没把人留下来？！"

不少人眼神乱飞，偷瞥林森和林森的叔叔。

林森沉着脸不说话，他叔叔却嘴里发苦，赶走贾冰洋这事可以说是他一力促成的，按理说，这事不怎么大，踢走一个籍籍无名的小导演能引发什么后果？但坏就坏在，人家拿的是莫欺少年穷的剧本。

桌对面，因为贾冰洋被逼离开耿耿于怀很久的刘哥看着他俩勾唇冷笑："领导，这您可就得问问林主任了。"

领导看着被提到的林森的叔叔。

林叔看了刘哥一眼，起身镇定回答道："其实也没什么，就是小贾这个人，性格太刚烈，不服从安排，对台里给他安排的档期时间有异议，一气之下就走了。但领导，这也是没办法啊，台里的档期就那么多，当时除了小贾的片子，小林的片子也要上，小林拍的那部《美食天下》可是台里的重点栽培项目，不管从哪方面看，都需要优先考虑。我哪里知道小贾的脾气会那么大，说让他等，他就撂挑子走人了。唉，还是太年轻，沉不住气，是我的失误，没劝住他。"

领导听得皱起眉头，一时觉得贾冰洋确实执拗，又忍不住皱着眉头看了眼他身边的林森。

台里的第一部美食纪录片上线，他肯定也是听过名字的，也知道林森给出的成绩不太好。更别提还有《华夏珍馐》做对比，林森拿着比人家多了好几倍的资金，最后翻起的水花居然连人家的脚后跟都摸不着。

他什么也没说，但被审视的林森却轻而易举地读懂了他眼中的不满，羞愤无穷无尽地涌上他的心头，脸皮烫得发疼。

领导看着他，忽然又想起了什么："等下，我记得那个小贾之前跟小林是一个组的，后来才出来自己成立项目，这又是怎么回事？"

林淼听得眼皮一哆嗦。

他叔叔比他老练得多，睁眼说瞎话都不带脸红的："那个啊，小贾那个人吧，反正不知道怎么回事，当时非要小林往取景素材里加一个关系好的餐厅，就是他那部纪录片里的铭德，至于为什么，我在这儿也不好乱猜。但小林肯定不可能同意啊，好好的纪录片里乱插关系户像什么话？听说那个叫铭德的公司出了一大笔投资，小贾就走了，还真拿他们家餐厅拍了新片。唉，现在他成绩好，我们没什么可说的，小贾走的时候，还带走了好几个组里的人，耽误了不少工作，可孰是孰非，都是一笔糊涂账。我是不觉得小林有错。"

刘哥估计没想到他能这么无耻，气得发笑，想要开腔，却被旁边的同事拉住，朝他微微摇头。

这位林主任是上级，得罪太狠没有好处。

林叔的目光冷冷地转向刘哥，眼中满是威胁。

他说的话半真半假，实在是可信度很高。领导的眉头皱得更紧了，真的假的？

会议后，林淼的叔叔僵着脸对林淼说："趁着现在领导还不知道，你去把贾冰洋劝回来，赶紧握手言和，不然我也保不了你。"

林淼咬着牙，一场会议下来，他的肺都被戳疼了："我去找他求饶？您不如杀了我得了。"

他叔叔气得不知说什么好："知道什么叫能屈能伸吗？你当人家还是以前呢？现在台里在抓对外文化输出，领导就算相信了我的话，也肯定要把贾冰洋的片子买进来。到时候万一闹起来，别说你，就连你叔叔我，在他跟前也得笑眯眯！"

林淼梗着脖子，捧着自己碎成渣的尊严，眼眶都气红了。但还没等他收拾好自己的情绪，一波未平一波又起。

网上，两部美食纪录片的粉丝掐起来了。

第14章

《华夏珍馐》的走红让贾冰洋这个原本籍籍无名的班底骤然有了姓名，热度提升很快，有许多地方电视台主动联系片组商议买版权播放，这样突然冒出来的一匹黑马，少不了吸引媒体的关注，有些媒体为了热度，就开始将同期上映的两部纪录片放在一起对比。

同类型的作品，又撞上如此暧昧的档期，本来就很容易起摩擦，一来二去，粉丝们就被媒体遛出了火气。

《华夏珍馐》虽然口碑好，可毕竟才开播不久，吸引来的粉丝数量有限,《美食天下》那边，虽然口碑不尽如人意，可前期营销得厉害，各种推文里给导演林森包装了不少漂亮的人设，什么高富帅、才子、赤子心，又有京城台这个平台做背景，他拍的纪录片虽然没取得比《华夏珍馐》更好的成绩，可花了那么多的投资，拍出来的画面水平到底在及格线上，不少网友还是吃这一套的。

于是掐起架来，双方竟也势均力敌。

一边说就那破片拍的什么玩意儿都不知道，竟然也敢来跟《华夏珍馐》相提并论？另一边则说《美食天下》虽然拍的感觉跟华夏美食没什么关系，可也只是跑题，人家镜头拍得还是挺好看的。更何况导演根正苗红，京城台出来的高帅富，《华夏珍馐》这种靠着网播火起来的纪录片，才出名多久，就嘚瑟得不知道自己姓什么了，连京城台出来的作品也敢看不起？你们家的片子倒也想上呢，上的去京城台吗？

两边粉丝掐得不可开交，也不知道哪儿来的大神，把贾冰洋过去的履历挖出来了。发到网上后，一石激起千层浪，众人这才知道原来贾冰洋之前居然跟林森在同一个拍摄组，之后才因为不明原因自立门户。

这里头可供思考的空间就太多了。知道他俩有矛盾的人虽然不多，但也不少，其中有些人就悄悄出来匿名讲起了这两部纪录片的导演背后不得不说的故事。

林森看到那些讨论度越来越高的帖子，心都凉了。

要是放在过去，被人知道他对贾冰洋做的那些事，他根本就不在乎，可坏就坏在，现在的贾冰洋已经有了一群为他冲锋陷阵的粉丝，事情曝光的时机还这么糟糕，恰好是在京城台的领导关注贾冰洋这个名字的时候。

他想到叔叔说的那些话，又想到万一被领导看到这些内容的后果，这才察觉自己真正遇上了攸关未来的危机，原本怎么都按捺不下的自尊心到底还是被恐慌盖过了。

分道扬镳一年多，贾冰洋第一次接到林森主动打来的电话。

电话那头的林森声音都是沙哑的："贾冰洋，网上那些翻旧账的人是你找来的吧？"

贾冰洋正忙活着跟又一个找上门的地方电视台谈合作，被问得莫名其妙："你有病吧？"

林森压着火气，好久之后才放软了声音："行吧，不承认也没关系，但贾冰洋，你得配合我把那些传闻澄清，你的人再这么闹下去，对我们俩都不好。"

贾冰洋经历过这么多之后，已经越发成熟，这段时间他获得了比对方更大的成功，也并没有主动上演报仇雪恨的戏码。可他不计较，不代表性子就是泥捏的，他怎么可能同意林淼无厘头的要求？

林淼实在拉不下脸跟这个过去看不起的人道歉，只能威逼利诱：“你只要答应，出面让你那些粉丝闭嘴，我可以帮你把你的片子安排到京城台上星。”

贾冰洋并不知道京城台的领导已经注意到他这件事，想到京城台的特殊背景，他真的犹豫了下，没有直接拒绝，而是打电话跟金窈窕报备了这件事情。

虽然答应林淼的要求很憋屈，可这部纪录片的出资人是金窈窕，他不想为一时意气损害金窈窕的利益。

谁知金窈窕居然一点也没有心动的意思：“贾冰洋，赚钱也要挺直腰杆赚，你要是敢答应，我现在就打电话给蕾秋，让她去揍死你。”

贾冰洋知道她的意思，感动得说不出话来，斩钉截铁地拒绝了林淼的要求。

林淼没想到贾冰洋居然连他亲自开口的面子都不买，难以置信地看着被挂断的手机，最后的恐慌终于占据了他骄傲的大脑：“他根本不给面子，网上那些话肯定是他让人在外散播的。”

他叔叔的脸色比他还难看：“心眼小的跟针尖一样大，真是泥坑里的烂石头，又臭又硬。”

他这下真的是骑虎难下，事态继续发展下去，试图在领导面前拿编造的借口蒙混过关的计划必然失败。

被昔日看不起的人逼到这个地步，林淼内心也不知道是个什么滋味：“叔，怎么办？领导万一看到这些……”

“怎么能让他看到！”他叔叔到底比他老练，沉着脸，忽然冷笑了声，“反正谁都没有证据，那就斗呗，给脸不要脸，我让他最后连京城台都进不来。”

于是没多久，网络上的各大营销号忽然下场，热转起一篇文章来。

金窈窕点开堂姐发给自己的这篇文章，看得眯起了眼睛。

这篇文章的标题起得很有意思，叫《看不下去了，关于贾林这两个导演的恩怨情仇，我作为京城台跟他俩都合作过的摄影师有话说，大家别被乱带节奏》。

文章一看就是专程请人写的，实在很有水平，文字通俗易懂，内容情感丰富，剧情简明扼要，抑扬顿挫地叙述了京城台第一个成立的美食纪录片组内部的不同立场大战。

总导演为了纪录片的选材不惜每个素材都斥下巨资，团队工作得兢兢业业，奈何组里的副导演被名利所诱，收下宣传费后试图朝原本定好的拍摄组里塞额外的素材，被总导演义正词严地拒绝后，带着自己的亲信负气出走，耽误团队工作不说，还找关系另起炉灶，去跟导致双方产生纠纷的企业合作。

原本矛盾仅止于此，总导演也没想过去追究副导演耽误工作的责任，却不料那位副导演靠着作品一炮而红，竟对过去耿耿于怀，回头反咬一口。

文章内的副导演毫无疑问就是贾冰洋，还被描述成了睚眦必报视财如命，林森则成了大公无私只为拍好京城台第一部美食纪录片，甚至不惜为此得罪团队成员的直肠子。

而文章中那个企业的名字，毫无疑问，就是铭德。

当然为了逃脱责任，这不是文章里披露的，而是其他扩散文章的营销号说的。

金窈窕语气平静地念出最后一段话："贾导是苦出身，能成功不容易，我能理解他看重某些东西，也为他的成功高兴。出现这样的纠纷我很遗憾，原本为了明哲保身，我并不想站出来，但林导是个单纯的人，始终对贾导敬重尊敬，他这样的人被误解，我实在是看不下去。"

发文章的是个实名认证的摄影师，就在京城台工作，他的出现，让原本就激烈的战况顿时陷入沸腾。

不是没有质疑他的人，毕竟同在京城台工作，他为林森说话，总有些微妙。可这位摄影师态度强硬得很，一身正气，夷然不惧，指名道姓地让之前匿名说八卦的人出来跟他对峙。

除了贾冰洋团队的人，其他知情者哪里愿意杠上林森，给自己惹一身骚？于是纷纷被吓得不再敢说话。

没多久，网上居然又来了个林森接受采访的视频，被问及这篇文章和跟贾冰洋分道扬镳的原因，他同样没有澄清文章内容的意思，只简单地说了四个字："理念不合。"

大批营销号随后疯狂下场，还真的扒出了铭德投资贾冰洋的证据。

堂姐的信息渠道很灵通，金窈窕物尽其用，将她安排在临江铭德总部的对外公关和信息部里任职，这会儿估计整个办公室已经一团乱了，她也担忧道："窈窕，这事闹得有点大，咱们家估计很难摘出去。"

何止是摘不出去，现在已经有人转发嘲骂贾冰洋的同时带上铭德了。

"原本还觉得《华夏珍馐》这部片子拍得不错，里头铭德餐厅的这个主线也表现得抢眼，结果没想到背后居然还有这种内情。"

"资本肮脏，诚不欺我。"

"铭德这家公司挺厉害啊，最近新闻一波接一波，果然有点手段。"

底下当然也有替铭德说话的观众和食客——

"不至于啊，铭德餐厅的东西真的挺好吃的，我是临江人，自我感觉拍摄组在临江选材的话，他们餐厅上榜也很理所当然。"

"铭德在纪录片里的表现挺出色的，我怎么觉得那个摄影师说话简直像在拍马屁？一点也不真实，当事人都没出来说话呢，我觉得站队还是需要冷静。"

掐架的人战斗力也强极了："现在说的是铭德出不出众吗？说的是不公平竞争的问题！咱们国家第一次拍美食纪录片，让他们搞出这种风波，安的是什么心？更何况林导演亲口承认了他和贾导演理念不合，你们好好品品这四个字吧！"

金窈窕放下手机，洗干净手，继续做自己的晚餐。

肉馅调和，饱饱地塞进油面筋里，锅里下葱蒜煸香，卤汁提味，浑圆可爱的面筋球滑进深色的卤汤中，坚硬的外皮转瞬就被汤汁煮得柔软贴合，紧紧包裹住里头的肉馅。

她望着锅中浮沉的肉球若有所思，林森是吃定了他和贾冰洋分道扬镳的原因没有证据，才敢信口胡说啊。不过也是，贾冰洋走的时候肯定不可能立下字据，清清楚楚写明白自己离开的原因，再让林森签字画押。所以只要不要脸，随他怎么说都行。

有电话打来，金窈窕拿出一看，发现是沈启明。沈启明声音很沉，跟往常一样平静，开口就说："最近不要上网。"

金窈窕沉默了一下，问：“为什么？你怕我看到网上骂我和骂铭德的人？”

沈启明见她已经知道了，才“嗯”了一声，又说：“我让人去删帖处理了。”

金窈窕无言，隐约猜到她倘若不问，沈启明估计做完一切也是默不作声。她叹了口气：“沈总，不用麻烦了，舆论这种事情，堵是堵不住的，只会落人口实。”她想了想，又说，“不过还是谢谢您帮我，您忙您的去吧，网上的事情我有办法解决。”

沈启明安静片刻，突然问：“你让我走开，我是应该走开吗？”

金窈窕翻着面筋：“啊？”

沈启明跟着沉默。

金窈窕想了想，问：“沈总，您在干吗？”

沈启明：“做题。”

金窈窕莫名其妙地挂了电话，总觉得刚才听筒里沈启明最后的声音带着点苦恼的意味，有点像她小时候刷题老做错的样子。

油面筋出锅，金窈窕舀起一颗，拿手机一边刷网页，一边咬了一口。

面筋的外皮带着特有的韧劲，虽是豆制品，经过油炸却可以做到久煮不化，湿润以后，更是丝绸般弹滑。

肉馅肥瘦相间，混进搅成碎末的菇粒，葱蒜香料一应俱全，被炖煮过后缩紧的面筋紧紧团起，吸饱卤汁后，轻轻一咬，咸香浓郁的汤水就迫不及待地涌出来。

爸妈不在家，她就没做太费功夫的菜，只随手搞了一道简单的，偶尔粗茶淡饭一下。

吃东西的时候，她的目光始终聚焦在手机屏幕上，林淼想必花了笔大钱，这会儿网上铺天盖地都是那篇文章的消息。

居然牵扯到铭德？活腻歪了吧，这可是她的江山。

林淼看着网上混乱无比的战局和评论区里越来越有战斗力的粉丝，悬在半空的心终于缓缓落回肚子。他打了个电话给叔叔，叔叔只是尽在掌握地笑了一声。

结束电话后，他刷新一下评论区，本想看看自己的粉丝痛斥贾冰洋无耻，谁知刷新出来的评论却忽然变得让他有点看不懂——

“不出来解释一下吗？”

“那个视频怎么回事？”

什么视频？

林淼愣了愣，点进某个账户的首页，入目果然是一个视频，点开，两秒的缓冲，熟悉的声音从扬声器里流淌而出，他猛然瞪大双眼。

“你跟我谈素材？裤子上的泥巴印洗干净了吗？心里有没有点数……”

屏幕里，赫然拍摄着他朝贾冰洋破口大骂的场面。他一脸不屑地跷着腿坐在椅子里，下巴微抬，双脚搁在桌面上。贾冰洋则青着脸，捏着拳头站在他面前。

视频很短，明显是偷拍的，却很清晰地能看清楚两人的模样。黑屏以后，林淼的手抖了一下，立马点开评论区，下方果然是无数的问号——

“等一下，这是那位摄影师文章里写的尊敬、尊重？”

林淼立马知道不好，将发视频的博主截屏发给下属，通知对方找人删除，随即飞奔去找叔叔。

他叔叔看到视频之后，也觉得有点不妙，好在找的人动作快，不到五分钟再刷新，那个账号已经显示注销。

林淼慌张的情绪尚未稳定，满头冷汗。他叔叔有点不高兴，见状还是安抚他：“行了，有什么可怕的？一个视频而已，不算什么大麻烦，你叔叔搞得定，只要你别……”

话还没说完，忽然有电话打来，叔叔停下声音，出门去接。

林淼给自己倒了杯水定神。是了，一个视频而已，只是一个视频。

还没等他把水喝到嘴里，却见出门去接电话的叔叔铁青着脸冲了进来，将手里的手机朝他怀里一砸：“你脑子喂狗了吗？”

林淼捂着被砸的胸口，愣了愣，看着叔叔这罕见的愤怒姿态，忽然意识到了什么，缓缓俯身捡起手机。

屏幕上又是一个视频，却不是刚才那个，而是全新的。

画面里的他坐在会议室里，眉飞色舞道：“中餐那些油腻腻的东西，拍出来给谁看……”

视频播完，手机响了一声，他退出来，发现是又发了一条新的。

“咱们的片子可不是拍给那些泥腿子看的，搞清楚重点，别拿那些不健康的菜色上海外丢人……”

林森恍惚了一下，看着镜头中意气风发的自己。那些话他说了太多太多，从没觉得有什么不对，可这会儿再听，却忽然觉得刺耳无比。

他抬起头，站在前方的叔叔已经气到脸色铁青，手指颤抖地指着他，一句话都说不出来。

突然出现的视频在网络上引发了前所未有的动荡。

画面里的贾冰洋和林森都被拍得清晰无比，绝不可能认错，收音也十分清晰，绝不可能听错。

局势骤然反转得彻底,《天下美食》毫无还手之力，竟连基本的体面都保全不了，只能露出真面目疯狂删帖，但删除得了帖子，却删除不了群情激愤。

无数网友保存了那让人愤怒的视频，删了又发，传播得无处不在。先前林森营销的形象有多光辉，现在就碎得有多彻底，网友们难以置信，京城台的第一部华夏美食题材的纪录片居然会交给这样的导演来拍。

不少原来还觉得《天下美食》只是跑题的观众此刻被啪啪打脸，气得脑子发昏，原来人家并不是跑题，而是根本就不想拍华夏菜色！

无数人奔向《天下美食》的官方账号斥骂，评论区里全是要说法的留言。

“Hello？导演出来说个话？”

“端着碗吃饭，碗还没放下就开始骂娘了？”

“原来这片子不是拍给泥腿子们看的啊？真是不好意思，没眼色地贡献了收视率的泥腿子来道歉了。”

“油腻？哈哈哈，爷笑了，这位导演弟弟回去问问你爹妈从小吃什么饭长大的OK？”

这还不算完，网友们想到此前这部纪录片阵仗非凡的宣传，以及营销通稿里给林森安的人设，很快就察觉到了更深的问题，将矛头直接指向京城电视台。

林森意识到这一点的时候已经晚了，过去的他自持身份，没少透露自己有靠山有背景，此时网友甚至无须费力，就轻而易举地揪出了他背后的亲叔叔来。

挨骂的人从他一个，顿时扩散到了一大群，之前为他发通稿指责贾冰洋的摄影师更是直接被骂到删博道歉，可这仍然毫无用处，投诉电话如流水一般顺着信号流淌到京城电视台里。

社交网站、门户网站、朋友圈……甚至连海外都有人听到动静，在《天下美食》的海外频道留言。留学生骂他、华人同胞骂他，甚至连土生土长的外国人都不赞同他。他的名字终于蜚声国际。

这下，该惊动和不该惊动的，统统被惊动得一干二净。

林森把自己关在办公室里，抱着手机，看着一个外国人在频道下的留评："事实上，比起你的作品，我更加喜欢《华夏珍馐》那部纪录片，华夏的美食很有意思，我和我的朋友们都不觉得油腻，我觉得你该对自己国家的美食有些自信，像你的对手一样。"

林森迟缓地转了下眼珠，有电话打来，他慢吞吞接通。

那头的叔叔仿佛老了十岁："出来，跟我去开会。"

至于开的是什么会，自然不必多做解释。

第15章

网络上愤怒的网民久久不能平息，无数质疑和指责几乎压垮京城电视台。

京城电视台之所以能在所有电视台里地位超然，受地方台顶礼膜拜，靠的无非是他们特殊的定位。台里的上下领导也都清楚自己身负重任，否则也不会主动开拓艺术作品的文化输出工作。这无疑是观众们喜闻乐见的创举，只看前段时间《天下美食》的推广下观众们期待的留言就可以证明，即便这部片子后来没取得预料的好成绩，但对于这次尝试，大多数的观众依然没有过多指责，而是抱以鼓励的心态，还给他们贡献收视率。

这一切，无非是因为京城台的公信力。人们愿意相信他们的出发点是善意的，不管结果如何，大家都是想把这片土地上最厚重最珍贵最让人无法割舍的情怀和文化传播给更多人看到。

这种公信力的凝聚，京城台上下花费了无数的心血和时间，却这么轻易被林森毁得干干净净。

如果说最开始这还只是林森一个人的麻烦的话，那到了现在，这已经成了整个京城台都要面临的挑战了。

金窈窕很快就看到了京城台给出的最终处理结果，不仅林淼和为他发文章的摄影师被京城台开除，就连他的叔叔都没能躲过处分。林淼一个年轻导演，倘若犯的只是普通小错，未来说不准还有东山再起的机会，偏偏惹上的是这样特殊的是非，观众们但凡不是金鱼记忆，未来必定会抵制他的一切作品，他在国内，是说什么都不可能混得下去了。

至于他的叔叔，圆滑谨慎了大半辈子，本来都熬到可以更进一步的年纪了，却因为侄子被人扒没了底裤，也是凄凉。

其实一切本不至于到这个地步，贾冰洋最开始并没想过主动报复，倘若不是最后被牵扯到节目组和铭德，两部撞了档期的纪录片可能也会井水不犯河水地相安无事。

网民们的愤怒当然没有那么容易就被安抚下来，林淼被开除的消息放出来后，《天下美食》的评论区里依旧乱得不能看，就连不少原本的观众都自发加入了抵制队伍。

前段时间被暂时压制的《华夏珍馐》的粉丝们则绝境逢生，看到事态真相以后，越发怜爱导演贾冰洋，以至于前些日子骂战带来的风波，都转化为了片组的热度。

“真是造化弄人。”金窈窕点点屏幕，又刷到一条痛斥林淼的文章，放下手机朝一旁的蕾秋说，“不愧是灭绝师太，厉害啊。”

蕾秋赶紧给了她一个眼神，示意她贾冰洋还在旁边接电话：“小声点。”

金窈窕愣了下：“他不知道那些视频是你拍的吗？”

蕾秋鼓了下嘴，回答道：“我不让他知道。”末了又说，“还是多亏了你，要不是你提醒，我也想不到那么长远的事情，当时我听你的偷偷留下那些视频，也是担心你跟那公子哥起争执，他回头给你使绊子。一年之前贾冰洋连名字都没有，谁能想到有一天他能有资本跟京城台出来的公子哥对掐？还是你有远见，怪不得能把公司经营得风生水起。”

网上流传的那些关于林淼的视频，是一年多以前，林淼还在临江广电时，金窈窕让蕾秋想法子拍的。

林森虽然喜欢大放厥词，但都是在他觉得有把握的场合才会开腔。比如他觉得绝无可能会对他造成威胁的贾冰洋跟前。

他倘若表里如一，始终坚定自己的立场，金窈窕倒还高看他一眼。毕竟思想这种东西，每个人都自由，想怎么表达就怎么表达呗。

然而到了其他场合，比如京城电视台、媒体，以及《美食天下》的营销定位里，他又聪明得很，知道说什么话才能赚那些自己看不上的人的钱。

因此在金窈窕的记忆里，贾冰洋后来即便有了成就，跟林森起争执时，舆论也没有一边倒向他，那些帮着《天下美食》跟《华夏珍馐》对抗的粉丝，或是被林森的高帅富人设吸引，或是天然买账京城台，这些人恐怕万万不会想到自己在这位高帅富的眼里其实只是个“泥腿子”。

想到这一茬，所以当初贾冰洋在临江广电跟林森不欢而散，金窈窕就提前留了一手，用作自保，没想到还真的派上了用场。

事到如今，对方花大价钱买来的热度，反倒成了《华夏珍馐》的机遇，金窈窕听贾冰洋打电话时说的话，就知道是京城台在联系他谈购买片子版权的事情。

晚饭做海胆蒸蛋，蕾秋一边帮金窈窕开海胆，一边笑着说：“京城台那边，是大领导直接找来的，开的条件很优厚，还跟贾冰洋道了歉。我估计那边安排开播的动作会很快，毕竟要安抚舆论。另外咱们收视也好，第一个播出的地方台收视率直接上了纪录片排行榜前几位，以后只会越来越高。贾冰洋这几天高兴得天天念叨，说等这些电视台都谈妥，网播那边的分红结下来，就能让你看到投资的回报了。”

这是片组和贾冰洋的腾飞，同样也是蕾秋的。

蕾秋想到前些天她回临江台时的风光无限，原本抱上林森大腿的宿敌都没敢在她眼前出现。

辛苦了这么久，终于都到了收获回报的时候。

不过还有一件事情没有解决——风浪逐渐平息以后，金窈窕拿着堂姐给的分析表，看得眯起眼睛。

她总觉得有点不太对头。

之前网上掀起骂战的时候，攻击铭德的那些声音似乎也是有组织有预谋的，有些一看就是收了钱的媒体，说的话怎么看怎么像希望舆论多攻击铭德的样子。照理说，林淼的对手是纪录片组，是贾冰洋，不至于分出那么多的火力来专程攻击铭德才对。

甚至现在林淼已经一败涂地，依然有不死心的声音蹦跶，他们倒不敢找纪录片的麻烦，只是到处表示林淼那种双面人倒了活该，但这不代表铭德之前试图花钱挤进纪录片的行为就是正确的。那可是国内的第一部美食纪录片，铭德也是导致两位导演分道扬镳的重要原因，虽然林淼那人不是东西，可铭德又不是不知道，用这么不光彩的手段，实在是扰乱餐饮行业规则，也不把传扬美食文化当回事。

一个民族大义的帽子扣下来，看起来还挺理性、中立、客观的。背后要是没人给钱，金窈窕不相信他们敢顶着风险找不痛快。

深城，夏老太太特地清场自家餐厅的整个二层，邀请本地餐饮协会相熟的管理者赴约。

深城经济发达，本地的餐饮协会规模不小，聚集了几乎整个深城排得上名号的餐饮从业者，凝聚起来的力量，甚至比得上大城市的商会。

但凡与餐饮相关的——宣传媒体、美食赛事等，无处不见协会成员的身影。

铭德未来将在深城铺开旗下各大餐厅的消息传来，尚家上下是真的睡不好觉，夏老太太一大把年纪，竟也学着用起了手机，得知铭德投资的那部纪录片居然在掐架大战里获得了胜利，气得连饭都吃不下了。

夏仁也发愁，但发愁的时候又有点高兴："另外一部片子的导演活该倒霉，姨妈，您也别气了。"

夏老太太不理他，自顾自抹泪，夏仁安慰她："投资的纪录片没事，不代表铭德就能沾光啊，把柄都在咱们手里呢。这次我请了朋友来，只要想法子，肯定能让铭德在深城被孤立。甭管他们多能蹦跶，咱们餐饮协会最排外，以后想抢咱们的东西，一人一口唾沫都能把他们淹死。"

夏老太太这才好了些。

来赴约的果然是夏仁的朋友——深城餐饮协会里地位举重若轻的副会长，夏仁最近失去了好多朋友，所以对剩下的朋友格外珍惜，抓住这位副会长就拼命喝酒。

酒过三巡，他提出自己的请托，拿出手机，给那位副会长看。

副会长醉眼蒙眬，眯着眼瞅，看到屏幕配图的画面，立马认了出来："这不《华夏珍馐》嘛！"

这部纪录片最近红得不得了，随处可见，他们这种从事美食行业的就更加不可能没看过，他不光认出来，还评价道："你也看这部纪录片啊？拍得是不错。那个姓林的拍的，什么鬼东西，还敢说咱们国家的菜油腻腻？"

夏仁一听，立刻转移重点："就是！"

二人骂了一会儿林森，越骂越开心，副会长才想起来："对了，你给我看这个，是要跟我说什么？"

夏仁这才想起来本意，尴尬地咳嗽一声："咳，你别看图片，看文章，看文章。"

副会长仔细一看，才发现原来配图的文章是在说《华夏珍馐》里贯穿整部剧主线的铭德公司不公平竞争的事情。

文章的笔者立场倒很分明，赞同纪录片但不赞同铭德这种行为，更是把铭德的存在定义为整部纪录片唯一的污点。

"《华夏珍馐》拍得很好，只可惜穿插了利益的不择手段，片子里的铭德作为主线，表现得也很不错，但我相信换成其他餐厅，同样也能有出色的表现。我理解贾导缺乏资金时的身不由己，我不怪贾导，更感谢他在逆境里仍然不忘初心地给出了这样优秀的作品，我只怪铭德，只怪资本，用他们肮脏的手段污染了这片净土，挟持了一个心怀梦想的导演。好在是金子总会发光，贾导靠着自己的作品获得了成功，祝愿他从此不受桎梏，以后所拍的，都是他真正想要的东西。"

副会长看得感叹："写得真好啊。"

夏仁心说那当然，知道这篇文章花了我多少钱不？

"是啊，我也看得很痛心，现在的餐饮行业，真的越来越浮躁了，铭德前不久不是宣布要在深城开大批分店吗？我们这些人兢兢业业，比不上人家的资本操作啊。”

副会长瞥他一眼，听出了话外音，笑道：“我记得这家叫铭德的公司，跟你们尚家的珍珑，不太和睦？”

夏家人没少在外表露过这个信号。

家丑不可外扬，夏仁笑道：“一点宿怨，不值一提。”

副会长心照不宣：“铭德虽然才来深城，可有了这部纪录片做广告，知名度以后肯定要起来的，你们得做好准备。”

夏仁：“知名度起来又怎么样？又不是什么好口碑。他们还没进咱们本地的协会吧？”

副会长看了他一会儿，笑着摇头：“咱们会长是个死脑筋，要是知道这些，肯定不可能让他们进来。”

二人相视一笑，临走前，夏仁客气地塞了一张银行卡给副会长，副会长醉醺醺地推让一番后，轻声说：“我会想法子让会长知道的。”

第二天，副会长宿醉醒来，拿着银行卡美滋滋地看了一会儿，躺在床上开始给会长打电话。

深城餐饮协会的会长是个国外回来的华侨，在业内很有声望，国内几个最有知名度的美食大赛，每逢开赛，必然邀请他做固定嘉宾。这位老名厨兼美食家傲气又死脑筋，他不缺钱也不缺地位，谁的账都不买，但凡他认准的事，九头牛都拉不回来。这样的领导，副会长想起铭德现在的风评，自认完成夏仁的嘱托并不困难。

老会长接起电话，很是威严：“什么事？”

副会长打了下腹稿：“会长，我想跟您聊聊铭德，您听过这家公司吗？”

会长这些年不爱出去走动，铭德又是新来的公司，副会长本以为他应该不知道，哪知出口后，却听到对方的声音里带上了笑意：“我当是什么事呢，你也看到他们的新闻了啊？”

副会长一愣："新闻？您看到了啊？"

网上那些文章算新闻吗？而且会长看到之后怎么是这个语气？

会长笑道："哈哈，是啊，我才知道这家公司居然在咱们深城也有分公司呢，可惜总部在临江，嗨，怎么就不是咱们深城的呢？便宜临江协会那群人了。"

副会长的语气谨慎起来："是啊。"

然后他飞速起床打开电脑，搜索铭德的名字，双眼腾地瞪大。

就喝醉酒的工夫，网上跟铭德相关的最新消息竟然已经全部更新换代。《华夏珍馐》纪录片的导演在骂战之后第一次接受了公开采访，并提及之前网络上沸沸扬扬的那篇文章和自己的投资人——铭德餐饮的副董事长金窈窕。

采访里，他有些愤怒，却努力平静地陈述："我不是一个擅长对外公关的人，所以那篇文章出现以来，即便有很多对我个人的不实造谣，我也从来没有想过出面澄清，毕竟公道自在人心，不用我多费口舌，最后舆论也还了我一个清白。可没想到，我和节目组虽然挺过了难关，最近网络上却还有人相信那篇文章里的谣言，把金董当作用资金胁迫我的投资人，就连支持我作品的一些粉丝都不例外。如果我还对此置之不理，那我都会看不起我自己！"

他是一点面子都没给自己留，详详细细、一点一点地将过去的窘迫全翻了出来，袒露在大众眼前。他如何跟林淼到达临江，如何跟林淼分道扬镳，如何万念俱灰地决定放弃梦想，又如何在临江的商业街上尝到了金窈窕为铭德做公益时在养老院外派发的饺子和汤圆。

过去了那么久的事情，如今再提起，依旧历历在目。

贾冰洋说得声泪俱下，几度哽咽，从因为那一口温暖的烟火味试图介绍金窈窕给拍摄组，到失败后，金窈窕依旧不计前嫌并慷慨地决定投资他这么个一穷二白的小人物。

"金董是我的恩人，是我的缪斯，没有她就不会有这部纪录片，也不会有今天的我。"

贾冰洋红着眼睛说出的这句话，被不少门户网站直接当作标题，高高挂起。

网络上他的和纪录片的粉丝瞬间爱屋及乌，关注了原本只是纪录片素材之一的铭德。

“呜呜呜呜，感动，洋洋不哭，一切都过去了。”

“天啊，原来我们《华夏珍馐》差一点就胎死腹中了，谢谢铭德爸爸给我们这个出生的机会。”

“片子里的金董真的很美啊，我之前就觉得她不可能是文章里说的那个心术不正的商人，果然人美心善，我宣布她从今天开始是我的女神了！”

“是啊，片子里的金董真的很美，而且铭德这条主线也真的很温暖，她做菜时的样子让我隔着屏幕都觉得很幸福。”

“作为一个临江人，真的好骄傲！临江能有铭德这样的公司和金董这样的人，临江之光！临江之光！”

“啥时候上市？我买股票支持。”

“金董我爱你！求求你开微博！我要给你我的小心心！”

“这部纪录片看起来真的不只是贾导一个人的功劳，有几个像金董和铭德这样的投资人能愿意支持一个一穷二白的小导演啊。”

副会长看着那些留言，缓缓吞咽了下唾沫，电话那头的会长还在看新闻，背景音里有他刚才听到的贾冰洋的哭声。

会长感动得不得了，想起什么，问：“对了，你找我啥事？”

副会长看了眼手中的银行卡，开始觉得烫手了：“是这样的，我发现铭德不在咱们协会里，虽然人家是临江的吧，可人家分公司在深城，我就想跟您推荐一下，邀请他们进来。”

第16章

铭德这下真的彻底红了。

不再局限于临江和深城这两块区域,《华夏珍馐》这部片子面向的受众有多广，铭德的名字就传播得有多广。

通常来说，影视作品的投资人影响力只局限在幕后，作品不管再成功，投资人能得到的最大回报无非是与成绩挂钩的金钱。毕竟喜欢作品的人最有好感的终究是作品的创作者。

但贾冰洋主动公开的那个采访，让喜欢这部纪录片的粉丝真正将目光聚焦在了投资人身上，贾冰洋甚至将这部纪录片诞生的功劳毫不犹豫地拱手相让，这份大大超越了普通投资人和被投资人之间的情谊，实在是把原本就心疼贾冰洋的粉丝们感动得不要不要的，在解决了林森后，他们这会儿掉头就开始为铭德冲锋陷阵。

铭德虽然开办多年，可不得不说，早期实在是低调得有些过头，就连很多临江人也是看过贾冰洋的报道后动手搜索，才发现铭德竟然真的每年都在进行公益活动。

这个习惯保持了太久，有时候是去山区送温暖，有时候则是照料孤寡老人，偏偏进行得都低调得很，早些年的一些善举竟然连关注度都没多少，也就贾冰洋遇到的那次动静大了些，可也没有太功利地大肆炒作，只在临江本地宣传了几嘴而已。

然而就是这样沉默的善举，网络上寥寥无几的图片里，却每一张都塞满了温暖人心的笑容，让人几乎能想象出当初心灰意冷的贾冰洋是如何宿命般与他们相遇的。

这是什么神仙公司？

铭德的官方宣传渠道瞬间被各种观光打卡的留言塞满，甚至连海外同胞都发来感谢，感谢铭德和金窈窕的善举，让同胞们能在海外得到这份来自故土的慰藉，连带着临江市都大红了一把。

临江人骄傲得呱呱叫！临江市政也骄傲得呱呱叫！

深城人也……不管怎么说，铭德说了要在深城开始新发展！铭德来了深城，那也就是深城人！

先前在网络上暗暗指责铭德不公平竞争的人也不知被淹没到了哪里，明显居心不良还试图蹦跶的几个也被吊打得毫无还手之力。

深城，夏仁看到这个事态发展，惊得都摸不着头脑。

铭德是养小鬼了吗？为什么运气总是那么好，就连投资新导演，都能投资成紫微星，他都还没来得及动手呢，就又提前一步被他们躲了过去，还借着那位导演的宣传，把他们家即将在深城广开新店的消息宣传得人尽皆知。

他找人写文章的钱打了水漂，这还不算完，餐饮协会的副会长也不接电话了，他打了好几个，都显示对方正在忙，搞得他很发愁，特地托人去打听，事情办不成没关系，大家以后还是可以出来喝酒的嘛。

被打听的那人一听他问副会长，立马笑了："副会长啊，他最近忙着哪，哪有时间出来喝酒。"

夏仁问："忙？最近有什么大型赛事吗？"

对方:“哪里，他忙的是铭德加入咱们协会的手续。”

夏仁:“铭德加入咱们协会？谁推荐的？”

对方:“副会长啊！”

夏仁心情苦涩，我的朋友，你不帮我就算了，为何这样？

深城的另一个角落，马家。马勒用调虎离山之计调开父亲，偷偷溜到父亲没来得及上锁的书房，打开了父亲放在书桌后头的保险箱。

他拿出保险箱里的绸布盒子，打开，里头放的果然是那本熟悉的菜谱。马勒盯着菜谱封面手绘的字迹看了很久，眼神闪烁，像是在努力下一个决心。

最终他眼神转为坚定，合上盖子，关好保险箱门，起身出了书房，径直离开了家门。

他的身后，老二和一群师弟站在暗处看着他走远，表情也是复杂难懂。

老六很久以后才开口:“二师兄，马勒这是去找金家那丫头了吧？”

马勒上次去铭德餐厅回来以后，状态就有些不对。

他带回来的那只酒仙鸡没能瞒住，那么浓烈的香味，根本不可能躲过一群名厨的鼻子，因此马勒的战利品几乎是刚进家门就被碰巧在他家的一个长辈截和了，得知是从铭德拿回来的金窈窕的手笔，长辈们教育了他一番，却又都偷偷尝了一口。那口醇厚的滋味师兄弟几个到现在都还记得。

之后马勒就总是心不在焉，但好歹表面上能过得去，自打前不久他们跟尚家不欢而散后，马勒那种躁动的表现就越来越明显了。长辈们都是见过大风大浪的人，哪里能看不出他在想什么。

老二低声叹了口气:“那只酒仙鸡你们都尝过，敢说你们一点也不心动吗？”

老六沉默了两秒，笑了起来:“大师兄家那个闺女啊……”又说道，“可那本菜谱毕竟是……不阻止他吗？”

老二思索良久，最终摇头道:“阻止什么呢，他不会听的，算了。”

老六:“二师兄？”

老二怅惘地说:“师傅只是让我给他找传人，让窈窕认进师门，跟尚家合作，从来都只是我的私心。我一直觉得，尚家是师傅留下来的，他走后，我们这群弟子就有职责替他照顾好留下的心血。”

其他师弟何尝不是这样想的呢，老六想到这几次爆发争执时师母让人心凉的话，胸口沉甸甸的：“你也没做错什么。尚家和师傅……”

老二闭了闭眼，打断他：“错了，老六，你还没看清吗？现在的尚家，已经不是师傅的心血了。”老二看着儿子的背影逐渐消失，几不可见地笑了笑，“所以随他去吧。”

金父接到了深城餐饮协会打来的电话，挂断后金窈窕问他：“怎么这个表情？谁打来的？”

金父琢磨了一会儿，继续挽起袖子收拾东西：“深城餐饮协会的副会长，说他做推荐人推荐咱们入深城的协会，咱们也不认识他吧？你联系的？”

金窈窕摇摇头。

她根本不认识深城餐饮协会的人，或者说，之前的铭德在深城餐饮界本就是边缘企业，一店开业那天都没有同行来捧场。即便因为《华夏珍馐》开播的缘故，公司知名度和口碑双丰收，这次被接纳依旧挺突然的，更何况还是协会副会长带的头。

不过随他去吧，铭德马上要在深城展开新业务，这年头在商场上当独行侠不容易，能被同行们欢迎肯定不是坏事。

金父思索了一会儿也想通了，不再去纠结，自从《华夏珍馐》上映以来，铭德的好事一桩接一桩，不差这一件。

人逢喜事精神爽，他身体都跟着硬朗了许多，这几天他在临江参加市政特邀的各种会议，因为《华夏珍馐》的热映，带动了整个临江的风评，他简直成了各大领导手掌里的小心肝，各种表彰荣誉拿到手软，不久前的一次会议上，更有发言人直接将铭德定义为积极弘扬民族传统文化，努力推动民族文化走向国际，发展的同时还不忘回馈社会的良心企业。

国内实力雄厚的企业数不胜数，良心企业的名号却不是凭借财力就可以得到的，有这句评价做基础，再加上拿的那些表彰和奖项，铭德未来在临江必然地位超然。

做好事能得到回报真是很鼓舞人心的一件事，今年的例行公益活动，铭德进行得更加用心。

《华夏珍馐》纪录片组的成员经过前段时间的忙碌，总算等来了假期，这次就一起加入进来，权当开庆功宴了。

金家，蕾秋笑得前仰后合，把手机一个劲凑给金窈窕看："窈窕，你现在可太红了，都有后援会了，我的天。"

金窈窕看着屏幕上赫然显示着"铭德餐饮有限公司副董事长金窈窕粉丝后援会"的社交账号，也不知道是谁建的："走开。"

这是很无语的一件事。

她，一个公司副董事长，不是明星也不是网红，居然在贾冰洋表态后拥有了粉丝后援会，粉丝数量还很不少。

这后援会不像是开玩笑的，成立以后正正经经地发布了好几条跟她有关的动态，看起来是跟着《华夏珍馐》的播放速度在更新，每播放一集新的，他们就飞速截图视频里她的镜头发出来。铭德是这部纪录片的主线，她是代表铭德的人，每一集都有出镜。

但这依旧没有办法消除她内心的疑惑，为什么她会有粉丝，粉丝们喜欢她图什么？

网上，有些不小心点进这个后援会账号的人跟她有着一样的迷惑："Hello？看着贵账号的认证信息，我陷入了疑惑，我知道铭德公司是什么意思，但为什么他们公司的副董事长会有粉丝后援会？粉丝还好几十万？"

后援会的粉丝们立刻对此位陌生人循循善诱——

"朋友，颜值即正义了解一下？"

"呜呜呜，看看我们人美心善的金董吧！关注关注我们金董的作品吧！"

"颜值高厨艺好又有钱的长腿大美女企业家，为什么不喜欢？喜欢她比喜欢明星快乐多了，自从成为金董的粉丝，每天吃饭都香喷喷！"

路人迷惑地点进置顶微博，点开配图，才发现原来是最新一集《华夏珍馐》里金窈窕出镜的截图。

纪录片主要拍菜和手，其实脸出现的时候很少，这位路人看纪录片时，也确实被金窈窕的几个片段惊艳过。如今惊鸿一瞥的画面被制成图片细细品味，果然是越看越美。

图片里的金窈窕正在做一道花雕鸡，扎着发，半垂首，目光聚焦在正料理的鸡肉上，修长的天鹅颈和清晰精致的侧脸线条一览无遗，洁白细长的手指捻起小勺，将一勺酱汁细细铺开在外皮肥厚油润，一看就十分可口的鸡肉上。

路人看了几秒钟，放弃了,OK，算我一个，不过等我先盛碗饭来。

临江的冬天再次如期而至，屋里众人准备出发，说说笑笑地穿好厚外套，打开门，才发现外头站了个人。

正在拉衣服拉链的金窈窕看着外头的人愣了一下，这次倒是立马就认出了他:“马勒？”

啊！是啊！她突然想起来了，那天在深城的餐厅，黛比的医生离开以后，她一直觉得少了什么，当时突然出现的马勒可不就是蒸发了吗？

突然消失的马勒现在又突然出现，提着个盒子站在金家的院子外头，也不知道为什么没按门铃，就那么站在寒风中望着屋子发怔。

被金窈窕一叫，他才回过神，目光如电地扫向金窈窕，看着气势挺强，脚下却退了一步。

金父一见他，赶忙出去给他开门:“你这孩子，怎么跑临江来了？大冷天的，在外头站着干吗？按门铃叫屋里给你开门啊。”

马勒被他拉进屋，看到金窈窕身后的一群人，迟疑几秒后，才开口:“你们要出门吗？”

金窈窕“啊”了一声，看着他:“你来找我们？”

“我来找你。”马勒闷声回答，将带来的盒子朝她一递，“拿去。”

金窈窕狐疑地接过，打开一看，眉头立马皱了起来，合上盖子还给他:“拿回去吧。”

马勒把胳膊藏在背后，一副“我没有手”的表现，没好气地说：“喂，你要不要这样啊？我从深城大老远跑来临江，很冷的好不好！”

金窈窕不为所动：“这是尚家的东西，我不能收。”

马勒吭哧半天：“酒仙鸡你不就做了？我还没追究责任呢……”

金窈窕愣了下，酒仙鸡？她就做了那一次，马勒是怎么知道的？

她忽然想到那只不翼而飞，让叶白情耿耿于怀到生完孩子给她打电话还念叨着的鸡，盯着马勒：“那天偷鸡的人……”

马勒慌了一下，此地无银三百两：“我不是，我没有，你不要瞎说！”

金窈窕了然道：“是你。”

金父见马勒一副“你信不信我现在就死给你看”的表情，到底是二师弟的儿子，有点不忍心地出来打圆场：“好了好了，什么鸡不鸡的，马勒你赶紧把菜谱收起来，带回家去。”

马勒脸一撇：“不要。”

金父：“你爸知道吗？”

马勒的脸色变沉了些：“都被人欺负到脑袋上了还忍气吞声，管他知不知道。”

金父听不懂又无奈，只好给师弟打电话，让师弟来临江接人。马勒咬了咬牙，着急起来，不料电话接通后，那头的父亲听到这件事，竟一点也不着急的样子：“大师兄啊，就让那臭小子在你那儿待着吧，别赶他走了。”

金父都蒙了：“老二，你儿子把家里的菜谱都带过来了你知道吗？那是师傅留下来的东西，我跟你说你赶紧过来把人连菜谱一起带回去……”

老二打断他：“啊？什么？师兄，我这儿信号不好，听不太清楚你说的话，晚点再聊啊！”

马勒双眼闪过一丝笑意，摊开手：“我爸手机坏了。”

金窈窕闭了闭眼，把盒子塞给他：“你自己回去。”

马勒：“没带钱。”

金窈窕：“爸！给钱！”

马勒："我不会坐车。"

金窈窕："那你怎么从深城来的？"

马勒："走来的。"

放屁，说的什么鬼话？

金父无奈，眼看出发的时间已经到了，只能妥协："算了算了，一会儿再说吧，我们现在要出门，马勒你……"他盯着马勒看了一会儿，叹息道，"算了，你也别瞎跑了，来给我们帮忙吧，刚好今天缺人手。"

今年因为去凑热闹的人很多，铭德专门包了一辆大巴车，车上除了公司里的厨师，还有纪录片组的成员，比如蕾秋和贾冰洋，以及一些铭德职工，比如贵妇前台许晚以及金窈窕的新助理露娜。

露娜为了躲相亲，还真就在铭德待下来了。

许晚则是回临江处理一些投资工作，得知铭德一年一度的活动，就说想留下帮忙。车上，她频频回头朝后望，神色一言难尽。

金窈窕坐在车尾闭目养神，马勒是铁了心要给她那本菜谱，时不时对她进行骚扰——

"喂，话都说到这份上了，给我个面子。"

"你又不吃亏，给你，你就收着呗。"

"有点礼貌行吗？吱一声行吗？"

金窈窕依旧不理他。

铭德的员工们在角落里交头接耳——

"这谁啊？咱们公司的员工吗？"

"没见过，不可能，公司里的员工谁这么跟殿下说话啊？"

"难不成又是个新宠妃？"

许晚惆怅极了。

铭德今年的公益在临江一所儿童福利院进行。

长桌摆开，同行的厨师和员工们立即投入工作。

临江的社会福利工作一直做得很好，儿童福利院条件并不差，只是孩子们多少有些怯懦，显得比普通家庭的小朋友要乖巧很多。

院里今天有五个小朋友过生日，每一个都身带残疾。残疾的孩子就更胆小了，其他孩子都鼓起勇气去桌子边围观的时候，他们只敢躲在远处悄悄看。

看到这些孩子，马勒总算安静了，金窈窕更是没有理会他的时间，注意力全部放在了周围的小朋友身上。

五个小寿星躲得很远，她蹲下来，朝他们招手：“生日快乐，我们一起做长寿面吃呀。”

可能是因为她表现得太温柔，孩子们踟蹰很久，竟然真的慢腾腾靠近过来。

金窈窕内心嗟叹，没表露出对他们身体残缺的特殊照顾，给他们每个人都派了点有趣的小活。

马勒也被拉着干活，揉面外带热汤，汤是从铭德餐厅里匀来的高汤，遇上福利院的灶火，很快滚起了浓浓鲜香。

又是冬至，饺子和汤圆是少不了的，不过这些都交给了其他人在做，金窈窕则仔细调着一口锅，将里头被卤到质地酥烂的肉浇头翻起察看。

面条这种东西，好不好吃，最大的因素取决于汤汁和浇盖在面上的码子。

肉要提前很久就开始准备，肥瘦均匀切成小粒，下锅煸炒后再加上香料卤制，直炖到肥肉入口即溶，肥而不腻，瘦肉也饱满多汁，半点不柴，吸饱了卤汁里的咸鲜，才算大功告成。

马勒干着活，又有点牢骚：“饺子汤圆面条谁不能做？有那手艺，不好好看我给的菜谱，来做这些普通的东西……”

金窈窕切着一根嫩笋，眼也不抬地说：“东西再不普通也是做给人吃的，吃的人开心不就行了？只要用心，饺子和面条也能做得比酒仙鸡受欢迎。”

干黄鱼子和虾头爆香，再滑进姜蒜翻炒，笋一下锅，香气就厚重起来。笋是铭德今冬找工坊腌的，又酸又香，闻着就令人口齿生津，爆炒过后，开胃的功效就更明显了。

她来之前打听过，今天过生日的五个小朋友里，有一个可能是因为身体原因，性格比较阴郁，平常不爱吃东西。

马勒嗅着飘来的香气，不说话了，余光使劲瞥向台子上的腌笋。

菜谱里有一道菜似乎就要用到腌笋，只是这些年他尝试了各种品种的腌笋，始终调不好菜里的味。腌笋味重，跟其他食材搭配的时候更是格外抢戏，然而到了金窈窕手中，飘来的酸香却乖顺了不少。

饺子先出的锅。

现场来了几个媒体，这次金窈窕没请，他们自己跟来的，忙活到后面，原本为拍摄而来的人也跟着上桌包起了饺子。周围那么多丁点大的孩子，他们本来拍摄就行，可看铭德的人干得那么投入，一点不理会镜头，他们也有些触动，想为孩子们做点什么。

铭德的人都温和，来的记者也不像平常那些扛着机器到处拍，孩子们是很敏感的，感受到善意后逐渐变得活泼了许多，开始叽叽喳喳地说话。

这里的一切就像初升的旭日，跟养老院的温暖相比，是另一种截然不同的柔。

孩子们捧着小碗吃饺子，马勒本来没兴趣的，他在尚家也算是未来的大厨，接触的无不是高端大气上档次的上流珍馐，可看周围的人吃得香，不知怎么也来了胃口，跟着尝了一个。

这一吃，他表情就带上了几分惊讶。

金母给忙活的金窈窕喂了口饺子，金窈窕一边吃一边点头："今年的馅调得也好，感觉比去年的还香。"

今年冬至还没到的时候，铭德旗下各个餐厅里的时令菜单就有了脱销的势头，去年的水饺汤圆名声太大，加上铭德最近翻红，餐厅每日排队的客流又突破了新高，因此早早的就有顾客给铭德提议销售可以带回家的生汤圆和生水饺，好让排不到队的顾客可以退而求其次把东西买回家自己做。

金窈窕是个很善于听取建议的人，更何况这确实是个好建议，因此一合计，她干脆将店里一些可以外带加工的食材都加入了对外销售计划。

今年的时令菜单，就是一次尝试。

因为时令菜单的价格是以隐宴和寻香宴的菜单价格为标准的，她本以为最多就卖个热闹，谁知效果竟出乎预料得好，这几天光是各家餐厅单售时令菜单的收入，就几乎能比得上当天店里堂食的营业额。

88元一份的三鲜水饺，有些客人甚至十份二十份地抢购，怕过了这个村就没了这个店，自己吃的同时还不忘多带些给家里或外地的亲友品尝。因此三鲜馅早早脱销，为了分担销售压力，金窈窕才又折腾出了现在吃的馅料。

“鲅鱼、黄鱼、墨鱼、竹荪……”马勒细细分辨，总觉得这几种材料的香气做不到如此醇厚，忍不住问金窈窕，“里头除了这些，还放了什么？松茸？松露？”

金窈窕让人把面条下进锅里，牵着几个小寿星去洗手，回头看了他一眼：“是煸干的猪油渣磨成的粉。”

马勒一听猪油渣，顿时无语，这种登不上大雅之堂的材料……

金窈窕笑了一声：“所以最普通的食材也能做出好味道，只要你愿意用心。”

马勒沉默下来，默默咬了口饺子。

各种鲜甜的鱼肉馅里掺进脆脆的竹荪，混合着猪油渣的粉末，高级的鲜甜竟瞬间被提升了不止一个档次，咬进嘴里，满是浓厚的鲜汁。

他看着自己带来的菜谱。金窈窕不肯要，他其实也被她坚决的态度搞得有些不知该怎么办才好，本想着实在不行，就打道回府，可听到这么简短的几句话后，他却说什么都不想离开了。

他很确定，在金窈窕这里，他能学到很多自己一直悟不透的东西。

马勒若有所思地回到桌边，开始思索用什么法子才能留下来。

一旁的铭德厨师不知道他从哪儿来的，但一起干了场活，到底熟络了很多，见他吃的香，就有点骄傲地跟他闲聊：“味道好吧？我们金董研究了很久呢。”

马勒心不在焉地“嗯”了一声。

那厨师露出与有荣焉的笑，叹了口气：“听说你是从深城来的啊？要不是咱们铭德人手不够，深城那边今年其实也可以尝到时令菜单的。”

马勒愣了一下：“铭德人手不够吗？”

看起来人挺多的啊。

厨师摇摇头："哪是不够，简直缺极了好吗？马上深城那边还有新店开业，也不知道厨师能不能匀得过来。你又不是不知道，培养一个好厨师可不是三两天的工夫，我跟着我师傅在铭德待了快有八年了。"

马勒看看他，若有所思。他在尚家，也领了一群跟这人差不多年纪的师弟，都是跟在父亲和几个师叔名下学习的。

虽然已经厌恶透了尚家，那些师弟却还得生活，不能跟他一样任性。

铭德的厨师猜出他是同行，悄悄问他："你从哪儿来啊？"

马勒："珍珑。"

尚家的珍珑业内人多少都听过，铭德的小厨师露出惊讶的表情："哇，厉害了，你们每年的分红肯定也很多吧？"

马勒一愣："分红？"

小厨师："是啊，我听说你们家几个大厨都拿过奖，还是尚老爷子的亲传弟子，公司得给你们多少股份啊？"

马勒听得摸不着头脑："公司，为什么会给大厨股份？"

他爸和一群师叔在尚家干了那么多年，从来没听说过有给这个的。

小厨师也摸不着头脑："什么？尚家不给大厨股份的吗？我师傅是铭德金老爷子的弟子，金董就给了他公司股份的，别说我师傅了，就连我们，到时候新店开业能选上主厨，也能拿到店里百分之五的股份，所以我们都拼得超级卖力的。"

真是闻所未闻。

小厨师看他的眼神变得同情起来，哇，尚家的厨师们看着家大业大，私底下居然过的是这种日子哦。还是铭德好，还是铭德好。

马勒盯着他，忽然又回首看向金窈窕。

金窈窕正指挥另一个小厨师把下好的面条码上肉末，感受到他的目光，狐疑地回头跟他对视了一眼。

马勒掏出手机，开始翻找跟自己最要好的师弟们的电话。

福利院外远远传来说话的声音，院长接了个电话，亲自出去迎接。

许晚正给一个生日蛋糕上插着蜡烛，回头一看，竟看到儿子的面孔，顿时一惊，又是一喜。

她放下活，快步朝沈启明走去："启明，你怎么来了？"

沈启明没说话，身边的一个助理小声对她说："沈总今天在附近办点事。"

许晚使劲回头瞥马勒和露娜，儿子一来，她总算放了点心。

金窈窕果然也看到了出现的沈启明，愣了愣。

沈启明远远地看着她，嘴唇似乎勾了起来，金窈窕思索片刻，还是放下东西过来打了个招呼："沈总。"

沈启明"嗯"了一声，无须她问，自己解释道："我刚好在附近，听说你在这里，抽空就过来了。"

金窈窕："哦。"

真是话变多了好多。

面条的香气飘出来，有小孩嘻嘻哈哈的笑声，沈启明看了一眼，看到蜡烛和长寿面，低声问："有人过生日？"

金窈窕沉默了下。

冬至是沈启明的生日，这她还是记得的，以往她总是提前很久就给对方准备生日礼物，只是现在已经很多年没做过了。

一旁传来许晚的笑声："是啊，有五个小朋友一起过生日呢，要一起来吹蜡烛吗？"

沈启明没作声，只看着金窈窕，金窈窕叹了口气，看着他开口道："生日快乐。"

沈启明的嘴角就勾得更明显了点。

一旁的许晚却愣住了，看看她又看看儿子。

"启明……"她声音干涩起来，"今天是你生日吗？"

金窈窕怔了怔，看向她，许晚居然不知道沈启明的生日？她还以为她今天参加完福利院的活动就会回去跟沈启明一起过生日呢。

许晚明显也有些无措，她捏着一把蜡烛，刚才她还在装饰生日蛋糕，竟一点没想起来，今天过生日的人还有自己的儿子。

沈启明却没什么表现，只平静地“嗯”了一声。

金窈窕的眉头慢慢皱起来，想了想，开口道：“沈总，留下一起吃长寿面吧？”

沈启明嘴角弯着，眼神也很柔和：“我还有个会要开，就是过来看你一眼。”

金窈窕沉默了一下：“今年我没有给你准备礼物。”

“那不重要。”沈启明摇摇头，“你记得就够了。”

第17章

蜡烛点燃，福利院里响起稚嫩的庆生歌。

长寿面出锅，热腾腾盛在汤碗里，过生日的几个小朋友本还有些羞涩，尝到面条后，吃得立刻认真起来。

面是铭德的厨师亲手揉的，照顾到孩子的口味，拉得又细又绵，下进煮沸的水中，几乎不用煮多久就可以出锅。

出锅后下进提前炒制的笋汤里，再舀上大大一勺炖出了功夫的肉臊，切成小粒的肉被炖得绵软，肉汁和卤汁裹着面条同时入口，面汤里更带着虾头鱼子干煸过的腌笋的鲜酸。

酸味不重，一点点而已，配合面条并不突兀，反倒格外适合，不仅中和了浇头的油腻，还赋予了平凡的汤汁更加富有层次的滋味。

小寿星们扒着碗沿，一点点抿嘴，珍惜地将汤面一点一点舀进口中，笑得眼睛都弯了起来。

其他小朋友围着他们打转，一边探头看面条，一边叽叽喳喳地商量——

“给我也吃一口呀！”

“好吃吗？”

被问到的其中一个护着碗说：“好吃。”

旁人问她：“是什么味道呀？”

那小朋友想了想，晃着腿说：“要是我有妈妈，可能我妈妈做的饭就是这个味道吧？学校里的同学跟我说，她每年过生日家里都会给她做面条的。”

吃得人心里都甜滋滋的。

金窈窕听得叹了一声，笑着朝眼馋长寿面的其他孩子开口：“长寿面还有很多，想吃的话报名，我让人也给你们做。”

她推着一个逐渐亲近起来的小女孩朝厨房走去，半路回头看了许晚一眼。许晚站在桌边，安静地拿了张纸巾给吃面的小朋友擦嘴，垂着眼一句话也没说。

沈启明确实有工作在附近的临江产业园，他抽空过来一趟，却不能久留，赶在孩子们吹蜡烛之前就走了。

外头冷得厉害，打开门就灌进一股冷风。

院长送走沈启明和陪同沈启明来这里参观的园区领导，回来后非常开心地跟院里的义工说：“领导说晶茂以后会每年给我们一笔捐赠呢，马上过年了，可以给孩子们添置些好点的新衣服了。”

福利院里虽然有拨款，孩子们也吃喝不愁，看得起病，可有些额外的花销，还是得依靠社会力量募集。

这次冬至，铭德除了提供饮食，也单独给了一笔钱，加上晶茂给的这笔，眼看着比往年宽裕了许多。

马勒不知道怎么回事，突然安静了许多，也不骚扰人了，躲起来一个接一个地打电话。金窈窕懒得管他在干吗，做好自己的事情后，安静地回到福利院后厨洗手。

今天来的员工们都很开心，孩子们也很高兴，一首接一首地唱生日歌，歌声从门外飘进来，听得她低头一笑。

高跟鞋敲击地面的清脆响声从背后传来，随即身边多了个洗手的人。

金窈窕扫了下沉默的许晚。

这位分公司前台兼股东今天也一如既往的昂贵精致，洗手前特意摘下价值连城的钻表，被绵密泡沫包裹着的每一根手指都写满了十指不沾阳春水的娇贵。

金窈窕也不知道该说什么，反倒是许晚主动开口，声音带着低落："窈窕，我这个妈当得很差劲吧？"

金窈窕有点尴尬，她是真没想到许晚会记不得沈启明的生日。

这段时间，她发现沈家有许多自己不知道的事情，比如沈启明的爸妈并不是她想象中的那么恩爱，只不过看沈启明帮着许晚跟沈父离婚，她还以为他们母子之间相处得还行。

看着许晚落寞的样子，她想了想，轻声回答："可能是最近工作太忙了。"

许晚却没有被安慰，自嘲地摇了摇头："不用给我找借口，我是真的不知道，我已经十多年……记不清了，可能快二十年没给他过过生日了。"

金窈窕有点错愕："为什么？"

"他什么都没跟你说吗？"许晚见她惊讶，几秒后又反应了过来，失笑道，"也对，他一直觉得我跟他爸是坏形象，连我们跟你见面都不允许，不跟你说这些也不奇怪。"

金窈窕皱起眉头。

许晚长长地叹了一声，擦着手，回忆着自己的过去，摇头笑了笑："我啊……"她突然有点怅惘，又有些疲惫，看着身边的金窈窕，说，"我这一辈子，确实过得一塌糊涂，什么都没有做好。不怪他不亲近我，他小时候，我就跟着他爸在外地，一年到头，跟他见面的次数一只手都能数出来，每次见面，也没有真的关心他什么，就在他面前跟他爸吵。现在想想，为了外人眼里的风光，我真的太多责任都没有尽到，刚刚……"

她说着，眼泪就止不住地流了下来。

金窈窕则越听眉头皱得越紧。她隐约明白了沈启明为什么会养成现在的性格了。

许晚擦着眼泪，倾吐出来后，内心隐约轻松了点，但仍旧难掩凄凉。

以前她不明白这些，现在想清楚了，却已经晚了，儿子长大，不想要也不再需要她这个母亲，她想要弥补欠缺的，却无从补起。

许晚轻声道歉："对不起啊，窈窕，其实不该跟你说这些的，外头生日歌唱得我太难过了，才没忍住。"

她都不知道沈启明刚才会作何感想，生日当天，亲妈来福利院给一群不相干的孩子切蛋糕，送祝福，明明亲儿子也是同一天过生日，却连当面碰到了都想不起来。

金窈窕叹了口气："没关系。"

许晚红着眼睛朝她笑："窈窕啊，你是个好孩子，我真的，真的真的很喜欢你，可惜你跟启明分手了。"

金窈窕朝她笑了笑。

许晚看着她，惆怅越发深重，突然又有些想哭："你会不会看不起我？当妈当到这个份上，我现在，连跟他怎么相处都不知道。"

金窈窕抽了张纸巾给她："从今天开始学习做一个妈妈也不迟。"

许晚苦笑："他不需要了。"

金窈窕注视着她，摇头道："你不尝试，怎么知道他不需要呢？"

许晚呆了呆，垂首道："可我根本就什么都做不好，从小到大，我连饭都没有给他做过一顿。不瞒你说，去年过年，我想过尝试的，可我连包饺子的面都和不好，一个连做饭都不会的女人，怎么做得好妈？"

金窈窕不赞同地说："谁说女人一定要会烧饭的？我妈烧的菜就没有我爸的好吃。"说完又朝外扬了扬下巴，"蕾秋您看到了，她也有个孩子，每天忙工作忙到没有太多时间陪孩子，可我一样觉得她是个好妈妈，她儿子也肯定不会怀疑她不爱他。"

许晚怔住。金窈窕朝她摊开手："过来吧，我教您做长寿面。"

深夜，沈启明终于结束加班回家，面无表情地踏进院子，手上还拿着一袋准备睡前处理完的工作。

这个冬至对他而言，跟往常的任何一天都没有不同。打开家门的一瞬间，他的眉头却皱了起来，迅速捕捉到了家里不和谐的元素。

保姆来接他的外套，退开后小声提醒了一声："沈总，太太来了。"

沈启明沉默了一秒，明白对方话里的太太不是他想到的那个人，因为他很快听到了母亲许晚的声音，伴随着其他人混乱的动静——

"啊！"

"葱呢？葱呢？"

"快给我个碗！汤潽出来了！"

他听着，眉头越皱越深，随即就看到从厨房里出来的母亲，系着跟她格格不入的围裙，一抬头看见他，表情有瞬间的惊慌："启明？"

沈启明看着她，沉声问："你来干什么？"

他不喜欢明珠山别墅随便进人。

母亲站在桌边，看到他的表情后，踟蹰了一会儿才说："回来了啊。"

沈启明沉默了下："嗯。"

疏离的气氛弥漫在两人之间，许晚回过神，道："我做了长寿面，尝一口吗？"

沈启明有点莫名地看着她。

许晚鼓起勇气解释道："我跟窈窕学的。今天从福利院带回来的面跟浇头，我之前试了几次，味道还不错。"

跟窈窕学的。

许晚忐忑的目光中，儿子片刻后开口："好。"

面条热腾腾地端上桌，在灯光下氤氲开模糊的蒸汽，浇头的香气扩散开来。

许晚有一点手足无措，解释道："面好像扯得有点不均匀，煮得有点过火，我弄得不怎么好看，随便吃吃就好。"

确实是很不好看，精致的骨瓷汤碗里，面条被盖在一堆佐料下方，浇头明显放了太多，在面上积起厚厚的一层。

沈启明低头吃了一口，许晚紧张地问："怎么样？"

细嚼慢咽地吞进肚中，浇头肉臊的香味盖过了面条有点夹生的味道，沈启明平静地回答："很好。"

许晚松了口气，脸上总算有了笑意："窈窕做的时候好像很简单的样子，结果我自己动手怎么都做不了像她那么好，幸好有带回来的卤肉，不然我还真不知道该怎么办才好，所以干脆都放进去了。不过卤肉放到现在，又热了好几遍，火候好像被我热得有点过头。唉，做菜还真的要天赋，怎么看都是她弄得更好。"

沈启明拿筷子夹着几乎要碎掉的卤肉放进嘴里。

许晚看着儿子，声音放轻："启明，生日快乐。"

沈启明咽下肉，过了一会儿才回答："谢谢。"

饭后，沈启明拿着文件上楼，也不知怎么的，忽然就没那么想工作了，坐在书房里安静了很久，他掏出手机来，给金窈窕发了一条微信——

"谢谢。"

金窈窕估计已经休息了，没有立刻回复，沈启明看着她的头像笑了笑，心情却不错，还点进了平常几乎不用的朋友圈。

金窈窕朋友圈的第一条是转发的《华夏珍馐》的推文，沈启明点了个赞，然后点进去仔细看了一遍。

各种菜肴的截图在深夜里显得尤为诱人，他看完之后，转发到自己的朋友圈。

做完这些后，他又刷了套新题，看到最新出炉的59分，情绪也不怎么坏，想了想，决定先不刷了，按照推文里的介绍下载了斑马视频。

《华夏珍馐》最近热映，他却一直没有看过。工作之余，他的娱乐活动本来就乏善可陈，忙碌是一个原因，本身没有兴趣进行工作之外的放松活动也是一个原因。

不玩社交软件，也不看非必要的影视剧，就连工作用得上的通讯软件，没工作沟通时他点开的次数也屈指可数。

《华夏珍馐》走红后，斑马视频给的待遇水涨船高，节目组的宣传被直接做成了开屏海报，他随便点开最新一集，本来想找一下的，没想到开头就有铭德和金窈窕的出镜。

金窈窕在这一集里做的是一道精工细致的脆皮烤酥肉。

切成长条的五花肉腌渍后炸制烹煮，随后吊在钩上，挂进烘了无数炭火的炉子里炙烤，节目组的收音里能听到肉在高温下哔哔剥剥的爆裂声，悠扬的背景音乐跟她细白的手指一样令人心旷神怡，吊钩从炉子里提出来的一瞬间，音乐声骤然变得激烈。

同一时间，被烤得表皮金黄的酥肉撞入眼帘，高温带来的作用尚未平息，被烤出气泡的酥脆肉皮仍在滋滋作响，莹润的油脂自上而下，顺着酥肉流淌，最终和汤汁一起滴落。

下午才见过的金窈窕出现在画面右侧，眉眼精致而平静。沈启明隔着屏幕看到，忍不住笑了笑。

结果一不小心，手指不知道点到了什么，原本干干净净的画面上突然出现了密密麻麻的文字，自右向左飞快地滑动着，将金窈窕的脸挡了个干干净净。

沈启明不知道这是怎么回事，立刻就想把这些文字弄走，谁知还没来得及找到关闭按钮，定睛一看——

“微博金董后援会铁粉报道！”

“后援会举手举手！金董我喜欢你！今天也是美颜盛世的一天！”

“啊啊啊！金董金董！金董出现了！今天怎么福利那么好，开屏就能看到金董！忍着肚子饿大晚上追更新果然是值得的！”

“金董的菜今天也上了我的人生菜单，肥而不腻，外皮酥脆，滚烫一口咬下去香得我一个起飞，半空三百六十度旋转跷着小腿满分落地！”

“金董好美！金董我爱你！我就是金董手里的五花肉！”

“呜呜呜呜，脆皮烤酥肉好香，金董好美，我一时间竟然不知道该看哪个！等我拉回进度条再看一遍！”

“金董的下颌线，金董的桃花眼，金董细细的手指拨乱了我的心，我单方面宣布我要嫁给金董，请大家祝福我，谢谢。”

“前面的给我滚出，金董是我的OK？”

“金董明明是我的，你们都哪儿来的？”

“因为你们这群人，金董跟我道歉了半个小时……”

沈启明找了半天，终于找到了发弹幕的对话框，想了半天，正正经经地打出一句：“窈窕不是你们的。”

但因为没登录，斑马视频跳出一句提示——“亲，您没有说话的权限哦。”

沈启明呆呆地看着那排字，立刻退出视频，打开了自己刚才关上的测试题。

许晚这些天高兴极了，有时间就往晶茂跑，还真没被轰走过，回来告诉金窈窕说：“启明什么都好，就是太忙了，我看他最近连吃饭都捧着手机，时不时要看一眼。”

金窈窕心说不至于啊，沈启明这人强迫症挺严重的，特别讲究专心致志，吃饭的时候说话都很少，怎么会玩手机呢？

不过她也很久没跟沈启明吃饭了，搞不明白索性不搞，冬至以后，她也忙碌得很，除了公司和纪录片的工作，还得跟从深城来的马勒斗智斗勇。

马勒是真烦人，金窈窕五分钟没听到他的唠叨居然感觉有些不适应，进会议室前左右看了看：“跑哪儿去了？”

金父摊开手：“接了个电话，出去了。”

金窈窕说了句阿弥陀佛，愉悦地跟着父亲进入会议室。

不过会议开始后，这份愉悦就渐渐消散了。

长桌坐满了员工，都是跟深城未来新项目相关的，一样一样向她汇报项目的进展工作。

铭德的资金本就充足，加上最近《华夏珍馐》带来的热度，铭德打算一鼓作气将重要的分店全部推出。

深城很大，市场也未饱和，铭德的三个项目组——隐宴、铭德大院和寻香宴，这次共有十家新店先后上线，半年之内要全部开业，于公司而言，这可以说是个相当有挑战的决定。

倒也不是不能一家一家慢慢开，但时间就是金钱，也是企业生长的养料，铭德已经习惯了慢吞吞地走，企业文化里也养出了惰性，就像一个认定自己腿脚不好的老人，不尝试着加快速度，永远不可能真正蜕变。

况且半年的战线已经很长了，放在很多餐饮企业，半年时间开出二十家未必不可能。

果然，看起来一切都井然有序的铭德，被金窈窕这么一逼，立马暴露了本质上的问题。

其他方面倒还可以抓出问题立刻改进，屠师傅那边，是真的有点捉襟见肘。

屠师傅如今拿着铭德的股份，更加与公司一心同体了，说出自己的难处时，显得比金窈窕还发愁，宛若一根到秋天才发现自己结的果子比不上地里其他同伴的苞米杆子。

“厨师真的不够，前期倒还好，但我算了算，人最多能匀到第六家店，剩下的半年之内肯定不可能出师。”

他已经加快了收徒和教徒的进度，然而传统师承行业就是如此效率低下，首先招弟子就很麻烦，没有渠道，多是靠人介绍或者跟熟人打听哪里有好苗子，然后把好苗子带在身边，靠一次又一次帮工似的打下手挤牛奶似的学东西。

不管东西方，大厨带弟子都是一个模式，这也是很多著名餐厅无法壮大的原因。

像铭德这种有独特风格无法被量产替代的，更是注定了只能偏居一隅，做得再大，最多也只能吸引口碑，得不到与水平相当的发展机会。

金窈窕却不甘心，她揉着脑袋，忽然有了个设想。

“屠师傅。”金窈窕斟酌着说，“总这么下去也不是办法，深城倒还好，等以后铭德的版图扩大，您在后厨带徒弟的速度永远比不上新店开业快。您有没有想过直接从后厨退下去，专门带徒弟？”

屠师傅愣了一下：“怎么专门带？”

金窈窕脑子里的设想还有些模糊，含糊地形容道：“类似专业授课那种，但跟外头那些糊弄人的厨师学校不同，你带出来的学生，可以视进度分批选进公司培训，水平可以的，再直接进入铭德旗下的餐厅工作。”

这样一环套一环，新店主厨的人选就可以不断在老店主厨的助手里选，以铭德的主厨股份制度，愿意沉淀下来学习并留下的学生不会是少数。而且成绩真正优异进入公司的才能接触最核心的技术，也不用担心铭德的根基会被挖走。

屠师傅听得怔住。

其实这还是他所熟悉的师承关系，只是他从小跟着金老爷子规规矩矩地蹲在后厨，接触的业内名厨们也都是同样的经历，思想根深蒂固后，竟从没想过如何更有效率地解决生源问题。

一旁的金父听着女儿的三言两语，忍不住有点激动："这等于都是我们金家的弟子啊。"

例数全国，多少名厨世家，桃李再满园，也做不到这个程度。

金窈窕"嗯"了一声。

金父跟屠师傅对视一眼，都心动了。

然而这都是为未来打的基础，当下的问题暂时无法用此举解决。金窈窕沉默深思着。

铭德楼下，一群年轻人都难以置信。

"勒哥，铭德真这么大方啊？直接给人股份？"

马勒最近专程调查过，拍着胸脯打包票："深城那边我不知道，反正临江这里，他们店里的主厨个个都有分红。临江的隐宴你知道吗？深城也开了一家，隐宴一店的那个主厨，叫汪盛，你猜人家一个月连工资带分红能拿多少？"

他师弟呆呆地摇头。

马勒报了个数字，听得在场所有年轻人都呆住了："乖乖。"

尚家给几个台柱子的待遇尚且过得去，可对台柱子们手下的徒弟就没那么上心了，很多时候甚至都要靠做师傅的掏腰包补贴。

传统餐饮世家里，徒弟们晋升的机会很渺茫，除非马勒这种跟着爹的，否则其他人就只能靠熬。他们哪儿听说过业内有这么先进的晋升制度。

马勒："这还只是一家分店，听说铭德的主厨只要水平够高，同时管几家分店也不是不可以。”

这次来的都是跟他玩得最好的师弟，听到这些当然心动，但想了想，还是觉得不可以：“师傅他们不都是尚家的厨师吗？我们以后出师了，也应该留在尚家工作吧？虽然这里前景更好，可咱们也不能为了钱背叛师傅啊。”

马勒抬手给了他后脑勺一下：“傻啊你们，你们请假来临江，我爸他们能不知道？他们拦你们了吗？”

师弟们这才想起来，愣愣地摇头。

马勒点点他们：“我爸他们是我爸他们，尚家是尚家，别搞混了。”

深城，老二和几个师弟都先后接到了请假的徒弟们打来的电话。

挂断电话后，师兄弟几人默契对视，其中一个还有些动摇：“真的就这么让他们跟马勒去铭德吗？”

老二望着虚空，半晌后长叹一声：“咱们这些年给尚家当牛做马，是为了师傅，他们却不欠尚家什么，既然现在有做人的机会，就放他们去做人吧。”

金窈窕踏出会议室，果不其然又听到了马勒的声音。

她正思索着公事，感觉马勒又要来念叨，下意识就不想理。谁知一抬头，对方这次身后却跟来了好些陌生人。

金窈窕：“你干吗？”

要打群架吗？简直不知死活，她在公司振臂一挥，能找来十倍的人数打得他们满地找牙。

马勒对上她的视线，嘚瑟一笑：“菜谱不要，人你要不要？”

金窈窕：“啊？”

马勒抬手一招：“叫人。”

背后一群小弟：“金董好！金董给口饭吃吧！”

马勒：“都是跟我一样无家可归的可怜孩子，被逐出师门了，饿着肚子，想来铭德混口饭吃。”

金窈窕认出了几个之前在马家见过的熟面孔，沉默了很久："马勒，你觉得我会相信吗？"

马勒："是真的！"

小弟们："对，真的，肚子特别饿。"

马勒："而且外面那么冷，都是走路来的临江。"

小弟们："是的！特别冷。"

金窈窕："……"

马勒："你该不会让他们再走路回去吧？"

金窈窕回头："爸，打电话！"

金父应声而动，拿出电话来拨给自家二师弟："老二，你儿子和你徒弟们都跑临江来了，你赶紧来一趟把他们接回去，你家这臭小子，又是拿菜谱又是带人的，尽背着你瞎胡闹。"

电话那头的老二声音忽远忽近："师兄你说什么？我这儿信号不好，咱们晚点再聊啊！"

说着又一次挂断了电话。

这下再傻，金窈窕也能感受到父亲那群师弟想干什么了。

金窈窕皱起眉头，敏锐地感觉尚家内部可能出现了什么问题。

还有，这从天而降的一群小厨师是什么意思？自己这张嘴是开了光吗？

第18章

马勒带着一群师弟和那本菜谱是打定主意不肯走了。

白来一群好厨师，还是尚家几个台柱子的得意门生。马勒就不说了，珍珑第三代的领头羊，家学渊源，从小就跟着父亲学艺，就连他自己的那群师弟，也是小小年纪就能扛得起大梁，资历深的，比起屠师傅的几个得意弟子有过之而无不及。

尚家有尚老爷子留下的众多门生团结发展，这些年偏居临江的铭德却只有一个屠师傅，师资水平和教学效率到底略逊一筹。

这是天降横财。但金窈窕还是理智的，没有被冲昏头脑立刻接受。

马勒他们是尚家人，无端端跑来铭德，头顶的师傅们都还在尚家卖力呢，怎么看怎么像欺师灭祖。

师徒关系跟师生不同，师傅不同意，手底的弟子却跑去对手阵营，倘若未来没有大造化，没有飞黄腾达，那这几个离开的徒弟估计最大的成就也就这样了。即便日后运气好，能有一番成就，可但凡被业内扒出这笔历史，就永远都是他人口中的谈资。

只看先前金老三离开金家去程家，跟他早有勾结而一起离开的小徒弟们惹得屠师傅有多恼火就知道了。那段时间，屠师傅简直就像个行走的喷火器，打电话骂人不说，得空甚至还找上门去怒斥，他的其他弟子都不觉得这有什么不对，就连离开的那几个，被骂得狗血淋头也不敢辩驳翻脸。

虽然看金父二师弟的表现，不像是对马勒的行为不赞成的样子，可人心隔肚皮，金窈窕摸不准他们到底是什么意思，再者，有父亲跟尚家过去的历史在前，金窈窕实在不想惹得铭德一身骚。

金家的晚餐时间，金父无言地与登门拜访的一群小辈对视。马勒的一群师弟甜甜叫人，按辈分都是师侄，他实在有些不忍心，站在门口回头朝厨房看了一眼。

许晚也在，金窈窕准备家里晚餐的工夫顺便教她一些容易上手的新菜。

细末香菇粒下锅跟肉蓉炒香，米粉泡水炖煮，煮到熟透的程度，捞出来过冰水，同样切成细细的碎末。

金窈窕手头有事情做，金母就帮着女儿指导许晚的刀工，她自己虽然做饭不怎么好吃，比不上丈夫和女儿，教许晚却是绰绰有余，此时竟也很有高明严师的风范："太大段了，得再细一点才行。"

许晚捏着那把湿润又软弹的粉丝切得专心致志。

她最近有时间就常来金家学做菜。离婚以后，她身家斐然，却着实没什么事情干，在铭德当前台是消磨时间，现在学着下厨，也慢慢品出了几分趣味，尤其是每天去明珠山一边做菜一边等儿子加班回来的时候。

她一边切粉丝，一边看金窈窕和金母。

桌上用小瓦斯炉热着一口小锅，金母手上掂着一团格外湿润的面团，好像不成形随时要融化似的，却又偏偏湿润得刚好能通过时不时的抖动停留在金母的手上。

面团在滚烫的锅里一擦，随即再次回到金母手中，只在锅里留下浅浅的曾经来过的痕迹。

几秒钟后，痕迹逐渐定型，边缘翘起，轻轻一揭，一张薄如蝉翼的柔软米皮就出炉了，是一会儿要拿来包炒制的馅料的。

真神奇啊……

许晚越看越觉得自己以往从未留意过的很多食材，烹制的过程都有着超出想象的趣味。

细密的米粉末下锅，跟肉碎香菇同时翻炒，香气逐渐飘散开，金窈窕翻动着炭炉上的一片牛肉，嗅着香气给她提示："放点鱼露，再放一点，好，够了。"

炭火发出哔哔剥剥的爆裂声，正被烘烤的牛肉香气更加浓烈，连正在做米皮的金母都几次进来询问："还要多久才能吃啊？"

金窈窕夹了一片给她吃："味道是出来了，可变干肯定没那么快，不过我爸找来的肉确实很好，烤到这个程度也很好吃。"

金母手上有面团，就张着嘴任凭她喂，滚烫的肉片咬在齿间，还没来得碰到舌头，浓郁的鲜味就已经窜进了脑子。

嗅到这个气味，也不顾上东西烫不烫了，金母三两下将肉嚼进嘴里，香料酱汁混着格外浓厚的肉香立刻在口腔中炸裂："天哪，太好吃了。"

金父这段时间不用忙公司的公务，就琢磨着给金窈窕未来的新菜弄点发挥空间，不断找回天南海北的食材。

这片宽广的土地上生长了数不尽的食材，很多东西就连深城这种经济发达的一线城市也未必能找到，比如眼下这块来自青海的高山牦牛肉，肉香就比铭德旗下餐厅使用的牛肉醇厚不知多少。

牛后腿做牛肉干，先腌渍后烘烤，是金母要求的零食。牛腩则拿来卤炖，在红汤里熬得酥烂柔软，鲜气飘得无处不在。金窈窕已经考虑采用这个新食材了，虽然成本高些，可放在隐宴和寻香宴的菜单上，绝对不愁拥趸。

马勒在大门外头就嗅到了这股让人站不稳的香味，进屋后专注无比地盯着炉子，仿佛想用双眼参透金窈窕朝肉里放了什么。

金窈窕对他已经很无奈了："你到底打算什么时候走？"

马勒带着一群小弟来，本以为能马到成功的，没承想连带着一群小弟连入职都混不到。

他每天翻那本看了无数遍，心心念念想琢磨明白的菜谱，十分不甘心。

父亲一直把他当作接班人培养，这本菜谱，他从刚学会认字就被父亲带着念读，等到能拿刀，父亲更是手把手教他烹饪，可以说菜谱里的每一道菜，他都学做了无数遍。但学着学着，父亲就再没让他做过了。

以前他总以为是自己学有所成了，直到后来父亲提起让金窈窕继承衣钵，他不是没有不服气过，直到亲眼见到那只酒仙鸡。

他找来铭德，实际跟父亲从小教导的继承衣钵的思想没有多大关系，毕竟尚家人那个德行，即便未来他取代父亲成了珍珑的台柱子，也只是吃力不讨好的苦力。

他纯粹是出于追求更高的技艺而来，倘若他没见过金窈窕的手艺也就罢了，可现在他明明看见了更高的阶梯在哪儿，所以越看金窈窕做菜，他越确认她能教给他过去参悟不透的东西。

走是不可能走的，这辈子也不可能走的。

马勒挽起袖子，气势汹汹："我来帮你洗菜！"

又一招手，带来的师弟们齐刷刷列出方阵，剥蒜的剥蒜，擦桌的擦桌，扫地的扫地，宛若一群不要钱的劳力。

劳力们留下的意愿很坚决，但金窈窕还是迅速着手实现起了会议上提出的设想，跟父亲和屠师傅一并敲定后，屠师傅迅速被调离原本的岗位，加入了铭德又一个新成立的项目组，开始申请授课所需的各项执照。

冬至日开始销售的铭德半成品时令菜单各方反馈和收效都很喜人，《华夏珍馐》热映后的各项投资分红到账，钱闲着也是闲着，于是同一时间铭德第二个新项目组拔地而起，由以金窈窕为首的公司技术人员构成，近期的主要工作是研究餐厅目前热销的半成品是否能投入流水线加工，又该如何在提高产量的同时尽量保证出众的口味。

新年前，金窈窕和整个公司都忙得不可开交，恰在此时，深城餐饮协会的入会程序走完，那位推荐他们入会的副会长再次主动联系，邀请铭德参加今年深城餐饮协会的年度聚会。

铭德至今还不认识几个深城的业内同行，这活动对铭德来说挺重要的，金父和金窈窕便都暂时推了手头的工作，前去深城分公司做准备。

路上，跟总部的人事部打过好几个确认电话，金窈窕降下车窗吹着冷风舒了口气："公司的人越来越不够用了，新成立的两个项目组根本忙不过来，爸，我准备把一部分压力转移到分公司，您觉得怎么样？"

要是放在早些时候，金父根本想不到铭德还能有人手不够用的时候，此时听着女儿的苦恼也觉得是甜蜜的负担："你决定就好。"

金母给父女俩一人分了一片牛肉干："放松一下吧，别随时随地谈工作了。"

牛肉干是金窈窕做的，这玩意儿耐存储，彻底烘干之后就可以存放很久，金窈窕撕着肉干吃了一口，感受着浓烈的肉鲜和似乎已经彻底渗进每一根纤维的酱香。

这东西越嚼越香，吃得人果然放松下来，金窈窕这才想起来，问道："许阿姨好像好几天没来找我学做菜了。"

最近忙，她也没顾得上对方。

金母收拾着带来的牛肉干。金父已经跟那位牦牛肉供应商谈好了合作，双方进展很快，近期就有源源不断的牦牛肉自遥远的牧场运来，因为肉量足够，母亲也爱吃，金窈窕索性就给她做了很多，金母果然上哪儿都不忘带上这口零嘴。

试推出的焖炖牦牛也在春节前引发了临江食客的又一场狂欢，几度荣登临江热议话题榜，不知多少人专程前往排队，就为了尝一尝那口据说仿佛浓缩了十倍牛肉精华的新菜。

铭德现在在临江的地位超然不是假的，《华夏珍馐》播出以后，临江之光这个名头也不知什么时候就叫开了，倘若现在让临江人评选最有好感的本地企业，铭德百分之一百上榜，位置估计还是在前排。

金母回答："听说启明最近在深城开会，你许阿姨就跟着回去深城分公司上班了。"

金窈窕愣了愣，失笑，看得出来许晚是真的在努力。

她翻出手机，点开朋友圈，不意外地又收到一条提示，告诉她沈启明点赞了她发布的一条朋友圈。

这人现在是有网瘾吗？

深城分公司，金窈窕惦记着之前跟父亲提过的工作，到公司后先去了一趟人事部，跟员工商议深城分公司的拓展问题。因为要把一部分临江总部的工作转移到分公司，人才的招募就势在必行。

深城有一个地方比临江强，那就是一线城市汇聚而来的人才远比临江那种小城市要多，因此一些比较复杂的项目，金窈窕就打算都放在深城来管理。这些工作父亲不擅长，她倒是可以胜任，可毕竟精力有限，这就需要公司招募一个实力水准都过硬的管理人员了。

靠招聘寻找这种人无异于海底捞针，金窈窕索性让人事联系深城有名的猎头，帮忙留意符合要求的人选。

从人事办公室里出来的时候，她无意中瞥了眼公司挂在会客处墙壁上的电视机，原本应该挺喜庆的日子，电视上播放的新闻内容却有些沉重。

因为是财经频道，播放的也是财经相关内容，说是因为国际原因，最近经济形势走低，前些年还朝气蓬勃的一些行业呈现颓势，深城高新园区的一家公司前不久就宣布了破产，这家公司刚创立不久，去年还欣欣向荣，结果说倒就倒，好在创立公司的年轻老总负责任，变卖了自己的全部家产来偿还客户的损失。因此原本是应该吵得一地鸡毛的破产事件，最后反倒以客户们心疼这位年轻老总而告终。据说这是他的第一次创业，谁知流年不利，遇上了不可抗力，连主持人都声情并茂地夸奖了这位负责任的年轻企业家。

金窈窕看了屏幕右上角那位年轻老总一眼，最多三十岁出头，眉眼端正清秀，但也不到特别醒目的地步，只是一身锐意，让人很容易留下深刻的印象。

金窈窕总觉得这张脸有点面熟，不停回想主持人提到的更加耳熟的名字。片刻后她想起来了，这名字可不就是多年以后相当著名的食品巨头吗？只不过公司在国外。当初她回国的那年，人家制造的饼干零食都已经销售到非洲去了。

国外的富商，还是同胞，金窈窕多少留了点印象，但记忆中对方可不是这个样子的。

跟他成功的事业同样有名的，还有他残缺的身体和暴戾的脾气，因为下肢瘫痪，他只能靠着轮椅行走，那个时候海外媒体更是给他起了一个特殊的诨号——亿万轮椅。

金窈窕皱起眉，实在是不明白他为什么会变成后来那个样子。

金父在门口，看她站在会客处半天不动，催促了一声："窈窕？"

金窈窕回过神，暂时停下思索，朝父亲笑了笑。

深城餐饮协会创立已久，老会长闾和正年逾七旬，更是蜚声国际，在业内极有威信。从海外归国后，他就一直居住在深城，这些年世界各地不少美食家和名厨都会专程来深城拜访他，这也使得深城的餐饮协会在国内各大协会中地位格外不同。

他每年组织的聚会，就是深城餐饮界最大的活动，可以说整个深城餐饮界就是他编织出来的江湖，因此就连规模大到这样的尚家，也不会轻忽。

不光尚荣，就连夏老太太都跟着来了，虽然她已经年纪不小，但还是在外甥夏仁的搀扶下笑眯眯地去跟老会长打招呼："闾会长，一年不见，您看起来精神还是那么好。"

她挂着尚老爷子遗孀的身份，闾老会长对尚老爷子这位祖上世代御厨的老名厨还是很尊敬的，虽然平常不太喜欢夏家人到处蹦跶钻营的做派，但对她还是软和了几分："看你脸色不太好，生病了？"

夏老太太听得嘴唇抖了抖。

这段时间她确实老生病，多半是被气的，因为家里那群死活不肯把菜谱还回来，还帮着铭德对付自家的白眼狼。

她摇摇头："唉，说来话长。"

也就是在餐饮协会里，她还能找到几分安宁。毕竟老二他们再想帮铭德，也不可能把铭德搞进协会，他们的资历到不了这个份上。

夏老太太安慰地抓住外甥夏仁的手，还是外甥厉害啊，跟协会的副会长莫逆之交，开个口就能把铭德在深城的人脉给断喽。她笑眯眯地问：“夏仁，副会长呢？人家帮了你大忙，怎么不去找他过来叙叙旧？”

夏仁看着不远处背过身装作看不到自己的朋友，内心苦涩。

夏老太太见他不动，便抬手招呼副会长，结果副会长却好像聋了似的一动不动。

夏老太太还没反应过来怎么回事，结果余光一转，忽然瞥见了一张熟悉的面孔，眼睛当时就瞪大了：“金文诚？！”

她内心腾地一紧，发现一旁的尚荣应声抬起了头，随即就跟被水烫到似的退了一步。感受到儿子的动作，她下意识转头看去，视线里却只能看到儿子的背影，两秒后就消失了。

不等她想明白儿子这是什么意思，下一秒更让她难以接受的一幕出现了。

自家外甥的好朋友，不久前还在自家餐厅吃过饭的副会长，刚才她打招呼的时候一动不动，仿佛听不到，这会儿却好像忽然活了过来，哈哈大笑地朝着进门的金窈窕和金父走去，张口就是亲兄弟一般亲热：“金兄！欢迎你来啊，这就是我侄女窈窕吧？”

金父无语了，你谁啊？

他不认得这位副会长。

金窈窕也很无语，谁是你侄女？

她也不认得这位副会长。

远处，脸色发青的夏老太太身边，夏仁噙着眼泪，看副会长的眼神如同看负心汉一般。

第19章

副会长也知道自己太自来熟，打过招呼以后，立刻自我介绍起来："金兄和窈窕侄女还不认得我是谁吧？在下胡梭，深城餐饮协会的副会长。我跟铭德啊，那可是神交已久。"

这就是那位推荐铭德进协会的副会长。金窈窕和父亲回过神来才笑着和此人问好，父女俩对这人的热情有点莫名其妙，其他的协会成员就更摸不着头脑了。

哦，敢情你们之前不认识啊？那你还一口一个金兄，一口一个侄女，不知道的，还以为你们是莫逆之交呢。

毕竟是协会的副会长，在业内也有些薄名，平常做人做事挺有派头，突然这么明显刻意地跟人主动牵扯关系，协会成员无语之后，又都感觉到了几分微妙。

铭德加入协会的事情大家都有所耳闻，但在此之前，他们对铭德最深刻的印象莫过于这家公司跟本地的尚家不合。

行业协会这种组织，一定意义上就是抱团抵御风险增加门路的小江湖，之前铭德没加入进来，其他协会成员自然理所当然地站在尚家这边，现在铭德也成了自己人，那究竟该如何表态就成了一门学问。不过不管怎么说，尚家的财力实力目前肯定都略胜一筹，家中六七个顶梁柱，更是个个在名厨界混得风生水起，资历奖项摆出来，餐饮业谁不买几分面子呢？因此铭德出现在会场时，认出他们的一些成员便都有些犹豫，不知该不该主动上前打招呼。尚家的人可都还在现场呢。他们主动去结交铭德，跟铭德主动来结交他们，意义肯定是有点不一样的。

更有甚者，就在一分钟前，门口有个协会成员在跟金父对上眼神后还刻意地转开了视线，装作没看见。

这就是实力比较平庸，想靠表明排斥铭德的立场来抱尚家大腿的小成员了。

转开视线后，这位小成员继续跟熟悉的其他小成员聊天说笑，在一起的大家也都心照不宣，并不以为意。可这会儿副会长的殷切态度摆出来，他立刻蒙了。

副会长感受到那些似有若无的诧异目光，心说你们懂个屁。

原本他也不用如此没面子，然而被夏仁拜托的历史在前，他并不敢确定尚家的人会不会把交易内容说出去。铭德要是在协会内没帮手也就罢了，偏偏他们有！还是老会长这种死死压在他脑袋上的人物。

老会长是真的喜欢铭德，借由贾冰洋的那场采访认识了铭德以后，每期定时追《华夏珍馐》不说，可能是因为他的推荐，以为他也对这家公司有好感，还总拉着他看跟铭德有关的新闻。什么每年定期的公益行动，什么《华夏珍馐》在海外热映后，他们国家首次登上海外某旅游杂志“最想去旅游的国家”排行榜，以及年迈老华侨身体虚弱无法回归故土，在病床上看完《华夏珍馐》拍摄到的记忆里的家乡菜后，含笑而终。

老会长这辈子最大的心愿就是把珍视的中餐发扬光大，铭德算是另辟蹊径达成了他的设想，因此他每一次看这些新闻，都十分感触，还得发表评论——

“铭德是个有社会责任感的好公司啊！”

“你这次举荐得好，慧眼识珠。”

殊不知他每夸奖一次，副会长就更紧张一点，生怕自己受夏仁所托的事被这位老领导知道。为了避免未来可能有的各种麻烦，他当然得把自己的立场表明，他绝对是站在铭德这边的！

果然他一给铭德抬轿，余光就扫到了不远处老会长赞许的眼神。

副会长心口一松，赶忙笑着给金窈窕父女介绍："金兄，窈窕侄女，那位就是咱们协会的会长，我带你们去认识认识。"

然而并不等他带路，老会长居然亲自走了过来，还和颜悦色地打招呼："在下闫和正，久仰铭德大名，今天可算是见到了，了却了我一桩心愿。"

金窈窕知道这位老人在业内的地位，虽不至于受宠若惊，但也不免为对方的话感到几分惊讶，却见老会长在跟前站定，跟父亲握手后，目光锐利又不失和蔼地与她对视："这位就是小金董吧？"

"闫会长您好。"金窈窕笑着跟他打招呼，"是我。"

"叫什么闫会长？太生疏了。"老会长看她落落大方，严肃的面孔放松后竟有些慈和，摆摆手说，"小金董不介意的话，叫我一声闫伯伯就好。"

这下现场的其他成员是真的惊了。副会长也就罢了，示好铭德的举动虽然来得莫名其妙，但也不让人感到难以接受，毕竟他本来就是八面玲珑的一个人。可老会长那又臭又硬的脾气却不是闹着玩的，怎么连他也是这个态度？！

大伙的眼神立马活泛了，到处乱飞，跟熟人对上后，目光里都是默契的一个意思——上！

也不知道是谁开的头，会场里的气氛倏地热闹起来，四面八方的协会成员有志一同地汇聚一个方向，握手的握手，寒暄的寒暄，交换名片的交换名片。

那先前在大门口刻意假装看不到金父的小成员表情终于变了，顾不上更多，端着酒杯也融入人群。

铭德加入深城餐饮协会的第一场聚会，气氛轻松热烈。

这边热火朝天，那一边的夏家人就不那么开心了，夏老太太捏紧外甥夏仁的手，内心的愤怒和恐慌多得几乎要溢出来。

尚荣就跟消失了一样，夏老太太在门口找到儿子，一见儿子就气道："你跑到这里干什么！里面都快成了金家的天下了！"

尚荣沉默地抽着烟，神色阴郁，他也不知道为什么要出来，他没想到能在这场聚会上看到金家的人出现。

他掐灭烟，冷冷地看着夏仁："你是干什么吃的？"

夏家的人在他面前都跟狗差不多，夏仁此时挨骂，同样不敢反驳，只乖乖低着头。

尚荣看他这样，起伏的情绪终于被安抚平静了些。

夏老太太却平静不下来，吹着冷风，手抖得更厉害了，怎么都没法挥去心头的恐惧，抓住儿子的胳膊，说道："他们到底想干什么？连闫会长的路子都被他们走通了！夏仁打点那个副会长花了好大一笔钱，闫会长平常连咱们的面子都不给，怎么就被他们走通了？他们费这么大功夫，到底想干什么！"

尚荣甩开她，不耐烦地说："声音小点，丢不丢人？"

"我还怕丢人？！他都来抢咱们东西了！"夏老太太根本没法克制自己的情绪，声音从牙缝里挤出来，"你那个大师兄，他从小我就看出来不是个好东西，本事没多少，就会笼络人心，把你爸那群徒弟哄得一个个跟什么似的，连尚家都差点落进他手里。这些年他在临江，我还当他已经死心了，结果现在突然又来了深城，一来这儿，又是抢菜谱又是哄家里那群白眼狼给他出钱，我，我……"

她说到这里，突然听到远处传来喧闹的声音，一转头，就见金父和金窈窕跟一群协会成员有说有笑地走出来，连老会长也在。

他们正聊着铭德即将在深城开业的分店，金父无不得意地给众人科普："我哪有这么大本事，都是窈窕这丫头折腾的项目，她呀，比我这个当爸的要有能耐。"

老会长闻言无不赞叹地夸奖金窈窕："看得出来，铭德这样的好企业，以前只留在临江太可惜了，现在既然来了深城，那大家就是一家人，新分店开业我们肯定帮着宣传。"

其他人都点头。

能有这句话，金窈窕就知道今天的聚会没有白来，她笑着道谢："谢谢闫伯伯了。"

老会长笑道："我可不是说空话啊，你叫我一声伯伯，那我就把你当自己家侄女看。以后铭德有什么需要帮助的，尽管开口，咱们协会别的好处没有，就一个，团结。对了，公司的资金真的够吗？虽说股东多，但那么大的项目，要动用的钱可不是一点半点。”

金窈窕点头：“真的够的。”

忽然接收到凌厉的视线，她立刻察觉，抬起头，却见不远处一个老太太正目光锋利地盯着自己。

金窈窕愣了一下，这是谁？

走在她身边的父亲突然脚步一顿，紧接着另一边的闾会长开口：“尚总，夏老夫人，你们怎么在外头？来，我介绍协会的新成员给你们认识。”

金窈窕一听这称呼，就知道盯着自己的老人家是谁了。

她皱起眉头，本不欲理会，谁知道那夏老太太却笑了一声：“闾会长，我可不敢跟他们认识。”

金窈窕一听这话，眉头倏地挑了起来。

老会长也有些莫名：“你这话是什么意思？”

夏老太太对他的表情倒一点也不锋利，语气温温柔柔的，话里却意有所指：“我也不好多说什么，就是看您一口一个侄女，被哄得五迷三道，提醒您小心，别到时候被人吞得连骨头都不剩。”

尚荣觉得丢人，沉着脸喝了一声：“妈！”

夏老太太却不理会。

老会长听得莫名其妙，什么叫被哄得五迷三道，金窈窕可没哄过他，他是自己看了铭德的各种新闻生出的好感。

金窈窕只是觉得好笑，父亲跟尚家那么难堪的历史，铭德还没去找他们不痛快呢，结果这老太太居然主动撞上门来。金窈窕才不给她发挥阴阳怪气的空间，直接开口道：“夏老夫人，您想说什么可以直说，用不着指桑骂槐，那么大年纪了，多不体面。”

夏老太太这些年在家说一不二，骂到人头上，亲戚跟徒弟们都不敢顶嘴，此时开腔，不过就是想刺金家几句，根本没想到她敢顶嘴，说话还那么不客气，眼睛顿时就瞪大了：“家里没教过你怎么跟长辈说话吗？”

金窈窕忍住白眼：“您算我哪门子的长辈？”

老会长也觉得夏老太太有点不可理喻："夏老夫人，你好端端无理取闹什么？"

夏老太太见他帮着金窈窕说话，气得差点昏厥过去，一跺拐杖，高声叫金父的名字："金文诚！好！好！你可真厉害，教出个不知礼数的女儿来，这么跟我说话！"

金父自己被骂倒还好，一听女儿被骂，立刻忍不住了，沉声回应："夏老夫人，说话客气一点，我们两家本来就没有任何关系。"

他已经离开尚家，夏老太太当然称不上是他的师母。

夏老太太抬手指着他，手指哆嗦了一会儿，怒极反笑："呵，你说得冠冕堂皇，有能耐别要我们尚家的好处啊！拿了我们的好处，还敢说话这么硬气？"

尚荣烦得不行："好了！别说了！"

周围人一听这话，立刻感觉有内情。

尚家不喜欢铭德这事他们知道，却不清楚原因究竟是什么，夏家人讲起来的时候也是含含糊糊，难不成真是铭德占了尚家什么便宜？

金窈窕觉得这老太太简直有病："你把话说清楚，谁拿你们好处了？"

夏老太太冷哼一声，似笑非笑地看着她："还嘴硬，你们铭德一个新店接一个新店怎么来的，要我告诉你？"

金窈窕："请说。"

夏老太太见她被戳穿竟然都不心虚，顿时气结："真当谁都不知道你们怎么哄老爷子那几个徒弟的吗？那都是我们尚家的门路！尚家的钱！"

莫说金窈窕，周围的人听到这里都是一阵无语。

晕，这老太太搞半天到底在说什么？

一旁的老会长一脸"你是不是有病"地看着她："夏老夫人，人家铭德分店开业的钱是公司融资来的，股东的钱，跟你们尚家有什么关系？"

尚荣倏地抬起头来。

夏老太太闻言一怔："融资？铭德什么时候融资了？"

老会长对她有点不耐烦了："就今年融的，没对外公布而已，刚才在会场里大家聊起来才提到的，最迟新年过后就会宣布了。"

夏老太太愣愣的。

她刚才说的话实在太好笑，就连几个之前不开腔的协会成员也忍不住吐槽起来："行了夏老太太，您这真的是在无理取闹。"

金窈窕搞不懂这老人家到底是什么意思，也不明白尚家到底是什么情况，无缘无故听了这么一通无聊的指责，此时见结果有了分晓，就厌烦地转开视线，朝父亲和身边的人说："走吧走吧，莫名其妙。"

金父沉着脸，看都没看盯着自己的尚荣一眼。

老会长则直摇头："真是老糊涂了。"

夏老太太万万没想到自己认定那么久的铭德资金来源竟然是这个真相。大庭广众之下拿来揭铭德的短，最后竟然搬起石头砸自己的脚，她羞得恨不能找个地缝钻进去。

尚荣更觉得丢人，对母亲很没好气："谁让你在外头说这个的！"

夏仁倒是想起了什么，尴尬地说："我们岂不是冤枉二师傅他们了？"

那天老太太骂得还挺难听呢。

老太太被他说得也想起来了，情绪复杂得很。夏仁问："要不要跟二师傅他们道个歉啊？"

老太太正在气头上，瞪了他一眼："他们自己不说，怪我吗？"想了想又道，"过几天给他们打点奖金，当补偿好了。"

没听说有做师母的跟徒弟道歉的道理。

但还没等这笔钱打出去，夏仁就接到了二师傅那边的眼线打来的电话，告诉他马勒之前带着好些人离开家，原来是去了铭德。

夏仁都惊了，立马报告给尚荣和夏老太太。

夏老太太一直惦记着在协会里丢的人，没成功戳穿铭德的真面目让老会长疏远金家，反倒让自己显得不可理喻。听到这个消息后，她一阵惊怒，气得简直不知该如何是好，恨不能冲到几个徒弟家兴师问罪，但顾虑着尚家的稳定，儿子偏偏不让她去。

夏老太太抓到自家台柱子跟铭德勾结的真正证据，根本冷静不下来："给钱的事情不存在，那挖人总是真的吧？他们也太能装了，在协会里装得问心无愧，要不是咱们事先在老二那边埋了人，只怕现在都还不知道！”

尚荣翻看着眼线传来的名单，眼神复杂：“我以为他对尚家真的没意图。”

夏老太太惊怒的同时竟生出了几分快意，好像沉冤昭雪一般：“你信呢，手伸得那么长，都直接抢人了。”

夏仁有些发愁：“这次我真的没办法了，马勒他们自己愿意被挖走，打官司咱们也胜不了啊。而且现在铭德也进了协会，咱们随便对他动手，就坏了规矩，会长肯定不会坐视不理。”

夏老太太一咬牙：“那也不能让他们占尽便宜，还演得清清白白，搞得谁都以为我们不占理，至少得让人知道他们的真面目才行。”

她略一思索，盯着外甥：“我记得你在协会里还有几个关系好的朋友？”

夏仁愣了愣，点头。

老会长被夏老太太带着一群协会成员登门拜访，看着哭哭啼啼的夏老太太，他烦得一个头两个大：“夏老夫人，你到底想干什么？为什么总跟铭德过不去？”

夏老太太哭得头昏脑涨：“会长，我知道你的意思，我也是不想坏规矩才找您来主持公道，他们前脚进协会，后脚就挖我们尚家的徒弟，这还让我们忍？天下没有这个道理！”

餐饮界挖徒弟确实是挺不好的一件事，二师傅他们都还在尚家好好干着呢。

老会长听得很不相信：“人家铭德好好的，干吗挖你们的徒弟？你别又是自己多心，乱给人扣罪状，跟上次似的。”

夏老太太指天发誓：“我至于拿这个骗您？我连他们人在哪儿都知道！”

这次她带来了好些协会成员，都口风一致地希望老会长能出面肃清风气。

尚家到底家大业大，虽然铭德似乎很受老会长青睐，可夏仁主动出面相求，还是搬动了一些熟识的协会成员。毕竟为这种事情出面，就算老会长不高兴，他们也占大义。

会长无奈，又见夏老太太这样笃定，有些半信半疑起来，难不成是真的？

倘若铭德真的做出偷偷挖人弟子的行为，那确实是太不讲究了，手艺界规矩很多，背叛是最严重的一个，犯这种错，是要被业界戳脊梁骨的。

尚家兵荒马乱，金家却一派祥和。

临近年关，深城最近冷得厉害，加上潮湿，让人连门都不想出。

金父不知道从哪儿淘来一个小石磨，献宝似的带回家，这玩意儿在城市里很少见，金窈窕其实也没用过，她是效率型人才，更熟悉各种性能的机器。

但磨盘超乎她想象的有趣。

金父手术后虽然调理得好，可到了换季的时候，免不了免疫力差一些，加上冬天湿冷，她索性泡了几种豆子，合着薏米，拿磨盘给父亲磨豆米浆喝。

湿润的豆子和米从小石磨上方的孔眼倒入，一圈一圈，稠厚的汁水就顺着边缘流淌进出口下方的容器里。

母亲在旁边接电话，许晚打来的，去年是金母拉着许晚出门买年货，今年却是许晚主动相邀，还特别认真地跟金母一起提前罗列年货的名单，其中有不少食材，看起来似乎是想在除夕夜露一手。

今年的除夕，她势必是要跟儿子一起过了。挺好的。

金窈窕能感受到她想要学着做一个好母亲的真诚，那感觉就像在见证一双手小心翼翼地拼补打碎的东西，让她也跟着感到开心，为许晚，也为沈启明。

她发现石磨磨出来的东西确实不太一样。

泡豆子之前，将玉米磨成浆，放进面粉和鸡蛋，调味，煎饼。

玉米有甜糯两种，都是金父最近找到的新品种，甜味的玉米跟市面上卖的水果玉米有些区别，口感格外细腻，香味也更浓，放进奶粉，一点点花蜜，一块黄油，无须多放砂糖，甜度就可以控制得刚好适宜。

这是小甜品。

另一种糯玉米则拿来做玉米蒸包，得混一些甜玉米浆，揉出来后往里塞上馅料入锅蒸制。浓浓的玉米味在屋里飘荡，又被另一锅煮开的肉香冲散，但依旧怡人得很。

金窈窕一边煎甜饼，一边把煎好的夹出去给爸妈吃，甜玉米饼很小一块，也不厚，却能被她轻易摊成中间厚边缘薄的完美无缺的圆形。

边缘被高温烤得翘起，十分酥脆，带着玉米的香气咔嚓一声，便带动中间蓬松的部位跟着分离。

淡淡的甜，香气却很重，奶味和花蜜配合玉米，天衣无缝。金父两口一个，金母吃得慢些，一边吃一边跟那头的许晚描述女儿做的饼有多美味。

许晚听得又馋又心动，直说自己过几天要来学，学会后年夜饭可以加道菜。

他俩吃得开心，屋子里的一群苦力却觉得自己很凄惨，马勒扎着马步咬牙切齿地转石磨，嗅着香味给自己鸣不平："煎了那么多个！也不见给我吃一个！我也要吃！不然我就不磨了！我没力气磨了！"

他的师弟们眼泪汪汪地点头，控诉金窈窕的不公平待遇。

金窈窕站在那儿，无语地看着这群忙着剥豆子、磨豆浆、剥大蒜的不速之客："求你别磨，赶紧回去吧。在临江也就算了，说自己没钱回不去，现在都到了深城，你们究竟什么时候走？"

马勒立刻闭嘴，假装没听到。

金窈窕挑眉："问你话呢！"

马勒："我不走！不走！"

金窈窕："我再说一遍，赶紧回去！"

马勒扯着脖子，声如雷震："我不走！想让我走，除非我死！不！我死都不会回去的！你带着我的尸体回尚家吧！"

他一招手，师弟们跟着帮腔："死也不回去！带着我们的尸体回尚家吧！"

好狠。

门口，抬手敲门的老会长和跟来的一群协会成员纷纷怔住。

老会长默默转头看向身边的夏老太太："你们尚家的徒弟，都这么上赶着的吗？好像已经给铭德造成困扰了。"

夏老太太一时不知该说什么。

你这个眼神和你这话的意思是我又丢人了吗？我不服！这到底是为什么！

第20章

凝滞的气息蔓延在金家大门外，夏老太太的脸一阵青一阵白，同行的协会成员都替她窒息，想到她路上不停跟老会长念叨铭德有多么下作，更是尴尬得想逃离这里。

大伙心头不由得感到懊恼，好几个都忍不住拿眼角白旁边神情无措的夏仁。

他们这次出面，完全是出于夏仁的请求，答应的理由除了买尚家面子，也有一部分是因为相信了夏仁的话，觉得铭德确实不地道。

闲散的成员们聚集起来去找平日不爱管事的老会长，本来就属于另一种层面的施压。老会长那驴脾气，有人给他施压，好处多还是坏处多还用得着分析吗？要不是认定此行师出有名，他们这些半大不小的协会成员怎么会无缘无故干这种不讨喜的事？结果连门都没进呢，义愤填膺的一群人就被打脸打得啪啪直响。

尚家就更可笑了，你们家的徒弟是被人挖走的还是死乞白赖找上铭德不肯走，你们心里没点数吗？

感觉自己被当枪使，有些脸皮薄的成员这会儿都想掉头走了，结果大门却在此时打开。

听到敲门声的马勒停下嚷嚷放下石磨来开门，一眼就看到了门口的大批来客，先是被兴师动众的阵仗惊了下，还以为是金家的亲朋好友登门，没承想定睛一看，却看到了人群中的夏老太太，他的脸色立刻凝重起来："你们是谁？来这里干吗？"

他扶着门的肢体语言里甚至带着几分排斥和防备，跟刚刚面对金窈窕时的表现截然不同。

夏老太太本来只是觉得丢脸，被他这么一搞，直接气得双眼发直，站都站不稳了。

"跟谁说话呢你？"金父闻声出来，看到会长，愣了下，"闫会长，您带着人这是来……"

老会长站在门外，只觉得相当尴尬。

是啊，他来干啥他自己都不知道，被夏家这老太婆遛来丢人的吗？

老会长叹了口气："别说了，我也是年纪大了老糊涂，什么人都敢来哄我两句了。"

夏老太太气急之下倒是还有点理智，听他这么说，立刻慌了："闫会长，这、这都是一群小孩子，他们能懂什么？"

金父听得皱了皱眉，反应过来了："你们是来让马勒回去的吧？"

夏老太太还没说话呢，马勒的反应却大得很，立刻拒绝道："我不走。"

金父突然有点庆幸女儿的做法了，因为护短，还惦记着以前他在尚家受过的委屈，所以哪怕再缺人，女儿也理智地提防着他们，不愿跟尚家扯上关系。

有师弟他们在尚家，金父还真没觉得师弟的这群徒弟是需要提防的人，但现在证明，他们确实无须提防，却也代表着不小的麻烦。

金父叹了口气，好言相劝："回去吧，别倔了。"

这段时间，金窈窕虽然天天赶人，但金父因为他们是师弟家里的晚辈，就经常照顾他们，也从来不跟金窈窕似的对他们说硬话，让他们走。结果这群人一来，硬是把他逼迫得不得不表态。

马勒快恨死夏老太太跟这群被她搬来施压的帮手了，看着门口众人的瞳孔里都窜着火。

众人被他看得不敢说话，这叫什么事啊？铭德拼命劝，尚家的徒弟拼命不肯走，反倒搞得跑来的他们里外不是人。

夏老太太对上马勒看仇人似的眼神，怎么都想不通："马勒，你告诉我，金家到底给你们吃了什么迷魂药？"

马勒厌烦地开口："我自己愿意来，关人家什么事？"

夏老太太见他这样维护金家，当着众人让她脸面全无，便跺着拐杖拔高了声音："你们是我们尚家珍珑的徒弟，这是欺师！"

马勒盯着她，半晌后，冷笑一声："欺什么师？我们的师傅是我爸，是我三四五六师叔，可不是什么珍珑，你得搞清楚。"

这话外音众人立刻听了出来。

夏老太太难以置信地问："你的意思是，你爸他们，都知道你们做的好事？"

说实在的，这些年尚家人怀疑过家里的台柱子吃里爬外，中饱私囊，却从来没想过他们会离开尚家。

不管是他们离开，还是让他们的子侄徒弟离开，都明显不是聪明人会做的选择。尚家多好啊，在深城有头有脸，不缺钱也不缺名声。这么多年，老二他们从名不见经传到今天在业界小有名声，在外都始终以尚家人自居，就连参加各种大赛，都主动打着尚家的旗号，仿佛他们跟尚家是密不可分的一部分似的。

即便这段时间因为铭德他们跟尚家屡屡发生争吵，再见面时也依旧恭恭敬敬地对着痛斥过他们的夏老太太叫师母。

这是为什么？不就是因为看重尚家能给他们带来的好处，死都不肯松开吗？

马勒轻哼一声，没有反驳。

众人当即愣住，连老会长都不例外。

尚家的那群台柱子，他们作为业内人当然都认得，那群人对尚家的忠心耿耿，那真是只要长了眼睛的人都能看出来。这次这群第三辈的小徒弟古怪地跑来铭德还不肯回尚家，他们刚才想过很多可能性，却唯独没有想过这是长辈授意的。

夏老太太缓慢摇头，不愿相信地退了一步，突然出声："夏仁！给老二他们打电话！我倒要问问他们，又是送菜谱又是送人的，尚家哪里对不起他们了？闫会长在这里，会不会任由他们这么背叛师门！老爷子泉下有知，只怕都要骂他们一句孽障！"

众人一惊。菜谱？这又是什么新八卦？一个接着一个的。

老二等人都在深城，临近年关，珍珑各大餐厅工作很多，他们忙得分身乏术，接到夏仁兴师问罪的电话，才知道夏老太太居然因为马勒带人离开而找上了金家的麻烦。

一群师兄弟立刻放下手上的一切事情赶往金家。

路上，老二神色晦暗地看着窗外。

老六又气又急："师母真的欺人太甚！为什么总跟大师兄过不去？咱们也就算了，马勒他们又不是尚家的人，去不去铭德，跟她有什么关系！"

老二长叹一声："我早该想到的，是我们给大师兄惹来的麻烦。"

到金家时，正撞上同样赶来的尚荣，两拨人对上目光，眼神都复杂得难辨情绪。

尚荣得知了马勒他们的离开跟铭德没有关系，也同样得知了老二等人在这件事里扮演的角色。他看着这群从小一起长大的师兄弟，想问问他们究竟为什么要这样。

老二等人却理都没有理会他，径直匆匆进了金家。

金家，玉米包已经蒸好，清香四溢，金窈窕面无表情地把它们从锅里夹出来。

马勒明白给她惹了麻烦，在她跟前低眉顺眼，一个屁都不敢放。

老会长原本是想走的，结果没想到一群尚家小徒弟的出走居然牵扯出了后头的大师傅们，这下身为协会的主事人，还有夏老太太的要求，自然是无法脱身。

但不管怎么说，铭德确实是遭受了无妄之灾的那一个。毕竟不管搞事情的是师傅还是徒弟，铭德都摆明了不接受的立场。

看金窈窕好像在生气，老会长踱步过来，没话找话："做的什么？怪香的。"

金窈窕看了这老头一眼，倒没对他发脾气，给他夹了个玉米蒸包："随手做的点心。"

蒸包很烫，老会长徒手接着，左右颠了几个来回，他原本没有讨吃的意思，但此时触摸到蒸包柔软的外皮，却起了兴趣，张嘴咬了一口，这一口顿时令他生出几分惊讶。

浓厚的玉米香味沁人心脾，可蓬松的蒸包口感竟然是黏糯的。这种黏糯不像糯米那样强劲粘牙，而是富有韧劲的松软，让玉米味的蒸包外皮极有质感，带着淡淡的微甜，混合着包在里头的肉馅肉汤，多重滋味层层叠加，十分美味。

他是个内行，一口就能吃出功夫，不由得错愕地看向金窈窕。

这是他第一次尝到对方的手艺，远远超出了他的想象。老会长不禁陷入沉吟。

餐饮协会在深城资源广阔，他作为会长，时常会遇上一些试图通过协会寻求合适人选的请托，前不久刚好就有个熟人拜托到他头上，但他暂时没想好该把这个资源介绍给谁。

金窈窕看他吃了一口在那儿思索，问："蒸包的味道有什么问题吗？"

老会长回过神，感受着嘴里的香气，立刻又咬了一口："没有，外皮味道很特殊，馅料也调得恰到好处，好吃！"

马勒听得悄悄看了金窈窕一眼。

金窈窕朝他呵呵一笑："麻烦您从我的视线里离开好吗？"

马勒："嘤……"

老太太看他到了现在还在金窈窕跟前卖乖求谅解，气得头都发疼了，抓着外甥夏仁的手。她喃喃着"白眼狼"，手上抓得更紧了，就跟抓着救命稻草似的。

这是她的娘家人，捧着她，哄着她，跟她是一家人，到底和那群外姓徒弟不同。

老二等人的脚步声才传来，她就立马捕捉到了，噌地站起身来："你们还真有脸来啊？！"

老二听到骂声，吐出一口浊气："师母。"

"我不是你师母！你别叫我师母！"夏老太太指着他，"你说，你当着闫会长的面说，马勒他们到铭德来的事情，是不是你们的手笔？”

老二盯着她，片刻后斩钉截铁地回了句：“是。”

“好啊！”夏老太太怒极，“小孩子不懂事，倒还情有可原，可是老二，做出这种吃里爬外的事情来，你还想在业界干下去吗？”

以往被她这么骂，老二从来都是闷不吭声接受，可这次听完之后，他却转开头笑了一声：“师母，您闹够了没有？究竟想怎么样？”

想怎么样？

她这次公开把家丑戳穿，当然是为了让这群徒弟当着所有人的面保证未来绝不再跟铭德来往，同时将那本菜谱还给尚家。

这段时间的担惊受怕夏老太太真的受够了，即便没办法让铭德滚出深城，她也要保证铭德再也无法从尚家这群台柱子身上得到一点点好处。只要老二等人公开表明立场，以后为了避免受人指摘，那他们就绝对不敢给金家一点帮助。自此以后，她也能真正掌握这群捉摸不定的台柱子的把柄，如果不想在业界因为背叛师门而身败名裂，这群人就永远不敢跟她对着干，堪称一举两得。

只有这样，夏老太太才可以安枕无忧，睡个好觉。

她浑浊的双眼定定地盯着老二，哑声开口：“先把菜谱还回来，其他的一会儿再说。”

老二摇摇头：“别想了，我不会给您的。”

“不能给我，却能给金家吗？”他当着外人的面竟还敢这样坚决，夏老太太一鼓作气，这次决不允许他糊弄过去，“闫会长！在场诸位，你们来判个公道！老爷子留下来的菜谱，是我们尚家祖辈的传承，您说这东西是该一群徒弟收，还是我们尚家人收？”

尚老爷子的菜谱！一听到这个字眼，哪怕闫会长都惊了一惊。

尚家在深城之所以有地位，尚老爷子祖上御厨的身份可谓出力良多。国内的手艺人喜欢关起门学习，技艺不落外人，越能耐的越藏私，餐饮界自然也不例外。正是因为这个原因，很多老一辈的技艺很难流传下来，再加上战乱、疾病等，让一脉古老传承消失的变数太多了，因此能流传至今的任何古籍都显得弥足珍贵，尚家这种历史久远的人家留下的，更是不用说有多么难得了。

现场有些人已经开始抓心挠肝，闫会长思索片刻，神情也严肃起来。这确实不是什么无足轻重的小事，也难怪夏老太太死咬着不放。

夏老太太见他们这个表现，心知自己占据上风，冷哼一声："他们收着菜谱不肯还给我们也就罢了，之前居然还想把菜谱偷偷送给铭德，简直不知所谓，有没有这个道理？"

金窈窕见这老太太居然对菜谱那么耿耿于怀，失笑着想，幸亏她当初没要，否则这下不知道得被纠缠成什么样。

夏老太太话赶话，认定这次老二等人即便不妥协也得妥协，却忽然听老二沉声问："师母，您真的不明白为什么师傅临终前会把菜谱交给我，而不是交给你们吗？"

老太太愣了一下，老二说："因为他信不过你们。"

老二又问："知道师傅为什么信不过你们吗？"

夏老太太猛然意识到什么，难以置信地看着老二，不敢相信他竟然敢说这个。身后的尚荣也反应过来，高喝一声："二师傅！"

老二沉稳又清晰的声音钻进所有人的耳朵："因为尚荣不是他的亲生儿子，只是续弦时您从娘家带来的孩子。"

夏老太太因为这句话浑身颤抖起来："你……你……"

他竟敢！他怎么敢！尚荣跟尚老爷子的关系，一直以来都是尚家的不传之秘，尚家这种靠老祖宗底子吃饭的人，怎么可能将祖宗血脉已经彻底消失的消息为外人所知？更何况，尚荣和夏老太太也很忌惮有人拿这件事情说话，因此即便关起门，家里的人也从不提起相关的话。

几十年了，已经几十年没有听到了。尚荣的内心腾地安静下来，再次听到别人提起这件事，他的内心除了惊怒，竟还有一丝陌生，仿佛此前他从不知道自己的身世似的。

但他明白，其实他什么都知道，他跟着母亲进尚家的时候早就记事了，甚至还能清清楚楚地记得自己在夏家受到的那些委屈。

老二站在一堆人里，冷冷地继续道："师母，您觉得我们不是尚家人，但您真的觉得自己和尚荣就是吗？"

夏老太太察觉到一旁协会成员惊奇的目光，已经快要晕过去了。

老二摇了摇头："至于为什么我想把菜谱和徒弟们交给……师兄。"他抬头看向金父。

众人又是一惊。师兄？师兄？！这又是什么天降大瓜？原来今天我们是来收瓜的吗？

金父看着老二缓缓摇头，他并不想提起以前的恩怨，老二却笑了笑，说："当然，我交给师兄，师兄不肯要，但你们难道真的不明白为什么我想给师兄提供帮助吗？"

夏老太太捂着胸口喘得一句话都说不上来，瞪着老二，恨不得撕烂他的嘴。

老二对上她的目光，不以为意地笑了笑："尚家怎么来的，你们比谁都清楚，师兄祖上跟师傅是世交，他从小在尚家长大，师傅一直把他当继承人看待，最后他没留在尚家，只不过是师母您在师傅去世后步步紧逼，搅得尚家上下不得安宁，他可怜你们，又有骨气，不想跟你们抢罢了。师母啊，师兄在临江待了那么多年，还不够吗？他根本不想要尚家，就连联系都是我们主动去联系的，反倒是您，自从师兄到了深城，就处处觉得铭德要跟您过不去。到底为什么呢？是您也觉得自己和尚荣立身不正，抓不住自己抢来的东西吗？"

夏老太太的声音像一只尖叫鸡："闭嘴！闭嘴！你这个混账东西！"

老二疲惫地朝旁边不知该说什么的闫会长以及众多协会成员道："见笑了，让各位听到这些琐碎话。"

听八卦听得来劲的众人赶忙摇头，夏仁叫来的那群朋友也没了在门口时的后悔，开始庆幸来了这一趟。

没关系，没关系，你们多说些才好，吃瓜不就讲究个新鲜刺激？

老二又朝闫会长说："闫会长，我扪心自问，没有做过对不起我师傅的事情。还有那本菜谱，即便您今天开口，我也不可能交给师母和尚荣，尚家现在，跟我师傅没什么关系了。"

闫会长看着他长叹一声："我有什么可开口的。"

他看看夏老太太和尚荣，又看看前方的二师傅等人，觉得自己也没有留下来的必要了，起身拍了拍金父的肩膀："今天贸然登门，我得道个歉，实在没想到本地的协会里会有这种不省心的成员。铭德受委屈了。"

他想也知道，铭德从临江到深城，人生地不熟的，此前肯定受了尚家不少阻拦。

老二刚才在路上就后悔自己之前的优柔寡断，夏老太太之所以能闹到今天这个地步，跟他的不断缄默有着很大关系，白让铭德遭受了那些不该遇上的针对。

金父有些没听太懂。铭德好像没遇上过什么麻烦，真的。

吃瓜群众们吃得肚歪，走得心满意足，可想而知踏出这个门后关于尚家的秘密会以怎样恐怖的速度在业界传播。

长辈们都来了，又因为自己的出现给金家惹来了纠纷，马勒和一群师弟自然也没脸再待下去，闷头跟着父亲和师傅们一同出门。

夏老太太走都走不稳，得靠着夏仁搀扶才行。尚荣沉默地走在母亲身边，跟老二等人撞上，宛若仇人相见，互不对视。临出门前，尚荣回头看了屋里一眼。

金窈窕当着他的面把门关上，晦气地拍了拍手："什么家庭伦理剧，上咱们家演这半天，怎么不去国家大剧院呢？"

金母捧着蒸包吃得停不下来，也跟着摇头："尚老先生怎么跟这种人结亲？幸亏你爸当时走了。"

金父叹了口气："师母以前不是这样的，还有尚荣，刚进尚家的时候，他其实又安静又胆小，连话都不敢跟师傅多说，没想到现在会变成这样。"

金窈窕看了眼窗外，外头响起汽车发动的声音，她说："也不知道回去以后二师叔他们会不会被报复。"

金父拍拍女儿："别担心了，你二师叔他们是尚家的台柱子，师母不敢真的拿他们怎么样的，闹这一出，估计只是想让他们跟咱们断绝来往，现在马勒也走了，以后为了他们好，我们不跟他们来往就是。"

然而没想到，几天以后，金家的大门却又再次被敲响。

尚家，夏老太太根本不敢想外头会怎么议论尚家，病歪歪地躺在床上发怒："这下尚家的脸真的丢尽了！丢尽了！让我以后还怎么做人！"

尚荣面无表情地站在床尾看着一群夏家亲戚争先恐后地安慰母亲。

夏老太太哭着跟亲戚们抱怨道："到底是一群外人，养不熟，居然上外头公开揭咱们的短，我们就是对他们太好了，才让他们这么无所顾忌，不把咱们当一回事。"

夏家的亲戚你一句我一句地帮腔："就是，就是对他们太好了，惯得他们不知道自己是谁！"

夏老太太看到儿子，朝儿子嚷嚷："今年的奖金，一分钱也别发给他们！一分钱也不发！"

身边的一群亲戚跟着起哄："让他们知道知道厉害！"

其中一个亲戚忽然停下起哄，摸出电话，看了一眼："人事部的下属打来的。"

其他人立刻搭腔："来得刚好，直接把扣奖金的事情通知下去。"

那亲戚点了点头，接通电话，不小心按到免提，正要开口，却听电话里传来下属惊慌的声音："夏部长！不好了！马师傅他们和好多徒弟忽然一起交了辞呈！足足好几十个！现在联系不到人，好几个餐厅都陷入瘫痪了！怎么办？！"

尚荣的身体一寸一寸僵冷，难以置信地看向那个还在外放通话的手机。

众多亲戚目瞪口呆："什么？！"

夏老太太一口气差点喘不上来，有气无力地瘫软在被子里："怎么可能？"

他们怎么会走？他们怎么敢走？明明不管以前被她怎么训斥，从来都连还口都不敢，尚家珍珑在深城独一份的风光，怎么可能有人舍得不要？

传统餐饮公司，失去镇守的厨师，带来的后果几乎是毁灭性的。夏家的亲戚们顿时都感觉到了山雨欲来的危机，各怀鬼胎地交换起了视线。

正是晚餐时间，金窈窕炖了一天的汤底已经完成，锃亮的太极锅里，一半是透彻的清汤，一半则堆满了红焖的羊蝎子和羊尾。

羊蝎子和羊尾被炖得酥烂，又肥又嫩，浓郁的香气顺着打开的窗口飘出去，惹得窗外的路人都引颈寻找。

冬天嘛，可不就得吃羊肉火锅吗？暖和。

金父帮着女儿将洗净的涮菜和肉片、鱼丸端上桌，酥烂的红焖羊肉几乎能轻易脱骨，滚沸的清汤里，菜蔬浸入，被醇厚的高汤炖得清甜鲜脆。

自家做的胖嘟嘟的鱼丸在汤里沉浮，软嫩得筷子一戳就破，咬进嘴里，口感宛若一包鲜气四溢的汤汁。

听到敲门声后金父前去开门，嘴里还嚼着半颗没吃完的鱼丸，心里猜测了一下来的是谁，结果打开门后，却见外头挤着一大群人。

马勒跟那群之前在金家长期耍赖不肯走的徒弟站在后头，前方是不久前才从这道门里出去的老二等人。

金窈窕放下碗擦着嘴过来，越过父亲的肩膀看到是他们，一愣："二师叔？你们怎么又来了？"

老二抬起头，对上同样神情惊讶的金父，只是沉默，他旁边的老六开口道："大师兄，我们没饭吃了，收留一下吧，管饭就成。"

羊肉火锅的香味飘出门外，带着冬日里难得的温热，久久不散。

马勒在父亲和几个师叔后头嘿嘿笑着。没想到论起耍赖撒娇，居然是老头子们技高一筹。

第21章

尚家天下大乱。

临近新年的时候，公司旗下的各大餐厅都要筹备今年的年夜饭项目。这是大多数餐饮企业，尤其是传统餐饮企业相当重要的一个环节，也需要足够多的人手参与，二师傅等人的离开，立刻让公司人心惶惶。

尚家旗下的多家餐厅莫说年夜饭，就连日常经营都难以正常进行。

倒不是因为他们带走了餐厅里的人，事实上，除了马勒这批最亲近的子侄和小徒弟，他们并没有主动挖走跟自己相关的在尚家任职的任何人，甚至连离开都没有昭告天下，而是走得悄无声息。他们留够了情面。

可台柱子们集体出走的消息怎么可能隐瞒得过去?

他们没主动带人走，被留在各家餐厅的徒弟们却不干了。尚家对他们这些人并不上心，两边的分量孰轻孰重还用问吗？于是众人纷纷罢工，找上公司责问师傅们离开的理由，只剩下部分以前就跟尚家有来往的，以及从其他渠道招收进公司的外来厨师还留在岗位上。

可这些人，能顶得上什么用场呢？

公司的各大部门陆续沦陷，管理各个部门的夏家亲戚一夜之间告别了清闲日子，每天睁开眼睛，就接到无数下属打来的求助电话。什么邀请公司的厨协活动无人参与，多年老客户餐后投诉店里的菜色大失水准等，这还不算，公司旗下无法正常营业的餐厅损失报告一个接着一个地递上来，触目惊心的数字滚雪球一般增加。这下莫说一线厨师们，就连员工私下都开始怨声载道，公司这一团乱的状况到底要持续多久？真的能有办法挺过去吗？

可能是以往几十年都过得太顺遂，夏老太太直到如今才发现那群闷不吭声的台柱子在公司竟比她想象中的还要重要，她终于害怕了，投降了，不敢骂人，也不敢提扣奖金，甚至不再坚持自己师母的身份，主动打电话试图跟二师傅等人求和，更是许下重利，承诺只要他们愿意回来工作，日后一定给他们更加丰厚的待遇。

可这哪里是二师傅等人离开的理由呢？他们对尚家的珍视在一次又一次的矛盾之后被消磨殆尽，如今再想焐热，为时已晚。

尚家无计可施，只得求助外界，但深城餐饮协会如今已经传遍了尚家的恩怨，老会长那次从金家回去，更是大发一通脾气，谁还愿意去蹚这趟浑水？

倒是二师傅等人加入的厨协，听到尚家的求助后觉得有些不理解。

老二这群尚家弟子在深城厨协里人缘不错，这些年大大小小的赛事参与下来，师兄弟们拿到的奖项加在一起不说傲视国内群雄，在深城也绝对是顶尖级别的团队。谁不知道他们对尚家深厚的感情啊？尚家的尚老爷子虽说已逝，头顶上世代御厨的光环却威名犹在，虽不知道老二等人为什么离开师门，但抱着这种行为毕竟不太好的心理，他们还是想帮着调解调解。

结果还不等他们出面，年末某次活动上跟相熟的餐协成员聊起这事，那餐协成员赶忙劝他们别搭理尚家那群人。

厨协的成员迷茫了："为什么？"

这次年末活动，可能是因为生活变动，老二等人都没来参加。餐协来的几个成员对视一眼后，心照不宣地一起坐下。

餐协成员:“偷偷跟你说，不要讲出去啊。”

十分钟后，会场各个角落的厨协成员——

“什么？！”

“真的？”

“没想到尚荣竟然不是尚老爷子亲生的！怪不得，公司里一群高管都姓夏，这哪儿还算尚家的公司啊。”

“他们还好意思管马师傅他们去哪儿，就算自立门户，他们也管不着啊。”

“可不，马师傅他们也太念旧了，给一群外人兢兢业业工作那么多年，换成我，我是不干。”

这个除夕，深城餐饮业的同行们，因为尚家慷慨奉献的瓜田，给年末最后一天画上了一个欢乐的结尾。

金家，除了多出一群客人，并没有受到更多影响。

分别了那么多年，以往几次见面无不匆匆，直到如今才算是真正团聚，二师傅等人在徒弟面前威严无比，到了金父跟前，却仿佛又变回了最初那群依赖着大师兄的师弟。

今年是金家第一次不在临江过年，可一家人挤在深城的落脚点，半点没有身在异乡的感觉。

客厅里摆开三张大桌，二师傅等人帮着一起做年夜饭，师傅们都来了，徒弟们自然待得名正言顺。马勒和一群小师弟终于如愿在铭德留下，跟在父亲和师叔们屁股后头一起乐颠颠地给金窈窕干活，第一次被金窈窕主动使唤他去跑腿，竟有些扬眉吐气的感觉。

看他脸上挂着胜利者的表情，身体却十分麻利地指哪儿打哪儿，金窈窕深深怀疑他的脑子可能不太好使:“去把挂在烘干箱的酱鸭、酱鹅和香肠拿出来。”

一声令下，马勒跑得比狗还快，同时不忘朝跟来帮忙的小弟嘚瑟:“看吧，她拿我一点办法都没有，还不是让我干上活了？”

小弟:“勒哥，好像有哪里不对啊？”

被使唤干活难道是很有面子的事情吗？

马勒左手一只鸭，右手一只鹅，仿佛旗开得胜的将军，白了小弟一眼："这是打黑工和有编制的区别，你懂个屁。"

沈启明没有回临江的理由，新年本想在公司办公，却接到母亲许晚的邀请。

近来许晚在晶茂出现的概率有点高，时不时就会跑来给他送些东西。

沈启明原本有些不想去，去年，年夜饭的速冻水饺吃着并没什么意思，但打开朋友圈，看到金窈窕新发的做年夜饭的动态，他点赞之后，还是动了身。

母亲在深城的住处他还是第一次来，从外头看，跟临江的沈家老宅区别不大，只是进门以后，他有些意外地发现了不同。

给他打开门的母亲并没有上前寒暄，转身就匆匆朝厨房的方向跑，边跑边说："启明你自己穿拖鞋，妈还有菜要做！"

沈启明看着母亲跑远，低头看了眼地上全新的拖鞋，换上后一抬头，便看见餐厅方向为数不少的大堆碗碟。

已经有不少菜上桌了，不过卖相不怎么好就是了。

屋里有点乱，到处都堆满了年货，沈启明看得洁癖发作，忍不住就想收拾，拿起几袋堆在沙发上的零食大礼包放好在茶几上。母亲探头看了他一眼，有点不好意思地高声解释："哎呀，前几天约窈窕她妈去买的，还没来得及收拾好。去年什么都不知道，就拎了那么两袋东西回来，做饭都凑不够调料。今年我照着窈窕她妈的清单买的，光肉就买了好几十斤，我跟窈窕学了好几个大菜呢，今年年夜饭咱们肯定不用吃速冻水饺！对了，猪肉白菜馅的饺子你爱吃吗？"

沈启明跟看起来有些紧张的母亲对视一眼，片刻后平静地回答："我都可以。"

客厅的巨幕电视正放着节目，不是春节晚会，而是《华夏珍馐》。

沈启明把电视声音调大了些，《华夏珍馐》的音乐声立刻飘荡在偌大的房子里，画面恰好放到金窈窕在包水饺，沈启明看得眼神柔软了许多。

许晚听到声音也跑出来了，手上还拿着锅铲："我刚好也想找出来看，那个水饺她教了好几次，我还是包得不太好，你看她包得多漂亮啊，一捏一个大肚将军，唉，怎么都学不会。”

沈启明想起去年的那团面，问：“你又包水饺了？”

许晚听到“又”字，也想起自己尴尬的黑历史，赶忙对儿子解释：“这次肯定能和好面，窈窕已经把水跟面粉的配比发给我了。”

沈启明不置可否，闻到淡淡的煳味，只提醒一声：“菜煳了。”

母亲回过神，跳了起来：“啊！”

锅里正在煎的黄鱼翻过面，果然已经煎过头了，表面呈现出不太妙的褐色。许晚看着发焦的鱼尾，情绪立刻低落下来，觉得很对不起儿子：“这怎么吃啊？真是，连条鱼都煎成这样，我本来还想好好给你做个年夜饭的。”

沈启明看了眼桌上那些卖相个个都不怎么漂亮的菜：“做得也还行。”

“真的啊？”许晚小心地看了眼儿子，见沈启明虽面无表情，但确实不像是嫌弃的样子,便放下心来,做好红烧鱼后折返到中岛倒面粉,边倒边有些开心地说，“面粉三百克，水一百五十克，窈窕在短信里强调了好几次，水要慢慢加，不能一次性加太多，这样才比较容易揉面，我都记住了。”

沈启明看着母亲小心翼翼地把称过的水一点一点加进面里，在母亲期待的目光中过了一会儿才问：“这些菜都是跟窈窕学的？”

他指的是桌子上做好的那些。

许晚点头：“是啊，也亏了窈窕不嫌我笨，那么忙还老抽空教我，她这孩子，温柔得很,这会儿肯定也在家里跟她爸妈一起做年夜饭呢,他们家肯定热闹得很。”

沈启明也这么觉得，嘴角勾了勾。

许晚看着儿子，长长舒了口气：“启明啊，对不起，你都那么大了，妈才第一次给你做年夜饭。”

沈启明没说话。

许晚早就习惯了，也不觉得有什么，反倒觉得说出来挺开心的，她低着头一边揉面一边自言自语：“不过，窈窕说得对，从现在开始学怎么做母亲总比放弃要好。妈现在做这些东西都做得挺开心的。怪不得那些人说人生就是柴米油盐酱醋茶，给自己觉得重要的人做饭，可能本身就是大多数普通人都会做的事情。”

沈启明听得皱了皱眉，看着母亲卖力揉面的样子，忽然开口道："我来吧。"

许晚揉得胳膊发酸，还在想失策了，居然忘记买揉面机回来，就见高大的儿子已经洗干净手，在中岛前站定。

许晚怔怔地让开位置。

面团里打进两个蛋清，沈启明力气很大，果然揉得很好。许晚焯好白菜，切末，一边看着金窈窕发来的配比短信一边调馅料，母子俩并不怎么聊天，但也配合得很好。

面揉好后，许晚本以为就到这儿了，没想到儿子并没有走开，反倒拿起擀面杖，看起来似乎要参与包饺子。

许晚有点惊喜，随即开始发愁，她饺子包得特别难看，反倒是儿子，揉面揉得又快又好，这让她忍不住想起去年自己搞砸了之后儿子面无表情地下速冻水饺的画面。难不成同样的剧情又要重演了吗？

直到沈启明一擀面杖下去，擀出了一片三角形的皮。

还是锐角三角形。

许晚："给我，我来吧。"

是啊，去年的速冻水饺其实都煮破了的。竟然还有人擀皮能擀得比她还差，看起来儿子果然也是第一次下厨啊。

十分钟后，母子俩重新出现在客厅，回放刚才看过的《华夏珍馐》。

许晚拿着一个贼丑的饺子，一脸费解地看着屏幕上的金窈窕手指灵动一捏，就捏出了漂亮饺子的画面，陷入深思。

沈启明跟她一起看回放，表情一如既往的平静沉稳，掌心却放着一个……比她包得还丑的饺子。

那已经不能称之为丑饺子了，那是个丑包子。

但不管饺子有多丑，终究还是下了锅。

母子俩站在厨房，两双眼睛同时盯着汤锅，几次添水后，许晚如释重负地看着浮出水面的饺子："熟了！终于熟了！"

她看起来有些狼狈，沈启明也好不到哪儿去，衣服上到处是面粉。

饺子捞起，上桌，许晚继续准备接下来要炒的青菜，余光却忽然看到儿子朝着大门口走。

许晚愣了一下，问："启明，你去哪里？"

大门打开，沈启明的声音飘过来："我出去一趟，过会儿回来。"

许晚几秒后才反应过来，高声道："外面黑，还冷！多穿点！"

金家，三桌全开，位置却仍不够坐，连客厅的沙发和茶几也一并被征用，屋子里闹哄哄的，比去年有过之而无不及。

小徒弟们拎着酒水上桌，年夜饭浓郁的香气飘荡着。露娜新年回了临江，金窈窕跟她拜完年，一边跟正在京城的蕾秋打电话，一边拆家里收到的年礼。

今年太忙了，年礼竟然堆到了现在都没拆。有临江和深城各大协会和相熟的人寄来的，也有朋友们寄来的。

蕾秋送的是节目组在深山老林里拍摄时认识的老农卖的特产，她在电话里说："我收到你给我寄的香肠和酱鸭了，特别好吃。"

远在海外的黛比竟然也送来了礼物，是她代言的还没上市的新产品，里头还放了张卡片，上面写着："金，很惊喜吧？听说新年是你们那儿最大的节日，祝你和家人节日快乐。我一切都好，想念你，吃到冬笋了吗？"

金窈窕微笑着看完，收起卡片，听到电话里传来贾冰洋的声音，她挑起眉头问蕾秋："跟贾冰洋一起过年啊？"

蕾秋有点不好意思："没有，今年项目组忙，贾冰洋回不了老家，我爸妈都来京城了，他没着没落，就过来蹭年夜饭。"

她说着，旁边传来小孩子尖锐的笑声和贾冰洋逗孩子的声音。

金窈窕失笑。

挂断电话后，又接到叶白情打来的视频，叶白情乐颠颠地让金窈窕看自己还不会说话的孩子，又一个劲地教小孩："叫干妈，叫干妈！"

桌上，老二跟父亲不知道说到了什么往事，师兄弟几个抱着头一起抹眼泪，金母端着金窈窕煮的豆米糊满脸无语地小口喝着，时不时配一口酱鹅。

今年的酱货和腌物都是金家自己做的，金父又搞来一个新品种的猪肉，做香肠特别合适，金窈窕就拿来做了两种口味，跟酱鸭、酱鹅、咸肉拼着蒸了一盘，全是腊腌的鲜味。

香肠里灌的肉肥瘦相间，广式的带着厚重的微甜，川味的则夹杂着烟熏的微辣，酱鹅比酱鸭更肥厚些，酱料渗透进风干多日的肉类纤维，不怎么咸，被大火蒸得恰到好处，口感不过度坚硬的同时又留有良好的厚重感，连斩断的骨头的滋味都香得想让人多吮一吮。

接到沈启明的电话，金窈窕有点意外，打开门出来，果然见沈启明的车停在门外。

外头特别冷，看这天色，今年似乎也是要下雪的样子。

金家门口换上了新的对联。沈启明第三次注意到自己的衣袖，拍打着并检查是否还有残留的面粉。

金窈窕从屋里出来，披了件厚外套，走近，仰头看他："你怎么来了？"

沈启明低头看到她随便趿出来的鞋和暴露在寒风中的脚腕，没多说话，将带来的盒子递出去："给你，快回屋吧。"

金窈窕接下盒子看了一眼，外壁是半透明的塑料，可以模糊看到里头放的是什么东西。

金窈窕愣了下："饺子？"

她抬起头，刚要问为什么送这东西给她，却看到沈启明的发梢沾着一点面粉。

金窈窕："你自己包的？"她想了想，明白过来，笑了，"许阿姨今年给你做年夜饭了对吧？"

沈启明凝视她，"嗯"了一声，金窈窕留下一句"你等等"，转身回了家里。

片刻后，她拎出一只酱鹅："之前说要给她的，结果忘记了。"

沈启明接下挂着酱鹅的绳子，看了眼她身后不断飘出喧闹的大门，朝她勾了勾嘴角："新年快乐。"

主动祝福还真不像是沈启明的风格。

金窈窕端着刚才进屋忘记放下的盒子，失笑道："你也新年快乐。"

沈启明站在车边，说："快进去吧，我走了。"

金窈窕关上门，过了一会儿才听到车启动的声音。

到处蹦跶的马勒叼着一只卤鹅爪，凑过来问："你拿的什么？"

金窈窕把盒子打开来，他惊呆了，差点连嘴里的鹅爪都叼不稳："这难道是饺子？"

金窈窕辨认了一会儿，点点头："应该没错。"

马勒满脸感叹地摇头："能把饺子包成这样，是要一点功力的。"

许晚家里估计没有保温桶，沈启明拿来装饺子的是个乐扣盒。但这么冷的天，盒子里的东西穿越了小半个深城，依旧没有彻底失温。

深城的别墅里，沈启明放下金窈窕给的酱鹅。

许晚大概猜到了儿子去干什么，后悔道："早知道你要送饺子给窈窕，我就包得再仔细点了！"

沈启明想了想，平静道："我已经把最好看的都挑出来了。"

许晚总算是放下了心："那就好，那就好。对了，你拎回来的这酱鹅怎么烧来着？"

沈启明："我没问。"

窈窕给他的时候也没说。

母子俩对视一眼。

许晚有点想打电话问，又觉得大过年的太打扰金窈窕了，想了想，说："我觉得应该是拿来煮的。"

外头果然飘起了雪花。金家，热热闹闹的碰杯声响起。

许晚的别墅里，《华夏珍馐》还在播放，意外的也有了几分热闹，然而——

沈启明尝了口母亲从汤锅里捞出来的酱鹅。

他确定这东西应该不是拿来煮的。

不过算了，大过年的。

第22章

新年转眼过去，铭德的员工们收到了新一年的红包。

分公司前台许晚的待遇更特殊些，除了红包，还收到了金窈窕递来的一个礼盒，打开后，发现里头是一本书。

一本专门写给初学者的简易菜谱。

金窈窕想起她收到的此生仅见的丑饺子，解释道："我平常做的那些菜比较复杂，而且教得也不够仔细，未必适合您学，这本菜谱里的菜对初学者比较友善，可以拿来做参考。"

许晚立刻不好意思起来。

除夕那天她虽然相当努力，但最后做出来的菜色和味道充其量只是普通，尤其是尝到水煮酱鹅以后，她更是意识到了自己巨大的失误。

金窈窕最近时常教她做饭，算起来也称得上是她的师傅，因为儿子送去的那盒饺子，她有些惭愧："饺子是不是做得不太好？启明也是，包成那样还给你送过去。"

估计金窈窕收到以后连碰都不会碰吧，金家待的全是名厨，年夜饭什么好吃的没有？

金窈窕却笑着说："不会，猪肉白菜馅，其实包得还行。"

新年过后，母亲的晚餐邀约变得频繁起来。沈启明有时候会去，有时候不去，但不管怎么说，母子俩在深城碰面的频率比以前高了许多。

门口除夕时挂上的福字和对联在深城的初春里色彩明艳，沈启明踏进大门后，就见今天的母亲看起来格外高兴。

西红柿炒鸡蛋的香味飘来，母亲拿着一本菜谱对他说："启明，窈窕真的吃了咱们包的饺子，还说包得不错。"

沈启明拎着从公司带过来的厚厚的文件袋，闻言一愣，垂眸露出几不可见的笑："嗯。"

许晚放下手上的菜谱，把西红柿炒鸡蛋盛进盘子里，看着完成的作品颇有几分喜悦："别说，窈窕给的这本菜谱里的菜做起来确实比较好上手。"

话音落地，她的目光转向儿子，想聊一聊心得，却见儿子的目光径直落在自己身后。

许晚迷茫地转头，除了餐台上的菜谱，什么都没看到。

晶茂园区，上班时间，特别助理被一个电话叫进办公室，看到办公桌后的老板正一如既往地办公，还以为老板有什么公事要吩咐，就听老板低沉的声音响起："有一本书，我去了两家书店都没有找到，你让助理部的人一起找一找。"

特别助理立刻打起精神，老板都找不到的书，这得是什么了不得的珍品？古籍吗？

晶茂的助理，没有异于常人的本事是绝对做不好的，特别助理脑海里立刻闪过好几个业内知名的古籍收藏者，同时严肃点头："好的，您说。"

两分钟后，他神情恍惚地踏出办公室，外头的一群同事担忧地打量他："怎么了？沈总训你了？"

特别助理摇摇头，回到工位，打开淘宝。

同事反应过来："沈总让你买东西啊？"

特别助理："嗯。"

同事们有点好奇："买什么啊？"

特别助理在搜索框一字一字打出"初学者别害怕，三分钟学会萌萌家常菜哦"，众位同事一脸茫然，这什么东西？

铭德，金窈窕领着二师傅和马勒等人办理入职手续。

她当初在最缺人手的时候，不收马勒，拒绝主动找上门来的帮手，说实话，不是没有犹豫过。但因为她不清楚二师傅等人的态度，加上马勒这些弟子因为父辈的原因捆绑在尚家,她才让理智的抉择在跟解决困境的欲望斗争中占据了上风。

现在再看，她的担忧果然不无道理。估计连二师傅他们都没想到尚荣和夏老太太会把他们这些年在尚家的付出看得如此理所当然，甚至对他们毫无感恩，也不留情面，连他们的后辈弟子也视作私产。

倘若不是提前与他们划分了安全的界限，只怕夏老太太这一闹，还真能把铭德在深城业内的名声闹臭，即便最后能澄清，但遭遇一番争端和麻烦也免不了。

但现在，二师傅等人狠下心公开斩断尚家珍珑跟他们师徒弟子的联系，还带头离开尚家，那就没什么可担心的了。

尚家是尚家，尚老爷子是尚老爷子，他们集体离开，充其量只能称得上是跳槽，任谁都没法将问题上升到道德层面，而且因为他们多年的付出，知情人私底下只怕还要赞他们一句有情义。

金窈窕看得出来他们是真的不再留恋尚家，也能看得出父亲与他们深厚的感情。既然如此，她还有什么拒绝的理由？铭德缺人缺得厉害，一群有多年从业经验的熟手加入，本就是利大于弊的好事。

她本来跟屠师傅一起紧锣密鼓推进的培养人才的新项目终于也可以稍微减轻些压力，后续更大的发展暂且不提，至少马勒这一辈的师兄弟集中特训一段时间，那深城即将开业的那些新店不愁没人用，她也不再需要为了公司的客观短板放缓前进的脚步。

老二等人这次来，还带来了他们这些年参加各大赛事获得的证书、奖牌和奖杯，人事一样一样认真登记，越登记越惊异。

在餐饮公司工作，他们对业内的一些奖项肯定都有认知。老二他们身上的荣誉，放眼国际，未必称得上多么稀奇，可在国内和深城，足够排得上号了。金董这又是从哪儿领来的一群大人物？

老二等人反倒对他们所带来的荣誉没什么感觉。

毕竟这些年不管得了什么奖，都不曾改变他们在尚家被边缘化的状态，他们之所以来铭德，图的也是大师兄在这儿，铭德的规模不如尚家大，他们并不曾指望能在这儿得到比尚家更好的待遇。

只是没想到，金窈窕竟给了他们每人一份详细的制度说明。

一群师兄弟刚开始还觉得她太公事公办，结果翻开细看，看到待遇一栏，才齐齐怔住。

“一线厨师长在职期间每年可获赠所负责餐厅百分之五的股份分红……”老二慢慢念出这段文字，最终落在结尾处，“厨师个人贡献优异者，未来在职期间可获得所在公司的部分股权分红……”

老六傻傻地问：“我们也包括在里面吗？”

金窈窕理所当然地回答：“当然，不过师叔，以你们的资历，只留在深城或者临江的一线有点可惜，铭德最近成立了几个新的项目组，我打算让各位负责更重要的一些工作，如果进展顺利的话，最多再过几年，大家就可以拿到工资以外的回报了。”

老六光听就够想不通的了，抬起头问站在对面的金窈窕：“又不是自家亲戚，铭德怎么还给外人股份分红呢？”

传统行业与新兴行业风气不同，他们虽是尚老爷子的弟子，但到底不能算是尚家真正的后代，因此在尚家那么多年，工资奖金一点不低，却从没想过自己能跟公司的分红扯上关系。

金窈窕说：“大家在铭德，尤其是拜师进来的，说不准一辈子都要留在这里，既然如此，那就都是一家人，怎么会是外人呢？”

一群师兄弟听到这话，都抬起了头。

金窈窕朝他们笑了笑。

社会文明发展至今，师徒跟宗亲关系带来的羁绊只会越来越浅，也就是屠师傅和二师傅这种从最开始就入行的老一辈能坚守信念，兢兢业业，放弃属于自己的发展机会，给跟自己的利益毫无关联的师门奉献一生。但甭管他们怎么认知这个世界，金窈窕都不打算利用这份赤诚。

为了道义不得不留下和心甘情愿留下从来都是两个概念，铭德这样的传统餐饮行业，所拥有的一线厨师更是比一切都重要的根基。伴随职业生涯的拉长，这些人只会历练得越来越优秀，等到有一天，师徒羁绊不再那么重要，能留下他们的理由，就只能是他们不愿意走了。

分红是利益，也是感情，同吃一锅饭的自己人，才会坚定不移地守卫这锅饭的稳定。

入职手续办完，金窈窕忙活起了别的事情，师兄弟们留在原处继续翻看手中已经看了好多遍的文件。

老六回过神，朝坐在旁边的二师兄笑道：“这么多年了，真没想到还能有被人当作自己人的一天。”

老二半晌后才“嗯”了一声，将已经看过的文件仔细叠好，边角都捋整齐，珍惜地塞进上衣外套的内口袋里。

屠师傅听说人手的事情解决了，喜不自胜地来公司看情况，本以为金窈窕应该是从哪儿招来的新工，没承想一进公司就看到了几张熟脸。

都是同行，他哪能不认得深城尚家这批活跃的台柱子？

双方相遇，屠师傅感到难以置信，金窈窕那丫头说的新人，难不成就是这群大神？

在徒弟跟前向来底气十足的屠师傅有点蒙了，霸王花一样的身躯缩成了一株营养不良的含羞草。

殊不知对面这群大神中也有不少人看他跟看人生赢家似的。

马勒悄悄跟父亲和几位师叔介绍："这就是铭德的屠师傅，第一个手里有铭德股份的老师傅，金窈窕和我大师叔对他特别好，完全就是自家人，比尚家对咱们好多了。"

"含羞草"屠师傅被众多专注的视线看得瑟瑟发抖，之后才得知自己眼中的大神这些年在师门的待遇。他黝黑的老脸顿时感动得宛若一块新鲜猪肝，小小的眼睛里泛起大大的涟漪："同样留在师门工作，我真是何德何能……"

哪怕只为铭德的这份情谊，他日后也必须更加卖力地工作才行。

缺人的难题迎刃而解，铭德在深城的众多分店的开业计划终于正式提上日程。一切工作都在稳步进行着，只有一样尚未解决，那就是二师傅等人带来的尚家菜谱。

他们集体跳槽到铭德的消息已经传开，暂且不论夏老太太在尚家流下了多少泪水，总之双方的关系已经彻底断干净，老二等人自然更不可能把菜谱留给他们，双方这下算是真正撕破了脸。

可能是秉持着人已经失去，如此重要的传承无论如何也不能落到别人手中的想法，没多久，金窈窕便感受到了尚家的挣扎。

网络上，人们最开始讨论的是尚家最近的混乱，因为二师傅等人出走，大批留在尚家的徒弟要不到说法，从年前一直罢工至今，直接导致尚家在深城近半数的餐厅无法正常营业。而能正常营业的那些店，水准也大不如前。

珍珑在业界还是有些口碑的，因此诸多不了解内情的人都对尚家发生了什么变故十分好奇，议论纷纷一段时间后，突然有人出来爆料，说原来尚家老爷子留下的那批资历最深的老徒弟全跳槽去了铭德，还同时带走了尚家祖辈留下来的珍贵菜谱。

这下立刻炸了锅。

铭德的官方账号下冒出不少询问此事是真是假的留言，最终这条爆料得到了尚家珍珑的官方账号的确认。

尚家似乎无计可施，业内无人站在他们这边，他们便将目光投向了网络，发布了一条长长的控诉文章。

首先控诉二师傅等人的出走，其次控诉他们带走了本该属于尚家的菜谱，随即打起感情牌，例数这些年尚家对这群亲传弟子有多么好，他们却翻脸不认人，伤透了尚家上下的心。最后则意有所指地将枪口转向铭德，暗示铭德侵吞尚家的资产。

颇具煽动力的文章立刻让不少网民看得义愤填膺，纷纷指责铭德的不厚道。

“再怎么说也是别人家的东西。能理解正常的商业竞争，可总不至于偷走别人家的传承啊！”

“这群大厨也太没良心了，珍珑对他们那么好，也能说走就走，不留情面。”

不过，铭德现在也是有粉丝的，金窈窕通过《华夏珍馐》吸引来的粉丝当然不可能凭借一面之词就相信这篇文章，于是撸起袖子就上去为金窈窕和铭德要说法，一时间双方闹得不可开交。

金窈窕当然不可能任由自家被抹黑，只不过还没等铭德出面，忍无可忍的老二等人就迅速通过深城厨协发表了公开声明。

离开尚家的时候，他们静悄悄的，想给尚家留下最后一点脸面，没想到尚家竟然还想步步紧逼。

他们现在到了铭德，尚家对他们的任何针对都会转化为对铭德的不利，这并不是老二等人选择来这儿的初衷，于是为了保护铭德，他们心中仅存的最后一点情面终于彻底消散。

尚荣的身世问题已经小范围传播起来，老二通过厨协发表的声明彻底证实了这个传言，同时也是第一次对外公开他们这些年在尚家的生活。

每日奔波于比赛和工作之间，几乎全年无休，尚家给出的薪水虽然丰厚，但也只是业内的正常待遇，比起其他同等级的厨师，他们的生活却要拮据许多。尚家并不重视他们所带的徒弟，按理说，出师后，这些人都是给尚家工作的预备军，但在他们能正式为尚家工作以前，尚家仍旧吝啬得只肯支出微薄的工资，以至于为了让徒弟们过得像样，这群老师傅几乎将自己大半的收入都补贴了出去。

这么多年来，靠着努力，他们为尚家培养出了一代又一代的弟子，但尚家似乎从来看不到他们的赤诚，甚至买通他们身边的徒弟，对他们的一举一动进行监视。

这是有证据的。

马勒最喜欢打师门里的内奸，彻底离开尚家之前，他更是痛痛快快地把父亲身边的“钉子”全揍了一遍，揍完之后，还把父亲给这群没良心的家伙购置的东西没收了，当中就有好几部手机。手机里各个被收买的徒弟跟夏家人联络的信息以图片形式发布出来。

这下真是全网震惊。这是搞谍战吗？

对于这些外行而言，最先被提出来的尚荣不是尚老爷子亲生儿子的事情已经够荒诞了，那些谍战片一样的来往短信居然更有戏剧性。莫说网友，就连业内人都跟着震惊。

但尚家的重点明显不在这里。他们早知道尚荣的身世不可能瞒住，最终目的只是想要回那本菜谱。

因此不管网友们怎么嘲讽他们的控诉，珍珑只咬死老二等人将菜谱带走是给了铭德。这是抱着自损一万也要伤敌八百的信念将铭德一并拖下水。铭德但凡不想跟尚家扯上关系，就只能把菜谱还回尚家。

而尚家，只要能拿回那本菜谱，自然能获得一点喘息的余地。餐饮界的古籍本就珍贵，尤其还是一脉御厨的传承，靠着这本菜谱，他们说不准就能吸引来感兴趣的名厨加入珍珑，让尚家渡过难关，东山再起。

金窈窕看着尚家在网友的百般羞辱下仍然坚定不移地要拉自家下水的各种手段，摇了摇头。

自打正式入职铭德以后，马勒就又开始了要求金窈窕收下菜谱的尝试，但在尚家的手段用出来之前，金窈窕也没有答应。

其实说实在的，她不太想当这个尚家的传承人。

她对那本菜谱感兴趣，只是因为那本古籍可以给她很多新灵感而已，但尚老爷子传承人这个身份，对她却没有任何好处，反而弊大于利。

首先，铭德的定位将会混淆不清。

有一个父亲已经够了，虽然师从尚老先生，但父亲这些年不参与公司的菜色研发，铭德有今天，跟尚家没什么关系。

她却不同。接受这本菜谱后，她日后对外的身份，究竟是金窈窕，还是尚老先生的传人呢？

接受菜谱，顶多能为她在深城的经营带来一些业内红利，然而在加入深城餐饮协会后，这些红利，铭德早已经不缺了。那么做这个传人究竟图什么？图给自己攀上夏家这门讨厌的亲戚？

放着菜谱的盒子搁在桌面上，二师傅等人面色凝重。金窈窕朝他们笑了笑，据实开口："二师傅，实不相瞒，我其实也不想收下这本菜谱。"

二师傅闭了闭眼，一旁的马勒又气又急："就为了尚家？可你不收，只要菜谱留在我们手里，尚家一定会咬死你收下了。难不成真要把菜谱还给尚家？"

老二现在对尚家厌恶到了极点，听到儿子的话，立刻驳斥："不可能！"

就算为了避免给铭德带来麻烦而离开这里，他也绝不可能把师傅的传承交给一群心术不正的夏家人。

师兄弟们全都面色凝重。

金窈窕大概能猜出来他们准备如何解决问题。她看着老二等人，有些疑惑："你们究竟为什么这么坚持要让我做这个传人？直接传给马勒或者其他徒弟不就好了？"

老二看着她，半晌后苦笑一声："他们不行，我也不行，窈窕，我和你师叔们这些年最大的愿望就是把师傅的名字发扬光大，让更多的人知道他祖辈的成就和成绩，但参加过那么多比赛后，仍然不行。所有人只知道尚家珍珑，不知道真正的尚老先生，但凡身边有一个徒弟能有天赋将师门发扬光大，我何苦把这本书留在身边几十年？"

金窈窕沉吟片刻，想不通地问："你们想让更多人知道尚老先生，那让这本书被更多人看到，不是更快？"

老二愣住："让更多的人看到？"

他从来没想过能有这个选项。

金窈窕看着他们，有些感叹。

国内的很多古老文化，可能就是这样在一辈又一辈的留一手下断绝的。例如这本菜谱，二师傅等人即便自己学不会，徒弟后辈也学不会，也绝不肯被外人看到里头写的东西，生怕被人学了去。

但事实上，被人学走菜谱里的东西，真的会损害他们的利益吗？其实并不会，因为他们在外行走江湖那么多年，也没有发挥出里头的水平。

世界那么大，身边所能接触的人只是沧海一粟，倘若不是遇到她，或许这本菜谱的结局就是一代一代寻找传人，却又一代一代寻找不到，最终尘封或者损毁，化为灰烬，再无人知道里头写了什么东西。

偏偏遇上的她，又觉得这本菜谱并没有重要到不可或缺。因为她现在的本领，是凭借自己的悟性、努力和对烹饪的热爱淬炼出来的，跟传承没有半点关系。

同样的菜，她做出来的，二师傅做出来的，跟马勒做出来的，味道都会有所不同。这证明了菜谱的存在只是锦上添花，它的作用只发挥在她一个人身上，实在可惜。

金窈窕说："二师傅，尚老爷子虽然没有留下血脉，但也许有一天，他的传人会遍布大江南北。"

老二怔怔地看着她，很久之后笑了一声："窈窕，你说得对。"

网络上，所有人都在八卦的时候，被尚家死咬着不放的尚老爷子的徒弟们突然发声，表示会将尚老爷子留下的菜谱正式出版，并在出版以后将古籍捐献给深城博物馆。

消息一出，整个厨界都震动了，难以置信他们会做出这么慷慨的事情。

发出公告以后，老二等人再次通过厨协写明不将这本菜谱交给尚家的原因，以及铭德的金窈窕几次拒绝他给出的菜谱，并劝他不如让尚老爷子的心血被更多人看到的话。

这下尚家的攻击自然打在了棉花上，厨界的业内人更是感动至极。

一直为铭德冲锋陷阵的粉丝们骄傲得要命，冲到铭德的账号下尖叫——

“金董！后援会来啦！我们没有看错你！”

“我就知道你跟铭德不可能是那种人！”

“金董帅气！”

“金董我爱你！”

路人都看无语了，这会儿再瞧尚家的控诉书，甚至忍不住为他们尴尬——你说这图什么？出来控诉一圈，啥好处没捞着，尽让人看你们家八卦了，聊你们家老板他爹到底是谁了。

尚家三句话不离、看得跟眼珠一样重要的菜谱，恨不能为这本菜谱把铭德活吞了似的，结果人家铭德根本不稀罕。

临江网友纷纷出面嘲讽：“讲道理，铭德在我们临江也很有底蕴的好吗？根本就不比尚家差，怎么可能看得上他尚家的东西？”

“就是，铭德做的可是自己的菜系，跟尚家有毛线关系？铭德明明是我们临江之光！”

尚家，夏老太太几近疯魔：“出版？出版？！他们怎么敢出版？！”

传承菜谱出版以后，人尽皆知，还能值多少钱？他们想要回菜谱吸引一些业内厨师来珍珑的念头直接被扼杀在了摇篮里。花钱在书店就能买到，谁还愿意到尚家来？

但福无双至，祸不单行。

尚家祖传菜谱要出版的消息还不够让他们糟心的，那头公司里还在闹罢工的厨师们直接全部走人了！

夏家的亲戚打电话来，几乎要急哭了：“说是看到了老二他们的公告，知道了师傅们这些年在尚家的待遇，这群倔驴全都不肯干了！”

如今在尚家入职的第三辈徒弟，哪个不是被老二等人从什么都不懂的时候一点点补贴出来的？那些委屈，师傅们从不对他们说，以至于他们直到如今才知晓。那还留在尚家？留个屁！上铭德去！

他们这一走，尚家那些暂时无法正常营业的店，只怕永远都开业不了了。

夏老太太怔怔地听完，恍惚地看了眼沉默的儿子。

“没关系。”她喃喃着对儿子说，“我们还有尚家，还有珍珑，还有夏家，那些外人，什么都不是……”

下一秒她却接到了夏仁的电话。

“姨妈。”那头传来夏仁小心翼翼的声音，“你那儿的流动资金还有多少？够回购公司百分之几的股份啊？”

夏老太太愣住，很久之后才冷声问：“你这是什么意思？”

平日里口甜舌滑的夏仁安静几秒，尴尬地笑了起来：“姨妈，我最近有点缺钱，手上的珍珑股份，您给我兑回现金吧，折点价也可以。”

夏老太太听着，抬手狠狠地抓住自己的胸口，眼前一黑。

几秒钟后，正看着窗外的尚荣忽然听到了砰的倒地的动静。

第23章

菜谱要出版也不是那么简单的事情，联系一家出版社然后将古籍的内容直接丢过去是不可行的。菜谱里所书写的内容实在太过古老，历史变迁至今，许多老一辈们习以为常的知识已经不再适用于当今社会。

好比金窈窕唯一看过的那道酒仙鸡，配料里就涉及各种保护动物，要是真的对社会上的所有人公开，势必会造成不妙的后果。

毕竟看到这本菜谱的人，不可能每一个都具备自我约束力。

现如今总有人调侃，但凡好吃，似乎只要是个活物，就没有不能入口的。其实并非如此。什么东西能碰，什么东西不能碰，这条高压线在有良知的业内人心中一直划分得明明白白。

然而还是有诸多不好的风气，尤其有些饕客，醉心于挑战一切珍稀食材，更有甚者，将此举视作身份象征，糟蹋了不知多少濒危野生动物，好些更是生生被吃得灭绝。

谁知道日后菜谱公开，会不会有人为了一饱口腹之欲，再去祸害不该祸害的东西？因此里头的很多细节都得改，却又要尽量避免修改细节而破坏菜品本身的出色。

那就需要技术高超的人来把关了。

一时间，业内众多名厨纷纷收到邀请，赶往深城。

这本隐秘的古籍出版的消息，堪称这些年餐饮界最重磅的新闻，全国餐饮协会得知后，甚至专门为此开了一次专题会议。

会议后，夏老太太和夏家人在网上闹出的那些动静彻底没了，但凡是长眼睛的都知道这本菜谱他们是绝对抢不回去了。这已经不是铭德和二师傅等人跟他们的战斗了，一本从未露过面的、御厨世家留下的古籍，莫说是抢，只怕就连他们出手阻碍菜谱的出版进程，全国的业内同行都会撸起袖子亲自下场将他们撕个粉碎。

尚老爷子的名声以前其实没那么大，出了深城，未必有多少人知道他。

这些年，老二等人顶着师门的名号一次又一次在外参赛，也没能让师傅得到多少红利，毕竟逝者已逝，谁会去关注一个已经去世的老名厨呢？更多人通过他们认识到的，依然是尚家，和那家已经跟尚老爷子没什么联系的珍珑。

但这一次，尚老爷子和他祖辈的辉煌总算为业界所知。可想而知，待到这本菜谱真正出版，知道他名字和生平的人只会越来越多，甚至业内有其他名厨被老二等人捐出菜谱的义举触动，也表示愿意将一些家里珍藏的不为人知的古籍内容公开。其中有不少成就斐然，却因为种种原因，不曾在人间留名的老辈。

古老文化传承跟现代餐饮业的碰撞由此揭开。

夏老太太病危住院的消息在深城同行的圈子里掀起了很小的波澜。不过，在得知她并没有什么生命危险后，关心的人也就散了，甚至没几个去探望的人。

反倒是她背后的尚家公司这些天传出来的八卦不断，让人更感兴趣。

老二等人留在尚家的那群徒弟一走，尚家半数的餐厅彻底无法开门，留下的其他厨师勉强维持着剩下的那一小半正常营业，却因为手艺不过关，让老客户们很恼火，生意一落千丈。

按理说，大家都知道尚家变成这样跟二师傅等人的出走有着直接关系，大伙却都不觉得他们的离开需要被人指摘。

以前不知道也就算了，可现在，看到二师傅他们发出的尚家收买他们身边的徒弟常年监视他们的证据，哪个同行看了不骂一声有病。

虽说传统餐饮业对师承很看重，但没听说哪家会这么控制给自己干活的徒弟，简直都不把徒弟当人看。更何况，尚荣还不是尚老爷子的亲生儿子，尚家跟这群弟子之间的联系，可能也只剩下夏老太太这位名正言顺的师母了。

然而提起夏老太太，更是没几个感觉同情的，都觉得她老糊涂，自作自受。

带孩子嫁给尚老先生本没什么，可又是争菜谱，又是理所当然地驱使徒弟，你又不是不知道儿子跟尚老爷子没什么关系，还老以尚家名正言顺的传承人自居，这不可笑吗？尚家的公司里也全是她娘家人的身影，恨不能把尚老先生留下的东西全搬到娘家似的。

事到如今，公司里一团乱，换成任何一家其他公司的股东高管，肯定都得想方设法让公司挺过难关。

台柱子大厨出走，虽然元气大伤，前方却也不全是一条死路。传统餐厅的老本吃不了，那你转型啊！珍珑的底子在那儿，做其他品类的餐厅，从头做起，虽然累点，可熬过前期的艰难，未来公司的经营状况说不准也能慢慢得到改善。

可是夏家人倒好，忙活是真的在忙活，却不是为公司忙活，而是为自己忙活。

深城业界，不少人听说有些夏家股东在为自己手上的珍珑股份寻找下家，这大难临头各自飞的姿态委实不太好看，不过家务事，外人也管不着，只是不知道人在医院的夏老太太得知之后，会作何感想了。

铭德，二师傅得知夏老太太进医院的消息，愣了愣："没出什么大事吧？"

老六专程打听完才回来的，叹了口气："说还好，进医院第二天就清醒了，人没什么大碍，就是听说以后腿脚会有点不方便。"

老二没说话。

老六也安静了一会儿，才问："二师兄，我们要不要去探望？"

毕竟是师母。

老二沉默很久，才摇摇头："师母那边太能生事端了，我们一去，还不知道他们会怎么借题发挥，万一再给大师兄和窈窕惹麻烦。既然我们已经来了铭德，断就断干净一点吧。等以后……"老二顿了顿，才接着道，"等以后去了下面见到师傅，师傅怪罪的话，我给他磕头谢罪。"

各地名厨汇聚深城，跟老二等人一起研究改编那本菜谱。

深城厨协估计是头一次遇上这么多外地知名同行集体出动，也很慌，专门组织了接待团队，协会里但凡有些头脸的也悉数到场。于是这些人组织起来，征用了……铭德分公司的食堂。

主要是来的人太多，用到的食材和锅灶也多，二师傅等人家里根本无法容纳，索性跟金窈窕申请了公司食堂的使用权。

当然，用到的食材全部由全国厨协赞助。

于是这段时间，铭德分公司的员工忽然发现公司食堂的伙食标准居然比以前还可怕。

铭德吃得已经够好了，莫说在这片园区，就连整个深城，都未必有哪家公司的员工伙食敢说比他们优秀。但平日里吃吃盐焗鸡、红烧牛腩、红焖甲鱼、脆皮鳝段、鱼汤泡饭也就算了，给我们吃两头大鲍会不会有点过头了？

午餐时间，端着餐盘进入餐厅的分公司员工，果不其然又在一尘不染的玻璃橱窗里看到了满满一大盘炖得汤汁胶稠的扒海参。

海参个个丰满肥胖，大得吓人，被炖得又软又烂，一看就知道口感肯定很滑糯。

左边，是豪迈无比，水润丰盈，足有拳头那么大的炒带子。右边，是不知多少海胆汇聚而成的一锅海鲜汤，依稀可见肥硕的龙虾肉在当中浮沉。

员工们打完这个打那个，最后指着末尾一盘看起来其貌不扬的肉菜询问："这是什么？"

打饭阿姨平静地回答："松茸焖鳄鱼。"

员工们端着餐盘流着泪。

这一餐盘的菜放外头普通餐厅敢卖到两千块信不信？我们真是何德何能，能得太子爷如此垂爱。

深城和临江两地关注了铭德食堂超话的其他公司员工也很是震惊，铭德到底是怎么回事？居然一天比一天过分？是知道他们每天都在靠着铭德员工发在超话的食堂照片下饭，所以准备利用他们逼死两地公司的老板们，以达到自家称霸商界的野望吗？

金窈窕近日因为食堂供应的疯狂食材得到了分公司员工们更加深厚的热爱。

她对此有些无奈，二师傅等人带着一群名厨在食堂研究菜谱，一次又一次的尝试下，出来的食材可不就进了员工们的肚子？为了这本菜谱，厨协可谓是下了重本，来自世界各地的原材料不要钱似的运过来，把食堂冷库都塞满了。

只不过她最近实在很忙，没精力参与他们的工作，只能随他们折腾了。

一是深城的新店开业在即，二是交给屠师傅在做的培训项目有所收效，与此同时，通过她和一批铭德弟子的努力尝试，去年在临江各个分店试行销售的时令菜单终于有了可批量生产的配方雏形。

分公司就这么点员工，明显不够用，她去年让人事联系猎头留意的管理人选面谈过几个后，都不太满意，招聘新人的工作迫在眉睫，却不是那么简单就能完成的。

人好招，人才却不好找。

铭德是餐饮企业，她所需要的管理助手不是只懂得餐饮管理就行的那种，但一个全能人才，在现如今的职场有太多选择，又怎么会将目光瞄准一家传统餐饮企业呢？

面谈完又一个感觉不太满意的对象，金窈窕回来后忍不住揉了揉额头，对人事部的下属道："让猎头继续找吧。"

下属点点头。

得到答复的猎头不禁发起了愁。目前还在待业状态的差不多也就这几位了，继续找的话，那目光可能就要瞄准范围更广的人群。

铭德给的佣金很高，虽然要求比较高，但他们仍不想放弃这场合作。

猎头在公司里愁着愁着，有人忽然开口道：“对了，不是还有那个谁吗？”

猎头：“谁啊？”

说话那人想起这个人选，快速翻起资料，从电脑深处拖出一个文档来，指着上面的人说：“这位，江柏，创业之前也是做管理的，大公司出来的，去年刚创业失败。”

猎头探头一看，发现是去年年底财经新闻上出现了很多次的常客，脸上立马露出怜悯的表情：“这人心气高得很，想当初创业的那个公司也是发展得如火如荼，结果局势一变，说倒就倒，听说还欠了一屁股债，啧啧，那数目，换我，我肯定不活了。”

深城，高新园区。

一幢看起来没什么人气的写字楼楼顶，一个穿着休闲装的年轻人站在边缘朝远处看。

他对这幢写字楼太熟悉了，因为这一整幢楼里曾经都是他的员工。

楼其实不高，十来层而已，还有些老旧，但能在高新园区拥有这样一处办公场地，已经是很多同行需要仰望的水平了。

最多的时候，他拥有近千名员工。而现在，这千名员工已经尽数离开。

他变卖了自己的所有家产，没有拖欠哪怕一个员工的工资，其他的东西，能卖的也全都卖得干净，尽力偿还合作方的损失。

去年到今年，短短几个月的时间，从拥有一切，到一无所有，剧情竟能转折得这么快。

年轻人笑了笑，目光从远方收回来，低头望向脚下。

他闭了闭眼，掏出口袋里的电话放在脚边，正要直起身，手机漆黑的屏幕突然亮了起来。

盯着看了几眼来电人后，他还是决定接电话。

电话那头，是跟他一起创业的合伙人，他的左膀右臂，同样变卖了所有家产陪他一起还债的朋友的声音传来："江柏，你在哪儿呢？是不是在公司？我有事找你！"

年轻人轻轻叹了口气："有什么事电话里说吧。"

朋友道："有个猎头想通过我联系你，你等等啊，我到公司了，咱们见面说。"

他其实没什么兴趣，但听到朋友已经到了公司，年轻人沉默了一会儿，还是从楼顶边缘退开了："行吧。"

退开以后，他收起手机，再往下看，才发现自己刚才找的那块地方不太好。不远处，有一块颜色跟地面相近的软土。楼不高，万一跌在那上头，说不准还没法痛痛快快地走。

他扯了扯嘴角。

等朋友离开以后，再找个合适些的地方也好。

铭德，金窈窕收到了闫老会长的邀请。

茶楼里，金窈窕看着闫会长，有些疑惑。自从那次被夏老太太带来主持公道以后，她跟这位老会长就再也没联系过了，铭德毕竟是新加入的成员，跟餐协挂钩的工作不多，她问："闫伯伯，找我有什么事吗？"

老会长亲手给她倒了一杯茶，笑着开口道："上次的事情，还要跟你和铭德正式道个歉，夏老夫人当时来找我出面，我也没多去了解，就跟她一起找去了你们家，实在像是助纣为虐。"

金窈窕喝了口茶，笑了笑："没什么。"

老会长打量了她一会儿后，也笑了："其实我找你，还有另外一件事要说。"

金窈窕愿闻其详。

老会长缓缓开口道："之前深城电视台有人找到协会，说要做一档推广华夏美食的节目，是跟京城电视台合作成立的，意义比较特殊。深城市这边，想通过协会介绍，找到一个合适的餐厅代表深城加入。协会里心动的人很多，但我留意了很久，一直都没有敲定合适的人选。”

金窈窕愣了下，推广华夏美食的节目？难不成是……她回忆了片刻才问：“闫伯伯，这个节目的名字叫什么？”

老会长：“《食为天》。”

金窈窕心说果然。她隐隐意识到了什么，问：“您找我说这个是……”

闫会长点了点头：“我准备推荐你和铭德。”

金窈窕拿着老会长给的节目介绍回到铭德，看着上头的名字陷入深思。

深城的分店很快就要开业，之后，国内其他城市的分店计划也会逐渐提上日程，与此同时，她还在筹备上线以铭德为品牌的餐厅产品。

那么多的工作都在等待完成，如何让铭德这个名字顺利进入更多的大众的视野就成了相当重要的工作。

《食为天》这档节目比较特殊，首先是京城台跟深城台牵线合作的，参与公司代表着所在的城市，带有一定的意义。其次，她直到今天仍有印象，就代表这档节目未来肯定相当红火，只不过她过去没有看过，只知道这档节目在临江选中的代表是程琛家的公司。

金窈窕合拢介绍书，思索以后，觉得这确实是个不错的机会。她给老会长打了个电话，表示自己愿意接受这个资源。

老会长笑道：“好，那我过几天就把铭德的名字递上去。”

深城，铭德被老会长选中即将参与《食为天》的消息不胫而走。

很快，金窈窕又收到了另一个好消息，人事告诉她，猎头又为公司寻觅到了合适的人选。

她这些天已经见过了不少猎头介绍的人，因此并没往心里去，只让人事请对方到公司相见。她今天没时间往别的地方跑，只能在公司见人了。

分公司正在准备开办以来的第一次团建。

马上要迎来相当重要的挑战，分公司的员工去年也交上了一笔漂亮的成绩，趁着这会儿还没开始忙，便组织大家一起出去玩一趟。

员工们明显都很期待，还没进公司，迎面撞上的人都一个个兴致高昂，见到她也都笑嘻嘻地打招呼——

“金董您来啦？”

“我们都准备好了，大巴说一会儿就来。”

金窈窕朝他们笑了笑：“好，我见个人，一会儿跟你们一起出发。”

结果进公司以后，迎面就看到一张意外的面孔。

亿万轮椅？！

江柏神色沉静地被好友拉拽着。

他本来不想来，但好友十分坚持，又一直不肯离开，不断劝说他公司已经倒闭好几个月了，与其陷在里头出不来，还不如重新参加工作，换个环境。

对方不走，他就不方便做很多事情，最终还是敷衍地跟着来了一趟。只是对于铭德这家公司和与这家公司相关的一切，他都没有任何兴趣。

他的学历、工作履历和成绩无疑都是相当优秀的级别，否则未来也不可能建立属于他的商业帝国了。

金窈窕翻看几遍对方的资料，倒是对能留下这样的人才不抱有期待，只是余光忍不住多看了几眼对方的双腿。

他这会儿分明还是个健全人，那究竟后来是因为什么坐上的轮椅？

正翻看着，人事和对方的朋友都出去了，对面的“亿万轮椅”凉飕飕地开口：“金董，实不相瞒，我对任职贵公司没有任何兴趣，只是朋友盛情相请才不得不来。很抱歉浪费了您的时间。”

金窈窕不太意外地点头道：“没关系。”

他一看就是个心气高的人，未来更是脾气古怪出了名，这样的人，怎么可能会在创业后还甘愿做个打工仔？

江柏看她这态度，沉默了一下：“好的。”

这人怎么死气沉沉的？金窈窕认真看了他一眼，觉得他看起来特别像准备好了要剃度出家，这让金窈窕皱了皱眉头。

但对方明显是不可能留在铭德的，两人谈了一场后，同时出门。

外头，铭德的职工为了即将出发的团建活力四射，看得金窈窕忍不住一笑，回身跟“亿万轮椅”握手：“江总，虽然不能合作，但也祝你前程似锦。”

“亿万轮椅”看着她，慢了一秒才伸出手，余光看到铭德活蹦乱跳的员工们，缓慢地回答：“我已经不是江总了。”

“会是的。”金窈窕说。

江柏扯了扯嘴角。

他的朋友大概猜测到了他俩的合作没能成功，看着有些失望：“是没能达成一致吗？”

金窈窕笑着回答：“没关系，以后也可以合作。”

朋友的性格明显比江柏活泼很多，听完之后朝江柏一笑：“那真是可惜，我刚才在外头跟金董家的员工聊了不少，你要是入职，我们说不准这次就能一起跟他们参加团建了，听说他们要到野外烧烤呢，这可太合我的胃口了。”

江柏没回答。

金窈窕听到，便客气了一句：“反正人多车多，两位要是想来，一起来也没关系。”

铭德庙小，想留下这尊大佛肯定不可能，但日后说不准要在商场上相见，她还不至于吝啬几口烧烤。只不过这位“亿万轮椅”的腿究竟是怎么瘫痪的呢？

金窈窕其实挺想帮忙的，不管有没有回报，能让一个健全人避免一辈子坐轮椅的命运到底是一件好事。

第24章

铭德的巴车上，江柏的朋友严海系好安全带，有点不好意思地对上车的金窈窕笑道：“金董，那我们就厚着脸皮来了！”

金窈窕其实有点纳闷。她确实不至于舍不得自家公司这点座位和食材，只不过也确实没想到随口一句客气的邀请，对方居然真的会接受。

跟来的这位严海也就算了，一看就是特别能来事的主，可那位“亿万轮椅”江柏，记忆里他那古怪的脾气可不是假的，怎么也会愿意跟着来凑热闹呢？

但她并未将疑惑表现出来，只若无其事地笑着回答：“这有什么，人多才好玩嘛。”

人多确实好玩，上了大巴的铭德员工已经开始放飞自我，好些人扒拉在车窗上对外头指指点点——

“那辆车里装的是咱们的烧烤食材吧？”

“好大一车。”

“不是说度假村里也提供烧烤材料的吗？”

“你是不是傻？度假村里提供的哪有咱们公司带去的好吃。”

“也是啊。”

金窈窕在前方落座，严海有些不好意思，对江柏说：“江哥，没想到你还真的愿意来，一开始不是还说今天很忙，来铭德谈完以后要去办点事吗？”

江柏视线放空，过了一会儿才回答：“听他们提起团建的地方在海山度假区，就想再去看看。”

铭德员工们的说笑声就像被什么隔绝了似的，钻不进他的耳朵。严海听到这个回答，瞬间了然，神情变得有些感慨：“是啊，他们去的也是海山度假区，那地方是不错，是全深城开发得最好的风景度假区了，想当初咱们公司第一次团建也是在那儿呢。”

江柏的心口腾地疼了一秒。

“那时候多好啊，咱们每个月看到报表都雄心勃勃地展望着上市。”严海回忆起过去，自嘲地笑了笑，“本来前年年底的年会上，还有员工说要再去一趟，咱俩当时还说公司绩效那么好，下一次团建肯定要搞得再热闹些，谁承想咱们连去年都没能撑过去。”

江柏放在身侧的手指抖了抖：“是啊。”

严海拍拍他：“金董大气，愿意带上咱们，别想那些了，就当故地重游，再好好看看咱们公司起来的地方。”

半晌后，江柏笑了一声：“是啊，再好好看一眼。”

许晚见金窈窕带了两个年轻人上车，看这两人平头正脸，又像是跟金窈窕熟悉的样子，便忍不住多看了几眼。一个露娜，一个马勒，已经够她发愁的了，这两人又是谁？

许晚转向身边的铭德同事，问：“他们是金董的朋友？”

那位同事是人事部的，看了江柏两人一眼就认出来了，对她笑道：“金董不是要找帮手吗？这是猎头新介绍给咱们公司的，不过面试完以后，好像没打算留下来，刚好听说咱们要搞团建，就跟着一起来玩玩而已。怎么了许姐？”

这样啊。许晚放下心来："没什么。"

她倚着车窗，从包里掏出一册书开始翻看。

旁边的同事看了看她拿着的书，愣了下："许姐你还看菜谱啊？"

许晚点了点头，拿着手中那本《初学者别害怕，三分钟学会萌萌家常菜哦》，解释道："我正在学做菜。"

窈窕送的这本菜谱确实对初学者非常友好，她最近做菜的水平比过去好多了，不枉费她翻看了无数遍。这么想着，翻开下一页，她却忽然愣了下，凑近了些。

奇怪，她最近做饭的时候老拿着菜谱边看边操作，有次做小炒牛肉时，不小心把油溅到了这一页的页标上，虽然立刻清理了，但依然留下了一小块擦不掉的油斑。

现在那块油斑怎么不见了？

晶茂，会议开始之前，蒋森顺路来办公室找沈启明，助理得知后前去告知，敲门推开，就见沈启明正在看一本书。

瞥到那自己亲手收货后还特地确认过好几遍的熟悉的萌萌的封面，助理："沈总，时间到了。"

沈启明"嗯"了一声，自然地将正在看的书合拢，跟手边正在记录的笔记本叠好，放在旁边。

助理这才发现他居然一边看着那本菜谱一边还在做笔记……

沈启明拿着准备好的文件出来，见特别助理罕见地发着愣，目光直勾勾地看着自己的书桌。他皱了下眉头："怎么不走？"

助理意识到自己出了纰漏，赶忙回神，担心沈启明不满，赶紧找了个问题："沈总，那本书我找的没错吧？"

沈启明听到员工是在核对工作，眉头果然松开，点了点头："没错，我找了两家店都没找到，你效率很高。"

正在等待的蒋森听到后笑了，朝助理道："可以啊你小子，咱们沈总都找不到的东西你也能搞定，工作能力见涨。"

助理:“谢谢沈总,谢谢蒋总。”

如果善用淘宝是工作能力强的话。

蒋森倒没问沈启明让买的是什么书,这方面的分寸感他还是很强的。而且沈启明会看的还不好买的书,他猜也能猜得出来。

不是金融专刊,就是珍稀古籍,那么无趣的哥哥,看的还能是什么东西?

海山度假区,休闲营地附近,提早运来的烹饪工具已经跟度假区提供的设备摆放整齐。

铭德的员工们仿佛出来放飞的野狗,在营地和山路上到处乱跑,还拉着金窈窕一起——

“金董,您也一起来啊!”

“办公室的人来之前看了海山度假区的攻略,都说前面的海山崖特别漂亮,好多网红都来拍视频,一定要去看看才行!”

金窈窕最近格外忙碌,难得有时间放松,就很好说话地跟着去了。

海山崖是一块得天独厚的巨石构成的奇景,壮丽广阔,果然漂亮,一眼望去,幽深崖底一望无际的石滩在阳光下散发着莹润的白光,不少恐高的人都躲得老远。

金窈窕撑着护栏往下多看了几眼,就提起心来,提示身边的员工:“注意安全,别离得太近。”

正说着,她回头一看,就见同行的江柏扶着护栏,探身朝外看。

他个头很高,虽然比不上沈启明,但少说也有一米八,这么一探身,就跟整个人都要飞出去似的,把她吓了一跳:“江总!”

严海听到她的声音,立马赶了过来,但还没走近,江柏就已经站直了身体。

江柏回头,跟金窈窕对视,笑了笑:“金董叫我有事?”

金窈窕皱起眉,再一次细细打量他,总觉得有哪里不太对。他那双眼睛里的情绪,简直像一潭死水,没有半点生机。

她警惕起来,朝员工们开口:“先回营地吧。”

回去的路上,严海小心翼翼地看着江柏:“江哥,你刚才不会是……”

江柏对他笑了笑："想什么呢。"

严海这才安心了一点："我说呢，你那么有毅力的人，怎么可能会干傻事？"

江柏回头看了眼身后的海山崖，轻声说："我不至于给铭德添麻烦。"

想来这里，什么时候不行呢？

营地里，马勒举着喷枪点炭火，边点嘴里边吱哇乱叫："起来了起来了！"

伴随着他的声音，火焰轰响声里，炭火一点点变红，旁边围观的员工们都鼓起了献给英雄的掌声。

马勒一叉腰，朝回来的金窈窕嘚瑟："怎么样？我炭点得好吧？"

金窈窕面无表情地给他鼓了下掌。

马勒心满意足地开始使唤起了旁人："快快快，把东西都搬过来先。"

从铭德特意带来的各类烧烤串大箱大箱地搬出来。

江柏回来的一路都没表现出什么情绪，这会儿才听身边的合伙人"哇"了一声："金董，您这儿还有猪鼻筋？深城可很少见这东西。"

他听到这个名称，总算回头看了一眼，果然见成串的猪鼻筋被铭德员工架在了烤炉上。

这是金窈窕特地让父亲从外地空运来的食材，祖国地大物博，食材广泛，运到铭德之后，连马勒这样的专业人士，第一眼都没认出猪鼻筋是什么。

这会儿听严海问起，她立刻笑了："您认得这东西？"

"那肯定啊。"严海笑着撞了江柏一下，"我跟江哥和几个哥们儿一起在重庆读的本科，当年穷，偶尔打工拿到工资或者学校发奖学金才能一起撮顿夜宵，每次都要点这个。是吧？"

他问江柏，江柏的笑容终于变大了些，眼中闪过怀念："是啊，毕业来了深城，就再也没吃过了。"

工作忙是一个原因，再一个，他并不是嘴馋的人，很少会惦记什么吃的。公司发展顺利的时候，他不缺钱，应酬也多，每日塞进肚子里的都是山珍海味，也不觉得有什么食物值得另眼相待。但现在看到这串再普通不过的猪鼻筋，记忆却宛如湿润的潮水扑面而来。

马勒平日里做菜只恨自己不能更精细，搞起烧烤顿时哪儿都别扭，金窈窕看他手忙脚乱，就上前指导，但这回是真用不着她多费精力。

因为铭德的员工们全都一拥而上，争先恐后地抢着动起了手。

烧烤嘛，自己烤出来的东西才是最香的。

金窈窕见状，索性招呼江柏和严海："要一起来吗？"

食材在炉火上滋滋作响，除了猪鼻筋，还有成串的羊肉、牛肉、鸡肉、菜蔬、海鲜等，甚至还有切成小粒的牛油和香肠。

这两样同样是他们记忆中大学时期夜宵必点的品类，江柏看着那小而精致的牛油，口中就仿佛提前吃到了味道。

他看了一会儿后，慢慢挽起了袖子。

肉类全部提前腌过，尤其牛油和猪鼻筋，处理得格外细致。被热力一烘，小粒的牛油表面就慢慢泛起了气泡，油脂滴落在炭火上，油烟顿起，仿佛梦回当年的大排档，一群什么都没有的年轻人揣着刚刚打工结下的几张纸币，一人一瓶最便宜的啤酒，还没踏入社会，对未来充满憧憬。

调料自然也是从铭德带来的。

烧烤虽然不是金窈窕日常会做的菜色，但只要通晓对调料的掌控，这对她而言仍是小菜一碟。

撒上的调料被牛油逼出的油脂浸透，原本指肚大的油块缩水到三分之一的大小，金窈窕定了时间，马勒便盯着时间一个个提醒过去。

一旁的严海迫不及待地咬了一口。

烤牛油选的是带一点胸口脊的部分，被烤出多半的油脂后，混合鲜浓的调料一口下去，焦香酥脆，又有嚼劲，半点不腻。

不少第一次吃这玩意儿的铭德员工都惊了，要命，一团油而已，烤起来居然也能这么好吃？

马勒尝了一串，也露出惊讶的表情。

严海则更不用说，手上的牛油串比起他以前吃过的最喜欢的也丝毫不逊色，甚至在口感和调味上更胜一筹。

他一边吃，一边忍不住对江柏感叹："多少年没吃了，一尝到这个味道，就想起咱们哥几个当初上学的日子，那时候可真穷啊，吃烤串都得算着价格点。不过那时候，甭管多穷，都是傻开心傻开心的。"

江柏嚼着酥脆的牛油粒，也微笑着说："是啊，当年就跟个智障似的。"

严海："真奇怪，当初穷得叮当响都能那么开心，这些年工作越来越有钱，压力反而越来越大，再也找不回那种快乐了。"

江柏闭上嘴。软糯脆嫩的猪鼻筋包裹着酱料，在齿间咀嚼出咸鲜的滋味。

严海余光扫到什么，眼睛腾地一亮："玩那么大的吗？"

视线里，金窈窕指挥着几个下属抬着好几只全羊，将腌渍好的全羊倒挂进一个他本以为是什么特殊设备的大烤炉里。

羊肉肥得不得了，他一看就笑了，使劲拍江柏："江哥，你还记得吗？"

江柏问："记得什么？"

严海："大一那年，咱们从老家出来，在重庆上大学，才知道有这玩意儿。有一次吃烤串的时候，你说等以后发达了就不吃大排档了，大家一起去吃烤全羊。"

江柏被他一提醒，果然想了起来，失笑道："还真是。"

严海笑得停不下来："那时候咱们都觉得哪天能吃上烤全羊就是人生赢家了，别说，有钱以后我还真去吃过几次，感觉味道也就那样，上学的时候咱们也太没见识了。"

江柏摇摇头："那时候烤全羊本来就离我们太遥远，别说我们，咱们爸妈估计都没尝过。"

严海听他提起父母，立刻停了一下。

江柏的父母，在去年公司倒闭以前，先后去世了。

严海的语气变得小心起来："是啊。"随后低头苦笑道，"这么一看，大学的时候还不是最穷的，小时候才是真的穷，咱们学费都是家里借来的。"

江柏张了张嘴。

是啊，从如此贫穷的境地，一步一步走到今天，好多磋磨，他竟已经想不起来了。

烤全羊的香气四处飘荡，莫说铭德的员工，度假村里其他来烧烤的团队都快被逼疯了。

硕大的烤炉里发出刺啦刺啦的油脂迸裂的动静，金窈窕侧耳倾听，在发现一点变化的时候，果断下命令："可以了。"

一声令下，全场职工都朝她涌来，连烧烤炉上正在烤的其他小串也不再顾得上。

大伙一边吃着烤好的牛油、猪鼻筋、肉串、菜蔬，一边不知满足，眼巴巴地盯着烤炉。只见炉顶打开，几个铭德的厨师奋力一抬，幽深的炉口里，一只烤得金黄油亮的羊就被提了出来。

羊肉表皮已经被炉火烘得酥脆，虽然离开了炭火，但内里的热力仍在不停催化油脂，发出轻微又诱人的滋滋声。羊油裹着汁水被逼出表皮，一路流淌下来，热腾腾的蒸汽裹着香味直冲天际。

这羊烤得……也太诱人了一点吧？

员工们爆发出一阵欢呼。

远处，跟铭德无关的团队也爆发出欢呼。欢呼完毕，他们才反应过来这几只羊跟自己没有关系。

但铭德人的快乐却是实打实的。

几只肥硕的烤全羊上桌，金窈窕抽出刀子，寒光闪闪地一挥，就片下了一块腿肉，塞进口中只一咀嚼，就盖棺定论："还行，虽然比不上店里专业设备烤出来的，但在野外能有这个味道也能及格了。"

众人一听这话，还以为味道一般，结果一尝，眼泪都差点掉下来。

青海空运来的羊肉，膘肥体壮，半点不膻，腌渍以后烤得外皮焦脆，内里滑嫩，不干不柴，除了鲜美多汁，想不出更多的词汇来形容。

刚才还说烤全羊的味道不如想象中那么好吃的严海尝到了以后，更是双目圆睁。

毕业以后，他渐渐不缺钱花，因此慕名吃过很多知名餐厅的烤全羊，却没有任何一家比得上他现在嘴里的这口。

天还有些冷，绿意弥漫的山林度假区里，露天摆放着烹饪设备和食材，所有人闹哄哄的，只等这一口刚出炉的滚烫美味。

“江哥。”严海看着吃到烤全羊后同样面露惊讶的江柏，喃喃道，“可能当初，穷得叮当响的时候，咱们想象中发达了一定要尝尝的烤全羊，就是这个味道吧？”

江柏手上还拿着没吃完的烤串，半晌后开口道：“可能吧。”

那时候虽然穷，但真是乐观，看什么都充满了希望。后来有了钱，却没能真正找到贫穷时梦想的味道，反而在公司已经破产的今天，他们尝到了曾经雄心壮志梦想过的烤全羊，也找回了油烟弥漫的路边摊记忆。

烤全羊虽肥硕，却架不住员工们的哄抢，没多久就被片得只剩下一具骨架。这还不算完，有人甚至把羊腿骨切下来，直接抓在手上啃。

全羊事先腌过很久，借由炉火的热力，滋味早已渗到骨头里，这会儿抱着干啃，竟然也颇为美味。

金窈窕顾着员工，后头也没怎么留意那位“亿万轮椅”去了哪儿，直到忽然听到不远处传来耳熟的叫声：“江哥！你干吗你！”

是江柏身边那位合伙人严海的叫声。

铭德的人顿时都被惊动，金窈窕放下东西上前察看，就见海山崖高高的观景台边，严海死死地拽着江柏的胳膊，将对方从地上拉起朝后拖行。

被他拽着之前，江柏正盘腿坐在观景台角落，非常靠近边缘的地方，看着都觉得心惊胆战。

严海更是气疯了，然而被拉起来后，江柏却没有挣扎，只是任由他的动作，懒洋洋地往后退了几步。

严海看着他，气得双眼通红：“江哥！刚才我还不想往那儿想，可现在……我知道你压力很大，我知道你撑得很难，我知道……”

“你知道什么？”注意到铭德的人被他的动静引过来，江柏平静地打断他，对紧张兮兮的合伙人说，“想什么哪？我坐这儿看看风景而已。”

严海听得顿住，迟疑地打量他，却依然没有松手：“啊？”

江柏转头看向远处的山林和石滩，长长地舒了口气：“我就想好好看看海山崖，看看咱们公司最开始辉煌的地方。”

严海愣愣地问：“你，你真不是因为那什么，想那什么吗？”

江柏的语气竟然是轻松的：“又不是没穷过，当初什么都没有的日子兄弟们不也熬过来了？”

严海终于松开了他，抽了下鼻子，点了点头，又小声说：“江哥，其实，我跟他们几个商量过了，打算把老家现在住的那几套房子卖掉，拿来给你还债。”

江柏终于怔住，看了他一会儿，又仰头看向天空，最后说：“不行。”

严海急切地说：“可你现在不是还欠着钱吗？该卖的也都卖了。”

“我还有人在。”江柏说完，忽然转头看向被严海的叫声引来的金窈窕，“金董，贵公司之前给出的职位，请问我现在还能参与竞争吗？”

在旁边一直看着的金窈窕一头雾水。先不管你们刚才的剧情到底是什么发展，怎么这位“亿万轮椅”忽然就改变主意了？你不创业去，来给我干什么活？我做了什么吗？

金窈窕一时间想不起来，但面对对方的自荐，她也没有拒绝的理由，更何况他看起来似乎挺缺钱的样子。

于是，金窈窕点了点头：“当然可以。”

重拾东山再起的信心的江柏笑了：“铭德需要我做什么？”

金窈窕看着他健全的双腿：“需要你先去做个体检。”

江柏：“啊？”

第25章

金窈窕果然说到做到，立刻给江柏安排了一场体检。

江柏足足体检了一整天，各个项目筛查结束后，整个人都是迷茫的。他这辈子没做过这么全面的体检，从上到下，由里至外，每一个毛孔都经过筛查，金窈窕给他的体检套餐项目多到像是恨不能把妇科都加进来。

他也是做过老板的人，同样给自己的员工们安排过体检，可公司毕竟要控制预算，怎么可能连核磁共振这样的项目都给员工安排?

最后出来的体检报告显示，他除了因为长期作息不规律以及压力大导致身体各项指标不太标准，没什么太大的问题。

江柏得知以后，虽然也为自己的健康感到欣慰，但考虑过后，还是决定对自己的新老板进谏忠言:“金董，我觉得公司给员工的开支方面，还是需要多控制一下。怎么能给我做一场体检就花几万块？”

金窈窕拿到体检报告单后仔细审阅，想找出未来可能导致对方瘫痪的导火索，却没能如愿。她心不在焉地听着江柏的话，在江柏以为她也认同自己的观念时，忽然开口道："要不要再做个乳腺筛查？"

男的也是有乳腺的嘛。

江柏不至于对此不领情，毕竟换位思考一下，他作为老板，给员工的福利再好也不可能如此体贴。但铭德对员工这么慷慨，真的不会入不敷出吗？

大起大落后，他见多了人性的阴暗面，发号施令惯了以后，又从头开始给别人打工，说实话，他心中不是不感到别扭苍凉的。

然而找到的新公司如此关怀员工的健康，却又让他别扭的同时有一点感动。

也罢，从他选择站上公司顶楼边缘的那一瞬间起，往后活着的每一天就等于都是捡来的。若不是铭德需要人，猎头找上严海，严海又如此恰巧地给自己打来电话……

既然这个契机出现在了他的生命里，那就好好把握住吧。

江柏入职没多久，之前陪他一起创业也一起跌落谷底的朋友们跟来了七七八八。当中不少人在经历过创业的打击之后，原本都打算回老家了。

大家都是在商业上极有经验的管理人才，各自相识多年，默契无比，单打独斗都不容小觑，组合起来的力量无疑更加强大。能招募到这样的管理团队，几乎是每个公司老板梦寐以求的好事，金窈窕自然也不例外。

听说严海他们还是把家乡的房产都卖光了给江柏还债，债还得差不多后，他们也都身无分文。金窈窕便让公司重新给他们租了房子，还提前预支了部分工资，让他们不至于过得太窘迫。

还债还到最后连房子都尽数出手，颠沛流离了几个月，原以为他们在深城已经没有立足之地的众人，终于搬进了铭德安排的新家。

将行李安置完毕后，众人踏出阳台，看着阳台外一如既往繁华的城市，看了很久，大伙才终于相视一笑。

江柏倚着栏杆轻轻开口："从现在起，重新开始吧。"

忙得分身乏术的金窈窕终于有了帮手，正在推进的几个项目仿佛加满了油的赛车那样飞驰起来。

谈妥的工厂里，第一批时令菜单的样品面世。

这批最先得到批量生产机会的正是去年冬至时最受临江欢迎的两款产品。

江柏作为铭德分公司的新高管，跟着金窈窕一起来熟悉他即将协助开展的新项目。

翻看过技术人员给出的介绍清单，江柏对上头的一些数据颇有微词，皱着眉头指出来给金窈窕看：“我研究过市场的同类型产品，相同类型的产品，成本绝对要不了这个数字，以铭德给出的价格，只怕很难在市场上占优势。”

金窈窕摇摇头：“我要做的是铭德这个品牌，所有推出的产品也必须贴合铭德的市场定位，只要我们不可复制，价格就不是问题。”

她想要的，是围绕着铭德延伸出的一系列独一无二的产品，就像铭德的餐厅一样。

现如今，临江和深城两地的食客，绝不会将铭德旗下的餐厅餐品跟任何一家其他品牌的搞混，例如炖牛排，但凡吃过这道菜的人，再嗅到香气，一瞬间就能认出这是铭德大院的招牌菜。

狠抓品质带来的收效是非常明显的。

如今深城的众多分店尚未全部上线，表现还不太明显，但在临江，但凡被问起本地有什么特别出色的餐厅，铭德旗下的品牌绝对是他们介绍的首选。

实体餐厅的铺开需要相对漫长的准备时间，因此用可批量销售的产品，奠定现如今还不太了解铭德的其他城市的食客们的口碑，绝对更加有效率。

只要“高品质”的光环能立稳，那日后，不管铭德延伸出多少产业，都更加容易被人信任和接纳。

江柏觉得她说得也太理想了：“批量生产的产品而已，怎么做到不可复制？”

直到样品由技术人员烹煮完毕，端上桌来，他才发现自己可能想岔了什么。

深城广电大楼，敲定完生产线的金窈窕来谈之前餐协闾会长介绍给铭德的节目。

闾会长已经早早到了，说跟其他城市的餐协代表及节目负责人在顶楼，金窈窕跟着接应自己的工作人员进电梯。

电梯在一层停顿，外头闹哄哄的。

几个戴着口罩的人等在电梯门口，后头闹哄哄的人感觉是在送他们，金窈窕没多关注，工作人员看到外头热闹，倒是紧张地挡在了她前面："金董您小心，外面可能是粉丝，您别被挤到。"

她代表铭德来参加重量级的项目，又是企业家，深城广电不敢轻忽。

金窈窕往后退一步，忽然感受到戴口罩进来的几个人同时抬头看向自己。她察觉到目光，也朝这几人看去。

没认出来。

粉丝们被拦在电梯外，大门终于缓缓关闭，进来的当中一位伸手将口罩和墨镜扯下来。

领着金窈窕进入电梯的那位工作人员看到了他有点激动："宁瞬！你怎么在这里？"

宁瞬穿着少年感十足的嘻哈服，朝她笑了笑，与此同时，落在金窈窕身上的目光却更加深沉，也不知道是对谁解释："接了个工作，最近要在深城录节目。"

工作人员可能没想到他会回答，有些受宠若惊地点了点头："这样啊。"

宁瞬顿了几秒，转问那个工作人员："你们这是？"

工作人员看了金窈窕一眼，虽然是宁瞬问的，但也没敢什么都说，只含糊地回答："啊，这位是铭德公司的金副董事长，代表公司来广电谈个合作。"

"金副董事长……"宁瞬低下头，咀嚼着这个称呼，笑了笑。

挺好的，高升了。

他张了张嘴，却不知道为什么没打招呼。

金窈窕瞥了他一眼，皱起了眉。那么久没见，她都快忘记还有这号人了。还有，宁瞬身边那两个看着自己的人怎么回事？左边那个还好，右边那个，视线尖锐得就跟要化成刀子似的。

她倒是一点不露怯，径直朝着对方看去。

见她这样，眼刀的主人顿了顿，目光收敛了一些。

金窈窕看了她两秒，确认一点不认识对方。

宁瞬始终没说话，电梯到十五层后，一群同时进来的人又同时踏了出去。

电梯里恢复安静，工作人员明显有些雀跃，笑着对金窈窕说："金董，今天运气可真好，我在广电工作了这么多年，也不是经常能碰到宁瞬这种咖位的明星呢！而且听说他前段时间暂停了一个多月的工作，真没想到会在这里碰到。"

金窈窕不太感兴趣地笑了笑："是吗？"

电梯外，宁瞬沉默地迈开脚步，刚才忍不住给金窈窕抛眼刀的乔语丝见他脸色不好看，放慢了速度，跟在他身边小心地问："宁瞬，你在想什么？"

宁瞬用余光瞥了她一眼，烦躁地转开头："关你什么事？"

看到他截然不同的态度，乔语丝身侧的拳头握了起来，努力放柔声音："宁萌已经从晶茂离职了，你应该不会忘记吧？"

宁瞬冷冷地看着她："你想说什么？"

乔语丝被他这样看着，抿了抿嘴，不敢多话："没什么，我就是想告诉你，金窈窕已经跟咱们没关系了。"

宁瞬没说话。

这个事实，他再清楚不过。因此刚才在电梯里，他连招呼都没跟金窈窕打。

宁瞬一路低着头，也不知道在想什么，走到休息室门口，却忽然停了下来。

众人都回头看他。

他平静地说："我去上个厕所，你们先进去。"

大门关闭，他在原地站了一会儿，忽然拔腿就往回跑。

金窈窕在顶层下电梯，没往里走多久，就忽然听到背后传来脚步声。

工作人员回头一看："咦？宁瞬？你怎么上顶层来了？"

宁瞬像是一路跑来的，头发有些凌乱，鬓角也渗出了汗。

他匀了一下呼吸："我上来有点事。"随即看向金窈窕，开口打了声招呼，"好久不见。"

工作人员茫然地看看他，又看看金窈窕："金董，你们认识？"

金窈窕不知道宁瞬想干吗，不过也不重要："算是吧，有过几面之缘。"

宁瞬听到这个回答顿了下，片刻后才"嗯"了一声。

此时近处的一扇大门忽然打开，有人说着话从门里出来。

金窈窕循声朝那儿看了一眼，有些意外地看到了沈启明。

人群里有男有女，他个头最高，神情波澜不惊地听着身边的人招呼他："沈总，这边请。"

"沈总，刚才的会议上有些详细的东西没说明白，等晚些时候，我让人整理好发到您助理的邮箱，您再细看。"

"一会儿还有个融资方的碰头会，沈总要不要先去休息室用完餐再继续？"

沈启明的声音有一种特殊的质感，一开口就轻易让旁边的各种声音顷刻消失："不用浪费时间，直接去会议室。"

他说完，一抬头就看见了金窈窕，脚步立刻顿住，随即才发现跟在金窈窕身边的人。

因为他的拒绝而闭嘴的众人见他停下，也本能地止住脚步。

给金窈窕引路的工作人员看见沈启明身边的诸多台领导，紧张地连忙点头问好，台领导们看到她身后的金窈窕和宁瞬，认出宁瞬来，于是只问金窈窕："这位是……"

这脸蛋这身段，是来台里工作的明星吗？

金窈窕笑了笑："我姓金，铭德副董事长。"

铭德的名字，深城广电的领导们还是知道的，于是立刻换上更端正些的眼神和态度："您好，您好。"

众人打完招呼，有些为难地看了眼沈启明，既不好立刻走，又担心这位讲究效率的沈总怪罪他们耽误时间，哪承想沈启明身后的一众助理竟齐刷刷问好："金董好！"

整齐得就跟专门训练过似的，那殷切的语气，现场跟他们打了无数次交道的几个台领导都从没感受过。

沈启明站在人堆里，背着光，看不太清楚表情，也闷闷地叫了一句:“窈窕。”

尾音拖长了半秒，慢吞吞的，听着竟有些可怜。

金窈窕听得无言，瞥了眼他和他身边的人，反倒没多打扰:“各位先忙吧，我也去会议室了。”

“啊！”台领导们如梦初醒，赶忙点头,“您忙，您忙。”

待她走后，有几人相互对视一眼，都提起心来，叫来各自的下属吩咐:“铭德那位金董，小心点伺候。”

吩咐完以后，众人再度陪同沈启明去开会，却忽然发现沈启明好像比刚才还寡言，看着还有些心不在焉。他的那群助理也怪怪的，好像脑袋上顶着地雷似的，一举一动小心翼翼，还时不时互相对眼色，目光中千言万语，难以解读。

这是咋了?

晶茂助理们想到刚才带着小鲜肉一起离开的铁石心肠的金窈窕暗自腹诽:老板真的太惨了，太惨了。堂堂晶茂沈总，怎么会惨成这样?

会议室，碰头会尚未开始，休息间隙，晶茂的助理们小心翼翼地干着活，沈启明坐在办公椅上，拿出手机不知道在干什么，表情很是专心。

台领导觉得气氛似乎有些过于安静，但也不敢打扰。沈总估计是在忙什么公务吧?这位工作狂工作起来有多争分夺秒，在场的不少人都早有耳闻。

另一间会议室，金窈窕被闫会长带着认识几位代表各个城市来深城参加节目的同行。估计是节目还在筹备的原因，现场的人并不算多，至少临江的代表她就没看到。

不知道是不是错觉，跟其中几位打招呼的时候，金窈窕总觉得他们的态度有些奇怪。

进门的时候闫会长似乎还在发脾气，看到她以后表情才转好，也不知道她来之前这里到底发生了什么。

不过，闫会长也没说，只笑着拿出手机来:“既然接下来要参加节目，大家就加个微信，建个群好了。”

微信加好，其中一位在群里发了一个中老年表情包，随后又转了一条公众号推文。

那位代表清了清嗓子："这是我业余时间写着玩的，重点在于推广我们的美食文化，大家帮着转发一下。"

他年纪很大，看着倒是非常严肃端正。

金窈窕看了眼那条公众号推文的标题，打开一看，里头写的是老母鸡跟乌骨鸡的区别。写得挺好的，有干货也很专业。

那位代表咳嗽一声："为了曝光量嘛，没办法，现在都讲究标题。我用不太来电脑，每次就写在纸上，让家里的小孩帮我打出来。"

推文的阅读量确实很高，就是下头有一半的人在骂标题党的。

这标题，金窈窕实在没法转到自己朋友圈。然而对方那么大年纪，还如此卖力搞推广，她心里也不落忍，想了想，就直接把对方的公众号首页转了出来。

十分钟后，蒋森上班时间忙里偷闲，刷新了下朋友圈，冷不丁看到一条辣眼睛的标题——

"惊！想做鸡竟也不简单！一定要看！"

蒋森再一抬头，看到是沈启明转发的。

他仿佛遭雷劈了一样愣在了原地。

第26章

金窈窕冷不丁刷到沈启明转发的朋友圈，盯着看了三秒钟。

她很少用这种社交软件发动态，沈启明也是一样。不对，沈启明分明更无趣些，连微信头像都是正儿八经的晶茂集团的LOGO，因此他的账号看起来完全就是晶茂的官方发言人。

金窈窕点进很久没关注过的他的朋友圈，那正儿八经的头像的页面里，往下一划，齐刷刷都是转发——

“《华夏珍馐》热映，每晚八点五十，锁定××频道……”

“《华夏珍馐》网络播放量破纪录片纪录……”

“《华夏珍馐》第一集里讲了什么？带你领略临江美食的无限风光……”

“《华夏珍馐》……”

“《华夏珍馐》……”

“《华夏珍馐》……”

金窈窕抬手揉了揉额头。

看着老板的转发动态，晶茂集团的一众助理和高管一阵无言，但还是得一拥而上地给老板点赞。

众人刚开始还搞不清老板到底是被盗号了还是怎样，可点进文章末尾一看，博主的精选评论里赫然有晶茂员工们无比熟悉的某个头像。员工们恍然大悟。

那位外省来的老厨师会议结束后挺开心的，跟她说："一下子多了好多个关注和留言呢，新粉丝也很友好，都不骂我标题党。"

天知道他每天筛选评论有多累。

金窈窕呵呵笑道："是吗？那太好了。"

初期的会议其实没讨论什么，只不过让天南海北来的大家相互熟悉一下而已。倒是中间有个小插曲。开会到一半的时候，闫会长接到个电话，看到来电姓名后他立刻表现得非常不悦，直接把通话挂断了。

金窈窕坐得近，闫会长手机亮起的时候她下意识扫到了，看到来电人的前缀，好像是深城餐协里某个公司的名字。

看到闫会长挂断电话后还脸色如霜，她便关心了几句："闫伯伯，是不是餐协遇到了什么麻烦？"

最近深城餐饮界除了尚家比较乱，似乎没听说还有哪家遇上了问题。

闫会长看着她，半晌后叹了口气："名利之争罢了。你不用管，我在深城还是能说上几句话的，他们想左右我，还早得很呢。"

金窈窕听他说得隐晦，却从他的态度里隐隐觉得对方遇上的纠纷可能跟铭德有关系。闫会长却不肯多说，只笑着含糊过去，让她别搭理这些烦心事。

深城，某协会成员看着被挂断的电话，转问一旁的几个好友："你们确定闫会长今天是去谈那个节目合作？"

"吴总。"几位好友劝他，"你要不还是算了吧，会长摆明了不会改主意的，而且这本来也是会长他的人脉资源。"

那位吴总皱着眉头："但这是能代表深城出面的机会，咱们这些老会员在深城发展了这么多年，哪里比铭德差了？凭什么被他们抢走名额？"

好友想到不久前铭德跟尚家起的纠纷，叹了口气："其实我觉得未必是铭德在抢，你看人家连尚家的菜谱都没吞，还劝马师傅他们捐出来造福业界，我看他们不像是贪心的人。"

就为这事，现在业内人对铭德的评价都很高。

听到好友这话，那位吴总沉默了一会儿："那名额怎么落他们头上的？"

好友想了想："说不准是老会长主动给他们的。"

吴总不忿地嗤了一声："那他们面子可真够大的。"

众人一时无言。

《食为天》这个节目，是圈内各大企业眼中的香饽饽。

信息时代，各行各业都在想尽办法拓宽自己的知名度，餐饮行业也不例外，就连最安静的传统实体餐饮从业者，也在努力跟上时代的脚步。

老会长手里有深城推荐名额这事大家早就知道，表面上没看出什么动静，但私底下已经暗潮汹涌地争取了好久。

珍珑乱起来之前就为此钻营许久，夏家人的手就差伸到市政去了，要不是闾老会长在深城业界地位斐然，脾气犟得出了名，大家不想为了点蝇头小利惹毛他，说不定还真能被夏家得手。

这就是深城业内许多成员的尴尬之处。

换在别的城市还好，花点血本说不准就能冒头，深城有这么个大佛坐镇，虽然也为他们这些成员带来了不少便利之处，可到了要走门路的时候，困难度比其他城市高出无数个梯度。

大伙除了争相表现，博取老会长的好感和青睐，没有半点捷径可走，结果一直都没有表态的老会长忽然之间宣布把名额给铭德了！

消息出来以后，深城协会内部就暗潮汹涌，大部分一开始就觉得自家没什么竞争力的企业还好，像吴总这种觉得自家有点底子的，不免就开始意难平了。

真论起来，他的公司哪怕比以前的尚家都不差。

可能底蕴还不太够，毕竟尚家从神坛跌落以前，走的是传统路子，世代御厨的历史在深城能有几家比得过？

但一线城市，最不缺的就是新秀，论起公司规模，协会里能打的却很多，好比吴家，旗下的连锁餐厅早已经开遍了周边省份，眼下正野心勃勃地准备进军全国。对这样的企业而言，一个可将知名度传扬出去的渠道就显得更加珍贵。

因此听到消息以后，如同吴总这样的协会成员再也坐不住了，以往还需要遮掩的争取手段也逐渐明朗起来，趁着名额尚未真正尘埃落定，每个人都想扭转乾坤。

老会长估计是被烦得不行，前不久为此大发了一场脾气，现在更是连电话都不接了。

会议后，先前领路的工作人员对金窈窕说："金董，您要去棚里看节目吗？"

她递给金窈窕一张工作证，是宁瞬给的。

刚才宁瞬特意找到顶楼来，呼哧带喘地也不知道是要干吗，最后只留下一张工作证，让金窈窕开完会以后可以拿这个随时进拍摄棚，也不等她拒绝就转头走了。

金窈窕差点忘了这事，被工作人员提醒才想起来，但她一点兴趣都没有："我还有工作要忙。"

工作人员有点可惜地说道："现场的门票卖得很贵呢，黄牛都炒到一张好几万了。"

金窈窕有点被追星族的阔绰折服，拿起那张工作证打量，依然没有去看的兴趣。

路过顶层的另一个会议室，里头正在开融资碰头会，工作人员放轻脚步，对等在外头的投资商助理们点头示意，却见其中好些助理的目光都集中在了金董身上，金董打量完工作证抬起头，他们才问好："金董好。"

金窈窕见是沈启明的助理们，放下那张工作证对他们点点头，又听他们欲言又止地开口："金董，沈总的会议快结束了。"

金窈窕不知道他们跟自己说这个干吗："好的，那你们等他，我还有事，先走了。"

她说完这话果然毫不留恋地离开了。

留在原地的听到了她跟工作人员对话的助理们眼泪汪汪地互相对视。妈呀，老板娘拿着小鲜肉给的工作牌，是去看小鲜肉录节目吗？那沈总怎么办？

过了一会儿，会议室里的沈启明收到一条信息。

他并不喜欢下属在工作时间打扰自己，拿起手机看了一眼，瞳孔却立刻缩了缩。

深城广电领导察觉到他骤然凝固的表情，吓了一跳，问："沈总，是融资方案有什么问题吗？"

沈启明沉声开口："不好意思，会议先暂停，我有点私事出去一趟。"

说罢起身就朝外走。

他这一举动，让在场对他略有了解的人都错愕不已。

婉拒了工作人员送自己到停车场，金窈窕挥别对方，电梯门缓缓关闭时，她忽然从缝隙里看到了疾步走来的沈启明，背后跟着一大串助理，像放羊似的。

他腿长，走得很快，但到底没赶上关闭的电梯。

电梯外，一群助理看着下行跳跃的数字，回头看他："沈总？"

沈启明顿了顿，径直看向一边的安全通道大门，他一把拉开门，速度惊人，单手撑着楼梯的栏杆侧身一跃，就直接从一段楼梯跳到了另一段楼梯，西装外套随着他的动作翻飞。

留在原地的助理们万万没想到他居然能做出这种不冷静的举动，尽数呆滞在原地。

回神以后，其中几人互相对视，抬手捂住心口。

呜呜呜呜！感动！老板加油！

电梯下行几层后，停下打开，金窈窕看到站在外头的沈启明，愣了愣。

沈启明进来，衣服变得有些凌乱，前额整齐的头发也落下几缕，轮廓分明的面孔笼罩在光影里，双眼格外明亮，声音也有些不稳："窈窕。"

电梯门缓缓关闭，金窈窕看着他："你不是在开会吗？"

沈启明和她对视："我临时出来了。"说罢低声问，"你要去吗？"

金窈窕愣了下："去什么？"

沈启明的目光看向她拎在手里的工作证。

金窈窕循着他的视线，拿起工作证看了一眼："你就为这个跑出来？"

沈启明点头。

金窈窕想起他刚才在会议室前碰到自己跟宁瞬时打招呼的语气，无语道："有必要吗？"

"我记得他。"沈启明说，"他在临江，跟你传过绯闻。"

金窈窕茫然了下，有这事吗？过了一会儿她才想起无比久远的前年，她让宁瞬搭车被拍到的那事。

当时网上那些人拿着宁瞬站在自己车边的照片疯狂发散思维想象，她还觉得很荒唐，不过没多久再去刷新，新闻却忽然都搜不到了。金窈窕那时候没往心里去，现在却忽然意识到那些照片消失的原因了。

已经过去那么久了，她抿了抿嘴，复杂地看着沈启明。

沈启明的睫毛颤了下："你要去吗？"

金窈窕转开眼："咱俩已经没关系了，去不去好像都不关你的事吧？"

沈启明站在那儿，整个人都黯淡了几分，我见犹怜。

金窈窕余光瞥到，突然有点想笑。

直到电梯到达停车场，沈启明才回过神，朝外看了一眼："你不去看节目？"

金窈窕"嗯"了一声，虽然觉得解气，但也没打算故意含糊真相气他："有什么可看的，我工作都忙不过来。"

沈启明的眼睛重新变亮。

金窈窕呵呵一笑，把那张工作证丢给他："沈启明，我跟宁瞬没关系，不过我跟你也没关系。"

沈启明接住工作证，看着她，嘴角勾起，幽深的双眼也浮现出很浅的笑意。

但紧接着他就笑不出来了。

停车场里，金窈窕打完了电话，看着从车上下来的人："江柏，你怎么来广电了？”

江柏手上拿着一册文件，估计在车上等了一会儿，看到她后立刻靠近，给她指文件上的数据：“金董，新工厂生产线的数据报告出来了，有几个问题需要你立刻确认签字，你看一下，签完我还要回厂里，争取今天敲定。”

金窈窕一听是公事，立刻上前：“哪里？”

文件被直接摊在车尾，江柏掏出上衣口袋里的钢笔，一边给金窈窕拧开，一边伸出手指着上头的重点：“这一条，还有这一条，这一条的数据。剩下的我都觉得没问题，不过你也可以再看一下。”

沈启明看着他俩凑在一起的脑袋，缓慢抬手，将自己刚才跳楼梯前解开的外套纽扣扣了起来。

江柏将钢笔递给金窈窕，抬头一看，便看到了气魄逼人、眉目冷峻、视线幽深锐利地站在不远处的沈启明。

对方轮廓俊美的五官被停车场的灯光笼罩，高挺的鼻梁和眉骨处皆是暗影，江柏感受到了清晰的威压，站直身体：“你好？”

沈启明宛若一棵孤松，垂眸看着他，慢慢地伸出修长的右手：“你好。”

金窈窕确认过数据无误，签下大名，余光一扫又扫到了沈启明递来的视线。

金窈窕旋回笔帽，递还给江柏，没多搭理沈启明委屈巴巴的目光：“我要走了，你赶紧上去开会。”

沈启明看着刚才跟她头挨着头的江柏。宁瞬也就算了，这又是谁？

金窈窕公事公办地给他介绍：“认识一下，江柏，刚入职铭德，我的新助手。”

沈启明看着这个在金窈窕身边的身份清清白白的男助手。

车一溜烟地开走了，带着窈窕和他的男助手。沈启明在这一刻，忽然明白了什么叫现世报。

铭德上下，在团建以后，终于真正忙碌起来。

缺厨师的难题迎刃而解后，公司不需要再有任何顾虑，就连筹备已久的众多新店也无须分批上线，得以同时开业。

这一回的阵仗远不是铭德在深城开业第一家隐宴时可以比的，铭德在深城今时不同往日，本地各大媒体早早悉数到齐，金父天没亮就起来梳妆打扮，穿着新买的西装，抹了锃光瓦亮的啫喱水，甚至还被金母在脸上打了点BB霜，挺着啤酒肚，意气风发地来参加剪彩。

剪彩的地点是铭德在深城开业的唯一一家寻香宴。

寻香宴门口热闹至极，金父乐呵呵地对前来捧场的深城餐协的同行们道谢。

上一次新店开业时，这些同行因为尚家的原因对铭德敬而远之，如今却一个个都语气亲热地道喜："恭喜金兄啊。"

"一口气开业这么多店，您家这气派可真够大的。"

送走最先来的副会长等人，金父再出门，意外地看到了一店开业时来捧过场的中年领导，他顿感亲切："哎呀！上班时间，各位这是何必！"

铭德分公司在深城驻扎有段时间了，园区对公司颇为关心，双方时常打交道，交情已经比刚认识的时候深了很多。

中年领导领着一群朋友笑道："铭德是咱们园区的优秀企业，大喜的日子，我们肯定是要来捧场的，金董别嫌弃蹭饭的人太多啊！"

说罢一招手，就有人把他们送的花篮摆放到了店门两边。

中年领导看着花篮摆放整齐，才若无其事地环顾周围一圈，不动声色地询问金父："咳咳，这么大的场面，公司里的保安们没调来吗？"

金父说："都是老人家，腿脚慢，不着急催，让他们慢慢来。"

中年领导立刻点头："对！对！是要这样的。"

随即跟朋友们交换眼神后，一群人乖巧无比地被铭德的工作人员带领入店。

金窈窕将后厨的员工安排好后，刚出店门就听到了一波小范围的惊呼。

她朝着欢呼的方向看了一眼，就见媒体们摆开的摄像机后头，一群陌生的年轻人正朝自己的方向看，其中有些还拿着摄像机。她愣了愣，不知道他们是谁，但能感受到他们的眼神和表情里蕴含的善意，因此对他们点头笑了笑。

于是，正在调试摄像机的某新闻栏目摄像师便听到背后传来努力抑制的尖细又亢奋的小声“彩虹屁”——

“金董今天好美！”

“我要哭了，真人比纪录片里好看一百倍！”

“金董的腿好细！”

“金董的皮肤好白！”

“金董的鼻梁好高！”

“真是三百六十度无死角美貌，一拍一张美照。”

“天啊，天啊，我们金董好有气场，你看到了吗？她在跟人握手哎！完全游刃有余！”

“那肯定啊，我们金董是谁？听说他们公司在深城的这些项目都是她一手推出来的，我可是她的事业粉。”

“呜呜呜，她什么都好，就是行程真的好少，那么久才公开露面一次。”

“我们金董日理万机，肯定不可能跟明星一样到处曝光，所以更要珍惜能和金董见面的机会！”

前方的新闻栏目摄像师转过头，看着这群亢奋的粉丝，眼神中写满了深深的疑惑。

他做这一行，怎么可能不知道他们是干什么的，这不就是在追星吗？可追星只听说过追明星追演员追歌手，怎么还追起企业家来了？

摄影师顶着满脑袋的问号看向旁边的同事，同事看了他一眼，语气残酷又冷静：“你不用懂，你又没有金董那张脸。”

摄影师看着场内正与深城餐协会长说话的金窈窕。

OK，他懂了。

金窈窕笑着对阎会长说：“阎伯伯，欢迎啊。”

阎会长领着几个关系好的成员，让人将花篮摆开，他跟金窈窕正说着笑，余光看到什么后脸上的笑容倏地变淡了许多。

金窈窕意识到他的不悦，朝那个方向看去，原来是协会里一位姓吴的老总和他的朋友们到了。

她跟这位姓吴的老总不大熟，不过是协会活动有几面之缘而已。

“金董！小金董！”对方靠近，看不出异状地对她和父亲打招呼，随即才把注意力放在闾会长身上，“闾会长，想见到您可不容易啊。”

闾会长冷哼一声。

“看看，会长他什么意思？”吴总有些不悦地对身边的几个协会好友道，“真是不知道铭德给了他什么好处，连咱们这些老成员都得往后排。”

几个协会好友倒是感叹一句：“铭德开业的阵仗搞得很热闹啊。”

吴总撇撇嘴：“能不热闹吗？那么会钻营。”

协会好友道：“你别这样，人铭德挺好的，我看闾会长确实是看重他们的样子，说不准那名额真是主动给他们的。”

吴总“啧”了一声：“你觉得可能吗？咱们一个个争取都争取不来，他们一个刚从临江来的公司，比咱们还有竞争力？”

他内心其实很不服气。不知道铭德究竟是怎么得到老会长青眼，才从千军万马中抢到的这个名额，但私心里，他并不觉得以铭德的规模和地位能做自己的对手。

铭德现在确实起来了，但即便如此，在临江和深城两地的餐厅加在一起都比不上他在临近省份的餐厅多，连锁餐厅经营到他这样的规模，在深城也有着不弱于过去尚家的地位。

铭德真是……凭什么呢？

这么想着，吴总见几个朋友背着手站在铭德餐厅大门口看起了花篮，盯着上头的落款，十分专心致志。

吴总问：“看什么呢？”

其中一人转头，表情有些疑惑：“老吴，咱们餐厅平常开业的时候，这些部门有没有送过花篮？”

吴总一看落款，愣住了。

此时听到门口传来金父疑惑的声音：“咦？各位怎么会来？”

一辆临江牌照的车停在餐厅门口，下来几个人，笑着跟金父握手："嗨，我们临江出来的企业家，在深城的好日子，我们肯定要过来帮帮忙的。"

于是这帮人被金父引进餐厅，说话的声音远远飘过来。

临江来的领导对金父说："对了，这次来正好有个事情要跟你们说，京城台跟深城这边搞了个节目的事情你们知道吧？临江那边有个名额，市里开过会，就决定交给铭德了啊！"

金窈窕"咦"了一声："那个节目吗？深城餐协的闾会长已经介绍我们去了。"

临江领导一听，立即顿足，早知道就早点来了："这怎么行？铭德是我们临江的公司啊！代表深城像什么话？"

闾会长一听，不干了："铭德分公司都在深城发展起来了，怎么就不能代表深城？"

临江领导："铭德的总部在临江，当然是要代表临江的！这是我们临江的企业啊！"

闾会长："铭德已经答应代表深城了，各位来迟一步，还是另请高明吧。"

临江领导："你是……"

闾会长冷笑："在下深城餐饮协会会长。"

临江领导可不给他面子，直接对金窈窕道："小金，你可不能这样啊，你们是我们开过会以后一致投票认可的企业，我们临江人要团结，可不能被深城的糖衣炮弹给骗走。"

店里的中年领导听到这影响和谐的话，认真地看向这伙临江人："铭德来了深城，就是深城人，几位怎么这样说话？"

临江领导："你是……"

中年领导报了个职位出来。

临江领导听完有点不安，怎么铭德开个新店这些人也来凑热闹？刚才他还是说着玩，现在是真的觉得铭德要被深城挖走了。

铭德最近给临江带来多少荣誉啊，虽说企业大了，免不了要朝外走，但那也只是枝叶发展，可不能连根都被人挖走。

于是临江领导越发卖力地游说起金窈窕来："小金，临江可是咱们铭德的家，临江的企业，不管走到哪里，咱们肯定都是要代表临江的，对不对？那名额你得收下。"

闫会长："岂有此理！铭德早就答应深城了！先来后到要不要讲？"

中年领导虽然不太了解他们在争执什么，但也本能地替闫会长说话："既然答应了深城，肯定要讲个先来后到，临江要来，怎么不早点来？没有临时来抢人的道理。"

闫会长："不错。"

半晌后，几位好友同情地拍了拍吴总的肩膀。

吴总神情恍惚地找了张椅子坐下，整个人都不好了。

第27章

临江领导跟阎会长的争执就够迷惑了，中间还凑热闹加进来中年领导一行人，这群人最后索性直接挤在一桌，真情实感地为铭德究竟属于哪个地方辩论，仿佛离婚夫妇争夺孩子的抚养权。

深城餐协的成员们听得只想流泪。

现场眼馋那个节目名额的人不在少数，虽然大多数人自知实力普通，得知没戏后就偃旗息鼓，并不像吴总那样不甘心地试图翻盘，甚至到了对铭德生出不满的地步，但不得不说，在场的人还是有不少对阎会长给铭德的优待颇有微词的。

尤其是认为自家公司规模不比铭德逊色的，暗地里不免都觉得铭德运气好，明明没什么过人之处，却偏偏得到阎老会长的照顾，才得以出头。

结果，临江市却在此时跳了出来，众人才意识到，敢情铭德是个香饽饽，阎会长想给点照顾，还得跟临江抢来才成。

铭德在临江起家这事不是秘密，在场的同行也了解他们家的各品牌餐厅在临江很受欢迎，然而开餐厅开到让一座城市都另眼相待，这就很不可思议了。

吴总的连锁餐厅开到周边城市遍地开花，都没见能有这个待遇，在座的大部分其他同行就更不用说了。铭德究竟哪儿来那么大面子？

正迷茫间，协会成员里忽然有人看着手机露出惊讶的表情："真的假的？"

坐在旁边的其他人好奇看来，这位成员展示出手机，众人便看到了屏幕上深城本地网站的页面。待看清楚上面的内容，大伙齐刷刷愣住了。

上头已经被铭德新店开业的消息刷屏，无数自媒体和普通网友自发前来探店，然后发出悲伤的消息——

"听说铭德的铭德大院今天要在深城开业，我觉得自己出门应该不太晚，现在我在福茂广场八楼的铭德大院门口陷入了迷茫……"

"Excuse me？今天是什么法定节假日吗？万达新开的铭德大院排队到五百多桌，请问我今晚十二点之前能不能吃得上？"

"啊啊啊！闺密让我三点出门，我化妆晚了半个小时，悔不当初，城西广场的铭德大院居然已经没号了，我一个爆哭，贫穷女孩闻着店里飘出来的卤牛肉香味只能流泪，不然今天咬咬牙去隐宴好了，看消息说金樽大厦那里开了一家。"

"别来金樽大厦！来自一个已经排队一个小时却目睹隐宴新店号码被抢光的幸运儿，嘻嘻嘻。"

"我还准备去金樽大厦呢，刚从天机广场楼上下来，领到了隐宴三店三百开外的号，还觉得排队时间太久要不然去其他分店看看……我现在知足地回去了。"

"啥？天机广场还有号？OK，我和我男朋友现在就去，另外恒隆国际的铭德大院没号了，别来。"

"我的妈呀，要不要这么夸张？以前听临江人说铭德旗下的餐厅很难取到号，我还以为最多也就是普通网红店那个级别，深城之前最红的网红店开业也没有到这个程度吧？铭德是搞饥饿营销吗？"

"别闹了，作为一个临江人，今天休息，特地坐高铁来深城，现在坐在铭德餐厅里给大家实况转播，店里座无虚席，一张空椅子都没有。"

"临江人为什么要来深城跟深城人抢号？你不能在临江吃吗？"

"铭德可是我们临江之光，临江离得又不远，当然要来捧场了！（其实真实原因是临江的隐宴预约已经排到下周了，我实在太想吃隐宴的轻火腿了，想到睡不着觉，根本等不到下周，所以趁着深城新店还没什么人知道就赶紧来）。”

“同是临江人，同坐高铁来，然而我还是低估了铭德，所以有些人在店里，我却还在店外。泪，我活该，早该知道的，铭德的餐厅不管在哪里即便是刚开业也不可能真的籍籍无名。”

一溜下来，全是正在排队的食客们的哀号和幸运进店的食客们的炫耀，各个角度的照片伴随着这些动态铺天盖地而来。

店里店外，黑压压的人头，数量多到让任何看到的人都无法质疑铭德的受欢迎程度。

寻香宴里，同行们忽然开始觉得屁股下的座位珍贵起来，然而与此同时，他们又实在是难以想通。铭德这才刚来深城没多久，怎么忽然就在食客们的眼中这么有存在感了？一口气开业如此多的分店，居然也能火爆到这个地步？

在此之前，铭德在深城不过只开业了一家隐宴，而且因为某些原因，在场众人当时没有任何一个人前去捧场，因此看铭德，不免还有点铭德的大本营在临江的印象。

他们哪里知道铭德第二批分店开业前，只那一家单打独斗的隐宴，就已经凭借实力在深城的诸多资深饕客圈中扎下了口碑。

《华夏珍馐》的上映让铭德成为临江之光的同时，也让铭德在深城声名大振。

铭德在深城即将铺开新店的消息传出来以后，临江的食客们宣传得比铭德还勤，这种完全真实的安利，比任何的新闻和推广都有信服力，深城的年轻人们心痒难耐，导致一个月以前，深城的隐宴一店就不得不以提前预约的形式来分担客流压力。

这一切都如此自然而平缓地进行着，导致深城的同行们竟然没能察觉一家新企业正在他们的眼皮底下飞速崛起。

浮现在海面上的冰山一角如今终于露出大半全貌，深城餐协的成员们察觉到这一点后，默默将目光转向打点完工作以后，正在不卑不亢地安抚临江深城两地领导和闫会长的金窈窕。

金窈窕看了眼时间，侧首轻声对身边的员工说了句什么，那员工点点头，安静地下去了。

寻香宴店内松散的气氛立刻出现了某种不同。浓郁的香气披甲上阵，一瞬间就攻占了所有目光所及的领土。

连正在争论的临江领导等人都立刻熄了声，朝着香味的来源处看去："开宴了啊？"

中年领导之前尝到过甜头，这次特地再来捧场虽说有想在几位老领导跟前卖好的意思，但不得不说，眼馋铭德待客的酒宴也是他们愿意来的一大理由，此时他嗅到香味，眼前一亮："小金董，这次还有那道八宝糯米鹅吗？"

那可是让他魂牵梦萦很久的菜，尝过那一次后，现在提起名字，口中就仿佛出现了肥厚的鹅肉和软糯香浓的糯米交织在一起的绝味。

金窈窕笑了笑："那是我们隐宴品牌线的招牌菜，今天的场地在寻香宴，寻香宴有自己的菜色。"

上来的前菜鲍汁春笋扒鱼裙，果然精致得让人不忍下口。

寻香宴的鲍汁，常年以店内从不熄火的高汤调制，越熬越香，越熬越浓，深海鱼最软糯柔滑富有胶质的部位浸润在其中，伴着清甜水脆的春笋，一并融化在舌尖。

只尝到这一口前菜，深城协会的同行们就再无话可说。

闫会长更是满意地伸着手指直点盘沿，朝着身边几个同坐的关系好的人说："瞧瞧，瞧瞧，我跟你们说，上回我在窈窕他们家里尝到了她做的玉米蒸包，我就知道她手底下有真招，不然协会里那么多老人，我怎么不选他们，偏偏请铭德来代表深城呢？这道菜啊，你找遍整个深城，谁能做出这个味道！"

老会长说到这里，愣了一下，看着一直在外，没进过后厨的金窈窕："今天的菜是……"

金窈窕看懂了他的眼神，笑着解释道："我也不能事事亲力亲为，今天的菜都是交给家里的小徒弟们做的。"

铭德以屠师傅的得意弟子汪盛为首的那群小徒弟，在经历漫长集中的教导之后，虽然肯定没法跟她比，但也算是历练出来了。

在场的同行们哪能听不出这是什么意思，一时尝着盘子里的菜，既沉浸美味，又忍不住五味杂陈。

因为他们终于明白，铭德不是靠着闫老会长欣赏才在深城餐协和深城找到一席之地的小可怜，而是真真正正的，靠着实力将他们比下去的，怪不得能让一座城市跟盯着宝贝似的生怕他们从临江飞走。

这可真是太伤自尊了，他们从没有享受过如此待遇。不就是手艺不如人吗？让人难过得忍不住想多吃几口。

唔……鱼裙真是又肥又糯。

这边开着宴，网上，有关铭德开业的热闹却一波接着一波。

首先是比预想中更加一座难求的盛况，让慕名前去捧场的深城食客着实刷新了一次三观。紧接着便是幸运儿们开始炫耀铭德旗下餐厅的菜品和菜单。

金窈窕从不安于现状，即便餐厅再火爆，菜品再声名远扬，她也从未停下推出新菜的脚步，因此即便是时常光顾铭德餐厅的老主顾，也永远不用担心失去对美食的新鲜感。

铭德的员工们为深城这些新店下的苦功夫，终于在开业以后得到了回报，铭德的老主顾们在尝到餐厅为开业提前推出的新菜单后简直感动得一塌糊涂。

咸香开胃的清蒸咸肉、鲜飘十里的卤炖牛排、酸甜酥脆的松鼠鳜鱼……老菜的水准一如既往的优秀。至于新菜，不少熟悉的老顾客已经按捺不住地对外拍照宣传——

“深城隐宴新菜单上的焖炖牛舌，又糯又滑，水润得好像会爆浆一样！我宣布它从今天开始就是我的新真爱了！”

“妈呀，铭德大院的新菜蟹黄虾肉球临江什么时候能上？虾肉球咬一口蟹黄从里面流出来，我第一口尝到简直惊呆了好吗？鲜得我当场吃掉了半盘！”

无数菜品照片开始在各大网站飞速铺开，有垂涎欲滴的，自然也有对铭德不了解的人感到莫名其妙。

“至于吗你们？为一家餐厅开业排队那么久，是不是闲得没事干啊？”

“太假了，肯定都是餐厅请来的托儿，铭德这公司我听都没听说过。”

铭德的忠实拥趸们哪里能忍？说他们排队是闲得没事干可以，侮辱铭德的餐厅名不副实绝对不行！

一来二去，网上竟掐出了几分火气，只不过这也难免，铭德之前在深城不过只开了一家店，喜欢美食的人可以为这一家店就对铭德印象深刻，但说到底，不是每个人都能像他们一样提前挖掘并认识铭德的价值。

没听说过铭德的人，自然怎么样都不相信他们对一家好像是刚刚冒出来的公司发自内心的推崇和喜爱，反而越掐越觉得自己有道理。

结果就在双方火气渐盛，质疑的人越发坚定时，网络上，铭德新店开业的话题竟直接上了热搜。

《华夏珍馐》的导演组齐齐出来祝贺铭德，来自天南海北的粉丝这才晓得铭德在深城的动作，纷纷也出面道贺。

铭德的忠实顾客们顿时为全国各地涌来的贺喜激动不已。这叫什么？排面！

这还不算完，深城和临江两地，寸土寸金的市中心，无数高楼的LED宣传屏，在金窈窕为自家众多新店剪彩仪式剪断红绸的一瞬间，齐刷刷亮起了屏幕。铭德在《华夏珍馐》里出现的各种画面被剪切在一起，同时在这些屏幕上播放。

竟是一条专为铭德制作的宣传片！

纪录片里的菜品制作过程从小屏转移到大屏上，诱人程度成倍增加，近景拍摄的菜品被无限放大，稠厚的酱汁、热腾腾的蒸汽、光看外形就惹人食指大动的各种菜品……

屏幕上，一块被炖到色泽深红的焖酥肉裹着肉汁微微晃动，简直用双眼就能断定它的口感有多软糯，滋味有多鲜美。

看到这一幕的路人们纷纷怔住，这诱惑……是人吗？

与此同时，很多不关注网络八卦的人也恍然大悟——哦！原来在电视上那部纪录片里出镜的各种诱人素材，就是今天在深城大开分店的铭德做出来的啊？

这样大的动作，自然很快吸引来了大批关注。

深城临江两地的广告屏宣传和《华夏珍馐》拍摄组的恭贺双管齐下，直接攻占了两地市民的朋友圈，不少还在质疑是真是假的声音顿时气弱了很多。

虽然之前他们不知道铭德这家公司的名字，可《华夏珍馐》还是看过的，看的时候，也对里头的好些菜狂咽口水……

铭德的忠实粉丝们看着刷爆朋友圈的大屏宣传片，越发激动，排面！排面！

铭德，金窈窕听员工说了两地市中心大楼宣传屏的消息，知道这不可能是贾冰洋的手笔。

贾冰洋不可能那么有钱，哦不对，他现在应该有点钱了，不过听蕾秋说，他还是经常去买菜市场二十块钱的毛衣。

宴席结束，她将准备好的礼物送给宾客们带走，一人一个印有铭德标志的冰袋。

深城餐协的同行们有些疑惑，金窈窕笑着解释："这是铭德准备推出上线的新产品。"

冰袋打开，一袋铭德的速冻水饺，一袋铭德的速冻汤圆，以及一袋铭德的速冻面。

同行们看完皆是一愣。铭德怎么回事，怎么还搞起副线产品来了？

在场这些人，谁也不可能对速冻食品感兴趣，不过重新刷新过铭德在餐协的定位后，他们自然也不可能将质疑诉之于口。

金窈窕送走他们，又将礼物送了一份给来的媒体们，意外地看见宴会开始前媒体身后的那群陌生人居然到现在都没走，看她再次从店里出来，还表现得挺激动。

虽然不知道这些人是谁，但看着像是来给铭德捧场的，金窈窕想了想，还是让员工回去再准备一些同样的礼品给这些人送去。

天色渐暗，她有些疲惫，伸手揉了揉脖子，考虑了一下，掏出手机给沈启明打了个电话。

电话接得很快，沈启明的声音传过来："窈窕。"

金窈窕单刀直入地问:“深城和临江市中心的宣传片是你让人放的吧?”

虽然是疑问句，但其实跟确定了差不多。

沈启明果然“嗯”了一声，又问:“花篮都收到了吗?我不在深城，下午分店开业的时候也不方便给你打电话，抱歉。”

金窈窕知道他指的是什么。

沈启明最近在京城开会，很重要的一个会议，忙到分身乏术再正常不过。

金窈窕想到市中心显示屏的宣传费，无奈地说:“沈启明，你人在京城，就好好开会，不用分心搞这些。”

沈启明没说话，金窈窕转身，余光看到一辆缓缓停下的车，愣了愣。

沈启明下来，电话贴在侧脸，看着她，低哑的声音从听筒和不远处传来:“对不起，会议今天上午才结束，我来晚了。”

他的脸色看着有些疲倦，明显是刚结束会议就从京城飞回来赶往这里。

金窈窕沉默了几秒，意识到他说的不方便打电话估计是指在飞机上，她缓缓问:“沈启明，你这是在干什么?”

沈启明停顿片刻，隔着几米的距离注视她。过了一会儿，他才开口，不怎么熟练，却很清晰地沉声说:“我想早一点看到你。”

金窈窕不知道该做何表情，被叫回去继续工作。

许晚今天也跟着分公司的员工们来这里帮忙，见儿子来了，又看江柏在给金窈窕汇报工厂的最新动态。她叹了口气，虽然也忧心忡忡，但还是想宽慰儿子:“启明，那是窈窕新聘来的助手，其实……”

许晚说到这儿，有点想哭，其实哪止这一个哦。

第28章

“第一批产品出厂计划已经定好了，生产环节都没什么问题，只剩下分销渠道，我带着团队正在尽快谈……”

金窈窕听着江柏细细汇报接下来的工作，铭德未来最要紧的难题全在对方的话里。

公司对餐厅经营很在行，但涉及餐厅以外的其他工作，就远没有那么熟练了，一切新渠道新业务都得从头学起，这也是金窈窕之前对招收新助手的要求如此严苛的原因。江柏虽然干的不是这一行，对经营餐厅的理解未必能比得过铭德大部分的管理人员，可他倒闭的那家创业公司做的就是贸易相关，他知道商品从生产环节到投放市场该做些什么。因此有他进入铭德，金窈窕简直如虎添翼。

跟他合作以后，金窈窕总算能理解他为什么起起落落，到最后顶着那样的身体还能创下如此出色的成绩了。江柏这人工作起来简直有种不要命的劲头，他的勃勃野心，再加上那帮指哪儿打哪儿的兄弟，结合起来的效果简直所向披靡，有时候金窈窕交给他一个星期的工作量，他两天就能完成得漂漂亮亮。

金窈窕开始还做好了他会因为创业失败的事情颓废一阵的心理准备，结果他根本没有。于是金窈窕放下心来，索性放权，让他得以更加自由地大展拳脚。

这么做果然奏效，原本至少要拖到年中上市的产品，他居然在分店开业的同时就搞定了。

在他带来的文件上签好名，金窈窕收起笔，便见江柏扫了旁边一眼，放轻声音对她说："金董，那边那位好像在等你。"

金窈窕片刻后"嗯"了一声："我知道。"

沈启明出来寻香宴门口透气。

他其实并不擅长袒露心扉，或许是近些天金窈窕身边频频出现的陌生异性令他思索良多，又或者是京城会议结束后立刻赶回深城的行程太过疲倦，长途跋涉，在多日的紧绷后重新看到金窈窕的那一瞬间，那句话竟脱口而出。

说出口后，连他自己都愣了下。

母亲的安慰，其实对他的作用有限，因为他近段时间思考最多的，是他的从前。

背后的金窈窕还在跟助手确认事项。

天已经暗了，寻香宴今天不营业，来的宾客和媒体们也都走了，门口却还残存着热闹的余韵。不远处还有些到现在都没走的人，他们拎着印有铭德标志的冰袋，看起来很亢奋，晚风带着他们的笑声飘来——

"金董也太好了吧？呜呜呜，居然让员工给我们送东西。"

"我以前追了她那么多行程，还是第一次可以带着礼物回去。"

"给我看看你拍的照片，哇，厉害了，你镜头比我牛啊，拍的金董也太美了吧？"

沈启明微微侧头，朝着那些人的方向看了一眼，意识到他们似乎不是今天受邀而来的宾客。

"什么时候发金董今天的行程图啊？"其中有人问，"微博后援会的留言里都在问呢。"

"回去就发，我拍了好多，得整理一下。走吧，走吧。"

沈启明正打量着那群离开的人，忽然听到身后传来金窈窕的声音："沈启明。"

沈启明转身，金窈窕已经谈完工作，缓步朝他走来，身边已经不见了把她叫走看文件的江柏。

沈启明收回视线，看回她："你忙好了？"

金窈窕"嗯"了一声，看他似乎变回了正常的样子，放下了一点心："你怎么还不回去？"

沈启明开口道："想再看看你。"

金窈窕："沈启明你还好吗？"

沈启明看着她的表情，笑了一声："窈窕，我这样的人，以前让你很辛苦吧？"

金窈窕怔了下，抬头看向他。

沈启明垂眸，睫毛很长，满目柔光，语气很轻地说："对不起啊。"

车里，晶茂助理等来了离开良久的老板，老板挟着一身寒风钻进车里，抬头朝外看了一眼后，才对司机道："回公司。"

老板刚才不在，司机和助理忙着补觉，这会儿瞬间清醒了："好的。"

车子启动，助理朝外看了一眼，窗外寻香宴辉煌的灯光在夜色中璀璨如画，看得助理忍不住内心苦涩——老板娘今天果然也没有一起来。

老板倒像是已经习惯的样子，平静地支着额头，闭着眼睛，不知道在想什么，过了一会儿，才忽然开口问："微博账号，公司有吗？"

助理一愣，立马回答："当然！"

晶茂那么大的企业，怎么可能没有宣传账号？不过，老板从来不玩社交软件，问这个干吗？

他也不敢问，只当老板要视察工作，立刻掏出手机点出账号来给老板看。

沈启明不太熟悉这个软件，只是偶尔听旁人提过而已。晶茂的官博十分正式，首页第一条发的还是受邀参加的这几日的金融峰会的宣传。

他摆弄了一会儿，想着刚才在门口听到的那些人的对话，也搞不清那个所谓的后援会在哪儿，正要问，助理的手机却忽然来了电话。

前方的助理一看来电，立刻紧张起来，拿回电话匆匆说了句“我在工作”后就挂断了，然后向沈启明道歉：“抱歉沈总，女朋友打来的，这几天去京城工作太忙，没跟她联系，她发脾气呢。”

老板果然皱起眉头，忐忑间，他却听老板说：“你怎么能挂电话？”

助理愣住。

沈启明这段时间苦练测试题，最近一次拿下了足足八十分的高分，看下属这个表现，实在觉得对方不像话，拿出前辈的架势指导他：“你现在该做的是跟她解释清楚才对。”

助理见他不像是在说着玩，迟疑了片刻，问：“那……那沈总，我现在打电话哄她了？没关系吧？”

沈启明“嗯”了一声，见他动作慢吞吞的，更觉得他蠢，提示道：“说些好话，跟她道歉。”

助理愣愣的，回不过神：“啊？好，好的。”

现在真的是沈总在跟自己说话吗？

好话都不会说吗？沈启明看着发愣老半天才看向手机的助理，内心直摇头，真是连自己都不如，至少他现在都知道要让窈窕知晓自己的心意，刚才那些话虽然看似很难说出口，可说出来后，并不如想象中那么困难。

他觉得已经摸到些门道了，却听前方的蠢助理拨出电话，缩在一角压低嗓门，换成了另一种嗲到让人发寒的声音：“宝宝，对不起嘛，我在上班，老板在旁边呢，不是故意挂你电话的。”

“我错了，我错了，呜呜呜呜，宝宝我错了，这几天真的太忙了，我连看手机的时间都没有，才没有回你的信息，后来看到以后太害怕了更不敢回，就想回家跪在搓衣板上直接跟你谢罪。”

“怎么可能呢宝宝？我最爱的就是你了，这些天看不到你，我想你想得晚上都睡不着！”

沈启明听得愣住，原来我还差得远……

助理哄好女朋友，神情轻松地挂断电话，一抬头，正要跟老板道谢，就见老板严肃地盯着自己。

助理:“沈总，怎么了？”

沈启明沉默片刻，想问他做的是哪套题，似乎比自己做的这套含金量高很多。半晌后，他沉声说:“你跟你女朋友，相处得很不错。”

助理摸了摸脑袋，不好意思地笑道:“还行吧。对了沈总，您要微博是想干吗？我让人把账号发过来吧？”

十分钟后，助理听着他的要求，满头冷汗地开口道:“沈总，我觉得，要不然我还是帮您重新注册一个吧。”

一个小时后，晶茂助理部，众多助理无言地看着那个顶着“沈启明”三个大字和晶茂LOGO的新账号。

果真是老板的风格，行不更名，坐不改姓。

这新账号空空如也，一个粉丝也没有，唯一关注的就是铭德餐饮有限公司副董事长金窈窕粉丝后援会。

账号首页里，一堆的照片点赞动态，全是今天铭德分店开业时被到场粉丝拍到的金窈窕。

助理们:“咱们要跟着关注一下吗？”

金窈窕后援会的微博热闹非凡，粉丝们将拍摄的照片发出来后，无数“彩虹屁”顿时漫天飞舞。

“啊啊啊！金董！金董的美颜盛世来了！”

“我一个爆哭，第一次看到高清镜头下的金董，比纪录片里美一百倍！”

“铭德新店开业的热搜你们看到了吗？天啊，热搜里拍的那些菜看得我整个人死去活来，听人说铭德的厨师都是金董亲手带出来的，那金董做饭该有多好吃啊？我宣布我要跟金董结婚，让她天天给我做好吃的！金董我爱你！”

这条评论引发了一部分粉丝的不满——

“搞笑吗？我们金董有钱貌美有能力，那么牛，凭什么要天天给你做饭，你就是这样爱她的？”

“就是，她都那么忙了，你怎么不说给她做饭，爱一个人难道不是第一时间想到照顾她吗？”

一小时后，距离晶茂园区最近的一家超市里，沈启明西装革履，站在冷柜前方，锐利的视线落在冷柜里新鲜的乌骨鸡和老母鸡上。

铭德，新产品的生产线最终敲定，一个全新的部门随之落成，以江柏为首，专业负责公司的新业务。

金窈窕忙碌得什么都没有空去想，伏案一本一本审阅各家新店的经营情况后，又立即投身新部门的各项事务。

新店的经营情况十分喜人，甚至可以说连金窈窕都低估了深城食客们对自家餐厅的热切。

倘若她是个安于现状的经营者，那铭德餐厅如今的受欢迎程度足够她在深城高枕无忧，毕竟只要抓住现有的客流，餐厅永远不担心进账。

可惜她不是。

开疆拓土是会上瘾的，她想要的，是更广阔的天地。

下一步，在其他城市开设分公司和分店的计划已经提上日程。

会议室里，金窈窕带着一众下属研究会议桌上的几个冷冻袋，赫然是开业宴席后她让人送给赴宴宾客的同款。

冷冻袋的外形经过很多次修改，最终出来的成果十分令人满意，极有质感的木质花纹外封上，印刷着字体遒劲的“铭德”二字。不同品类的产品，以木纹的不同花色区分，唯独“铭德”二字始终不变，最后再以其他颜色的字体在旁边标注出不同的口味。

这样带着铭德鲜明特色的产品，金窈窕可以想象上市以后，即便距离铭德餐厅再远的消费者，都能靠着铺开的产品记住铭德这个公司。

“出样的两百多套已经都送光了。”金窈窕指着其中一袋冷冻面问江柏，“第一批成品，预计什么时候能出来？”

江柏先给她打了一剂预防针：“成品上市的速度不会太晚，但您要做好准备，可能推广的速度不是一朝一夕。”

他拿出总结的文件，皱着眉给金窈窕汇报：“目前在深城本地，相关行业的经销商，我们都接触了一遍。因为我们的产品定价比较高，经销商们对此有些顾虑，所以暂时只谈下了两位愿意合作的。不过，一个新上市的产品，肯定需要相当长的时间才能被市场接受，我们铭德一直以来经营的毕竟是实体餐厅，餐厅的口碑短时间内很难成为经销商认同我们的优势，金董您千万不要心急。”

金窈窕自然明白这个道理，点了点头，又对他说：“辛苦了，没少被为难吧？”

虽然江柏不详细说，但她也知道，他们团队跑遍深城的经销商，最后却只谈下来两家，这背后的辛苦肯定不是寥寥几字能概括的，估计还受了不少委屈。

江柏淡淡一笑：“还好，不过就是一些没远见的。”

隔壁，正在跟铭德签订经销合约的两位经销商签完大名，正等待与公司负责人金窈窕见面。其中一位的电话响起，接起一听，原来是本地有来往的同行。

同行一听他已经把合约签完了，当即不知是真担心还是假担心地劝说起来：“老李，你可要考虑清楚，这可是块难啃的骨头，铭德的产品都还没面世呢，外头一点姓名都没有。”

那位姓李的经销商听完，笑着回答：“产品没出来，没名气也很正常啊，总得有第一批尝试的人嘛。”

那位同行呵呵笑道：“反正他们联系我的时候，我一看价格就让人把介绍书丢垃圾桶了。根本谈都不用谈，那么高的定价，怎么可能卖得出去哦？我看他们就是看着自己家的餐厅现在红火，飘了，以为餐厅生意好，就谁都吃他们这一套。消费者可没那么好说话，那价格，卖的是山珍海味吗？老李啊，我看你想做出来，难哦，说不准都要倒贴。”

姓李的经销商只是笑：“有风险才有机遇嘛。”

那位同行见戳不到他的痛点，只能悻悻地挂了电话。

金窈窕结束会议，来会见这两位愿意在铭德新产品的起步阶段就给予铭德信任的合作伙伴。

双方握手，金窈窕承诺：“感谢二位愿意加入我们，铭德会尽快投入新产品的推广，让各位的投资收到成效。”

会面很愉快，金窈窕代表铭德表现出的诚意让两位经销商感到熨帖。

但作为第一个吃螃蟹的人，他们身上担负着极大的风险，万一产品上市遇冷，他们很有可能亏损得血本无归。他们选择铭德的产品，相信铭德的产品的同时，内心肯定也满含忧虑。

离开铭德分公司大门的时候，两位经销商对视一眼，既雄心勃勃，又有些踌躇。

同行们的试探和嘲笑，公司里隐约的质疑声音，还有即将投入的各种金钱和渠道资源。这一切让签下合约的他们，也不免忐忑起来。

希望铭德和铭德的产品，真的能回馈他们的冒险吧。

深城，已是深夜，一位拎着铭德冰袋的年轻女孩轻手轻脚地回到家里。她背后背着硕大的相机包，关上门后，看着手里的冰袋，脸上便忍不住挂上微笑。

铭德餐厅的工作人员将这些冰袋拿出来分送给大家的时候，大家第一时间的感受都是难以置信，紧接着又怀疑可能是铭德将他们错认成了媒体，直到确认了好几遍，才敢相信伴手礼是金董亲自开口让人送给他们的，当时在场的大家全被感动得说不出话来。

年轻女孩看着袋子，心口酸酸软软。

金董怎么那么温柔啊？又不是明星，需要靠着粉丝吃饭，明明他们对铭德没有任何用，却依然受到了如此贴心的照顾。

家里人应该都睡了，女孩本想回房间休息，但她回来得太晚，下午忙着拍照又没吃什么东西，被家里的暖意一熏，忽然饥肠辘辘起来。

她看向手中的冰袋。

收到礼物以后，大家都打开看过，送礼物的工作人员介绍说这是铭德尚未上市的速冻食品。

来追金窈窕的粉丝绝大部分都是被《华夏珍馐》吸引来的，喜好美食，嘴自然比较挑，好比她，平常如非必要，她很少会吃速冻食品，肚子饿了，宁愿点新鲜的外卖。

但这是金董送的！

女孩想到这里，又美滋滋起来，抱着冰袋蹑手蹑脚地钻进厨房。

她选了选，拿出冰袋里那袋冷冻的牛肉面。

外包装是与其他速冻品牌极为不同的高端大气上档次，只不过到底是速冻的面，女孩拆开的时候没报什么期待，只决定最近有空一定要趁早去铭德旗下的餐厅，尝尝那受人追捧的口味。

袋子里一共三样东西，汤包、牛肉包和面包，拆开牛肉包的瞬间，她愣了一下。

好香啊。

面包里的面条，跟她所熟悉的各种速冻方便食品里的面条也极为不同。

牛肉面包装袋后印刷的烹饪步骤极其简洁，锅里放水，水开后将面下进去，煮五分钟，另一口锅里，放凝固的汤包和牛肉加热，等面条煮够五分钟后，捞出，浸入加热完毕的肉汤，大功告成。

女孩嗅着冷冻牛肉的香气，脑子已经糊涂了，愣愣地照做。

水开了，她意识到不对的时候已经晚了，加热后的牛肉汤包浓郁的香味冲出没能关紧的厨房门，肆无忌惮地顺着所有缝隙在家中横冲直撞起来。

五分钟后，睡熟的家人都被厨房里飘散出的香气活生生饿醒。

家人们站在厨房外，晚归的女孩站在厨房里，相顾无言，面面相觑。

父亲和母亲穿着睡衣，睡到一半醒来，头发凌乱地支着，明显都有几分蒙："你怎么这么晚才回来？"

女孩听得头皮一麻，还以为自己又要因为追星被骂，父母却吸了吸鼻子，说："算了，先不说这个，你在弄什么玩意儿？饿死了，给我也来一口。"

网络上，几条动态瞬间攻陷了金窈窕的粉丝群体。

"啊啊啊！我上辈子积了什么德才有机会在铭德分店开业当天去看金董并且得到了金董发的伴手礼！一人血书，求金董立刻上市伴手礼里的铭德速冻牛肉面！天啊！我哭了，为什么冷冻的牛肉面能做到面条爽滑，汤头浓厚，牛肉软糯啊？我的天，简直比我家楼下店里现做的还要好吃一万倍！唯一的缺点就是太香了，居然把我爸妈香得从梦中醒来，导致我最后只吃到了一小点！汤都被我爸妈抢去喝得干干净净！”

“铭德的速冻水饺！狂推！我的妈，我家过年包的水饺简直比不上它的一根毛！为什么速冻水饺可以做到皮薄馅大汁水丰盈？我尝到第一个以后就把一整包都吃光了，想回购的时候发现它还没上市，我现在反刍还来得及吗？”

“铭德的速冻汤圆，我跟你们说你们吃到以后一定会融化的，糯米软糯得像云朵，内馅香得我邻居敲门问我能不能分他一点，铭德，我邻居说了，你敢上市，他就敢跟我一起去把超市货柜搬空，所以求求你们动作快一点吧！呜呜呜，我希望每天下班回家都能从家里的冰箱得到铭德的抚慰！”

“搬空加我一个！我到时候不冲铭德一百袋牛肉面的销量我不做人！”

“铭德的水饺……”

“铭德的速冻面……”

当天去现场的所有粉丝，无一例外，全部上来吐血狂推，满地打滚，上蹿下跳，扯着嗓子嗷嗷叫，用各种各样的词汇来形容它们的美味。

后援会的粉丝还来不及羡慕他们得到了金董的伴手礼，很快就被他们发出来的图片和视频征服，一时间狂叫羡慕着各种转发，很快引来了圈外人的关注。

深城的网友们极度吃惊：“什么？铭德居然出速冻食品了？！”

不少其他城市的网民不知道金窈窕和铭德是谁，却也被粉丝真情实感的亢奋描述吸引，再结合粉丝们发出的图片和视频，被引诱得立刻口齿生津。

铭德，金窈窕接到两位经销商的电话，对方对她大为钦佩。

“金董您的速度可真快，才答应过推广产品，立刻就有了动作。”

“金董果然是让人放心的合作对象，宣传的速度又快又好，看来我们可以加快速度铺货了。”

金窈窕蒙了。你们在说什么？江柏不是说，新产品的广告要下个星期才能正式出来吗？

第29章

深城，某大型商场，几位食品经销商齐聚于此，正在洽谈手上几个产品的推广事宜。

经销商之间也存在着激烈的竞争关系，铺货范围、产品曝光率和销售量直接影响他们的利益。近些年市场发展得越发成熟，食品行业也越来越难做，绝大多数的市场占有率都被几个规模最大的巨头瓜分，只留下零星的仨瓜俩枣给其他品牌糊口。

消费者十分残酷，对非著名品牌尤其缺乏记忆度，为了争夺消费者，所有人都在努力地打折促销做宣传。

大部分的经销商支撑得不可谓不辛苦，好在比上不足，比下有余，他们手中的品牌比不上业内巨头有国民度，却在深城本地有些市场，虽然大多数时候消费者都是因为价格足够便宜才会从一堆眼熟的牌子里选中他们。

聚在一起时，他们总会不自觉聊起业内那些有远见的同行，能在大品牌的门槛尚未高不可攀时就抓住呼啸的机遇，伴随着品牌日渐强盛，经销商也跟着吃足红利，看着冰柜里的某些牌子，根本就不需要隔三岔五地宣传。

羡慕过旁人的好运后，也不知道是谁第一个提起：“听说没？前几天老李跟铭德签经销合约了。”

一旁的某位笑着回答：“怎么会没听说？我好心，还专程打电话去劝他，让他多想想，结果人家根本不领情。”

另一位摇摇头：“这个老李，真是糊涂了，现在市场多难做啊，咱们又不是业内那些大经销商，经得起损耗，怎么敢随便接手刚出来的新品牌。”

前面的那位说：“其实也不算是新品牌，铭德这个公司在深城做餐厅挺有一套的，他估计就是看中了这个。他也不想想，人家铭德的餐厅生意再好，也跟他手上的产品没有半毛钱关系，消费者还能看在餐厅的面子上买他的产品？反正铭德的推广团队当时找上我，我看过产品介绍以后就让他们走人了，连见都没见。”

“我倒是见了他们一面，不过提出来的几个要求他们都不肯退让，牛什么啊？我直接当着他们的面把介绍书扔垃圾桶了。”

铭德虽然是从临江来的，但如今在深城餐饮界是当之无愧的后起之秀，旗下多家餐厅的规模和口碑少有同行能比，或许是觉得能有机会在这样的大公司面前占据上风很有面子，几个小经销商都说得很兴奋。

“听人说老李的公司已经在联系各个渠道给铭德铺货了。”同行们最后笑着总结，“这傻子，也不想想自己铺出去以后卖给谁。”

正聊着，便见几名顾客站在冰柜边探头寻找，嘴里还互相交流：“在哪儿呢？”

“你看看那边有没有。”

“没看到啊，晕，这商场不会也没有吧？”

见状，各经销商就知道没自己品牌的戏，这样的消费者一般都有着非常清晰的目的，或者是对于某个口味，或者是对于某个新产品，反正取向坚定，绝不为推销转移。

果然这群人连看都没看他们正在做大促销的产品一眼，径直找向商场的导购员：“您好，请问一下——”

小经销商们对视一眼，有些羡慕，只有那几个深入人心的大品牌能得到这种客户群，找不着想要的东西也不随便买其他的凑数。

紧接着他们听到了那几位顾客接下来的话：“请问铭德的速冻食品在哪个货柜啊？”

交流了几句后，其中一位顾客忽然拿着手机露出崩溃的表情：“要死了，原来还没上市，怪不得咱们找了两个商场都找不到！”

一群人失落至极地离开，啥也没买。

被他们询问的导购员回到同事身边，闲聊的声音飘过来：“这个叫铭德的牌子好厉害，这几天好多好多人都来找他们的产品哦。”

小经销商们全部愣在原地，回不过神。

来自深夜的美食反馈，硬生生被后援会的粉丝们弄出了飓风一样的声势。

收到的伴手礼口味如此过硬，再加上又是给金董做宣传，粉丝们卖力至极，拍摄精致无比的照片和视频，发自内心声嘶力竭的推荐文章，走心程度哪里是普通商品的宣传能比的？

因为新店开业的各种新闻，铭德目前还处于深城网友的话题中心，再加上粉丝们的极力宣传，新产品的知名度瞬间就铺开了，无数网友想去购买品尝，却发现想买的东西居然还没上市，只能眼巴巴地看着网上的图片和介绍流口水。

铭德的官博下方挤满了留言——

“听说铭德要出速冻食品了？”

“铭德的速冻食品到底什么时候上市啊？餐厅里会卖吗？超市能买到吗？在深城还是在临江？”

“麻烦动作快一点好不好？被种草了没办法拔草很难过的！”

“你们的产品包装袋蛮好看的，我喜欢牛肉面的纹路，给设计师点赞。”

“我倒是感觉汤圆的那个最漂亮。”

企划案里的上市宣传都还没投放，却好像整个深城都得知了铭德要出新产品的消息。许多在推广阶段对铭德团队不太重视的经销商居然主动找上门来，态度极为和悦地提出想跟铭德重新谈一谈。

但这一次，占据优势的就不是他们了。

办公室里，江柏挂完一个之前狮子大开口，还当着他的面将铭德的介绍文件丢进垃圾桶的经销商的电话，神情复杂地将文件递给金窈窕，随即看着坐在办公桌后平静审阅文件的老板。

老板的粉丝工作能力太强了怎么办？我会不会被抢走饭碗？

能在宣传投放之前就给公司打出知名度，这肯定不是什么坏事，经销商们看到铭德产品的热度后，悬着的心都落回了肚子里，原本计划中的商品投放也得以更加快速地进行。

因为产品自带热度，经销商们的工作进行得更容易了，要知道，很多时候想将一个新产品推向零售商并不是一件那么简单的事情，零售商作为产业链最终端，接纳新产品，同样承担了不亚于产业链里任何一个环节的风险。

与铭德签订合约的这两位经销商也不是什么特别有门路的业内巨头，他们早已习惯了为谈成一个渠道甚至跑上十几二十趟的工作模式，结果铭德却颠覆了他们对工作的认知。

近段时间，他们接到的对铭德产品的询问数不胜数，这一现状也早已刻在了各大零售商的印象里，零售商们也着急啊，消费者想买的东西他们没有，这可不是什么好现象，尤其综合零售行业，例如超市，拼的是什么？不就是货源丰富，可选择面多吗？同品牌的其他竞争者卖的东西在他们这里找不到，说不准目标客户下次就不把他们当作购物的第一首选了。因此被铭德的经销商找上门时，众多零售商都觉得松了口气，可算是来了。

他们手上拿着铭德新产品的经销权的消息透露出去后，有些等不及的合作方甚至主动找上门来，询问合作细节，其中一部分嗅觉敏锐的，察觉到了网络热度里的商机，甚至提出愿意适当让利，只求能成为深城首个上市铭德新产品的商家，以此吸引客源。

两位小经销商哪里经历过这等待遇？他们当然不会觉得这些以往不好说话的合作者是在买他们的面子，一时间捧着跟铭德签订的合约，就像挖到了宝藏，出门都脸上有光。

只不过越是如此，他们就越是谨慎。

他们这种小经销商，能有幸抓住铭德这样的合作者不容易，如今市场证明了铭德的潜力，那么业内其他同行一定会虎视眈眈，不尽力做到最好的话，说不准这个香饽饽就要落到别人手里了。一定要跑得快一点，更快一点，让铭德不将他们抛下才行。

有人得益于铭德的顺风顺水，自然也有人心怀鬼胎。

分公司为生产线新成立的部门很快发现网上有人在借机搅浑水蹭热度。

下头的人汇报给江柏，江柏将整理出来的结果递交给金窈窕，金窈窕久经历练，自然一眼就看出了是业内同行的手笔。

为铭德宣传的多是粉丝，热度变高后，有不少人开始在跟铭德速冻产品相关的内容底下推销其他品牌的产品。铭德的产品尚未面世，网友们分享其他已面世的产品情有可原，但分享的同时暗暗踩一脚铭德就不正常了。金窈窕看完统计出的出镜率最高的品牌后，发现了一个格外耳熟的名字。

“兴和？”

江柏点头：“这是咱们国内最大的冷冻食品公司之一，金董您应该认得吧？”

金窈窕点头，有些想笑：“好歹也是个大企业，怎么连咱们的热度都蹭？”

隔行如隔山，铭德在餐厅行业里虽然有了根基，可在冷冻速食行业却还是个新手，相比他们，兴和的规模却要大得多，在国内的其他城市也远比铭德有名。

江柏摇摇头，给她解释：“您别看兴和规模大，他们总公司不在咱们这边，暂时还没拿下深城市场，市场占有率也比不上其他几个大品牌。我查过资料，前几年开始，兴和的产品销量有所下滑，是从去年，他们把目标对准了几个一线城市，投入巨额广告才重新上升起来的。目前除了深城，其他几个一线城市，他们旗下的产品市场占有率都达到了百分之二十以上，从今年年初起，明显看出他们在做活跃深城市场的准备。其实用的一直是这套，靠大幅度广告，加线上捆绑其他品牌来提升关注度，只不过以前捆绑的是大品牌，会更委婉一些而已。”

金窈窕点头，这是看准了铭德在新行业是个软柿子啊。

铭德的新产品现在在深城关注度斐然，对兴和来说，确实是趁机打下深城市场的好机会，只不过，兴和好像没搞懂，铭德新产品热度的起源跟他们以往接触的并不一样，捆绑拉踩的手段也不是放在什么场合都能用的。

因此江柏虽然觉得这个竞争对手浑水摸鱼很讨厌，却并不是那么着急，只是例行对金窈窕进行汇报而已。

金窈窕看着他整理出来的内容，她虽然仍不明白自己为什么会有后援会，可不得不说，她后援会的战斗力挺强的。

粉丝的包容度跟普通品牌的顾客可不一样，兴和那些拉踩铭德来推销自家产品的账号，被喷得简直晕头转向。

深城，兴和公司，不太熟悉粉丝圈子的负责人看着完全与预期不同的反馈一脸茫然——

"滚！卖安利就好好卖安利，踩铭德一脚是什么操作？给你脸了？"

"什么叫你觉得兴和的口味比铭德好，铭德的产品都还没上市呢，水军要不要做得那么明显！"

这……这么敏锐的吗？好像跟他们所熟悉的消费群体不太一样啊！

负责人深深地皱起眉头，以往在其他城市，即便他们捆绑的是行业龙头老大，也很少收到这么明显的辱骂。深城的这些消费者，怎么这么凶？

除了兴和这种抱着目的来浑水摸鱼的，网络上的声音也并非一派和谐。

粉丝的自发宣传让深城的普通网友得知了铭德要出新产品的消息，但与此同时，对他们这一行为抱有质疑的人也不少。

速冻食品啊，能有多好吃？说得天上有地下无的，明显是在夸大其词，让人看得只想笑。

宣传的热度逐渐变高以后，有人嗤笑着出来泼冷水，只是铭德众多新开的分店每日爆满，口碑斐然，排队都排不上号。除了有幸收到伴手礼的粉丝，尝过铭德餐厅菜品的食客也对公司即将推出的产品抱有很高的期待，他们泼的冷水完全无人在意，搞得他们十分气闷。

就在这种情形下，铭德终于在无数询问声中，将新产品的上市公告发布出来。

粉丝们奔走相告的同时，那些拳拳打在棉花上的人也大喜过望，他们终于抓住了铭德的痛脚！

网络上，有人挂着铭德的公告图片发帖："铭德的这个新产品，定价是不是有点太贵了？是把消费者当傻子吗？还是在收他家粉丝的智商税？"

公告图片上，铭德第一批推出的三款产品下方的标价刺眼极了，比起同类的产品，价格明显高昂了太多。

金窈窕早知道会有这一出，看到之后也不甚在意。

别说这些网友，就连为了热度跟经销商们达成合作的不少零售商，都对铭德的产品价格颇有微词。

速冻食品的定位，在长久以来潜移默化的经营下，似乎已经成为廉价便捷的代名词，选择它们的食客，仿佛就不该对它们的口味抱有期待。但铭德的产品成本在这里，让她放弃质量肯定不可能，于是只能走速冻食品头一遭的品质定位，面世之后遭受非议是必然的。

网友们怎么质疑铭德都没关系，东西面世后，她自然会让消费者看到铭德的诚意。只是让她比较不爽的，是兴和这家公司，估计是看到了网络混乱里的有机可乘，他们居然又跳了出来，这次直接公司下场，同一时间宣布会在深城进行一轮拳头产品的全新促销，首批获选大推的拳头产品跟铭德即将上市的产品口味极为相似，连促销日期都选在了铭德产品上市的同一天，但凡是长眼睛的都能看出他们是在跟铭德唱对台了。

毕竟是速冻食品业非常著名的大企业，他们一搞事情，场面顿时更加混乱。不过不管怎么样，他们终究是如愿进入了更多深城市民的视野。

深城最大的超市，铭德产品上市当天，兴和果然做起了促销，更大量的东西，价格还不到铭德的三分之一，甚至比其他同样定位的大品牌都要便宜许多。这几乎是完全不赚钱地在销售，兴和明显下了血本，要借着铭德的红利一举拿下深城市场。

超低价的促销果然吸引来了不少看热闹的网友抢购，还有人现场发布铭德跟兴和巨大的差价照片，那数字，并列对比，实在是非常吸睛。

后援会的粉丝前几日就被兴和的操作气到，自然不甘示弱，深城本地的粉丝跟部分早就对铭德的产品十分期待的食客一起涌去支持铭德，外地的粉丝更是提出让深城后援会代他们购买邮寄。

这打足鸡血的购买力实在是相当可怕，以至于兴和低廉的售价虽然吸引来了很多不太了解的消费者，但铭德竟跟他们打了个分庭抗礼。

网络上对此分为两派，一派感叹铭德的粉丝可真有钱，购买力太强了，比一般的明星粉丝还牛。另一派则嘲笑他们这是被收了智商税，同样的产品多花好几倍的价格，简直是在被铭德当猪宰。

金窈窕的粉丝对此只有呵呵。

其实他们当中不少人也知道铭德的产品定价过于贵，但他们喜欢金董，当然要支持金董，就算被宰又如何？他们乐意！

但等尝到望眼欲穿盼来的新产品后，他们只剩下感动的两行泪，原来金董定出的高价真的没有将他们当作提款机的意思。铭德包含在口味里满满的诚意，对得起他们花出去的每一分钱！

深城，发布完一条嘲讽铭德粉丝的评论后，某位兴和的粉丝拎着购物袋回到家里。

购物袋摊在桌上，露出里头的两袋水饺，一袋是兴和的，另一袋则是铭德的。

这位粉丝回到家，没休息多久便打开了直播软件，笑嘻嘻地给这段时间靠嘲讽铭德吸引来的粉丝直播自己买回来的东西。

“兴和的水饺，我看看，一袋60个，好多，够我吃两顿了，活动价真的超级便宜。铭德的嘛，外包装确实很好看，比兴和高档很多，只不过里头只有40个水饺，啧啧，这么算一下价格，其实每个比兴和贵四五倍都不止，同样都是三鲜水饺，怎么敢卖这个价格？”

直播间里顿时刷起了一大堆感叹铭德心真黑的评论。

这位粉丝也深有同感，其实他真不是故意想嘲讽铭德，毕竟他跟铭德无冤无仇，何苦跟铭德过不去？只是他确实看不惯铭德这种高价销售坑害消费者的行为，真的太黑心了。

他想到今天那些支持铭德产品的粉丝，恨铁不成钢地叹了口气，给直播间里的人描绘了一番，评论里果然对这种人傻钱多的行为进行了疯狂嘲讽。

“算了，大浪淘金，他们早晚会知道自己有多蠢的。”他摇了摇头，看向桌上的两个袋子，“回来的路上还在网上跟他们吵了一架，累死我了，买了那么多饺子，今晚就吃饺子吧，懒得出去。”

他说罢，开着直播将饺子拎进厨房，本想先煮兴和那袋，但将铭德的水饺放进冰箱之前，他忽然来了兴趣，问：“不如我两样都煮一点，尝尝铭德比别人贵四五倍的水饺究竟有什么区别？”

评论里的粉丝也觉得很有意思，纷纷调侃起来——

“你飘了，竟然敢吃这么贵的水饺，吃完以后不会心疼自己被坑的钱吗？”

“贵了四五倍的水饺，可能里面包的是唐僧肉吧，吃了立刻长生不老。”

他看着评论哈哈笑着将铭德的水饺提回灶台，一边跟粉丝聊天，一边将包装袋打开，看到里头的东西后他愣了一下，有点意外地开口：“唔……铭德的饺子外形看起来确实更大更圆，外皮也不太一样，看起来比普通的速冻水饺是要优秀点，挺漂亮的。”

评论里一片笑声，并不把他的话当回事。

他想了想，索性拿出两口锅，烧开水，按照包装袋后的提示烹煮。

锅里，白生生的水饺在水中沉浮，兴和的那一袋还好，没什么特殊的，铭德的水饺，下水之后却立刻显现出了区别，个个圆胖可爱，肚子大大的。

他看着铭德的水饺，忍不住生出了几分好感，那水饺里的馅料足有兴和的一倍吧？这么看来，铭德也没有黑心到他以为的程度，至少馅料还是很舍得放的。

他想到这里，赶紧摇摇头，你别傻了，这可是四五倍的差价，铭德水饺的定价简直比自己买上好的材料回来现包还贵，多给你点馅料算什么？他们还是把消费者当韭菜割啊！

他这么想着，掐着时间将两锅煮好的饺子都捞出来，想了想，先吃了个兴和的，朝手机里的粉丝们点了点头，评价道：“还行，比×××家的味道稍微寡淡一点，不过卖得那么便宜，也对得起它的口味，说起来今天他家的促销价真的太便宜了。”

直播间里的粉丝们听他这么说，都聊起了兴和水饺惊爆的促销超低价，越聊越觉得划算，越聊越觉得铭德黑心，便催促他赶紧尝尝铭德那袋“唐僧肉”，好让他们再次集中羞辱一番。

他看得直笑，夹起一个铭德圆圆胖胖的饺子，张嘴咬了一口。柔韧的薄皮在他齿间断开，比现包得口感还要好，他顿时一愣。

饺子里不知哪儿来那么多的汁水，趁着他愣神的这一瞬间涌遍了他的口腔，带着三鲜馅料复杂浓厚的鲜。他从未吃到过这样的馅料，哪怕是自家包的。鱼的甜、虾的鲜、肉的浑厚、菌菇的柔糯、笋的甘爽……

汤汁像是源源不绝，将它们浸泡包裹，滋味浑然天成，竟没有半点多余的东西。

他一边嚼，一边重新伸出筷子，直播间里的粉丝看他吃完一个，又夹起一个，吃完，又夹一个，好像突然做起了吃播，而且莫名看得人很饿。

粉丝们开始刷屏：“测评呢？怎么吃起来了，而且还吃得那么香？”

他吃完小半碗才忽然回神，看向屏幕上的大堆留言，顿了顿，忽然转身打开冰箱，将放进冷冻层的铭德水饺重新取了出来。

粉丝们：“测评呢？干吗啊你？”

“我把剩下的一起煮了吃，测评就是里头包的真的是唐僧肉。”他将已经煮好的那碗兴和的水饺直接推开，一边下铭德的水饺，一边认真严肃地朝着屏幕开口道，“太好吃了，吃完这一袋，我得跟铭德磕头道歉。一会儿道完歉，我再去超市多买几袋，明天早中晚都吃它了。”

“突然叛变？”

“醒醒！你买铭德的水饺回来不是为了给他们宣传啊！我们要一起骂他们

啊！卖得那么贵！”

他看看屏幕：“卖得确实太贵了，朋友们，这个月工资还没发，支援一下，给我多刷几个深水炸弹火箭炮。”

超市里，采购部想到昨天的混乱抢购，拖来新货，有些为难。两家公司的产品都要上，最好的位置应该给谁？

一模一样的商品类别，甚至连口味都相差无几，任谁都能看出兴和的目的所在。

全货柜最有含金量的位置，自然应该交给最有销售潜力的商品。昨天两家虽然看似打得旗鼓相当，可铭德明显是靠着粉丝的支持撑下来的。

兴和在深城的市场占有率虽然一般，但毕竟是个大公司，同样品类的商品，价格却更有优势，而且铆足了劲要拿下市场的架势，怎么看铭德都不像是能对抗得过的样子。粉丝能支撑一时，难不成还能支撑一世？

兴和这一手可真是毒辣极了，借着铭德的话题，将铭德踩在脚下，自己却趁着热度一举进入深城消费者的视野。

确认过两家商品的价格，兴和虽然已经结束促销，可还是比铭德便宜许多，负责人叹了口气，指着黄金位置，说：“把兴和的放在这儿吧。”

营业时间开始，超市里果然又迎来了大批顾客，他巡视着货架，见许多人径直朝着冷柜方向走来。这些人路过黄金位，探头看了一眼，在他以为会拿走兴和的商品时，却径直走开，奔向了不远处放着铭德产品的位置。

一袋，两袋，三袋，很快，冷柜里的现货就被这些人搬空了，落后了一步的顾客立刻着急起来，看他像个工作人员，于是抓住他就问：“铭德的水饺、面条、汤圆没货了吗？”

采购部的负责人愣了几秒才连连点头：“有的有的。”

他叫员工赶忙去取货，有些惊叹地朝这群顾客笑道：“你们铭德的粉丝购买力真的很强啊。”

居然今天还来帮忙冲销量。

“啊？”对面的顾客却露出莫名的表情，“谁是他们粉丝？”

负责人呆了呆：“你们不是来给铭德冲销量的吗？”

那顾客看他像看傻子：“我昨天买回去吃得好，今天过来囤货而已。”说完，看了一眼周围似乎同样都是来囤货的人群，脸上浮现出一丝紧张，“妈呀，不会断货吧？幸好我今天休息来得早，我得多买几袋。”

那顾客足足买了五袋水饺、五袋冷冻面、三袋汤圆，推着一车价值不菲的货，活像是家里有台印钞机。离开的时候，兴和的促销员来上班，见到他就招揽：“新升级的兴和水饺，拳头产品，物美价廉，您要不要看一看？”

那顾客朝着兴和的标价牌一瞥，顿时大惊，像看黑心商人一样看着促销员：“怎么变得那么贵？昨天不是还很便宜吗？”

兴和的促销员：“昨天是促销，今天恢复原价了嘛。”

那顾客明显是认真的，连连摇头：“你们家的东西，昨天促销价买买还差不多，原价我不要，太贵了，太贵了。”

促销员看着他购物车里比自家产品贵了不知道多少的铭德产品。

贵……贵吗？

第30章

新产品终于上市，铭德的经销商们紧张得都睡不着觉。本来一切都顺顺利利的，谁也没想到临门一脚会来这一出。

网络上的各种骂战他们怎么可能会不知道？最后横空出世的兴和公司更是来势汹汹，搞起了最让他们这种小经销商恐惧的价格战。兴和家大业大，他们耗不起。

谁也不知道铭德在这样的攻势下究竟会何去何从，瞪着眼睛一夜无眠，看着网络上兴和发布的深城促销的战报，直到天光大亮，他们才迷迷糊糊地入眠，因此被零售商的电话叫醒的时候，他们的脑子都是糊涂的，以至于电话那头传来的声音竟让他们感到不真实："铭德的新货还有吗？叫冷库再给我们送一批。"

经销商听完，好几秒后才扒拉了下脑袋，茫然地询问："昨天不是已经送货了吗？"

"快卖完了，你让人动作快一点啊！"

卖完了？！经销商一个鲤鱼打挺坐起身："怎么可能？昨天不是才卖了三分

之一吗？”

那还是开业当天，铭德的粉丝铆足了劲齐上阵的结果，粉丝冲销量这种集体活动是有规律可循的，只会一天卖得比一天差才对。

见他这样磨叽，零售商急得直跺脚：“嗨呀！让你送你就快点让人送嘛！昨天来的是粉丝，今天来的是回购的顾客，网上都说要断货，他们五六袋七八袋地囤，销量能一样吗？”

回购？囤货？！经销商挂断电话，坐在床上愣神了很久，猛然掀开被子冲到了电脑跟前。

深城各大论坛已经疯了。所有在上市当天买到了铭德商品的粉丝无一例外，全在社交网络上发布照片尖叫——

“我的妈呀，铭德出品，我早该知道的，他家粉丝之前的安利居然一点水分都没掺！”

“这真的是速冻食品吗？难以置信！朋友圈里的亲戚朋友们去买呀！”

“别说在速冻食品里口味排名了，朋友们，相信我，你们这些年吃过的现做的，也未必能打得过这口冰箱里速冻的口味。”

“铭德真的很良心，作为一个尝过他们餐厅时令菜单的食客，我敢说他家的产品绝对还原了餐厅里至少百分之九十的口味！还在为排不到餐厅苦恼吗？去超市一趟，你们立即就能享受！”

“千万不要被价格吓到，我刚开始买的时候也觉得贵，吃完以后才发现真的很良心，算下来其实跟铭德餐厅里卖得差不多，甚至还要更便宜点，毕竟他们家一袋水饺可是有足足四十个，省点吃的话，这个价格可以吃三顿！我的妈呀，性价比之王！”

“感动得流泪！上班族只有周末才有空去铭德餐厅，去过一次后，工作日下班再想念都只能抓心挠肝，现在不用担心了，一想到家里的冰箱还有铭德的牛肉面等着我，忽然感觉每天加班的时候都不太绝望了。”

最开始，还有人以为这是铭德的粉丝买了高价货后给自己的行为挽尊的说法，结果己方阵营里的叛徒一个又一个地出现，好比某位著名疾恶如仇，酷爱跟各种不良商家斗智斗勇的直播博主，不久前在铭德商品的定价出来后他更是跟铭德的粉丝大战三百回合,现在竟也发布了装满铭德各种产品的鼓鼓囊囊的购物袋，给铭德的官博道歉:“抱歉，没调查清楚事实之前就下结论说你们收粉丝智商税，不说了，脸疼，我斥巨资来回购了，同时安利首页的朋友，不差钱的真的可以去尝一尝，铭德这哪是想赚钱，明明是在给我们这些每天上下班根本没有时间吃好东西的都市打工人改善生活质量。”

与此同时，他那场直播的录屏也一并走红，戏剧性的发展看得无数跟他统一战线的网友回不过神来。

不少跟他同样嘲讽过铭德的人原本还以为这是一开始就安插在己方阵营里的卧底，不服气地前去亲身尝试，结果……气量大的直接承认错误，要面子些的，也都不再出声，甚至还删掉了不少之前的言论，毕竟又不是真的跟铭德有深仇大恨。于是原本只是看热闹的深城市民也被勾起了兴趣。

金窈窕的后援会粉丝这几天则完全没空跟人掐架，忙活着新一轮的冲销量。

“哇呀呀，兄弟姐妹们冲啊！兴和真的不要脸，千万不能让金董和铭德输给他们！”

大伙还在愤怒铭德产品上市当天不怀好意冒出来的竞争者，誓要为金董征战沙场。想到产品上市当日，超市大妈哄抢兴和超低价水饺的盛况，和除了粉丝和食客购买，情况不容乐观的铭德产品，大伙热血上头，冲锋陷阵，拿着铭德的产品对同好们摇旗呐喊:“冲呀！铭德的新产品真的特别好吃！相信我！虽然价格贵，但买了你们不会后悔的！”

外地的粉丝们信不信另说，却都纷纷响应——

“加我一个！”

“也加我一个！”

“大家一起来带铭德走花路啊！”

深城后援会很快收到了来自五湖四海的支援，应援力度连后援会成员都震惊了。

此番热闹的消息很快传了出去，粉丝们立即做好备战准备，本以为又要跟前段时间一样，跟那群酷爱骂他们是被割了韭菜的人对掐，谁知道迎来的却是截然不同的指责——

“深城超市都快断货了，各家都在搞限购，你们还帮外地人代购，你们这些深城叛徒，懂不懂什么叫肥水不流外人田？”

粉丝们被指责得一头雾水，待到奔赴深城各大商超，他们才震惊地发现，货柜上满满当当的兴和无人在意，黄金位货架上，展示出的铭德产品样品前赫然竖立着一个新的牌子——“因货源紧张，每人限购三袋，敬请谅解。”

发起代购的粉丝只能给好友们磕头道歉：“抢货的路人太多了！我们真的抢不过他们！”

而且每人三袋，本地的粉丝们也要囤，根本就不够分。

后援会组织代购的时候还没什么概念，只当是在给金董冲销量，但现在钱花不出去，他们反而更加抓心挠肝了！哪怕不为金董，他们也超级想尝一尝的！

铭德的新产品爆红远远超出各大零售商和经销商的预料，他们初期为市场备的货根本无法满足如此大的客流，后果就是现货时常供应不上，空手回去的消费者则发布消息称铭德的产品要断货，看到这一消息，便有人想赶在断货之前来囤货，一大堆一大堆地往回搬，搞得超市只能限购，结果限购以后，来囤货的人不减反增。

经销商们都觉得无语。现在的有钱人这么多吗？那么贵的东西，囤起来都一点不心疼？

兴和的销售人员同样迫切，原因却有所区别——明明冷冻柜附近都是排队的人，铭德的货来一车空一车，可为什么兴和的销售量却一点都没有被带动？

铭德的产品上市当天，他们靠着超低价促销分明也十分火热，甚至跟铭德打得不相上下，可自那天以后，铭德一天比一天受欢迎，兴和却好像一夜之间就被整个深城遗忘了似的。来买铭德商品的客人哪怕空手而归，也不看备货充足的兴和货柜，明明两家公司推出的商品极为相似，兴和的售价还便宜很多，他们却宁愿去买更贵的。

好在也有对铭德的产品不感兴趣的人，比如平常酷爱囤各种低价商品的顾客，不管铭德的东西卖得多火，他们看到售价就退避三舍。也是因为这样的顾客，铭德产品上市的当天，兴和才和铭德卖出了分庭抗礼的势头。

但这些顾客对兴和似乎也没什么兴趣，倒是有人记得自己买过这个品牌的东西，然而再来询问后，态度却没有促销那天抢货时亲切，确认兴和不继续做促销活动后，他们掉头就走，最后购买的还是深城本地那几个市场占有率最多的熟悉的品牌。

铭德分公司，新部门的员工齐聚，金窈窕看着几个员工拆开工厂送来的新样品。

与速冻水饺风格类似的几个塑封袋，高汤云吞、黄鱼年糕、笋丁青团……江柏翻看过后，笑着对她说："金董，你这动作可真够快的，刚上市的那几样东西都还生产不过来呢，这就又准备出新的了。"

高汤云吞里实实在在地装了一包速冻高汤，隔着袋子，隐约可以看到里头被冻起的菌菇和肉块，她检查完毕，拆开云吞包，将精巧可爱的冻云吞倒出来检查："其实不只这些，还有其他口味的水饺，既然已经把新的渠道做起来了，那当然要好好继续下去。铭德在其他城市的餐厅已经着手筹备，在那之前，我希望能快一步把品牌推广到位。工厂的产量什么时候可以跟上？"

冷冻的高汤被加热化开，这是金窈窕跟团队更换了数十次才确定的配方，足量的牛骨、猪骨和禽类，最后是适量的腌腊产品，多种原料在不断地焖炖后融合出复杂又互补的成品，即便经过速冻，仍半点不减风味。高汤浓郁的香气让江柏恍了下神，他不自觉地朝香气来源看了一眼："我们已经在抓紧动作了，之前做的预估太保守，等新的冷库和流水线谈下来，最迟半个月。至于其他城市的推广，我们已经在谈了，这次沟通的都是外省比较大型的经销团队，托您的福，沟通过程比起步阶段省心很多，不过有件事我得跟你说一下。"

云吞下进沸水中，薄如蝉翼的外皮迅速变得透明，它小而美，远比水饺熟得快，轻薄的外皮，紧致的肉茸混合虾粒依稀可见。

金窈窕拿筷子拨弄了一下，确认它的薄皮是自己想要的质感，问："什么？"

江柏说："下头有经销商联系我们，说兴和私底下在做小动作。"

金窈窕皱眉："他们又干吗了？"

经历过之前的纠纷，江柏显然对这个公司毫无好感，嗤笑一声，道："捆绑销售呗，就这两天，趁着我们限购，他们买通了几家零售商，让顾客购买咱们产品的时候必须同样购买他们的产品，不过你放心，已经解决好了，我们谈的那两个本地的小经销商很用心，时时刻刻都在盯着咱们的市场反馈，所以他们刚开始这么干就被发现了。"

金窈窕欣慰地点点头，这么省心的助手，去哪里找哦？

江柏则捧着那碗高汤小云吞吃得停都停不下来。

云吞外皮软薄柔韧，一点也没有速冻煮熟后软烂的感觉，大粒的虾仁被团在肉馅里，弹牙爽脆。最出色的是汤头，兼具了清爽的口感和浓郁的鲜香，尝不出半点工业味，即便跟他以往吃过的大多数餐厅里的汤相比，也是毫不逊色。

一碗普通的云吞，硬是煮出了山珍海味的鲜甜。

江柏把汤喝得干干净净，想到铭德这几日发给全体员工做福利的已上市的速冻食品。他们整个团队的大老爷们，每日奔波到天黑，回家都必然要撑着困倦煮一锅果腹再睡，嗅到那个香味，一天的疲惫似乎都驱散了。

毕业那么多年，他工作过，创业过，接触了那么多的公司，铭德是他待过的最有幸福感的地方，跟金钱无关。

最开始，他未尝没有将铭德当作渡过难关的跳板的念头，可现在，包括他在内，团队里的人再没有提过另谋发展的话题。当初选择留在这里，大概是他人生中做过的最正确的决定了。

江柏提到的问题很快就得到了解决，铭德的商品直接撤出了那几家被买通的零售商。他们敢背地里搞小动作，估计是觉得铭德的产品刚上市，在行业里初出茅庐，什么都不懂，应该不会像久经历练的老企业那么不好得罪，有点欺生的意思，但他们哪里知道铭德竟然反应这么快，还这么强硬。

那几家拿了兴和的好处，蠢蠢欲动准备出手的零售商立马蒙了，倘若撤出的是可有可无的小产品也就罢了，铭德的产品现在在深城可不愁卖，深城各家零售商都在限购的产品，唯独他们这儿没有，那带来的负面影响可不是三言两语能说清楚的。

儿家欺生的零售商后悔极了，贪那点好处，结果却得不偿失，只能忙不迭地想辙跟铭德重新修复关系。

有了这群被杀的鸡，众多零售商全被敲打老实了，再也不敢做任何小动作。

网上，兴和又因为这一短暂的捆绑销售操作被辱骂了一番，即便只是昙花一现，铭德的新老粉丝也轮番上阵，狂骂他们不要脸。

沈启明沉着脸翻阅手机上众人对兴和的羞辱，默默记下这家公司的名字，随即他收到了后援会的大笔退款。

因为他给的钱很多，后援会对他格外重视，会长亲自给他发私信："对不起，因为金董家的产品现在限购，这笔钱我们只能退还给您了！我漫天飞舞三百八十度旋转手脚并用给您磕响头道歉！"

沈启明试着去理解对方形容的动作，半晌后打字回复："没关系，我这里有。"

"对！第一批购买人里就有您！我知道的我知道的！您第一批就买了超级多！"后援会会长为这位财大气粗的粉丝感动流泪，"您对金董的爱天地可鉴！"

沈启明对着屏幕笑了笑，走向厨房，沿途路过……一个、两个、三个、四个柜式冰箱。

他打开其中一个，里头塞满了铭德的速冻食品，这数量倘若拍照发出去，不知道会有多少深城市民羡慕得直流口水，说不好半小时后就能在他家门口排起长队。

沈启明却没看那些东西，径直从冰箱角落拿出一只乌骨鸡，然后循着菜谱里的步骤，斩块，准备其他辅料。这步骤他已经重复了很多遍，这一次做得似乎比上一次好了点。

入水，焖炖，油花沸腾起来，处理完其他工作后再回来揭盖，沈启明的目光穿透澄澈的汤，觉得这一次好像成功了。

他无人可问，就拍照发了条罕见的朋友圈，配字简洁明了："如何？"

最近多次偶遇沈总在公司附近的超市买鸡的助理们立刻疯狂夸赞——

“好！好汤！”

“一看就是老火靓汤，又澄又亮！”

“乌骨鸡炖得也太好了吧？现在很少能看到这么真材实料的好鸡汤了！”

沈启明没有理会。

两分钟后，离不开手机的蒋森的回复果然跳了出来：“哈哈哈哈，老沈你这群助理怎么回事啊？这是你在深城新请的阿姨吗？感觉手艺不太行啊，怎么把鸡切得大的大小的小？”

沈启明看了几秒，把汤舀进碗里，如同前几天一样，默默喝掉了。

因为加了节目组的群，那位外地的老厨师老是请金窈窕转发他新写的文章，金窈窕最近也养成了偶尔看看朋友圈的习惯，睡前例行一刷，没想到刷出了沈启明发的照片，发的还是一锅汤。这可真是少见。

小图看着像新手做的，许阿姨炖的吗？她正要细看，不小心刷新了一下。

嗯？怎么删了？

深城的兴和公司，负责人被来巡视的大老板一纸报告砸在脸上。兴和经过一段时间的努力，在深城的市场占有率竟然不增反降！

大老板叱问：“你是怎么做的事情？！”

负责人这段时间被骂得头都秃了，此时面对老板的不理解，眼泪都要掉下来了：“老板，深城这里的消费者真的好奇怪，跟其他地方的都不一样，他们真的好凶啊！”

第31章

兴和原本的市场距离深城十万八千里，也就是从这两年才逐步着手拿下这里，大老板对深城不怎么熟悉，但市场调研肯定做过，听到负责人用这样的理由推脱自己的办事不力，当即觉得荒唐极了："你放的什么狗屁！咱们那么多大城市都做下来了，深城的消费者是比其他一线消费者多长了三头六臂吗？"

负责人欲哭无泪，回忆着这段时间的真实经历，喃喃道："我看他们是多长了一张用来骂人的嘴。"

自蹭上铭德热度以来，兴和负责网络营销的部门每天都有人被骂到离职，也不知道深城的网友哪儿来这么大精力，明明事情都过去好久了，还有人锲而不舍地每天在兴和的官博下留言。这次捆绑销售的手段也是，类似的手段兴和不是没有在其他地方用过，可从来没有遇到过反应这么快这么激烈的消费者。以前他们遇到的消费者，察觉是捆绑销售，不想要的最多也就是不买了，结果铭德的顾客，上来就骂他们祖宗十八代，斗志勃勃得恨不能将他们祖先灵位都砸碎。

负责人回过味来，迟疑地开口："老板，我觉得可能是咱们公司跟深城八字不合，这边不光消费者难搞，同行也玄乎得很。”

铭德在这个行业里，不过是刚刚冒头的新人，按理说，比起以前对付过的其他大牌，铭德应该是最好捏的柿子，结果居然就这么猝不及防地翻了车。他在业内干了这么多年，可以说对这个市场了解极了，就没遇到过如此棘手的刺儿头。

大老板冷哼一声，深城这样广阔的市场，他是势必要拿下来的：“是吗？那你说应该怎么办？”

负责人也不知道，迟疑地回答：“不然我们先去烧个香？”

大老板和自家这个烂泥扶不上墙的小舅子大眼瞪小眼，半晌后直接将文件砸到他的脑袋上：“滚蛋！”

金窈窕没多久便接到了兴和这位老板的电话，对方倒也能屈能伸，仿佛之前他们上蹿下跳做的那些对铭德不利的事情不存在似的，笑呵呵地开门见山道：“金董啊，有兴趣跟兴和合作吗？”

金窈窕挺平静地问了一句：“您指的是什么合作呢？”

兴和的老板哈哈一笑：“还能是什么？大家一起发财嘛。”

金窈窕仔细一听，才明白这位老板想拉着铭德继续搞那套捆绑销售，顺带让两个品牌达成合作，一起在深城宣传，争取让兴和的品牌尽早进入深城消费者的视野。

这合作方式可真是太滑稽了，兴和因为之前的操作被铭德的粉丝挂在耻辱柱上鞭挞，这是想让铭德掉过头去直接打自己支持者的脸吗？而且捆绑销售这种模式，完全就是想拿铭德的口碑做垫脚石，金窈窕看不到一点值得心动的亮点：“敢问这样对铭德有任何好处吗？”

那位老板不以为意：“生意场上，多个朋友多条路嘛，想必金董不会不懂这个道理。”

金窈窕看出来了，这位哪里是想合作，分明是仗着自家公司在行业内比铭德规模更大，来以势压人的。

倘若真是个有诚意的合作方，那坐下谈谈也无妨，可对方如此高傲，还只想占便宜，那自然没什么可说的了。

或许是没想到铭德敢拒绝兴和递出的橄榄枝，这位老板直接愣了几秒，随即笑着说："金董，铭德才刚起步，有时候意气用事，对贵公司可没有好处。"

电话挂断，金父金母注意到女儿的不悦，上前询问："谁打来的电话？出什么事了？"

"没什么。"金窈窕除了厌恶，倒也不太慌张，铭德的产品质量过硬，她有什么可怕的？她给公司下属发了条短信，通知他们开会商讨一下可能要准备的应对方案，抬起头朝着爸妈一笑，"新产品口味可以吗？"

盘子里是两条黄鱼，浓油赤酱，因为是直接连着汤料被冻成形的，所以解冻以后，黄鱼的形状保持得很好，全须全尾，热气腾腾地卧着。

单独包装的年糕片在加热鱼汤时就倒进锅里一起煮，鱼肉加热完毕，年糕便也渗进了汤汁的鲜稠。金父原本还有点疑虑，但尝过一口鱼肉后就露出了惊讶的表情："冷冻以后的鱼肉还能这么弹牙，很难得，而且……"

他抿着嘴里的鱼肉，细细品味。

其实鱼肉冻过以后保有弹牙的口感并不是最让他惊讶的，最让他惊讶的，是这口鱼肉似乎将被冷冻的劣势化作了优势。

他说："而且这个鱼肉入味的程度好像比现做的还要彻底。"

黄鱼烹煮之前明显煎炸过，外皮被汤汁炖煮后柔韧肥厚，还带着特有的焦香，放在平常，这就是这道菜的精髓所在。毕竟鱼肉跟大部分的肉类不同，它更细腻也更紧致，除非被片成薄片，否则普通的烹煮很难让它彻底入味，烹煮太久，又不利于口感，好在鱼肉本身的鲜美和足够出众的汤汁大部分时候可以弥补这一点。

但大概是完成后连着汤冻在一起的原因，这条黄鱼的酱汁竟然渗透进了表皮以下更深的纤维。即便外部包裹的汤汁散开，甘甜弹牙的鱼肉咀嚼起来，始终能感受到无穷无尽的滋味。

金父吃得不住点头："好，这个味道，你让我现做我都做不出来。"

父亲虽然手艺一般，但嘴挑不是盖的，金窈窕听到这句话，就知道消费者那一关肯定能过去，她夹了块裹着汤汁的年糕："我现在也发现了，其实只要利用得好，储存的过程有时候也能变成烹饪的过程，所以现在我就在想尽量多地把符合这种条件的材料做出来。”

比如铭德已上市的冷冻面。因为面料包里的牛肉在冷冻后更加酥烂入味，使得这一单品在推出后迅速跃升为最受欢迎的产品，即便其他两样产品同样供不应求，它也悄悄地跟这两位竞争者拉出了一点点艰难的差距。

这增加了金窈窕将铭德推向更大市场的信心。铭德的餐厅不管怎么开，哪怕铺出行业里首屈一指的数量，终究要受到实体行业无法摆脱的一些必然限制。

人工、场地、管理，甚至大多数小城市的消费水平，这都是实体餐厅经营者们必须面对的难题，未来的铭德，势必要因此而放弃许多领地。就连大多数普通连锁餐厅，都很难做到真正无处不在，更别提铭德这种更加要求水平的传统餐厅了。

这也是很多业内同行不论怎么努力都很难做到和其他行业的巨头一样具有影响力的原因。

但铭德不一样。

现在的铭德除了餐厅，还有更加灵活的商品，它便捷、自由，甚至无须场地，成本更低，可以轻松地出现在世界的任何角落。总有一天，她会做到只要有人的地方，餐桌上就有铭德的身影。

软糯柔韧的年糕裹着鱼汤，在口中宛若丝绸般断开，是让人情不自禁想眯起眼品尝的滋味。

兴和大老板挂断电话后才沉下脸色。他其实也知道自己的要求有可能会被铭德拒绝，毕竟兴和前不久才公开利用铭德进行自我炒作。放在任何行业，经历过这种等级的矛盾后，同为竞争对手，除非有天大的利益，否则绝对要结下大仇。

但他能给铭德什么天大的利益？

别说没有了，有他也不舍得给，他能给铭德的最多就是深城以外的市场，可那样做，岂不是亲手扶持出了一个未来的对手？

更何况兴和这种规模的集团主动找上门来，出于不想得罪龙头老大的心理，一般的新同行多少会知趣地退让，只是没想到铭德竟然真的不买账。

想想两家在业内的规模差距，他觉得可能就是因为之前双方发生过矛盾。

他之前同意深城这边故技重施时真的没想那么长远，他看准了铭德的话题度，甚至还觉得运气好，毕竟铭德只是刚刚涉足这一行业的新手，比起其他旗鼓相当的业内龙头，这种新手简直就像老天赐给兴和的垫脚石，蹂躏起来甚至不用思考后果。毕竟不是主营冷冻食品的公司，被他踩下去之后能怎么报复呢？

结果没想到，就是这么一个新手，竟硬生生顶着兴和的手段做起来了，还轻而易举地拿下了兴和眼馋已久的深城市场。

以兴和现在的市场占有率，其实不是不能放弃深城这块地盘，其他城市的占有率足够兴和傲视群雄了。但公司发展这种事情，不进则退，业内其他同行都在竞争的肥肉，兴和不跟进，那就是输家。

大老板手指在桌面轻点，深城负责人刚被揍过，表情苦巴巴的，蹲着说：“姐夫，我没骗你吧？这边的同行玄乎得很，好难搞的，根本不买咱们的账。”

大老板冷哼一声，掏出手机，说：“一家新入行的公司而已，他们不买账，有的是办法让他们买。”

负责人愣了愣：“怎么搞啊？”

大老板没好气地瞥了他一眼，他立马要躲，却见对方并没有揍自己的意思，而是气定神闲地教导道：“兴和虽然还没把深城拿下来，可我们是数一数二的大企业，你真以为深城的人敢不把我放在眼里吗？”

负责人愣愣地点头，姐夫在外头肯定是比他有面子。

他问：“姐夫，你要找谁帮忙啊？”

大老板找出来一个电话号码，拨打出去：“之前来深城参加酒局，认识了一个在这边挺活跃的商人，听说很有门路。以兴和的规模，有些事用不着亲自出马，托其他人就足够了，这些商人想攀上兴和，就会拼了命地替咱们奔走。”

负责人在其他城市见识过姐夫一呼百应的地位，顿时折服。

电话接通，对面果然很热情，大老板想起酒局上这位商人对自己极尽殷勤的态度，姿态很足：“喂，夏先生啊。”

夏仁最近一直忙活着扯皮股份，尚家旗下的餐厅如今基本处于半歇业状态，公司眼看要散，亲戚们大难临头各自飞，他正忧虑着未来路在何方，不料就接到了兴和这家大企业老板的电话，简直喜形于色："兴董，我一早就听到喜鹊叫，还心想要发生什么好事了，这是哪儿来的风，居然让您亲自联系我？"

他肯定是想跟对方来往的，只可惜几乎没什么交际的可能，因此一听说对方要托自己办事，夏仁就更高兴了，对方愿意欠自己人情就是交际的开始，要是能攀上兴和，对他而言绝对是一件大好事，他顿时连吃饭都不顾上了，连连答应："您说！"

结果听着听着，他脸上的表情就变了。

大老板说完，正等着回音，却听这位深城的商人干巴巴地笑道："兴董，我这儿还有点事，可能没空帮您的忙了，回聊。"

说完就挂断电话，苦哈哈地叹了口气。

夏仁低头，凄凉地看着面前碗里的铭德汤圆。他长长地叹了口气，舀起一个汤圆送进口中。

黏糯柔软的外皮如同融化的云朵，浓厚微甜的内馅带着丰厚的香气淌进口中，香得整个屋子都能嗅到。

铭德这两个字他这辈子都不想碰了，想当初，他也是个在本地交友广阔的交际草，就是因为碰了铭德，碰一次少一个朋友，搞得这会儿惨到吃饭都约不出来人，只能在家里自己下汤圆。

不过铭德的汤圆真的好好吃哦，不枉费他赶在超市限购之前囤了十袋。

大老板愣愣地看着自己手里被挂断的电话。

"我说深城这地方很邪乎吧？"小舅子蹲在对面，琢磨了一会儿，开口道，"姐夫，要不咱们还是先去烧香吧。"

金窈窕等着兴和的手段，谁知道对方来了个电话以后就没声音了。

没人来烦她，东西倒是越卖越好，新的冷库和生产线下来以后，后续的产品产量跟上，紧张的限购终于告一段落，铭德的新产业至此算是步入正轨。她便开始琢磨起了新的事情，比如给自家分公司换个办公场地。

速冻产品做大后，分公司里江柏的小部门肯定忙活不过来，她初步的决策是将部门独立出来，成立一个子公司，未来专门负责跟餐厅不同的经营业务。这就需要很多的人手和很大的场地了，当前正在使用的根本不够。

将需求交代给员工后，她还得奔赴深城广电，忙活即将投入制作的新节目。

深城广电，刚一下车，她就看到了不远处停放着的一溜印有晶茂LOGO的商务车。

来接她的工作人员对她解释："您上次碰到过的，我们台近期在推的那个新渠道，各个融资方最近常来开会。"

金窈窕点了点头，没当回事，被送到休息室休息的时候，却见沈启明的一个助理站在外头，也不知道站了多久。

助理看到她，表情瞬间一喜："金董，您来啦？"

金窈窕愣了愣："你在等我？"

助理小心翼翼地递了个保温壶过来："沈总去开会了，我来给您送这个。"

金窈窕下意识接过，还不等问这是什么，对方已经一溜烟跑了。

她拎着保温壶进了休息室，顿了顿，还是打开了，鸡汤清浅的香气飘散出来。

是乌骨鸡。很眼熟。

鸡块被斩得大小不一，但比那天在朋友圈的图片上看到的要均匀很多。汤里还放了几颗小小的枸杞，被浸得圆润可爱，胖墩墩的。

她看了半天，直到节目组发来消息，才合上盖子，出门前往会议室。没想到刚一出门，迎面就撞上了另一头从电梯里出来的沈启明。

她站在通道的这一头，沈启明站在通道的那一头，她打开门的时候，沈启明侧首看向电梯显示屏方向的面孔，随即正对向她，不动了。

隔着长远的距离，其实看不太清，但金窈窕总觉得沈启明好像是笑了一下，那双眼睛里映出电梯的亮光。然后他伸手按住电梯的开门键，做出等待的架势。

金窈窕确实要上楼。

沈启明微微垂首，收回按着开门键的手指，向上移动，深灰色的没有一丝褶皱的正装外套下露出整齐的袖扣和手表，从手腕到骨节分明的修长手指，皆一丝不苟，就像他这个人淡漠得不沾人间烟火的气质一样。

“会议还没开始，我听说你到了，就下来了。”沈启明开口，声音低沉平缓，“去顶楼？”

金窈窕“嗯”了一声，便见他按亮了顶层的数字键，电梯门在面前缓缓关闭。

沈启明垂眸注视着她。

金窈窕安静了几秒，提高了右手拎着的保温壶：“这是什么？”

沈启明看着竟然有些无辜的样子：“乌骨鸡汤，我炖的。听说你今天要来广电，就带来了。”

还真是他炖的……而且话好多……

金窈窕仿佛听到了什么东西崩塌的声音：“你什么时候对下厨感兴趣了？”

沈启明没有立刻回答，看了看她，忽然笑了声，声音依旧低沉平稳：“窈窕，我有很多做不好的事情。”

“但现在我会一样一样去学。”他说，“学习怎么追你。”

会议室里，之前见过面的各省代表已经到了，注视着进门的金窈窕：“金董来了？”

金窈窕朝他们笑了笑，将保温壶放在桌上。屋里的其他人看到之后有些意外：“您带吃的来了？”

有人看了眼时间，说：“大下午的，确实是应该吃点点心，没事，金董，会议还没开始，您吃您的，不用管我们。”

金窈窕本想推辞，但那位请她转发了不少次公众号文章的老厨师一直让她别顾虑大家，见她似乎不同意，还热情地上来为她拧开保温壶。

保温壶打开，鸡汤的香气飘出来，金窈窕接过老厨师递来的壶，沉默几秒后，还是喝了一口。

在座的都是江湖老手，老厨师瞅一眼就知道汤炖得如何：“这不是金董您炖的吧？”

金窈窕点了点头。

“鸡块切得一般，新手吧？不过闻着还挺香。”那老厨师职业病发作，评价道，“乌骨鸡也挑得不错，是老鸡，啊，我之前那个文章里介绍过乌骨鸡的挑法……”

他洋洋洒洒地说了一大堆，才意识到自己废话太多，咳嗽了一声，问金窈窕：“看得出是下功夫熬的，味道应该不错。”

金窈窕慢慢盖上盖子。鸡汤的香气在口中飘荡，当然比不上她的手艺，但不得不说，挺意外，熬得确实不错。

会议室里的和谐很快被打破，上一次会议没能出席的其他城市的代表被工作人员带了进来。

金窈窕看到了一张熟悉的面孔，是之前参加过铭德新店开业的那位吴总，对视后，那位吴总主动对她点头笑了笑。

金窈窕也对他点了点头。

新店开业那天，金窈窕察觉到闫会长跟协会成员之间的气氛似乎有些不对，之后她找到几个有来往的成员打听了下，才知道闫会长推荐她来这档节目居然顶了那么大的压力。

老头子倔得很，宁肯得罪成员也不愿意退让，搞得协会里因为这事暗潮汹涌。

后来，临江那边来的领导也是坚定不移，得知这件事后，就齐上阵做会长的工作。协会里为了这个名额暗潮汹涌了很久，搞得甚至都有点不和睦了，闫会长明显不可能一点都不在意。于是深城餐协内部就提出重新竞争，吴总终于如愿出头。

论综合实力，他确实是深城协会里数一数二的成员，否则也不会对铭德那么有意见。只是现在，他的心态已然转变，这会儿在会议室里看到金窈窕，居然还有点小感激。

之前因为误解铭德，他在外头碎嘴说了不少，金窈窕要是有心搞他，根本不用多做什么，占着闫会长手上的名额就够他喝一壶的了。

毕竟不管是临江推荐进来的还是闫会长推荐进来的，对铭德来说都是一个样。但人家最后却没追究，看他现在能中选，就知道铭德也没让闫会长刻意排除他家公司的竞争权。这一举动可以说是让整个深城餐协对铭德的好感度大增。

吴总自然也不例外，他简直都想请金窈窕喝一杯，但最终还是只远远地打了个招呼。

一是因为自己之前的小心眼有点心虚，二是金董长得有点好看……周围没有熟悉的餐协成员在，两家又没什么交情，他不太好意思单独上前说话。

可能是他招呼打得有点生疏，导致那边的金董也回应得不太热情，吴总看着金窈窕将一个保温壶整理好放在休息处的角落，有些后悔，正想着要不要热情点去重新问个好，一旁忽然传来某位城市代表的声音："您是深城餐协的吴总吧？"

吴总回头："你是……"

这位代表笑了笑："我是兴和食品推荐来的，姓刘。"

吴总跟他握了握手，正想着对方为什么主动跟自己打招呼，就见那位代表瞥了金窈窕的方向一眼，对他露出"我都懂"的表情："委屈吴总了，被铭德算计，好在最后没让他们成功。"

吴总一愣。妈呀，这估计是听过我之前抱怨的人，不然怎么会上来就说这些？

除了丢人，他一瞬间最大的想法就是千万别让金董听到，要是被金董听到，他从今往后可没脸做人了。

于是他立刻想跟对方解释清楚，还没开口，就见对方忽然靠近："实不相瞒，我跟吴总您同仇敌忾，也看不惯铭德好久了。"

这位姓刘的代表说完，就见吴总一愣。

想到来之前兴和老总的抱怨和嘱托，刘代表微微一笑，想逼迫铭德就范还不容易？拉拢几个同行不就得了，这位姓吴的老板，家里餐厅的生意在深城可是数一数二的规模，之前却被铭德硬生生抢走了节目组的名额，只看他现在重新站在这里，就知道双方私底下肯定没少明争暗斗。

吴总在深城本地实力雄厚，想必会很情愿跟兴和合作，动动手找关系让人封个铭德的冷库，或者扰乱一下铭德的生产线，这就足够让铭德焦头烂额地来求和了。

友情嘛，不就是从说同一个人的坏话开始的？说了同一个人的坏话，我们就是朋友了！

他自觉已经付出了足够的真诚，只等着回应，哪知对面那位吴总毫无与他结交的意思，倏地抽回手，沉着脸坐到老远，虽然没明说，但浑身上下都写满了“你不要靠近我”。

姓刘的代表呆滞了几秒，委屈地开门出去打电话：“兴董，深城这里的人好古怪。”

刘代表如此这般描述一番后，自尊十分受挫。

小舅子在一旁听完前因后果，却忽然醍醐灌顶一般站了起来，愤愤不平地说：“姐夫，我知道了，他们肯定是看不起外地人！”

第32章

大老板自然不会搭理不学无术的小舅子的话，只是内心也隐隐觉得深城人确实不怎么好相处。

那位代表深城参赛的吴老板跟铭德的纠纷是他让下头的人打听到的，可就算这样，对方仍是不愿意跟兴和推荐的这位代表打交道。

大老板想了想，说："可能只是不信任我们，算了，先不谈这个，之前让你去找的区域代言人找得怎么样了？"

小舅子办起正事来还是有点谱的，听他问起，立刻从电脑里调出来一个文档："您具体要什么样的啊？"

大老板想也不想地说："现在这个情况，当然是要红的，在深城有商业价值的，有话题的，能帮我们打进深城网络市场的。"

"也是，现在都没几个人看电视了，看广告的都是网上的年轻人。"小舅子指着文档里的一排照片给他解释，"这都是最近在深城比较有话题度的明星，您看一下他们对业内公开的条件和报价。"

大老板一看前头几位的报价就皱起了眉，想了想还是点开其中一张认得的年轻面孔，说："问问他吧。"

"哦，宁瞬啊，他最近在深城这边录一个节目，确实红得不得了，年轻人讨论指数最高的明星就是他了，而且他的粉丝也带货。"小舅子摸摸自己的脸，又看看照片里的那张脸，掩不住对这位当红明显的羡慕，然而联系上对方的经纪人后，却得到了让人失望的答复。

"姐夫，他们说咱们公司的产品跟宁瞬的定位不符，而且宁瞬也不当区域代言人，拒了。"

小舅子翻了翻宁瞬现在的代言，果然都是些定位十分高端的珠宝手表、高级成衣，走大牌时尚路线的，也难怪看不上接地气的食品，不由得叹了口气："要不咱们给他加点价？看看能不能争取一下？"

大老板的自尊心有些受挫，不悦地哼了一声："一个小明星也这么傲慢，用不着，咱们找其他人。"

更何况他那个价目的代言费，再往上加，就该加成天文数字了。

结果他们一连找了好几个明星，要不就是兴和无法接受报价，要不就是路线跟兴和不符合，大老板越联系脸色越不好看，好在最后，总算被他们找到了个合适的，但这位明星不管从话题度还是定位上，都比一开始他们看中的宁瞬要差得远。

小舅子看着大老板的脸色，只能想方设法地指着照片上最终留下的女明星找补："乔语丝也不错，虽然没有宁瞬那么红，但她最近也上了深城的节目，前段时间还拍了宁瞬的MV，跟了几个综艺，算是小有名气，在深城肯定也有很多粉丝。"

大老板抿着嘴，很不满意，但也知道真正特别火的明星肯定不可能看得上自家的产品，想想也只能这样了。

深城广电，那位吴总嘴快得很，没多久就悄悄跟金窈窕说了那位刘代表找上他说看不惯铭德的事情。

一听对方是兴和介绍来的，金窈窕不用多想就知道是怎么一回事了。

刘代表所代表的正是兴和最开始发家的兴省，兴和作为冷冻食品业名列前茅的大企业，虽然如今将总部搬到了京城，但在老家兴省的影响力却丝毫不减，难怪能够手握节目组的推荐名额。毕竟不是每个代表都像铭德和吴总这样，是被公司所在地的市政和餐协推荐来的，像刘代表这样靠着跟本地具有影响力的大企业的关系脱颖而出的也不少。

这位刘代表也是好笑，对吴总说了看不惯铭德，私底下却对金窈窕热情客气得很，看不出一点不满的意思。这会儿大家开完会一起从会议室出来，隔着老远，对上金窈窕的目光，他还露出充满善意的微笑。

金窈窕便也朝他笑了笑。

休息室门口，她收到了今天的保温罐，跑腿的助理小心翼翼地对她解释："金董，今天沈总有个合作会议要开，来不了广电。"

保温罐里盛的是一罐银耳雪梨汤，热腾腾的。

昨天那位热衷撰写公众号的老厨师发的正是如何挑选优质银耳，前天则是山药的一百个搭配。

遥想当初，她也是提着这样的保温罐无数次穿梭过校区。

金窈窕望向休息室的窗外，满目翠色，阳光正好，来往的人们已经换上薄衫。

春天快要结束了。

离开的时候，她碰上了同在广电工作的宁瞬，宁瞬也不跟之前那样不打招呼了，看见她就跟上来："姐姐，你上次怎么没去看我录节目？"

金窈窕不欲多做回应："不感兴趣。"

宁瞬可能习惯了她的冷淡，一副逆来顺受的样子："姐姐，铭德出的新产品我尝过了，听说是你研发的，味道真的很厉害。我们团队里的人都很喜欢，最近跑行程的时候每天都组织吃三鲜水饺。"

金窈窕："谢谢惠顾。"

宁瞬顿了顿，忽然开口道："姐姐，铭德还缺代言人吗？"

金窈窕："嗯？"

宁瞬："你看我怎么样？"

金窈窕瞥了他一眼："不用了。"

宁瞬："为什么？我很能带货的，上个月推广的全钻手镯都被我带断货了。"

金窈窕："因为贵。"

又贵还又讨厌。

同一楼层，乔语丝按捺着内心的喜悦，坐在找上门的金主对面。

听说兴和的老板要来广电谈一个媒体合作，她录完节目，趁着对方没走，立刻让经纪人带自己来与对方会面。

她这些年在圈内混得不温不火，也就是从拍摄了宁瞬的MV开始才逐渐有了姓名，这段时间得到了深城几个综艺的邀约，她常常露面，总算是摆脱了以往不戴口罩走在大马路上都没有一个人认得的窘境。话虽如此，但她手上的代言仍旧少之又少，仅有的那几个还都是一些小品牌。现在好不容易来了个全国性的大企业，实在是她代言史上的一次飞跃。

她这样的小明星，不像宁瞬那样能够随意挑拣资源，对她来说，兴和已经是相当不错的合作方了。因此对待兴和的大老板，她诚意十足，只想尽快将这个工作敲定下来。

兴和的大老板跟她聊了一通后，相对比较满意。他同样接受了现实，以兴和的产品定位，想找那些高知名度的明星代言明显不太可能，这位女星虽然比不上人家，可至少在深城有点基础，而且她便宜啊！

双方相谈甚欢，差不多默认了接下来的合作。

大老板舒了口气，接过下属递来的热茶："不知道乔小姐知不知道兴和目前在深城的竞争者？"

乔语丝哪能不知道呢，温婉一笑道："您是指跟铭德吗？"

大老板皱了皱眉："乔小姐也知道铭德？"随即他拿茶杯掩住嘴唇，多疑地打量，"莫非铭德也有找乔小姐合作的意向？"

乔语丝内心撇撇嘴，笑着回答：“怎么可能？就算他们来找我，我也不会同意跟他们合作的。”

大老板又觉得有点爽，又觉得她有点傲慢，忍不住由她的话想到了那些拒绝跟兴和合作的明星：“就因为看不上冷冻食品吗？”

“怎么会呢！”乔语丝赶忙解释，“我只是不喜欢这家公司而已，跟产品有什么关系？您看您找我，我不就痛快答应了？”

大老板心道原来如此，笑了笑：“我还以为你们这些做明星的，都觉得兴和的产品不够时尚呢。”

乔语丝算是知道对方为什么会因为自己的一个回答就那么敏感了，她作为圈内人，自然明白一些大腕的取向：“兴和这么有实力的大品牌，谁会这么想呢？”

大老板哼笑一声，没回答。

乔语丝猜都能猜出对方在她之前肯定有更中意的人选，但也不以为意：“走国际时尚路线的同行，肯定会矫情一点，不过兴董，您的兴和在业内的规模根本不用在意这个，兴和跟铭德能是一回事吗？兴和可是大企业，您要找代言人，圈里多少人争着抢着来，换成铭德，那位金董就算捧着金子来找我，我都不会乐意多看一眼的。”

大老板碎裂的自尊心被抚平，终于只剩下爽了，指着乔语丝夸奖道：“乔小姐果然很有头脑啊。”

双方互捧臭脚，都香得喜笑颜开，直到一并起身，有说有笑地打开门，不远处，熟悉的声音飘过来——

“请我当代言人吧，价格都好商量。”

“铭德目前不需要代言人。”

“那什么时候需要？我真的不贵，请我吧。”

“……”

“实在不行，也可以赊账。”

负责人愣愣地看着关闭的电梯门，半晌后回头：“刚才那个是宁瞬吗？”

是那个经纪人转得二五八万似的，一口一个兴和的产品不符合我们定位的宁瞬吗？为什么转头朝铭德跳楼大甩卖起来了？

大老板两颊挂不住的肥肉猛地颤了下。

老脸丢尽的同时，逼迫铭德在深城跟兴和合作的工作也必须跟进，然而试来试去，兴和发现当真是无法可想了。

于是，铭德旗下的经销商纷纷找到公司，愁眉不展地给江柏汇报：“江总，我们在省外的铺货遇到了点麻烦。”

第33章

找到江柏的经销商老李十分发愁。

他在行业内摸爬滚打那么多年，才抓住铭德这样一个有前景的好合作方，开创了他事业的新辉煌。这段时间，铭德的产品在深城大受欢迎，他作为最先跟铭德签订合约的经销商，着实大赚了一笔。先前对他冷嘲热讽的同行们近来看到他，都酸溜溜地称他一句运气好，他并不生气。他运气确实好，也知道这些人背地里想抢机遇想得发疯，既然如此，他又有什么可生气的呢？

他是打定主意要跟着铭德做下去的，就像那些他羡慕过的抓住了机遇的业内巨头一样，因此他毫不懈怠，兢兢业业地在深城为铭德跑市场，除此之外，赚来的钱也半点不心疼，跟铭德签订了省外的合约后，都投入了将铭德的产品推向全国的工作。

只是这些天，他在省外正在谈的好些经销渠道突然出现了变故，其中一些几乎都快签订合约了，却忽然告知他不打算继续了。

一开始他还以为这些小经销商只是因为铭德是新品牌而有所顾虑，便没多想，可这样的人越来越多，他逐渐意识到了不对劲，想方设法打听了一番，才知道这些小经销商们竟然都得到了兴和的代理合同！

这太不合理了。

兴和是多少年的老牌子了，老牌子跟新品牌面对经销市场的态度是不一样的，尤其是兴和这种在业内有着高占有率的老品牌，他们根本不缺找上门来的合作者，甚至一些最开始就代理了他们产品的经销商，现在已经做成了老李曾经羡慕的那种在冷冻零售业举足轻重的大团队。虽然他们在深城的市场暂时没打开，但决定进入深城，那也是兴和挑选合作者，而不是合作者挑选兴和。

以老李以前在深城零售业的渠道和地位，压根就没有竞争代理兴和的产品的资格，兴和能看得上眼的，无不是那些已经有底气有资源的大团队，所以兴和才能想什么时候铺货就什么时候铺货，之所以它在深城迟迟没能发展起来，无非是其他同行在深城找到的经销商也很厉害罢了。大神才能跟大神斗法，老李也就是靠着铭德现在在深城做出了一点名堂，才在零售商那边有了点话语权，放在过去，根本不够这些人一根手指捏的。

可想而知大品牌的合作权在业内有多难得，虽然他们的合作条款相对严苛，可风险低啊。

老李试图争取那些之前跟他畅想过未来的外省合作者，却反而被埋怨："李总，不是我看不上您手上的小品牌，只是兴和那么大的公司放在眼前，傻子都知道该选哪家。而且兴和给的发展规划更漂亮，给我们承诺了很多，什么请大明星做代言之类的都会安排上，人家这还是市场已经做成熟的大公司呢。咱们这些小团队，跟着您，就得累死累活去推广小牌子，还担着风险。可跟着兴和，都不用多干什么，跟在大经销商屁股后头就能轻轻松松吃到饱。换成您，您选哪家？您也别说什么风险机遇并存，铭德未来多么有前景的话了，不就是为了投在产品和市场里的钱在坑咱们吗？我敢说，您要不是已经签了铭德的合约，您也争着抢着来跟我们一起干。"

老李被讽刺得无奈："鼠目寸光啊！"

没了这些外省的合作者，他在毫无人脉的市场顿时举步维艰，有时登门拜访一些不熟悉的终端零售商，甚至连门都进不去。

另一头，一些直接跟铭德签订合约的外地经销商也遇到了相似又有所不同的问题。

一位京城的铭德经销商惊讶地接到了某大型连锁超市采购部负责人不予合作的决定。

这可是过去合作很久的老相识了，私下里也没少给好处，京城经销商对这位负责人突如其来的拒绝感到无法理解："为什么？"

负责人似笑非笑地说："我们这种正规连锁大商场，不是什么东西都能随便放进来的，您这个产品啊，不太合格。"

京城经销商为这个强词夺理的理由愣了愣，随即意识到对方在为难自己："老哥，咱俩的交情不错，你可不能这么开玩笑。"

"嗨，谁有空跟你开玩笑。"那位采购部负责人挂了电话，便朝对面几位本地最大的冷冻食品经销商笑道，"这牌子还挺厉害，居然把这么多业内的大品牌都得罪完了。"

他对面齐刷刷坐着京城冷冻食品行业的所有龙头老大经销商，加在一起的分量，不知道比那个被拒之门外的铭德高多少。

经销商倘若也分三六九等的话，这些人，无疑就是金字塔最顶端的那一批。

负责人表现得格外有诚意，甚至不惜当着这些人的面给合作已久给过自己不少好处的人难堪。

反正零售商一定意义上在经销商跟前占有优势，尤其是他任职的这种连锁量数一数二的大商场，虽然商场不是他的，可他管采购，那种说出来都不知道是什么的品牌，让不让进门，本就是他一句话的事。

对面的人里，兴和的那位经销商开口道："也没什么，新出来的牌子，不知深浅，公司让我给他们个教训而已。麻烦您了。"

兴和虽然尚未打进深城，在京城却是所有大品牌中市场占有率最高的一个，其他几位经销商听到他这话后也不反驳，只是笑着。他们并不认得铭德，一起出面给零售方施压，主要就是在京城要买兴和的面子。

虽然不知道兴和为什么要让自家的经销商跟一个新出来的小品牌过不去，可跑一趟而已的事情，搞的还是以前听都没听说过的公司，还能让兴和欠他们个人情，想必谁都不会有意见。

那位采购部负责人不太了解当中的事情，但也不大在意，能在这些人跟前卖好就可以了："各位难得拜托我，有什么可麻烦的，反正一个小牌子而已，就算气不过，还能把我怎么着？不过这件事情，天知地知，各位知我知，还是不要说出去的好。"

他说这话，倒不是担心铭德报复，这牌子他听都没听说过，听说是在深城和临江发展的公司，天高皇帝远，在京城要根基没根基，要知名度没知名度，日后发展不起来，能拿他怎么着？但要是被上头的领导知道了，虽说是一个小牌子，不会有什么大麻烦，可终究不太好。

各经销商们明显都懂他的意思，笑着点头。

采购部负责人看着手机上的银行入账金额，不由得露出幸福的微笑。随手拒个新牌子就能拿到好处费，还没有后患，这种划算生意怎么不多来几遭？

江柏脑子灵光得很，先前被金窈窕提醒后他就把兴和记在了心上，这会儿遇上接踵而至的麻烦，立刻就猜到可能是兴和的手笔，之后老李将打听到的外省合作者拿下兴和合约的事情汇报上来，他一点也不意外。安抚过对方后，江柏整理完目前接到的所有消息，一一汇报给金窈窕。

金窈窕一边听，一边慢吞吞调着味道。

一块细致的纱布，炖煮到火候的绿豆从甜汤里舀出来，包进纱布中，一点点挤出细腻的豆蓉。

豆蓉挤出来后，影响口感的外皮就都留在了纱布里。倒入糯米粉，加入滤干净杂质后熬煮绿豆的甜汤搅拌。淡绿色的面糊在搅拌盆里，映着白炽灯的光芒，可爱得让人忍不住心生好感。

另一盆里，放的则是粉色的面糊，饱和度很低的舒适淡粉，散发着不知名的甜香。

将奶粉混进新的一盆米粉里，金窈窕将它们放上锅蒸制，擦着手平静地轻声说:“兴和的老板之前给我打电话，我就猜到他们不会善罢甘休，不过等了那么久他们才有动静，我还挺意外的。”

江柏苦笑:“能花那么多功夫逼咱们就范，看得出来他们真的很觊觎深城的市场，不过也是，毕竟是最后一个他们没拿下的一线城市，攻下来说不准就能做龙头老大。但他家小气也是真的，那么大一个公司，想让咱们帮忙，给咱们点好处不行吗？”

金窈窕笑着说:“他们的好处是那么容易拿的？”

江柏摇摇头:“也是，兴和这些年逼死了不少小企业，估计恨不得竞争对手全都死光，咱们在深城发展得比他快，肯定也被提防了。”

就连一门心思想促成的跟铭德的合作都是用打压来逼迫的，既能威逼铭德就范，又能削弱铭德走向全国的脚步。

糯米糊熟得很快，从锅里再取出来，已经成了通透的凝固状。

热力一蒸，混在里头的甜香味顿时更加浓郁鲜明，嗅得江柏这个不怎么爱吃甜食的人都有些心动，他帮金窈窕把那盆粉色的面糊放到桌上，分辨不清嗅到的气味，疑惑地问:“这里头放了什么？”

金窈窕:“腌的花蜜。”

江柏了悟:“原来你前段时间让工厂划出新片区批量生产的就是这个，成品出来了？”

金窈窕点头，指指不远处的一个罐子:“刚让人送给我的。”

批量生产的蜜，自然不可能像她亲手腌的那么好，她的那罐蜜是经过时间磨砺的产物，春夏秋冬，每一季度的新花开，都要放进新的原材料。

不过批量生产有批量生产的办法，费时费力的一些工序可以剔除，长期腌制的手法也可以改成提纯精粹，不必太过追求包罗万象的四季，调几个合适的混合口味来分批生产，最后出来的成果也可以在香料界中自成独特的一派。

花和蜂蜜这种食材，其实各自都有格外契合的搭配，单独看不觉得特别，并列在一起时更不觉得它们有互通的地方,但通过特有的手法将它们加工在一起，却出色得远超很多人的想象。

金窈窕一直觉得这种将看似不搭的食材组合在一起的方式很有趣，也希望更多人能感受到成品的有趣之处。

江柏看着那罐腌蜜，意识到什么，问："这是咱们冷冻链里要加甜品的意思？"

金窈窕点头，给他切了一块还在发烫的蜜糕："除了主食，铭德也要拓宽更多的新品。"

蜜糕蒸之前抹了油，粉色的糕体表面发着亮，隔着保鲜膜，不怎么黏，却有着相当舒适的软糯手感。

一口咬下，软软烫烫地淌进口中，独特且充满记忆度的甜香味就顺着味蕾在整个颅腔蔓延。

意识到独特这两个字，江柏就知道老板又赢了。

甜品其实非常适合铭德的冷冻产品链，毕竟铭德的定位从来都不是让食客果腹而已，即便生产的是跟其他品牌同样的产品，铭德追求的也是给食客带来更高的生活品质。

但甜味太容易被复制了，奶味、香草、抹茶、果香……算来算去，不过就这么些分类，区别只是味道的浓淡。但现在在他的味蕾上蔓延的这道滋味，却不属于当中的任何一种。

江柏已经可以想象出食客们尝到它后对独属于铭德的气味难以遗忘的场景。

将甜滑绵软的蜜糕塞进嘴里，可能甜食真的会让人感到幸福吧，他嚼着蜜糕，被兴和搞坏的心情竟也没那么糟糕了。

金窈窕问："兴和最近除了搅浑水，还有什么动作？"

江柏一听就露出好笑的表情："他们能干什么，上蹿下跳地给自己找存在感呗。"他掏出手机指给金窈窕看，"先是宣传了要请明星做代言，虽然没说是谁，但估计接下来肯定是要大炒特炒的。还搞了这个，你看，好不好笑？"

金窈窕一看，果然有点好笑。

网上居然有模有样地搞了个最优秀的冷冻食品评选。发起方还是挺有名的主办方，搜罗来市面上大大小小各类的冷冻食品，然后按照口味、材料等排列高低，上榜的全是业内的大品牌，兴和也赫然在列，当然，名单的最后也有零星几个不知名的小品牌上榜，但看来看去，都没看到铭德的痕迹。

评选活动里聚集了业内各个龙头老大，在网上有些讨论度，评论里都是食客讨论各品牌产品口味的声音，因为面向的不是特有的城市，因此留评论的食客都来自天南海北。评论区里也出现了来自深城和临江的声音，语气却有些冲，似乎是因为主办方删除了不少深城临江两地提到铭德的评论，质问主办方为什么没把铭德列入备选。

大部分的网友不太了解前因后果，看到两地网友的不平，都有些不理解，甚至还有人因为深城临江两地网友的激动而感到烦躁，毕竟他们是在为一个其他市场上根本看不到的品牌搞坏气氛，因此一来二去竟然吵了起来。

主办方也是格外有意思，等两边都吵出火气以后，才出面温温柔柔地解释："秉承为食客负责的原则，本评选只针对业内具有一定实力的正规企业哦。"

这话惹得外地网友哄堂大笑，纷纷嘲笑深城临江两地的网友追捧"野鸡"品牌。

深城跟临江的网友又委屈又愤怒，偏偏在主办方控场的前提下怎么都压不过另一头，于是无端端的，铭德便多了个"野鸡"的新头衔。

这对准备走向全国的铭德来说可不是什么好事，不少外地的经销商估计看到这些都能吓退。

虽然榜单上得益的业内大牌有许多家，但单看主办方对铭德不加掩饰的打压，就知道背后肯定少不了兴和的手笔。

江柏收起手机，无语地说："这种时候兴和又大方起来了，以他们的作风，明明应该把榜单里所有的奖项都发给自己才对。"

金窈窕摇摇头："别的不说，就咱们京城经销商遇到的问题，不太可能是只靠兴和能使出的绊子，估计是在拉拢队友呢，顺便让咱们看看他们在业界的实力。"

江柏终于沉下脸："金董，我是真不喜欢被胁迫着去做什么事。"

金窈窕微笑，取出一块绿豆糯米糕："巧了，我也是。"

江柏看着她的笑容，忍不住顿了下："你不着急吗？咱们在省外投放的广告被拦下来好几次了，知名度打不开，就只能一直留在深城和临江，说不准外地餐厅的营业计划都要因为产品受阻而被推迟。”

金窈窕把那块嫩绿色的糯米糕按成叶片的模样，然后将淡粉色的蜜糕修成一朵精巧的花，稳稳落在上方。她端详片刻自己的作品，问：“知道我为什么忽然用花蜜做糕点吗？”

老板的思维这么跳脱的吗？江柏额头上浮现出一个问号，想了想，咂巴了下嘴，舌尖还萦绕着尚未散去的甜味，他答道：“为了给我尝尝？”

兴和，大老板得到京城那边的经销商给出的战报，满意地“嗯”了一声，想到什么，脸色又不太好看，问乔语丝：“你确定宁瞬不会接铭德的广告？”

乔语丝的眼神也阴沉了下，随即才露出笑容：“我告诉他经纪人了，他经纪人也很生气，不可能同意他乱来的。”

大老板堵着的心果然舒服了些，喝了口茶。

乔语丝嘴角挂着笑，心中却一阵一阵发闷，好在大老板很快给了她一个好消息：“你的广告，最迟下午就能上，公司这次给了很大的力度，网络电视地推全都有，到时候整个深城都会看到的。”

乔语丝的心情顿时好了很多。

这可是她头一次跟这种大品牌合作，公司透露出消息以后，她的粉丝也高兴得很。

这无疑是博取知名度和曝光率的好渠道，等双方合作的消息正式公开，曝光一定会更多。而且兴和怎么样都不可能允许公司一直在深城不温不火，他们家大业大，做起来不也就分分钟？那未来兴和在深城的销量都会算在她的头上，一些原本因为她没什么实绩还在观望的品牌方肯定会对她增加信任，可以说是一顺百顺。

大老板也对公司接下来的一系列动作抱有极高期待，想到自己托人压下去了好几次铭德在外省的宣传，以至于不少深城人都不知道铭德即将在外地铺货的消息，他舒了口气，说：“等他们吃到苦头，自然就知道该抱哪条大腿了。”

广告上线时间，乔语丝拿着手机，刷到几条工作室发布的公告，轻轻地点了个赞。

大老板得知巨额宣传已经投放出去，也点了点头，示意小舅子去拿手机，他要联系金窈窕。

铭德倘若愿意听话，帮助他们在深城提高市场占有率，他不是不可以考虑将外省的知名度分给对方，当然，不能太多。

想必那位金董也该着急了，她也不想想，出了深城这块地盘，铭德还剩什么？

乔语丝盯着转发了工作室公告的美食八卦号，都是粉丝量最高的等级，加上兴和的投入，按理说很快就该有讨论度的，可等啊等啊，等了半天，却没等到什么评论。

最近兴和在网上应该有点热度，之前冷冻食品评选都有不少网友支持他们呢。那些美食爱好者呢？乔语丝不免感到疑惑，在首页刷新了下，却冷不丁看到了八卦号的新动态，语气比收钱转发她的公告时亢奋了怕是有一千倍还多："我一个爆哭！我最爱的国际巨星黛比发自拍推荐我大华夏的美食了！"

乔语丝瘪了瘪嘴，难怪这会儿美食圈没人关注兴和的代言合约，原来是黛比。

黛比以前就是炙手可热的大明星，最近一年时间，更是火得一塌糊涂，这么说吧，她跟黛比的人气，中间只怕隔了快有五十个宁瞬，每次她一有点风吹草动，隔着大洋都能震得几个洲颤三颤。

深城自然也不例外。黛比的粉丝本来就狂热，这会儿见她跟自己家的美食扯上关系，可想而知该有多激动了。

真是倒霉，发个代言公告居然还能跟这种巨星撞车，乔语丝这么想着，也有点好奇，于是点进热门微博，果然见黛比的视频高挂第一。

视频是粉丝搬运的，上方挂着这位粉丝一大串激动的心声："黛比推荐的！买！这是什么排面，能让我家巨星推荐？这是速冻食品里的爱马仕吧！"

看到速冻食品这四个字，乔语丝惊呆了，心说不会吧，兴和这么下血本的吗？

黛比身上的代言可比五个宁瞬摞起来还要有含金量，乔语丝想到这里，激动得呼吸都困难了，战战兢兢地点开，迎头就被铭德速冻产品的包装袋盖了满脸。

第34章

黛比的这个广告，着实做得很用心。以她的咖位，出镜都是以天价计酬的，竟然专门为此正正经经地拍了个视频。视频里，她先是拿着铭德产品的包装袋介绍这是什么东西，紧接着又亲自下厨，将一袋冷冻的青团放进锅里蒸。

滚圆可爱的青团被她亲手蒸得热气腾腾，镜头前，她吃得笑容满面，甚至还将咬了一口的青团馅料展示给屏幕看。

她的团队成员也有出镜，吃牛肉面的吃牛肉面，吃小馄饨的吃小馄饨，和乐融融地露出幸福的表情。

“太神奇了。”她的新经纪人对碗里的牛肉面赞不绝口，“这绝对是我吃过最美味的面条，让我难以想象它是冷冻产品，你不如去做他们的全球代言人算了。”

黛比连吃两个青团，笑着说：“如果可以的话，我当然很愿意。”

她吃东西吃得津津有味的样子让粉丝们开心极了。

她这一年来新闻不断，解约之后，状态越来越好，不仅因为身体变得健康，歌声更加动听，就连创作能力也是直线上升。

以往她不管多么火，创作的作品总有些悲情，现在却不一样了，她今年新出的专辑，宛若脱胎换骨一般，像是被注入了澎湃的生命力，不光对歌曲的掌控能力更上一层楼，还让听到她的音乐的人不禁生出对美好的向往。这张新专辑的受欢迎度更甚以往，为她带来了比过去还要可观的人气。圈内地位能跟她旗鼓相当的歌手本就不多，新专辑现象级爆红以后，她俨然有了超出所有对手的阵势。

更多的支持者，带来的除了更上一层楼的事业，还有更多的关心。

对粉丝们而言，黛比的厌食症一直是他们最担心的问题，以往她刻意隐瞒，大众才对此不了解，以为她只是瘦而已。自打知道以后，那可了不得，简直时时刻刻在任何渠道都想用尽一切办法劝她多吃点饭。就连演唱会上，都有人集体带着“黛比你要多吃一点”的横幅来见她。

因此世界各地的粉丝都对这个推荐视频里出现的品牌抱以极大好感，瞬间就生出想要了解这个品牌的兴趣。有了粉丝们的加持，更多普通人的关注自然也被吸引过来。他们自然不可能跟粉丝一样关心黛比，因此重点也有所不同。

黛比得了厌食症这件事在海外绝对是人人都知道的大新闻，掀起过不知多少次规模盛大的讨论，好在换了新经纪公司以后，公司和黛比的团队都对外宣布她正在接受治疗，情况有所好转。不过狗仔格外关注她的饮食情况，时不时就发出黛比在公开场合进餐但吃得不多的八卦。

大家也都能理解，厌食那么多年，想重新拾起像正常人一样对食物的热爱肯定不太容易。但现在，她居然在视频里半点不掺假地吃下了整整两个青团！

那可是拳头一样大的青团，她吃也就算了，还明显沉浸其中，十分享受。

以黛比的身价，还不至于要掩饰自己的生理不适来赚钱，喜好美食的人更是一眼就能看出，她那完全就是吃嗨了。

居然能让黛比吃嗨，这得是什么程度的美味才能做到啊？

不了解她推荐的东西的人们被馋得直流口水，虽然关注的重点不同，但也跟粉丝们殊途同归，人们打开各大网页，搜索起她推荐的这个品牌，一时间世界各地的搜索引擎里铭德的搜索量直线上升。人们绝望地发现了一件事情——这玩意儿居然只在华夏有卖！华夏的粉丝第一次成了黛比各国粉丝中被羡慕的焦点。

殊不知，大多数华夏粉丝其实也很蒙，喜欢的明星推荐了自家的品牌，他们这些做粉丝的居然都没有尝过。

但这不影响他们骄傲。自家的品牌，被喜欢的人认可，能不骄傲吗？莫说他们，就连许多并不算黛比粉丝的普通网友都跟着骄傲。

单看先前《华夏珍馐》在海外走红，各大媒体有多么关注就知道了。这种时候，被黛比推荐的品牌代表的就不单单是品牌本身了。

五湖四海的网友顿时都对这个给自己长脸的品牌充满了求知欲，这是从哪儿突然冒出来的尖子生？为什么从没看到？

上网一看，才发现深城和临江的网友都感动哭了——

“铭德，铭德，我们铭德宝宝出息了！”

“铭德是我们深城的啊！他们家不管是餐厅还是产品都在深城特别火，超级超级棒的一家公司！”

“等一下，铭德不是深城的好吗？明明是我们临江的！临江之光！临江人都为铭德骄傲！”

“都一样，都一样，深城临江一家亲嘛！”

“我们铭德超级优秀的，就吃亏在一直没有对外发展上了，之前居然还被骂‘野鸡’，现在家里藏着的宝藏终于被更多人看到了！想要了解铭德的朋友们请戳这里！”

临江深城两地的热心网友专门为铭德制作了一篇介绍文章，外地不了解的网友们仔细一看才发现，这不是之前那家出现在《华夏珍馐》里的餐厅吗？

其实铭德在深城和临江之外也不是真的全无姓名，《华夏珍馐》虽然现在不像刚播放时那么有话题度，但依然有不少各地观众在纪录片后隐约留下了对这个名字的印象。只是在他们的印象里，这家公司似乎是经营餐厅的，而且距离太过遥远，前去品尝对很多人来说未免不太现实，久而久之也就不再关注这个注定与自己无关的品牌了。但现在一看，他们立刻就想起来了。原来是那个铭德啊！他们什么时候出的速冻产品？居然都红到海外去了，不声不响干了件大事啊。

短暂的沉寂后，突然，全国各个城市的网络都出现了讨论铭德新产品何时进驻自己所在城市的猜想，好像一夜之间，金窈窕奔赴所有城市，将自家新产品的宣传横幅直接挂到了市中心的办公楼上似的。

在省外发展新经销商却频频吃到闭门羹的老李暂时放弃了无用功，回到深城想暂缓脚步。他是不舍得放弃铭德的，虽然屡受冷遇，但他仍想好好拼一把，争取能劝回深城附近那些他努力奔走过的小城市的经销商和零售商们的信任。但还不等他制订好计划,竟然接到了不少询问他手上是否有铭德产品经销权的电话。

他一开始还以为是那几个周边小城市的零售商转变心意回来想合作了，仔细一问，他的双眼当即瞪得老大。

这段时间跟他跑市场同样吃了不少苦的员工被召回公司开会，得知有人主动找上门合作，个个都有种峰回路转的惊喜:“是X市和O市那边的口风松动了？”

以老李公司的资质，在经销行业内不过中下游而已，深城这边的同行大神云集，做得厉害的，靠着手里的品牌，影响力早已经辐射到周边的其他大城市了，因此老李和团队才决定另辟蹊径，将推广目标制定为深城周边规模略小的城市，以此迂回发展。

小城市的市场虽然不像一二线城市那么可观，但一步一步来，总会积攒出成绩的。因此当初得知被拒之门外后，团队成员的内心也跟他一样焦急，最关注的就是还是否有向深城以外发展的可能。

谁知听到这个问题，老李的神情竟显露出一丝迷茫。

面对员工们狐疑的眼神，他缓慢地将统计的找上门来的名单展示出来:“找来的不是X市和O市……你们自己看看吧。总之，咱们团队当务之急，可能是尽快招聘几个小语种翻译。”

大家接过那张名单一看，齐刷刷倒吸一口凉气，竟是好些个周边小国家!

老李喃喃道:“据说是因为现在联系铭德本部的各国贸易商太多，他们排得相对靠后，才想办法找到了手上有铭德经销权的经销商，想通过我们尽快达成合作。不光咱们，目前手上有铭德经销权的同行估计都接到合作邀请了。”

作为小经销商，老李即便跟着铭德把事业做起来了，但他最大的目标不过是靠着铭德的产品在深城周围做出点成绩，几时敢妄想把生意做到国际上！这简直比天上掉馅饼还不切实际。

众人无话可说，与他大眼瞪小眼。任谁都心里有数，自家公司这下真的要跟着铭德飞升了。

哦，可能不止自家。

省外，先前将老李拒之门外的零售商们纷纷接到消费者询问是否能购买铭德的产品，他们怎么听怎么觉得这个被询问的品牌耳熟，待到回去翻看曾经来拜访过的经销商的名片，腾地就意识到自己的预判出了岔子。

但再回头寻找那些拒绝过的经销商商谈，得到的答复却不容乐观："您是X市来的啊？不好意思不好意思，最近刚接了一个T国的单子，我们手上铭德的现货有些不太够，X市的另一个合作方联系得比较早，您这边可能要等到下星期才能供应上。"

之前拒绝了的产品居然销往了海外暂且不说，其他商家要优先得到货的回复当即让众多零售商感觉不妙。

这种不妙感在京城某连锁大商场的采购部负责人身上显现得尤为明显。

得知下属开始登记顾客询问商场什么时候能购买铭德的产品时他就意识到有点不对。这些天，询问的人倒是日渐少了，但那不是因为顾客遗忘了这个品牌，而是有风声宣布铭德的产品要在京城的其他商场开售了！

倘若没什么人在意还好，偏偏铭德这些日子屡上新闻，甚至有不少大媒体盯着他家的动静，一项一项搬运他家跟海外各个国家签订出口合同的战报。

上头的大领导虽然不太管采购部的工作，可平常也有看新闻的习惯，注意到这个品牌后，还让他去找铭德的经销商，早点把这个品牌搞进商场。

接到大领导的电话，他就知道要糟，立刻管不上什么钱不钱的，转头就去找被自己推掉的铭德经销商。

对方倒是没记仇，依旧好声好气的，却说货源不够，实在没法满足他的要求。

采购部负责人急得发昏，拼命争取："我们商场可是京城最大的连锁商场，不管怎么说，货都该先供应给我们才对！"

可他此前把事做绝，现在又是卖方市场，哪还有给他面子的余地呢？

于是不太管采购的大领导终究是得知了其他商场要优先销售铭德产品的消息，第一感受自然是难以置信，以他们商场的规模，在京城零售商里绝对称得上龙头，即便货源不够，各家经销商都肯定是最先考虑他们。

大领导想要搞清楚迟迟无法与铭德达成合作的困惑，自然有一万种办法去弄明白。于是没过多久，各个冷冻行业龙头品牌在京城的经销商都错愕地收到了翻车的消息。

兴和的经销商们是什么心情暂且不说，看到铭德的现状，其他品牌的经销商都犯起了嘀咕。

这个刚开始他们没放在眼里的品牌，好像是个冉冉升起的新对手啊，市场竞争已经很激烈了，是放任新品牌壮大，还是一起把这个尚未崛起的新对手扼杀在摇篮里？这种决定，可不是他们这些经销商一起施压那么简单的，不管用何种方式打压铭德，都肯定要借助自己手上的品牌的资源和力量。于是各家经销商一合计，便把自己的顾虑和先前跟兴和经销商一起做的事情汇报给了品牌公司。

各品牌老总接到各自在京城的经销商的电话时完全是茫然的。

业内突然冒出这么一匹黑马，各家老板肯定不会坐视不管，其实在其他城市的经销商意识到新的竞争者出现之前，深城的各品牌老总已经敏锐地召集了公司得力的高管开会商谈。

最开始他们的重点当然是如何在铭德的影响力走出深城和临江之前先一步消灭这个竞争者，但从第一场会议召开到现在，他们商谈的内容已经完全变了。

铭德已经不是那个在深城跟他们抢市场占有率的铭德了，而是破天荒开拓了冷冻食品在海外的知名度和销售渠道的先驱者。

对待前者，当然是能扼杀则扼杀，但对待后者就不一样了，一个走入世界市场的对手，那肯定是合作好过对抗啊！

成熟的市场做到如今这个地步，已经有些饱和，业内的大品牌们争来抢去，抢的不过就是对手手里的几个百分比。但铭德走出去后，倘若能拉业内关系好的品牌一把，届时等待着他们的就是更加广阔的天地。如何应对，还需要选择吗？

各家老板琢磨着兴和先前给铭德下的绊子，内心暗自庆幸，面对兴和与铭德的纷争，他们一直作壁上观，也想过兴和倘若能真把铭德压住不失为一件好事，甚至还考虑过是否要搭一把手。可那也只是考虑，他们可从没出过手。

既然当初没真的动手，那他们现在跟铭德的关系就算没好到哪儿去，也是井水不犯河水的和平对手，作为业内龙头，他们现在不用付出太多成本，去接触一下，应该就能争取到铭德的信任吧？

结果京城那边的经销商居然悄无声息地把人得罪了。各家老板坐在会议室里，想着自家坑爹的经销商，只有叹气的份。

事已经做了，还能怎么办？成大事者不拘小节，只能尽量表态让铭德看到自家的诚意了。

金家，一盘热气腾腾的百花酥出炉。

金窈窕坐在桌子对面，平静地看着另一头的黛比吹凉酥饼送到嘴里。

酥脆的饼皮淅淅沥沥落进接在下方的手心，浓郁的甜香在味蕾扩散开的那一瞬，黛比顿了顿，垂眸微笑：“金，你没骗我，那罐蜜真的比我上次来时更好吃了，真庆幸我能尝到这个味道。”

经过时间的磨砺，金窈窕亲手腌的那罐蜜已然今非昔比，开罐的那一瞬间，丰厚的香气就足够让人沉醉，制作成新的馅料以后，层层叠叠的复杂沁香更加宛若神造。

当初给出承诺时，黛比都不确定她是否能真的履约。好在她终究撑过了那段黑暗，走进了明朗的新生活。

金窈窕没有提以前的事情，只是说：“你做的也比上次更好。”

黛比咧开嘴：“虽然我跟以前一样在忙工作，可我一直抽时间下厨，当然会有进步。”

金窈窕看着她明朗了不知多少的笑，笑了下：“真高兴能看到你越来越好。”

黛比吃着第二块饼，问：“你呢，也有越来越好吗？”

金窈窕安静片刻，垂眸看向收到的信息，说：“当然。”

信息是堂姐发给她的，告诉她铭德如今在各方宣传渠道都势头大好，只是有件事情比较奇怪，不管海内还是海外，都有相当一部分为铭德做宣传的媒体不是公司请的。其中有些媒体定位比较官方，大概是自发在报道铭德的消息，但也有一些，明显不可能那么好心。

金窈窕让堂姐不用去管，回复完以后，她接到沈启明的电话，沈启明沉声问："铭德的生产线够用吗？"

金窈窕沉默几秒，回答道："深城园区已经拨了新的厂区给我。"

沈启明的声音变得有点委屈："好吧。"

金窈窕听得无言："虽然是铭德的股东，但你也不用操心这些。"

沈启明认真地回答："跟是不是铭德的股东没关系，我只是在想办法追你，不过看来我还需要努力学习。"

他挂断电话后，思索片刻，打开抽屉，将里头的《恋爱宝典之霸道总裁版》丢进了垃圾桶。

这个不行。

各地的铭德产品紧锣密鼓铺开的同时，兴和，大老板正处于呆滞状态。

铭德的路数已经完全超出了他的逻辑认知，这完全就是一家不正常的公司。

要说之前他只是对铭德在深城的飞快发展感到有些提防的话，那现在，他对这个刚刚涉足速冻食品业的新品牌已经充满了危机感。

托铭德的福，他在深城砸下的宣传广告可以说是毫无水花，先前投入给其他城市镇压铭德扩张的成本也没能收到任何回报。眼看着各个城市曾经受他所托，按他要求使过绊子的经销商们个个给回不妙的结果，深城周边、更远的地方，甚至兴和市场占有率最高的大本营京城，零售商和宣传口一一沦陷，这会儿他所想的已经不是要用什么法子让铭德配合他打开深城市场了，而是决不能让这个新品牌真的做起来！

作为速冻食品行业市场占有率最高的龙头之一，兴和绝不能让本就竞争激烈的圈子里再出现一头来势凶猛的猛虎，抢占手上已有的资源。

他甚至有些后悔，早知铭德如此有后劲，就不该因为贪图与它合作能给兴和带来的深城市场而一直不痛下杀手，导致现在深城没进去，其他市场反受威胁的困局。

大老板转念一想，紧迫感又略微放松了些。

毕竟铭德在深城，只有他将这个品牌当作对手在对付。铭德走向全国后，却不一样了。他不相信业内的其他龙头会一点危机感也没有。

产业做到这个地步，龙头之间虽存在竞争关系，但明面上都多少有些交情，好比他之前给自己的品牌做评选推广活动,会同时让其他大品牌的产品上榜一样。想必现在只要他开口，各个大品牌都会顺水推舟地凝聚在一起。

这个念头才刚形成，大老板就见自家不成器的小舅子茫然地找上门来:“姐夫！这是怎么回事？”

大老板最不想见的就是他傻了吧唧的模样，立刻皱起眉头，结果一看他带来的消息，蒙了。

他看着小舅子手机展示的页面，正是他先前让公司联系某协会搞的业内产品评选。

铭德新产品推出的消息被他想办法压制后，活动下方有不少深城和临江的网友上蹿下跳，好在掀不起什么大风浪，只是现在铭德新产品走红，来质疑的人变得越来越多，毕竟是业内挺有权威的协会主办的活动。本打算大肆宣传的主办方终于不敢乱来，只能默默删掉之前对铭德的一切恶意言论，夹着尾巴悄无声息地冷处理，期望这件事能快些从网友们的记忆里消失。

兴和作为出资方，花钱买来这种结果，虽然不太乐意，但也知道轻重，大老板并不对他们的做法抱有异议。

冷处理这一招本来挺好用的，结果就在不久之前，业内某龙头大牌竟忽然下场，谴责起了活动主办方的不专业。言下之意，就是主办方瞎搞，虽然选了他们上榜，但跟他们可一点利益瓜葛都没有，而且他们也不承认主办方给的荣誉。

大老板看到这位旗鼓相当的对手这样，完全摸不着头脑。是啊，是跟你们没有利益瓜葛，可白来的好处，给你，你就安静拿着呗？装什么大尾巴狼啊？脑子真是坏掉了。

他正琢磨着这位对手是不是脑子被门挤了，结果没过多久，一家、两家、三家、四家……业内数得着的品牌就跟下饺子似的砸下来，个个义正词严地一起搞事情。

大品牌们一起下场，原本都要忘记这茬的网友们也蒙了，退去的热情死灰复燃，敲锣打鼓地围过来看热闹。

主办方被这巨大的压力逼迫得无力招架，多年积攒下来的信誉直接崩溃，也不知道是不是为了挽尊，没多久就有“内部消息”传出来，说他们攻击排挤铭德是出于兴和的授意。

兴和好歹也是数得上名号的大品牌，这种大企业的八卦可不是天天都能看到的！兴和终于如愿得到了深城网友的瞩目，比花了大价钱做的广告效果还好，可惜全是骂声，甚至连深城和临江的诸多媒体都纷纷下场，谴责兴和这种靠着在业内的实力打压新品牌的行为。

看到这些报道的一瞬间，大老板就知道自家品牌未来进入深城的可能性已经微乎其微了。他以为这已经足够糟糕了，但没多久，更多的坏消息纷至沓来。

深城之外，其他各个城市，他的竞争对手们竟然有志一同地对兴和发起了攻势，宣传攻势、价格攻势……都是各种各样他熟悉得不能更熟悉的手段。

以往，都是他和某个竞争对手单对单，现在却成了群殴。大老板哪还能看不出来他们在针对自己，他完全被打得招架不能，同时更茫然无措。

他究竟犯了什么众怒，居然让这些对手全都拧成了一股绳？

殊不知正在对付兴和的众多品牌，在出手后看到其他品牌的参与也大为吃惊。原来你们也跟我一样，想靠跟兴和撇清关系的方式交好铭德！

众多品牌在莫名统一战线后，不免面面相觑。算了，难得大家这么有默契，那就索性趁这机会把兴和搞掉吧，就当意外之喜了。

铭德，听到各大城市的冷冻食品品牌忽然合作起来对兴和打响了战争的消息，金窈窕有一瞬间的迟疑。

她都还没动手反击兴和之前给铭德使的绊子呢，怎么其他品牌反倒先追着兴和打起来了？

第35章

业内龙头们都是人精，难得有这么默契不用互相试探小心翼翼合作的时候，能借着示好铭德的机会搞掉一个竞争对手自然是天赐良机。铭德出现以后，他们的市场占比势必要缩水，此时若是兴和倒下，留下的蛋糕自然都成了可供他们瓜分的利益，因此他们斗得快乐极了。

深城还算是和平，因为兴和连进都进不来，但深城以外的各大城市，战争已经如火如荼地打开。

对兴和来说，这个夏天，是一个寒风刺骨的夏天，黑暗得可以列入集团成立以来最不堪的编年史。

以京城为例，各个品牌集团捆绑的捆绑，合作的合作，各自手牵手好朋友，唯独只排斥了兴和。

对不怎么敏锐的消费者来说，他们是感受不到这其中的风波的，只知道最近各家一起做活动，东西忽然变得便宜了。

到了这会儿，兴和也不再有旺盛的精力天天琢磨怎么对付铭德，被压着打了一段时间后，他们意识到对手来者不善，自然不甘心坐以待毙，奋起投入促销战争里。

然而兴和面对的，可是组合起来占据了将近五分之四市场的大型“冰雪联盟”。而兴和，现在在网络上每天都能收到无数嘲讽，任凭他们手段再多端，路数再下流，到了这种时候，也注定只有被压着打的份。

大老板奔赴京城处理事情，眼见己方溃不成军，他坐在办公室里，除了惊怒，只剩茫然。

最开始他想做的，不是拿下深城市场吗？怎么到头来，连大本营都快丢了？这中间到底发生了什么？

不成器的小舅子嘤嘤啼泣：“我就说吧，深城特奇怪，出来个铭德也不是正常公司，看把咱们克的……还是赶紧先烧个香吧！”

兴和疲于奔命的同时，铭德却风平浪静，甚至还在酝酿新的波涛。公司品牌线的产品在经历几番波折后，终于要正式铺售全国，甚至海外。

金父这样沉稳的一个人，近些天也屡屡带着妻子去上香，祈祷接下来能一切顺利。

他活到这个年纪，向来以企业家自居，过去在临江，他攥着铭德的那十来家店，自认手腕过人，女儿将分店从临江铺到深城时他已经自愧不如，可如今，铭德的东西竟要卖到世界各地去了！

就算女儿曾经明明白白展露过野心，要将铭德开遍全国，可那时的他听来，觉得不过是句玩笑话而已。他何曾想过公司能有这一天？

莫说是他，就连临江总公司得知深城这边的发展后都集体震撼了，这些天，总公司的高管们频频奔赴深城襄助分公司处理一应事宜，往返深城临江两地，毫无怨言。金父知道，这些人是想借着工作的名义多多“面圣”。

只不过面的不是他这个圣，而是威信已稳的女儿。

他没什么不满的，他只觉得欣慰。

因为不再需要拼命地忙工作，他的身体休养得越来越好，前年手术之后，偶尔会觉得有些疲惫，现在带着妻子爬山烧香，上下登高，却也不过被太阳晒出几滴汗水。回到家后，又见毫无紧张感的女儿正边打电话边做晚餐："新园区和办公点腾得差不多了？"

锅盖掀开，难以言喻的浓香在她手下四散开来，她探头朝里看了一眼，换成夹子，从锅里夹出一条卤透的肉来，放在案板上。

挂断电话，她转身想要洗手，提前洗好手的金父却拿着菜刀代她站在了案板前："你有工作的事要忙，用不着操心晚饭，有那时间在家多歇歇多好，想吃什么跟我说一声就行了。"

金窈窕知道父亲这是心疼自己最近太忙，笑道："我喜欢干这些。"

她确实喜欢做菜，工作再忙，也想下厨做点东西。

父亲将一把菜刀挥得虎虎生风，金窈窕看他片肉，便靠在一边指挥："片厚点吧，餐厅新引进的驴肉，挺嫩的，就让人送了一些到家里，秋天给你们补补身体。"

金父爱吃肉，一听就馋了："我说呢，闻起来是跟平常吃的猪牛羊肉味道不一样。"

驴肉不常见，他虽是做餐饮的，却也是头一次品尝，顿时就被这特殊的滋味折服。

驴腱子腊酱，肥硕些的用来焖炖，金窈窕手艺好，将它们烹煮得细腻而不干柴，酥烂多汁，香浓得惊人。

又是今年空运来的新米，蒸熟后软糯甜香，配着浓厚的炖肉吃了足足一大碗饭，金父才想起进家时听到女儿说的话："新园区和办公点手续走完了？"

金窈窕点点头，给母亲夹了一片带筋的腱子："深城园区给我们批了很大的场地，等到新厂区正式投入使用，现在缺货的状态就会改善很多。"

托那些找上门来的经销商的福，铭德现有的生产线再度陷入了供不应求的窘境。

金父听到这些，嘴角在他还没意识到的时候便咧开了，随即才想到自己最近求神拜佛关注的重点问题："咱们那些产品，在新城市，反响应该还好吧？我听说业内那几个大公司，现在打价格战打得正激烈呢。"

因为担心会影响铭德，金父才会这么患得患失。

金窈窕对此报之一笑。

她对自己的作品，从来都有信心。

铭德的产品正式推开后，高昂的售价果然又掀起了一波与之前相似的争议。

只是这一回，没有了蹦跶的兴和，质疑的人尚未酝酿出声势就被来自各地的好评声淹没了。

东南西北，各个城市，无数购买了新产品的顾客发来流水一般的反馈——

“我的妈呀，看到价格的时候我还有点不高兴，以为铭德在宰人，但想想都排队了就还是买了一包最便宜的小馄饨，吃完以后落下泪来，我当时为什么只买了一包？”

“最近京城几个大牌子的东西在搞促销，价格都超级低，铭德的一袋焖肉面够买兴和四袋了，贫民窟女孩看到对比的时候真的犹豫了好久要不要买，现在只想说，朋友们！不要心疼钱啊！你会打开新世界的！”

“我的天，以前只在网上看到临江和深城的人说铭德餐厅的东西好吃，可我一点概念都没有，还以为就是比较红的餐厅那种水平……结果居然连速冻产品都能做得这么好吃，我都想象不到餐厅现做的其他菜该是什么级别的美味了，现在捧着已经快要吃完的铭德水饺，我只有一句话要问——铭德你到底什么时候把分店开到长安来？”

“没有人对花蜜糕好评吗？我不服！我要发九张图片来安利！又软又糯，香滑绵软，你们知道吃一口感觉要升天是什么意思吗？”

“第一次尝到咸的青团……铭德的青团真的……我收回我以前说青团只能吃甜的的话！”

除了国内的各大城市，竟连一些海外顾客都专门找来写评论——

“买回来后因为不了解是什么东西，只能按照制作教程现学，结果才发现买错了，融化后看到一大条连着脑袋的鱼有些抗拒，但它太香了！真的太香了！整个屋子都是它的香气，我克制住自己的抵触尝了尝，它真的太棒了！”

“作为黛比的粉丝，本来只是好奇黛比推荐的食物是什么味道，尝过以后才发现，黛比果然没有欺骗任何人。”

“难以置信……我吃完面后，竟然用剩下的汤和肉继续煮了一碗意大利面，仍然美味得让我难以自拔，已经推荐给我所有的好朋友了。”

“对不起，虽然我很喜欢你们产品的味道，可我依然很生气。自从煮了那碗面，我已经被我的邻居们上门送了好几次礼物了，让我迫不得已拿出好几袋开了一个小时车才买到的速冻面作为回礼，住在公寓里，我从来没发现我的邻居们这么爱社交……”

铭德的账号再一次热闹得宛若《华夏珍馐》上映期间一般。

业内许多品牌，不知为何在铭德产品开售的当天也在线下友情帮助宣传。

最开始循着广告找去的第一批顾客出现以后，铭德新产品的销售量开始直线上升，以至于铭德如此高昂的定价，在各大城市的品牌促销战中竟没受到多少影响。反倒是因为产量暂时没法跟上这样凶猛的市场，好几个城市没几天后也步上深城的老路，不得不搞起限购，同时不停催促经销商快些调货过去。

慢慢的，也不知道是谁第一个提出来的，网络上竟开始有人给了铭德一个外号——业界顶奢。

再有人提到对价格的质疑，追捧的食客劈头盖脸就是：“知道什么叫水饺里的爱马仕吗？这个价格你还不满意？”

“也就黄鱼年糕真的贵一点，但口味至少是满钻喜马拉雅鳄鱼皮，不用配货就能买到顶奢品牌我已经很知足了！”

“自从冰箱里囤了铭德的产品，我每天出门都走路带风，自信感杠杠的，比攒钱买了小包包还带劲！”

不明真相的网友们这么一听，感觉确实很有品位的样子……

江柏领着人来接，金窈窕下车，入目就是一片空旷的厂区。园区的中年领导从后面一辆车上下来，看她神情愉悦，便安心了几分，上前问：“金董，可以吧？”

金窈窕收回看向厂区的目光，对他点了点头：“多谢，这里很好。”

中年领导露出笑容:“这次给铭德批地,我们园区可是给足了诚意,您能满意,那我回去也有得交代了。”

他这么说着,看向金窈窕的目光不由得复杂起来。

这段时间,因为在铭德当保安的那群老领导的原因,他跟铭德的关系一直保持良好,时不时想卖个好,给自己刷刷存在感。但这一次,铭德能争取下这个新厂区,却跟他和那群老领导没有任何关系。

是铭德的飞速崛起让深城看到了这个公司的潜力,不光如此,临江那边也上蹿下跳地过来拉人,又是给地又是给优惠政策的,生怕铭德彻底被深城抢去,以至于园区竟然对临江产生了一种竞争对手般的紧迫感。

想想铭德刚来深城那会儿,他还被尚家的夏仁请来找麻烦呢,那个时候的铭德,在他看来就是个动一动也没关系的小公司,哪知道对方竟到了如今的地步。

来之前,园区的大领导特地提醒他,让他好好记录铭德的需要,到时候一并带回去商量,不过分的,能满足都尽量满足。毕竟铭德的未来明显不可限量,现在又走开了餐饮业的国际市场,意义不可谓不大。临江虽然地小,却仍给足了该给的东西,深城家大业大,也不能落后于人才对。

金窈窕领着一众员工走在宽敞的园区里,用目光测量着这个地方,园区腾出的地方很大,整洁干净,从交通到容率都没什么可挑剔的,深城加上临江两地的新工厂届时同时启用,至少满足目前所需是够了。往后,她还会有更多更多如同眼前这样的产业,在国内的其他城市,乃至世界各地。

绕过厂区,走过一段,一幢空置的写字楼伫立在眼前,不算特别高,却占地很广,连带有一片完整的院落。

中年领导给她解释:“这是园区今年新建的办公用地,还没有投入使用,周围交通便利,走十几分钟就能到达最近的地铁口,公交车站也不远,不管是停车还是公共交通都方便。”

金窈窕抬头数了数楼层:“这里很好。”

新产业铺开后,她便开始着手将江柏所在的部门单独分出来成立子公司。如此一来,最开始只为管理餐厅而成立的分公司人手自然变得很不够用。等到子公司招募到新员工后，原先的办公场地也到了淘汰的时候。

原来的分公司地址本就是金父当初来深城时选择的一个临时落脚点，狭小老旧，比起临江总部，寒酸不知多少。从踏足那幢房子起，金窈窕就知道总有一天自己会带领里面的人走向更广阔的新天地。

她果然说到做到。

微凉的秋风吹来，她弯腰拾起一片被风卷到脚下的红叶，直起身，转头看了眼周围荒凉的绿化环境："这里种了枫树？"

中年领导探头看了一眼："估计是外面吹来的。"

金窈窕也没多说，拿着那片枫叶进楼巡查。江柏见她时不时低头看一眼，就问："金董，你喜欢枫树？"

"嗯，临江那边有个特别好的赏枫点。"金窈窕笑了笑，不由得想起了明珠山，只是今年太忙，她无法回去观赏，可惜的是，深城估计不太流行赏枫，没有可供游览的赏枫点。

金窈窕的目光自窗口朝着未来公司的院落看去，突发奇想道："不如把新楼的绿化做成枫树吧。"

江柏愣了愣，想到那个场景，也觉得挺美，点头道："行，那我去跟园区提一下。"

金窈窕想想还是拦住了他："不用，没必要请园区出面，公司自己来就可以，也不是什么麻烦事。"

江柏："主要是人手不够。"

铭德上下都快忙死了，从餐厅到工厂，堆满了等人做的工作，办公点搬迁又比较急，公司的行政部第一时间肯定是优先带着装潢人员采购办公所需的用品，估计不太可能在搬过来之前连绿化也一起搞定。

金窈窕通情达理道："没关系，不急，本来也只是说说而已，你跟行政交代一下，等搬过来以后再慢慢搞也行。"

金窈窕提过以后，便没再催促，分公司的员工们都在忙着整理老办公点的东西准备搬迁，比起尽快投入正常工作秩序，绿化的问题显得如此微不足道，她不是那种会为了一时享受而耽误工作的性格。

随着渐渐改变的天气，她不经意间还是会想到这件事。没时间回临江，等到公司忙完，就算绿化搞好，最佳的时节也过去了，今年看来注定是赏不到枫了。

她倒也说不上难过，只是遗憾也在所难免。罢了，本来也不是什么很重要的事。

她将车窗降下来，吹着深城不那么冷的风，已经能感受到一点冬季在逼近的讯号了。

路边偶有几棵小小的枫树摇曳，不过色泽斑杂，肯定是比不上明珠山上的那么火红。她这么想着，目光一瞥，忽然看到了一抹抢眼的亮色。

金窈窕一愣。那个方向，不正是铭德的新办公点吗？

她下车时，正见几辆货车停在门口，不停有工人将枝繁叶茂的树连着泥土从车厢搬下来，井然有序地填进新楼院子里已经挖好的土坑中，已经种下了好些。是极其漂亮的枫树，跟明珠山上的是一个品种。

金窈窕有点意外，对忙碌的工人们点点头，嘱咐随行的员工看着能不能帮帮忙，一边带着文件上楼进办公室，一边掏出手机找江柏的电话。

这家伙效率不错啊。

她的办公室在顶层，从顶层看向院落，果然更美了，栽种的枫叶连成一片红，实在赏心悦目。

电话拨通，江柏接起："金董？"

金窈窕笑了一声，刚想夸奖他效率高，却听江柏忽然想起什么似的说："对了金董，我前段时间正想跟你说，新公司的那个绿化，可能真的要等一等了，不光是暂时忙不过来的问题，行政的人跟合作的装潢公司在深城园林业打听了一下，都说深城没有观赏枫叶的传统，本市很难买到优质的枫种……"

金窈窕听得愣了一下，打断他："什么意思？不是行政买的树吗？"

江柏一头雾水："买什么树？"

金窈窕正要问清楚，却忽然透过窗，看到了一张熟悉的面孔。

她猛然一顿。

对方从货车上下来，一手拿着图稿，似乎是领头，指挥着工人将新搬下来的树根据叶片的深浅安置到更加合适的地方，她的记忆腾地回到了很久以前，在那个陌生的国家，她看到熟悉的风景的那一刻。

金窈窕沉默几秒，挂断还在通话的电话，转身下楼。下到一层，她缓慢踱向窗边，那位正在说话的领头熟悉的面孔越发清晰。

果然是那个曾经送了她两棵树的监工。

院门口，一辆深黑色的商务车停下，监工看到车后，立马收起图纸迎了上去，打开后车门，嘴里似乎在汇报什么，然后将手中的图纸展示给从后座出来的人看。

沈启明穿着一件略长的灰色薄大衣，一面系着纽扣，一面垂眸看着他手上的图纸，几个助理在他身后聚拢，同那个监工交流。

或许是察觉到了什么，他忽然抬头，看向了金窈窕所在的窗口。

一层的落地窗没有贴膜，通透无比。

他的表情有一瞬间的意外。

金窈窕在屋内，沈启明在院子里。隔着窗户，四目相对。

屋里的视野较高，金窈窕平静地低头看着他慢慢走近，站定，枫树的火红在他身后一点点漫开。

他露出一个很浅的微笑，然后想了想，缓缓伸出手指——生涩地在玻璃上朝金窈窕画了个心。

第36章

玻璃上，能清晰看出指尖慢腾腾划过的轨迹。

院子里闹哄哄的，金窈窕闭上眼睛，脑海中有无数画面奔腾，过往和现实交汇，最终定格在异国他乡推开窗的那一街枫叶里。

原来如此。

沈启明看着窗后的她睁开眼环视院子，嘴角慢慢勾起，眼中多出了几分笑意，紧接着他的目光却腾地一凝。

因为金窈窕微笑的面孔上，正有清透的水色顺着她精致的轮廓滑落。

沈启明在原地无措了几秒，迅速绕开落地窗踏入这幢尚未启用的办公楼。

找到金窈窕所在的办公室时，她似乎已经恢复了平静，脸上看不出悲伤，正坐在靠近窗户的一张办公椅上，侧首望着窗外。阳光映着火红的枫叶，透过窗暖融融地洒落在她的身上，让她看起来纤细又放松，像一株盛开的玫瑰。

听到沈启明进屋的动静，金窈窕回头，发现站在门口的沈启明宛若一只被捶中脑袋又不知道自己搞砸了什么的大狗。

沈启明显然在思索自己哪里出了疏漏，声音低沉："枫树的品种你不喜欢吗？我让人去换。"

他穿着那身灰色的大衣，踏进阳光里，从头到脚都在熠熠生辉。

金窈窕失笑，突然意识到这一刻她的情绪前所未有的平和，以至于能平和地反思起自己的过错。她摇了摇头，说："沈启明，对不起啊。"

沈启明没想到会听到这个："为什么道歉？"

我做错什么了吗？我改。

"至少我之前不该怀疑你投资铭德的动机。"金窈窕吐了口气，平静地说，"而且我发现，我过去好像也没那么糟糕。"

沈启明的眉头倏地皱起来，上前蹲在她的面前："窈窕，你很好，你一直都很好，是我做得不够好，才没有留住你。"他顿了顿，又说，"但我会努力把你追回来的。"

金窈窕垂眸，沈启明深邃英俊的轮廓被窗外照进的金红色光辉笼罩，光影分明。

她终于可以不带任何偏见地注视这张曾经牵动了自己所有悸动的脸，和过去的一切。

金窈窕余光扫到窗外的火红，感受到一阵轻松："沈启明，别追我了，真的，跟你好不好没有关系，我现在有太多想做的事情。"

比如一个真正由她创造的商业帝国。

沈启明顿了顿，忽然说："窈窕，从你第一次说喜欢我到我们订婚，中间一共十二年。"

金窈窕看着他，有些意外他的好记性。

"十多年，一直是我让你那么辛苦，对不起。"沈启明说，"现在，你想做什么都可以尽情去做，只要不抗拒我的靠近。"

金窈窕沉默了一下："假如再过个十二年我都不给你回应呢？"

沈启明的眼神宛若一汪深海："那就下一个十二年，我应该还能活很久，我有很多十二年可以学习怎么追求你。"

金窈窕："你现在还挺能说的。"

沈启明蹲在她的面前，抬头看着她，前额的几缕头发搭在额头上，微微一笑，满室生辉："有没有比以前表现得好呀？"

金窈窕对上他的脸，缓缓开口道："刚才在玻璃上画心我就觉得不对。"

沈启明："嗯？"

金窈窕："你从哪儿学来的这些东西？说话还带语气词了。"

明明是个霸道总裁，这一天天人设崩的。

沈启明长长的睫毛颤了下，想到自己车上的《富婆最爱之小狼狗必修》，冷静地回答："没有呀。"

分公司的员工还没进新办公楼的大门就被院子里如烟雾一般的红枫惊艳到了，踏进来的一路连脚步都放轻了许多，生怕会惊扰到美景似的。

进入新楼，隔着窗户再向下看，枫林美得更加让人屏息。员工们挤在窗口围观此景，简直泪流满面。

"咱们公司真是越来越神仙了，不光食堂好，工作地点都跟风景区差不多。"

"是啊，以后约会还逛什么街？休息天把对象直接带到公司来加班得了，吃在食堂，午休的时候在楼下逛逛，想想都美滋滋。"

"话说回来新楼这么大，食堂肯定也布置得更大了吧？不知道会有什么好菜，昨天老办公点收官的干煸驴肉简直震撼，今天公司搬新址肯定还有庆祝餐。"

"我刚看马师傅和屠师傅他们把最近新收的徒弟全一车带来了，肯定不会是小阵仗。"

江柏也被满院的红叶震撼得有些回不过神，转头朝着金窈窕说："金董，可以啊你，这枫树布置的，肯定不是一般的园林公司，哪儿弄来的这么好的枫树？"

金窈窕坐在办公桌后，托腮看着窗外，没说话，只手指微动转了圈钢笔。

第37章

铭德此番动作不小，除了专门摘出了管理冷冻产品的部门，还将几个餐厅项目组都独立了出来。完成这一系列操作后，进驻深城园区，铭德公司顺利变身集团，堪称翻天覆地。

铭德自金窈窕着手管理以来，由管理层到最基层，上下成绩都肉眼所见地有所提高，尤其最近，新生产线的创立和上市等一系列的全新挑战接踵而至，内部更是出现了脱胎换骨的改变，从临江到深城，过往老旧的风气肃然一清。

也不知道从哪一天起，公司内部隐隐流传起了金董可能会有大动作的传闻。因为每一个人都感觉到工作环境在飞快地腾飞。铭德就像是一艘火箭，在他们不知不觉的时候就已经加满燃料发射，大有一飞冲天之势。

只是猜测归猜测，当猜测变为现实的这一刻，员工们还是有种不真实感。

这算是亲眼见证历史吗？自己所在的公司，一步一步，由一个小公司，走向了在餐饮界举足轻重的位置。

对大多数铭德员工而言，集团成立的这天是值得纪念的一天，除了作为各个项目组的元老，他们能享受到新公司成立以后的一系列千载难逢的事业机遇，更重要的是两地的公司食堂大刀阔斧的庆祝餐。三个现有品牌线的招牌菜源源不绝，吃得所有人满嘴流油，恋恋不舍。食堂超话里一派欢天喜地。

另一边，线下的铭德餐厅和铭德产品也罕见地搞起了庆祝活动，让食客和消费者都沾了一把喜气。就连临江市也来凑热闹，不用铭德邀请，临江媒体便自发大肆宣扬起铭德的新气象和连续不断的海外销售捷报，无疑是在坐实自己这个"娘家人"对铭德这一"临江之光"的看好和体贴，更有金窈窕的后援会对金董事业新辉煌的疯狂宣传。

如此一来，铭德集团的成立之喜自然闹得沸沸扬扬，人尽皆知，到处都是贺喜声。

这种四方来庆的场面莫说在餐饮业，就是在其他行业里也实属少见，足可以看出眼下铭德的风评和影响力。

金家，金窈窕给露娜收拾着行囊。

露娜低着头，在她身边帮忙，将一口小坛从橱柜里小心翼翼地搬出来。小坛里是一罐新腌的杨梅，打开盖，酸甜的滋味飘散开。

露娜嗅着那令人口舌生津的香气，眼角耷拉着，眼泪可怜巴巴地掉下来。

金窈窕失笑："怎么还哭了呢？"

露娜抽了下鼻子："我舍不得你，你说你怎么就常驻深城工作了呢？要是也能回临江多好。"

"临江离深城才多远，我俩平时电话，你想找我玩开几个小时的车就能到，你不是也说深城的商场逛起来比临江更尽兴吗？"金窈窕安慰她，拿勺子从坛子里舀出一勺腌杨梅，倒进锅里，"不过你平常在临江，肯定不能经常吃到我做的东西，公司的餐厅排队的人又多，总公司的食堂倒是可以随时去吃，但我估计你到时候在家里的公司跟你爸学习，可能不会有空，所以有时候嘴馋了也要学着自己做，也可以给你爸妈尝尝。"

杨梅是烘干了部分水分后才腌渍起来的，小粒小粒地蜷缩着，看着并不干瘪，反而十分湿润，表面包裹着浓稠的甜浆，是蜂蜜和糖酝酿出的混合酱料。

露娜一边伤心，一边拈起一颗送进嘴里，浓郁的酸甜滋味顿时引爆味蕾。

蜂蜜是铭德加工厂的新产物，香气特殊，调制出的甜度与杨梅的酸无比契合，竟到了一分都不能增减的程度。

烘干过的杨梅肉厚而柔韧，越嚼越香，她吃了一颗，便忍不住又伸手去拿："唉，我都恨不得不走了。"

锅里的肋排混着杨梅干煸炒过，金窈窕舀进一勺自家酿的米酒，刺啦的爆响声后，浑厚的肉香飘散开来，倒入高汤，合盖焖炖。她笑着说："随你啊，不想回家，大不了留在铭德，你是铭德的股东，我难道还养不起你？"

腌杨梅是真的好吃，就是越吃越馋。露娜一颗接着一颗地朝嘴里塞，把自己塞得宛若一只小仓鼠，听到这话果然笑开来，却叹了口气："不行，窈窕，你那么厉害，把铭德做得越来越好，我作为你的闺密，也不能给你丢脸，一直当米虫，更何况……"露娜无忧无虑的面孔说到这里竟有了几分通晓世事的成熟，"更何况你说得对，我爸妈不可能养我一辈子，他们那么大年纪了，总不能七老八十还得让他们操心我的以后。我以前老不理解他们，觉得他们老古板，势利眼，先是看不上简文，又在我跟简文分手以后三天两头逼我这个那个的相亲，现在看看……是我太不懂事了，活该被简文那种人盯上骗得死去活来，还好当时有你帮我，现在我都不敢想，万一真的跟他结婚，以后会是什么样。"

金窈窕将烘干柜里的腊排骨给她装进保鲜袋里，皱眉道："说了被骗不是你的错，是简文那个人渣的错。"

"知道你肯定帮我啦！"露娜嘻嘻一笑，"不过我当时那么蠢，肯定也让我爸妈特别操心，要是我够聪明，不一天到晚只知道买买买，也不会那么轻松就被他哄住啊。"

她将一颗酸梅丢到嘴里，一边嚼一边垂下眼。之前她从临江跑来深城，留在铭德不肯走，只是为了逃避父母的催婚而已。但自从真的跟在金窈窕身边当助理，看多了闺密在商场和公司里挥斥方遒，她的心态慢慢也出现了改变，总觉得，像窈窕现在这种可以完全被自己所掌控的人生，也蛮不错的。

而且她发现，自从家里人知道她留在深城是跟着窈窕工作以后，打来催促她回去相亲的电话就越来越少，随着铭德越做越大，近段时间，父母再联系她，已经根本不再提跟相亲有关的话题了。

以前她老觉得跟爸妈说不通，尤其是父亲，自从她跟前男友简文恋爱以来，三天两头就跟他起争执，分手以后，因为抗拒相亲，矛盾甚至比她跟简文分手以前更加频繁激烈。可现在，她跟曾经以为是势利眼的父亲交流，却逐渐变成了询问和教导。

窈窕那么忙，想做好助理不容易，她什么都不懂，一开始总是犯错，就连许多最基础的文案工作都做得很艰难。虽然窈窕总是很包容她，从不因为她的失误生气，每次还特别温柔地让她不要急，教她该怎么做，可她却觉得很惭愧，为什么除了花家里的钱以外她什么都干不好？

父亲知道她跟母亲诉苦以后，打电话给她，她本以为又要吵了，可父亲那天却熬了一整夜，不睡觉，点点滴滴地教她，陪她磨出了那份怎么做都做不好的工作。

时至今日，她哪里还能不懂得他们的用心呢？

锅盖揭开，酸梅排骨开胃的肉香伴随着热气蒸腾开。高汤已经被炖得稠厚，油亮亮地包裹在肋排上，让肥瘦相间的软肋看上去丰盈多汁。

露娜看着闺密拿筷子夹出一块，递过来问自己：“步骤记住了吧？以后就照着做，其他都不重要，只要有这罐梅干，味道不会差到哪儿去。等你吃完了，跟我说一声，我再让人给你送。”

露娜轻轻咬了一口。

这段时间总在铭德的食堂吃饭，她的胃口早已被食堂那群老厨师养刁了，但金窈窕的手艺，无疑比他们都要好。

梅干跟肉炖煮以后，强烈鲜明的滋味变得圆滑了不少，与高汤和骨香交织成全新的滋味。汤汁渗透进每一根排骨的纤维里，炖得很透，轻松就能脱骨，肥厚的筋膜与酥烂的肉一并在口中融化。露娜眼眶又是一热，赶忙低下头咀嚼，小声说：“好。”

酸梅干、风干的牦牛肋、牛肉干、腌猪腿、炝蟹……食材塞满了后备厢，让露娜家派来深城接人的司机都看得忍不住遐想联翩。

作为临江人，他当然清楚铭德的餐厅在临江有多么受欢迎，平日里排队也就罢了，到了节假日，临近城市的人一并跑来，那可是不提前预约根本就进不去店的。这些东西别的不说，就那只腌猪腿，拿出去拍卖，估计食客们能把物价哄抬得比西班牙火腿还贵。

露娜抱着那坛酸梅干，也不跟平常在外似的假装得那么干练了，一边掉眼泪一边吃："窈窕，我会好好工作，变得像你一样厉害的，等姐妹我出任CEO养你的那天吧。"

金窈窕无奈地看着她："别吃了，你再吃下去，估计还不到临江，这坛梅子就能让你吃完。"

露娜低头看了眼果然被吃空了不少的坛子，抽了抽鼻子，悲伤地伸手："再吃最后一颗。"

送走露娜，金窈窕拢了拢衣襟，仰头看了眼天空。

寒风起，又是一年冬季。但一切都宛若冻土下的新苗，生机勃发着。

深城电台，一群各地方代表拿着今天刊载了铭德冷冻食品成为网红产品报道的报纸，各自小声交流，啧啧称奇。

"做餐饮能做到这个程度，实在是了不得。"

"我们公司再×市也快有二十年的历史了，什么时候能有这一天……"

"这个金董，别看是个小姑娘，了不得啊。"

这边的讨论，另一头的刘姓代表却实在很难加入。

作为被兴和推荐来的兴市代表，他近来过得焦头烂额，不怎么好。

兴和在国内各个城市被各大龙头品牌集结狙击，情况越来越糟糕，眼看着大势已去。自从兴和过去做的那些事情被捅穿，兴和跟铭德的矛盾便传开了，即便在座的这些代表都不爱上网，也有各种渠道可以得知，如此一来，他的处境就变得十分尴尬。可能是看在铭德的面子上吧，大多数的同行都不怎么愿意搭理他。

兴和的老板现在自己都泥菩萨过江，刘代表当然也没了帮兴和跟铭德过不去的心思，只是内心终究有些意难平。他在自己家乡，那也是餐饮业有头有脸的人物，否则兴和怎么偏偏就跟他关系好，推荐他来这个节目组呢？

兴市所在的省份是某著名大菜系，业内鼎鼎有名的同行不知凡几，他的公司却能在这样激烈的竞争中占有一席之地，没点实力怎么行？别的不说，他就是公司里最有底气的名厨，拿过不少很有含金量的赛事奖章。这一点，金窈窕可比不上他。

想到铭德靠着速冻食品做出了远超同行崛起的速度，甚至将兴和都压了下去，刘代表心里酸溜溜的，私下跟自己的员工吐槽："就这还值得追捧呢？咱们这些开餐厅的，不琢磨怎么好好提升餐厅的口味，去搞什么劳什子冷冻产品，让我说铭德这就叫不务正业。"

员工们自然都附和他。

给他们化妆的化妆师有些听不下去了，开口道："铭德的冷冻食品名气虽然大，但他们家餐厅的口碑也很好。"

正在附和的员工们登时哑然——是哦，铭德餐厅的口碑何止是好，简直比自家强太多了。

刘代表被噎了个倒仰，随即意识到自己话里的漏洞，羞恼地往回找补："我的意思是，他们应该想办法把精力多花在提升实力上，餐饮这一行，不光是看钱，没点奖项傍身怎么行？"

员工们便又捧他的臭脚——

"是啊是啊，刘董您可是连续两届全国大赛的铜奖大厨。"

"要不是您自身实力过硬，怎么能让公司里的那些大厨心服口服？"

"多少人都是慕名而来的，比起人多，咱们在兴市可是独一份。"

他们都是被刘代表带来深城拍摄节目宣传照的厨师。

兴和是指定帮不上忙了，为了抢风头，刘代表这次没少下功夫，几乎把公司里能带出来的人全都带出来了，因此来的人数量很不少，甚至把不少做连锁餐饮的同行都比了下去。

餐饮业，厨师就是财富，能一次性调动这么多，无疑是很有面子的一件事。刘代表被安抚得愉快了不少，听到门口传来闹哄哄的动静，转头一看，黑压压的全是人。他一愣，紧接着才扯开笑容："金董。"

金窈窕被他叫住，瞥了他一眼，见是那个背后说坏话当面又假笑的刘代表，顿时就没了兴趣。

前方有不少同来拍摄的代表也发现了她，被她带来的人惊到了："金董怎么带了那么多人？铭德的餐厅今天不用营业吗？"

金窈窕这才意识到自己带的人多了，解释道："这都是还没进餐厅工作的，节目组说可以把公司的厨师带来一起拍宣传照，刚好大家都没事，我就都带来了。"

众人一听，顿时露出羡慕的神情。铭德真不愧是业内黑马，看这人才储备量，充足得简直无法描述。

化妆间里的刘代表僵直了下，便听外头一个老名厨惊讶地开口道："马师傅，您怎么也来了？"

刘代表一听这姓氏就觉得耳熟，心说不会吧？紧接着就听到一个耳熟的声音，笑着回答："我们现在在铭德工作，反正大家都来了，我们也没事干，就主动跟金董过来凑凑热闹。"

还真是他们！

外头的老名厨也笑了："哎哟，您几位，全国大赛金奖的金奖，银奖的银奖，跟我都还同台比过擂呢，齐刷刷地站在这儿，我都感觉气派。看样子在铭德工作得还好？"

老二等人感叹："好，没有比铭德更好的了。"

老名厨："那就好，一会儿忙完了大家聚个交流会？"

看起来铭德对这群名厨也是当菩萨一样供着，餐厅开业的时间他们还都有空跟金窈窕来这里拍宣传照。

前方有人站在化妆间门口等待，老二等人便朝着这些赛场上见过的旧相识笑着道别："今天工作日，拍完照片过一会儿还得回公司食堂盯着，等休息日再说吧。"

公司的培训部门已经步入正轨，他们现在主要负责给铭德未来分店的预备役们上课，工资高，未来有分红，还不用跟以前似的累死累活，只不过验收每日作业的时候总得去现场指导。

老二等人离开，跟他们打招呼的名厨们都呆滞了。过了好久，现场才爆发出议论声："马师傅他们好歹也是拿了不少奖的，现在在铭德食堂干活？"

众人面面相觑。而且听刚才马师傅话里的意思，居然还干得挺开心的。

化妆间里，刘代表的脸跟被上了糨糊似的耷拉着，浑身都写满了垂头丧气。

化妆师尴尬症都要犯了，不敢看他。

他带来的那群厨师都鹌鹑似的缩了起来——铭德好可怕，自家老总这样的级别，在他们那儿居然都只能待公司食堂，那自己这样的呢？

金窈窕没几天就发现那个老跟自己假笑的刘代表不假笑了，而是看到自己就躲，跑得飞快。她不知道这人身上发生了什么，也懒得去研究。集团正式成立以后，她要忙的工作更多了，首先就是集团各子品牌公司无比紧缺的人手。

临近年末，想在短时间内招揽来大批求职者并非易事，更何况那些简历中还要淘选掉不少不符合要求的。

江柏最近为此奔忙，她也没少操心。

与此同时，深城节目组放出的一组宣传照忽然爆红。网友们很快在热门看到了这组图片，以及转红了这组图片的金窈窕后援团。

"我金董营业了！什么叫美貌？看到照片你们就懂！"

"NO！重点不是美貌！是气势！霸道总裁了解一下！"

"万绿丛中一点红，那点红居然最霸气……不愧是著名金董……"

"今天也是想嫁给金董的一天呢。"

网友们一看图片的发布者，是某美食节目的官方账号，所谓照片，不过是各城市代表的宣传照，顿时就觉得这群后援团很夸张。

铭德现在虽然火了，但从《华夏珍馐》起加入后援会的人不过是少数。大多数人虽然知道铭德，但对铭德的管理者却是陌生的，只知道似乎是个罕见的女副董事，挺低调的。

一个副董事都能有后援会真是……让人无力吐槽。

然而点开那被疯狂转发的照片后，群众们的吐槽却齐刷刷被噎在了喉咙里。

整组照片里，铭德只不过占据了其中一张。但那一张，无疑是前后左右所有照片里最抢眼的一张。照片里的人也格外多，因此看起来比其他的照片更加气势恢宏。

最前方，一张巨大的深红软椅，金窈窕端坐其上，雪肤黑发，轮廓精致，目光锋利地直视镜头。她带来的厨师们穿着挺括整齐、制式不同的衣袍站在她身后，簇拥着她。灯光笼罩在她的身上，将她的锐意和美都放大了百倍。

这是轻易就能让人停下滑动照片的手指，抓住目光的焦点的照片，没有浓妆，没有华服，但她仍然那么醒目，却轻易就能让人将她跟平常所见的以貌美著称的女明星们区分开。

因为她沉稳得就像一个将军，一众高大下属的簇拥，四周各个阅历非常的同行，竟然丝毫没能掩盖住她的光芒。

网友们看得一头雾水，现在经商的要求那么高吗？不过，这种人物拥有后援会，好像又是很理所当然的一件事。而且看着这位女董事……好像铭德的速冻食品也变得更香了。

热度高，研究照片的人自然也多，金窈窕的抢眼无须赘述，更多的人则好奇起了铭德的家底。她身后的年轻厨师们个个锐气难挡，前方的二师傅等人胸口则挂满勋章，看起来都是狠角色。

网友们以神通广大著称，靠着厨师袍上的几根穗子和勋章的一点亮光就能扒出无尽的信息量，一时间纷纷感慨，不愧是大名鼎鼎的铭德，手底下的能人可真不少。

瞧瞧其中部分厨师的来历，居然比同组照片里不少挑大梁的都高，比如兴市那个不知道叫什么丑代表，勋章的光芒就明显比他们都黯了几分。于是，大家不免要猜测一下这批厨师究竟是哪家铭德分店的主厨，结果猜着猜着，冷不防就看到了铭德员工发出的喜悦尖叫——

“我们殿下居然带着食堂的师傅们上热搜了！”

“殿下不愧是殿下！出现在哪里，哪里就是殿下的江山！”

“殿下我爱你！再偷偷表白一下殿下左边的屠师傅和右边的马师傅，屠师傅带徒弟们做的八宝烧鹅和马师傅带徒弟们做的干熏马肠让我想到下周就充满了无尽动力！”

“我最爱马师傅右边的六师傅！六师傅和徒弟们做的鲍汁焖饭是除了殿下做的之外的全宇宙最棒！”

网友们和金窈窕后援会的粉丝们看得一脸迷茫。等一下，先不说殿下的那个称呼，金董左手边的屠师傅……你们说的是那个长得像过期黑蒜头的厨师？他胸口可是挂了铜牌的！

右手边那一排，银色的，金色的，更是数不胜数。为什么会是你们食堂的师傅？还有八宝烧鹅、干熏马肠、鲍汁焖饭，这是应该出现在食堂里的菜？你们铭德的员工平常到底都在吃些什么啊？！

无数网友循着铭德员工发言的轨迹，慢慢地摸索到了一个“窝点”——铭德食堂超话。

铭德的食堂居然有超话？众人如此吐槽着，点进去一看，顿时就被铺天盖地的美食闪瞎了眼。

铭德食堂超话，在创立多时的今天，一夜成名。

集团成立的喜气尚未退去，网友们瞠目结舌地看着出现在超话里的各种平日就算去餐厅都少能品尝到的菜色——八宝蟹粉、叫花鸡、松鼠鳜鱼、酱卤驴肉、花胶鸡、鹅肝酱……再往前翻，有时候居然还有碗口大的鲍鱼！你们大中午的吃海参会不会有点过分？还有烤全羊，那么一大只，热气腾腾的烤全羊，以及肥硕的，外皮酥脆的，油光发亮的烤乳猪等，看得人触目惊心，怒火上头，不禁大骂——

缺人吗？钱多钱少不要紧。

这个寒风凛冽的深冬，金窈窕看着朝自己奔涌而来的无尽简历，倚在办公椅里，缓缓露出了笑容。

第38章

铭德食堂超话一路飚红，顿时被来自天南海北的围观网友挤爆。

超话成立以后，在铭德员工这个群体里越发盛行，后来渐渐成了众多职工的聚集地，许多趣事也喜欢往上面发，于是大家很快就发现了一件事情——铭德的员工怎么每天都过得那么傻开心啊？

上班早起赶班车，这么让人憋闷的事情，铭德的员工却在美滋滋地炫耀来得早，抢到了今天食堂皮薄馅大的蟹粉蒸包。

周末加班这种让人恨不能打死领导的决定，铭德的员工却欢天喜地，因为加班餐比工作餐内容更加丰富。

前段时间铭德新产品上线，让两地公司的职工连轴转到少有休息，这种巨大挑战换到任何公司的项目组都会如同泰山一样将参与者压得不能喘息，即便再高的薪酬都很难扫去心理上的压抑。铭德的职工们呢？他们在忙碌之后聚集在食堂里吃夜宵，如同好友聚会。

别人家的公司忙起来忙到没有时间恋爱，铭德却不一样，他们可以向公司申请带着对象一起蹭食堂。上公司食堂约会这种滑稽的事，放谁身上都得黄，可光铭德超话里发的，就至少有好几对蹭进了婚姻殿堂。

现在公司发福利，除非直接给钱，否则很难让大多数人感到满意，节假日的例行礼品大多数也是进垃圾桶的下场。铭德的员工拿的，却是现在各个城市都在限购的自家品牌的速冻产品，东西都还没发下来，超话里提前几天就在欢庆了。他们看起来真是一点都没个打工人该有的样子，让人羡慕至极。

其实以前的铭德，跟大多数公司没什么不同，大家上班下班，拿酬回家，仅此而已。但自打食堂伙食改善以后，公司里的氛围就出现了很大的变化。

能在忙碌的工作日难得的休息时间好好犒劳自己一顿饭，在这个节奏越来越紧张的时代似乎也逐渐成了一件奢侈的事情，以至于让人总是十分渴望能脱离工作的束缚，去寻找短暂的轻松。

铭德却不一样，即便只是短暂的午餐，所有人也能在有限的几十分钟里享受一场聚会。从公司高管到基层员工，全汇聚在同一个食堂里，拼桌是常有的事，谁都不拿架子，遇上好吃的菜，不常打交道的人也能说上几句。

比起早早下班回家做饭，他们更愿意在公司多待一会儿，吃完晚餐再走。即便经历了辛苦的加班，美味在舌尖融化的那一刹那，浑身的疲惫似乎也都轻易被消除。

部门聚餐，还用得着挑时间去外面吗？大家呼朋唤友招呼着去食堂，吃几顿就都认识了，一日三餐能吃出幸福感似乎是件可以消弭戾气的事情，铭德各个部门之间的人际关系是少有的融洽。

他们每天都过得高兴，私底下管出福利的大领导叫殿下，嚷嚷着要跟殿下南征北战的口号，喊得越来越发自内心。毕竟殿下带着铭德越来越好，也就代表着他们会一并受益。

去年的年终奖，可不就比过去一年拿到的两倍还多吗？这样的公司和领导，怎么能让人不生出归属感呢？

铭德收到的简历来自天南海北，除了应聘普通职位的，其中还不乏一些选择从相当高薪的行业跳槽来铭德应聘管理层的人才。

这些人才，有些时候同行的猎头出马开高薪也未必能挖走，如今却纷纷选择了即时回报未必能比得上自己所在行业的铭德。

线下的反馈都如此热烈，线上就更不必说。

员工新发的食堂每日菜色必然要引发大规模的围观，除此之外，深城新公司院落的枫景竟也沾光一并上了热搜，铭德员工拍摄的围绕着办公楼的烟雾一般的枫红，让铭德荒唐地登上了新一年度的深城最受欢迎景区评选，还获得了大堆投票。

吃得好，幸福感高，还坐在美景里干活，隔着窗户就能欣赏到深城独一无二的枫景，铭德“神仙公司”的外号不胫而走。

估计是被超话里那些一口一个殿下的员工们带的，金窈窕“殿下”的绰号也被一并叫开。不光后援会的粉丝们改口，就连不相关的群众，提起她也是一口一个殿下，伴随着她带领诸多厨师一并拍摄的那张宣传照，一时风头无两。

铭德员工对这位老板的追捧已经到了让人咋舌的程度，单超话里，便不知有多少职工在展望她“登基”的那一天。

倘若说这只是因为她是铭德董事长的女儿，那未免太说不过去了，毕竟正牌董事长目前还在职呢，员工们拍马屁也该拍她父亲的才是。于是好事者细一探查，便挖出了相当惊人的真相——

铭德自临江起，一路声名大振的各项创举，竟都出自这位副董事长之手。投资《华夏珍馐》、将铭德的餐厅开到深城、开拓分店、成立新项目，并将铭德这一品牌发展得人尽皆知等,桩桩件件,利落迅猛,连她父亲也比不上她手腕强悍。

网友们就算再酸溜溜，看着这手战绩，也不得不心生折服，老天爷果然是不公平的。

铭德集团食堂走红的消息传出来后，金窈窕再次回到深城广电，迎来一片揶揄，除了那位看到她就开溜的刘代表，其他城市代表都来开她的玩笑：“金董，您这样，实在是让我们这些业内的同行很惭愧啊，连我们公司都开始有人羡慕铭德的福利了，看来我们回去也要改善职工的伙食才能混下去了。”

虽然这么说，但大家心里都有数，铭德的经营方式不同，他们再怎么改善也不可能舍得给职工这种程度的福利。

宣传照发出去后，虽说铭德抢走了很多风头，但靠着金窈窕一己之力，也拉高了整个节目组的关注度，在场的这些各城市代表都是受益者，也终于直观地看到了铭德的影响力。因此这种揶揄，只是大家看到铭德蒸蒸日上，想借口多跟金窈窕拉近些关系而已。

金窈窕自然也明白这一点，只跟他们照常说笑。

同一幢楼，乔语丝远远看着被广电工作人员小心翼翼地带路的金窈窕，捏着手机的指节发青。

经纪人打电话来告诉她，先前在观望合作的几个广告商，正式通知合作没戏了。

“唉，流年不利，怎么兴和偏偏就在跟你合作后出了这种事情？广告一点预期的效果都没达到。”经纪人说，“现在兴和快倒了，你那些对家啊，鼻子一个比一个灵，什么落井下石的手段都用上了，咱们只能再等等机会。”

乔语丝挂断电话，上网搜索，果不其然看到有人嘲笑她，说她第一次代言大品牌，就把品牌克进地心。她热度不够高，又出了这种传闻，还在观望的合作者当然是能跑就跑。

跟兴和衰落的新闻关联的，就是铭德冷冻食品又在某地热卖的喜报。乔语丝看着，嘴唇不自觉哆嗦起来，满心酸恨。

铭德，铭德，铭德！

又是金窈窕！这个名字简直如同魔咒，三天两头出现，偏要跟自己过不去！结果她一上楼，又迎面撞上宁瞬，乔语丝顿了顿，放轻声音问：“你去哪里？”

宁瞬看到她，脸色沉得难看：“我去哪儿也要跟你汇报吗？”

自打她向自己的经纪人举报他想低价接铭德广告的事情后，宁瞬对她的态度比以前还不耐烦了。

乔语丝只能眼睁睁看着他进入电梯，目光看到旁边的楼层数字一路朝顶楼而去。

不用问了，肯定是听说了金窈窕来的消息。

她身侧的手掌猛地攥成拳头。

金家，蕾秋面露惊叹地把手机展示给金窈窕看："窈窕，你这都成女企业家代表了，太给咱们职业女性长脸了吧？"

金窈窕给许久不见的她倒了杯花蜜调的茶，余光瞄了眼她的手机屏幕，看到又是网友在转发自己在铭德的战绩，言辞之间满是对她能力的震撼，不由得失笑道："大家说着玩而已，你还当真了。"

最近这段时间，她都能感觉到自己关注度特别高，有时候出门都能遇到认出她要签名的人，粉丝的状态也比《华夏珍馐》刚出来时更加有凝聚力了。她又不是什么明星，作为一个商人，能被人这样喜欢，真是有点不可思议。

不过托这些为她扩大铭德知名度的粉丝的福，铭德集团各个分公司在独立落成后的极短时间内便走上了正轨，求职者滚滚而至，其中不乏被铭德神仙公司的名头吸引来的各行精英。

铭德与他们磨合得出奇良好，效果自然是如虎添翼。

这种关注度，是市场群众给予她和铭德的信任，她自然不会辜负，便工作得越发用心。下一个铭德餐厅将要开拓的城市已经选好了，就在铭德速冻食品销量最为可观的京城。

市场调研、前期准备……一切都在井然有序地铺开，只等她吹响最后的号角。

金窈窕将冰箱里做的冰激凌拿出来给蕾秋的儿子吃，顺便给了蕾秋一盒，问道："你最近不是都和贾冰洋在京城工作吗？怎么突然来深城了？"

蕾秋顿了下，笑得有些不自然："带孩子过来玩一玩，顺便看你。"

外头已经是冬季，深城的冬天其实也挺冷的，但金家的屋里自然是温暖如春。在暖融融的房间里吃冰激凌，是一件相当幸福的事情。

蕾秋的儿子一尝到味道就眯起了眼睛，脚丫子不由自主地晃动起来。蕾秋缓慢地尝了一口，也面露惊讶："你怎么连冰激凌都能做得跟其他品牌不一样？"

冰凉的温度在口腔中迅速融化，细腻得难以用语言来形容。层层叠叠的甜香混合着无比浓厚的奶味，就像是在一层一层剥开惊喜的包装袋，蕾秋这些年吃过不知多少冰激凌，其中不乏许多颇受追捧的大牌产品，但从来没有哪个冰激凌的口味，能让她生出这种头脑都为之一亮的惊喜。

她仔细回味了一下口中经久不散的香，感觉跟刚才金窈窕给自己泡的茶有些相似，又吃了一口儿子的，是缠绵而丰盈的坚果奶香。口味大相径庭，却很难分出哪一个更优秀。

“别琢磨了，你那个是花蜜做的，他那个是开心果味。”金窈窕说，“除了冷冻食品，我打算继续用铭德的品牌再推出一些东西，比如冰激凌，还有现在铭德餐厅很热销的吊梨汤跟甘蔗水，可以丰富一下经营范围。”

她说着将锅里正在咕嘟的腊汁卤肉关火，屋里一直存在感极强的卤肉香气顿时更加强烈。

肉是切成了小粒卤的，肥瘦相间的五花肉粒早就被炖得绵融，粒粒诱人软糯，尤其适合连汤盖在新蒸出的绵软米饭上食用。

这是金窈窕特地为蕾秋的儿子做的，蕾秋现在在京城跟贾冰洋一起工作，年初的时候把孩子也接了过去，她已经很久没见到这小子了，也该给他做点好的。

外头的电视上放着一部纪录片，听到声音，她转头看了一眼，笑道：“贾冰洋现在真是发达了。”

这是贾冰洋的又一部作品，当然，里头也有她的一点投资。

不过这次可不是贾冰洋缺钱，是他惦记着争取出份额送来给她投的，目的就是为了让她搭顺风车，赚分红。《华夏珍馐》以后，贾冰洋就飞升了，非但作品传播甚广，好评如潮，资源更是滚滚不断，《华夏珍馐》播出后，他又接拍了第二部纪录片，上映之后同样大受欢迎，在海外也有不少受众，现在俨然跻身进了一流纪录片导演的队伍，根本不缺投资人。

蕾秋瞥了眼电视屏幕，垂下目光，似是叹息：“是啊，他真的发达了。”

金窈窕想起什么，问她：“对了，这次你怎么没把贾冰洋一起带来？”

这两人现在可是焦不离孟，孟不离焦，她偶尔给蕾秋打电话，十次有八次都能听到贾冰洋在带孩子，听说这孩子在京城上学有时都是贾冰洋接送，跟对自己亲儿子差不多。

蕾秋笑了笑，说："我跟他只是工作伙伴而已，又不是绑定了，为什么要带着他来？"

金窈窕愣了一下。

蕾秋却不想多说似的继续看起了手机，随即眉头一皱："窈窕，好像有人在造你的谣。"

造谣？金窈窕放下手上的勺子，擦了擦手上前去看。她本以为又是什么像兴和那样的竞争对手在搞铭德，不料看到的却是指向自己的内容。

一个没有头像的小号@了金窈窕的后援会，同时发表了一篇文章。

文章标题赫然是《人生赢家？霸道总裁？立人设的时候小心点，不过是个被甩的可怜虫而已！》

她愣了愣，接过蕾秋的手机点开，才发现文章写的居然是她过去倒追沈启明，最后跟沈启明退婚分手的事情。

蕾秋有些气愤："真是造谣都不要成本的，怎么连你倒追晶茂总裁的故事都编出来了？"

金窈窕看着那些放在以前说不定真的能戳中自己的文字，此刻却只觉得想笑，她平静地陈述："也不算造谣吧，我确实追过沈启明，也跟他订了婚，只不过分手其实是我提的而已。"

蕾秋还是第一次知道这件事情，瞠目结舌地看着她，随即想到文章里写到的内容，语气一下子小心起来，生怕她难过似的："窈……窈窕……你……"

金窈窕却一点难过的表现都没有，手指滑动，还看得笑出了声："这谁写的故事啊？太有才了。"

金窈窕内心毫无波动，晶茂这边，看到此篇文章的员工们却集体震动了。

自打金窈窕来过一次后，不管临江还是深城，甚至更远的晶茂分公司，都收到过来自总裁办亲自下达的"金窈窕登门无须通报"的指令。

消息传遍晶茂内部后，职工们为了避免有眼不识泰山，可是仔仔细细去了解过这位的身份的。

一旦主动想要去了解什么人，那跟她有关的事迹总会源源不断通过各种渠道传进耳朵里，再加上沈总并没有下达封口令，也没有要遮掩的意思，临江总部和深城园区这两大宝地便成了八卦的最中心。

现在的晶茂职工，还有哪个会不晓得铭德金董这位神乎其神的沈总未婚妻？

哦，错了，要加个“前”字。

她神在哪儿呢？

曾经在临江目睹过现场的同事，无数次绘声绘色地描绘她在咖啡厅里甩掉沈总时的冷酷。

深城园区曾经目睹过现场的同事，说的则是对方来园区时，因为被某助理不知死活地为难，导致在园区门口等待了五分钟，直接打电话对沈总发飙，以至于沈总狂奔下来亲自迎接。

过后，就只有一些零碎的消息，肯定是没有那么具体的，但每一个消息都足够让晶茂的员工对这位的存在印象深刻。

什么铭德新产品上市，沈总的助理吩咐采购部当天去参与抢购，什么园区的员工数次偶遇沈总在园区附近的超市购买食材，当人们猜测得沸沸扬扬时，助理部开始有人跑腿给她送暖心汤罐，甚至铭德新公司那个登上深城景区排行榜的枫树林，都是沈总调来了海外分公司的知名园艺师精心设计的成品。

诸如此类，听得晶茂员工涕泗横流，以头抢地，这还是他们认识的那个冷酷无情的高坐神坛的霸道总裁吗？

当然，霸道总裁对他们还是很无情的，做错了事情说扣绩效就扣绩效。可能所有的温柔和浪漫，全一点不剩地交给了那个特殊的人。就这样，他还被甩了，被更加冷酷无情地甩了。

大家都能看出自家老板拼命想要挽回这段感情的态度，只是铭德那位金董显然没那么好追，以至于老板到现在都还在不断努力。

老板都已经那么辛苦了，怎么还有人出来造谣，给他增加难度哦？看看文章里写的是什么鬼情节，金董是个被老板厌倦后无情甩掉的可怜虫？你搞错对象了吧？真正的小可怜是我们沈总啊！看看我们可怜的沈总吧！

更何况，铭德食堂爆红以后，晶茂的员工虽然对铭德金董的印象是个比自家沈总更加强势的霸道总裁，说不定分分钟就要人脑袋，可对于她的到来，大家还是充满了期待，于是，在为自家老板分忧和为自己的未来争取的双重刺激下，晶茂的职员们率先撸袖子上了！

网上，刚刚发布出的文章还没多少热度，只吸引来了最早一批的群众。

鼎鼎大名的晶茂和鼎鼎大名的铭德居然同时出现在故事里，看到这篇文章的群众怎一个震撼了得？

铭德金董属于霸总界后来居上的黑马，在此之前，晶茂那位英俊得让人意识到世界不公的沈总即便无比低调，偶尔的露面却依然让每个角落都遍布与他有关的传说。

说实在的，不管是看上这样的男人，还是被这样的男人甩掉，都太正常不过了，只是故事里的对象是近来风头无两的铭德金董，那自然又有些不一样。

还不等他们为故事当中被黯然抛弃的一方感怀，猜想可能因这段往事勾起伤心回忆的铭德金董会如何处理此番风波，文章下方，却有诸多当事人涌来——

“放屁吧你！我们金董被甩你个头！”

“编故事讲点基本法好吗？睁大眼看看，金董那种人像是会被甩的吗？”

“就是，沈总……我们沈总才苦。”

“什么都不知道就不要出来瞎说了，还立人设，金董本人就是那个人设，好不好？”

“沈总厌倦金董……我看你是睡觉做梦多了，造谣骗流量也编些有逻辑的内容出来,OK？”

“金董要真的崩人设就好了……说多了都是眼泪，算了，我还是说金董我爱你吧。”

网友们:“哇。”

这群知情人立场好鲜明哦，为了替铭德那位金董说话，居然连晶茂的沈总比较苦这种话都能说出来。

晶茂的沈总他们能不认得吗？偶尔几次被拍摄流出的照片，即便画质再糊，都能引发全网尖叫，本人性格冷淡难以接近也是有目共睹。

能说出这种话的人，不是铭德那位金董出了名的后援会，就肯定是铭德找来做舆论公关的工作人员。

网友们如此想着，点进那些喋喋不休、激动无比的账号，居然都不是僵尸粉，至于工作所在地……临江晶茂、深城晶茂、京城晶茂……网友们看着其中一个账号相册里拍摄的晶茂工作牌，以及抱怨加班好讨厌的动态，顿时一脸问号。

铭德都还没出来呢，你们晶茂是怎么回事？

第39章

铭德都还没来得及出场，晶茂员工就出来上蹿下跳地辟谣，莫说群众，就连闻风赶来的铭德公关以及后援团成员都感到疑惑。

但是这批目的“扑朔迷离”的晶茂员工并没能拿出足够让人信服的说辞，与此同时，针对金窈窕的那个不明小号却明显有备而来，在极短的时间内就运用各种娴熟的技巧将文章扩散了出去。为了增加可信度，甚至还发出了一张照片。

那是一张拍摄在很久前，金窈窕跟沈启明二人的订婚照片。

照片上，金窈窕挽着沈启明的胳膊，笑容幸福而灿烂。她看着比现在要稚嫩些，娇嫩而青涩，与如今对外表现出的锋利强势截然不同。

这照片一发出来，果然引发巨震——妈呀，这两位霸道总裁原来以前还真的订过婚？！再看那篇文章，可信度突然变高了。

乔语丝接到合作的营销公司发来的反馈，说她提供的照片已经成功使用，对方笑着跟她说：“不愧是两个自带流量的商圈大佬，跟小明星就是不一样，根本都不用怎么费力推就闹得沸沸扬扬了，这还是我们公司第一次做出这么漂亮的数据呢。”

以往跟很多小明星合作，他们累死累活加班加点都未必能吸引来这次十分之一的热度。

乔语丝本来还挺高兴，听到这话脸顿时僵了一下，立刻联想到自己。她就是那些“小明星”里的一员。

对方说完之后显然也意识到说错了话，尴尬地赶忙往回找补：“那什么，你之前给我们的承诺肯定没搞错吧？铭德现在那么猛，要不是他们集团还没发展传媒方向的资源，我也不会冒险接你这单生意。要是你骗我，到时候晶茂伸手，他们家是老牌集团，哪儿都有人，咱们俩可都得完蛋。”

乔语丝皱起眉头：“你不要乱造谣晶茂，把矛头对准铭德不就行了？我是让你嘲讽，又不是让你替她打抱不平。”

“我是没敢乱写啊，我哪敢乱写？涉及晶茂沈总的内容我都含糊过去了，就说他甩了金董而已。”对方回答，“可是手下的人刚才跟我汇报，说好像有晶茂的员工出来帮铭德那位金董骂咱们，我就是担心还有旧情难忘什么的。”

乔语丝愣了下，晶茂的员工帮铭德骂人？她转念想到闺密宁萌这些年跟自己说过的那些故事，嗤笑一声：“怎么可能？铭德请来的罢了。”

乔语丝挂断电话，随即陷入沉默。为了请动这位合作者帮助自己，她花了足有一笔天文数字，她倒也没指望能把金窈窕怎么着，只是实在见不得对方如今这么顺风顺水。

看看现在外头那些人对金窈窕的追捧——人生赢家、天降巾帼，那些粉丝敢吹，还真有人敢信，以至于这个名字所到之处，皆是艳羡吹嘘。或许人类的本质就是慕强吧？所以心甘情愿地被金窈窕头顶的光环吸引。

可她偏不服。

她就是要让这些人知道，那些光环都是假的，金窈窕不过就是一个被人不屑一顾的失败者。

当然，能同时让金窈窕为苦心隐瞒却被再次揭开的伤疤感到痛苦，那就更好不过了。

乔语丝抿着嘴，想到这里，就连最近被各种糟糕的挫折带来的无力感都减轻了不少，翻出社交软件，她搜索起那篇已经大热的文章，简直迫不及待地想看到那些以为金窈窕无所不能的粉丝在看到她那些不堪的过去时会有什么表现了。

点开数量可观的评论区，她定睛一看，前排是顶着金窈窕粉丝后援会后缀的账号："殿下订婚照上的笑容好可爱！原来殿下也有那么青涩的时候，金黄色的卷发看起来像公主！"

"博主虽然我要骂你一句，但还是要说，赶紧把你手上殿下的旧照全都发出来让我看个够！"

乔语丝恨恨地想：脑残粉！

车里，金窈窕循着蕾秋给的链接看到了那张订婚照。

照片里，顶着金黄色卷发笑得不谙世事的她，曾经在很长一段时间，被金窈窕视作需要割裂抛弃并遗忘的另一个自己。因为对那段时间的她而言，这确实是某些不堪回首的卑微的象征，她甚至情愿让那个自己彻底死去，不再被任何人知晓。

可现在……她看着照片里自己的笑容，不由得勾起嘴角，抬起手指在屏幕上抚了抚。

以前的她，似乎并不像她曾经以为的那么糟糕。

深城广电，她踏进电梯，情绪还不错，低头看着手机上收到的短信。应该是节目组的工作人员发来的，请她到广电后先到十七楼的休息室等待。

她对休息室的位置挺熟，便让员工们先收拾同车带来的新产品，自己径直前往，不料却在必经的拐角听到了隐隐的争论声，其中一道还挺耳熟。

宁瞬沉着脸，不知道乔语丝为什么突然发神经似的把自己堵在这里："能别烦我了吗你？我去录节目了。"

"宁瞬。"乔语丝收回看着某处的目光，说，"你告诉我，你是不是喜欢上金窈窕了？"

宁瞬罩着卫衣宽大的兜帽，看不清脸上的表情，沉默了一会儿才嗤笑道："怎么可能？"

乔语丝咬字清晰："那最好，希望你不要忘记一开始认识她的目的。"

宁瞬过了几秒才冷声问："你没头没脑地到底想说什么？"

乔语丝说："我怕你让宁萌伤心而已。宁瞬，宁萌是你姐，你当初接近金窈窕就是为了让宁萌她……"

宁瞬打断她："为了让她不一天到晚寻死觅活。用不着你来告诉我这件事。"

乔语丝低着头，嘴角慢慢勾起。她余光注意着拐角方向出现的影子，心中像是出了口恶气。

不光你曾经的未婚夫不爱你，就连主动靠近你的宁瞬也是另有目的，想不到吧？痛苦吗？哈哈哈哈！

好土，什么年代了，为什么会撞上这种古早八点档恶俗苦情剧剧情？金窈窕内心毫无波澜地拐弯，朝要去的休息室走去。

听到脚步声，宁瞬一惊，回头再看到她，整个人都瞬间僵硬了。

见两人对视，乔语丝激动得手指都开始微微颤抖。

金窈窕对上宁瞬的目光，嫌弃地转开头，径直走了。

乔语丝愣在原地。

金窈窕找到休息室，一压门把手，锁着的。她皱起眉头，此时却接到工作人员打来的电话："金董，您还没到吗？"

金窈窕感到莫名其妙："不是你们让我先到休息室休息吗？"

工作人员："没有啊，我在一楼等您呢。"

金窈窕意识到什么，笑道："好的，我知道了，有人给我发了一条短信，让我来广电后先到休息室，看来是另有目的。"

她说罢果然利落地离开，连看都没看宁瞬一眼。

不远处的乔语丝脸色发白，金窈窕的一切反应都在她的意料之外，她更是没想到，对方会如此直接地当面将收到短信的事情说出来，这让她甚至不敢朝宁瞬的方向看。

到了这会儿，宁瞬哪里还能不知道金窈窕出现在这里的原因？但他根本无心在意一旁暗自惶恐的乔语丝。他在原地僵硬很久，才如梦初醒地抬头，朝着金窈窕离开的方向追去。

电梯大门却早已关闭。卫衣的兜帽滑下，他失魂落魄地站在电梯口，连背影都写着痛苦。

乔语丝简直要气哭了，她这虐的到底是谁！怒从心起，她直接从货梯追了下去，出门口拔腿狂奔，果然看到了金窈窕的背影。

她疾步朝金窈窕走去，双眼跳动着炽烈的火苗，有满肚子的话想说。她想告诉金窈窕，你知道你有多让人讨厌吗？她想告诉金窈窕看到了吗？根本没有人爱你！

她有那么多的话想说，却在靠近后被前来迎接金窈窕的工作人员拦住："哎哎哎！"

金窈窕听到动静，回头，目光扫过被拦住的人，漂亮的眼尾微微翘起，瞳孔中流露出些许疑惑："你是……"

金窈窕是真的觉得这个人陌生，刚才在楼上也没细看，反正都是不重要的人嘛。

但这两个字，却瞬间让乔语丝失去了浑身的力气。

金窈窕，不认识自己！

她不认识自己！

一行人已经走到门口，外头聚集了不少人，看到她们后骤然爆发出尖叫声。

乔语丝愣了下，往周围一看，没看到有除了自己以外的其他明星。她顿时找回了一点自信，却听外头尖叫的人群里传来呼喊声——

"殿下！"

"金董！金董！"

金窈窕收回目光，看向外头的人群，露出一个有些无奈的笑容，朝他们招了招手。

欢呼声顿时更大——

“真的是殿下！”

“哇！金董今天真的来广电了！”

“难得才能跟到殿下的行程啊！运气好好！”

一瞬间，乔语丝听到了自己自尊心碎成粉末的声音，到底我是明星还是你是明星？

她正怀疑着人生，却接到了医院里打来的电话——

“什么？宁萌偷偷跑了？！”

网上依旧热闹不休，金窈窕也觉得很神奇，网络上的文章和宁瞬的事情竟然一点也没有影响到她的心情，她好像是真的一丁点都不再像以前那样介怀那段感情了。

蕾秋倒是显得更着急，特地打电话过来商量对策：“我联系人查过了，好多都是境外账号，一时半会查不到源头，不然还是先找人把文章屏蔽了？”

“有什么可屏蔽的。”金窈窕说，“删了他们还会重新发。更何况都已经被人看到了，搞这种小动作只会让他们造的谣更有可信度。”

蕾秋十分担心金窈窕的情绪，作为媒体人她有一百个办法可以解决这件事，可事件里偏偏掺和了让人不能轻举妄动的晶茂：“那怎么办，让铭德先否认？”

她实在很难想象金窈窕被提及旧事的心情。

金窈窕的语气却很轻松，自信满满地靠进椅背里：“否认什么？订婚还是倒追？没必要此地无银三百两，万一否认完，对方手里还有别的凭证，那不就变成笑话了？等我忙完，晚点到公司让公关部拟个回应，该否认的否认，该解释的解释清楚就好。”

蕾秋：“你不介意吗？”

金窈窕轻笑：“贪图美色不是很正常？有什么好介意的。”

自己做过的事情，当然都得堂堂正正。

蕾秋被她的洒脱弄蒙了，放下手机，半晌说不出话来，总觉得窈窕她越来越像个真殿下了。就是不知道晶茂那边是什么态度，希望金窈窕被退婚的谣言澄清以后，那边不要为了面子做出什么事情来才好。

晶茂怎么可能不做事情？只不过做的不是蕾秋想象中的事情。

一场会议结束，蒋森刚进办公室就被朋友分享了这个八卦，他瞠目结舌地看完以后立马拿着手机去找沈启明：“老沈！你看到这个了没有？”

沈启明瞥了他的手机一眼，目光转回电脑屏幕：“刚才助理部跟我说了，他们在处理。”

从会议室出来以后助理部就紧急通知了他。

“也不知道是谁在跟窈窕过不去，牵扯你也就算了，居然还把你们的订婚照发了出来，不像话。”蒋森回头看了助理部的方向一眼，果然见众人都在忙碌，便放下心来，问其中一个助理：“联系到相关部门了吧？什么时候能删干净？”

被他问到的助理抬起头，露出迷茫的表情：“啊？”

蒋森：“你不是在联系人删除吗？”

沈启明开口道：“境外IP，最初删了一次，但很快又发了新的，现在传播太广，删了影响不好。”

蒋森：“反正也没骂你是渣男，禁掉几天后大家也就都忘了，有什么影响不好的？”

沈启明抬起头，看着他：“对窈窕影响不好。”

蒋森：“也对。”他回过神，干笑道，“不过窈窕那边的动作也挺快，感觉已经请了人在网上扭转风向了，我刚才就看到好几个账号在文章底下说什么你没有甩她，不知道会不会把她主动退婚的事情也说出来，这样真是怪没面子的。”

他说着探头看向距离最近的那位助理的电脑：“既然不是联系人封禁，那你们现在在干吗？”

话音落地，他就看清了助理的电脑屏幕，当即怔住。

办公室里传来沈启明平静的声音：“澄清。”

自从那张订婚照发出来，对于广大网友来说，那篇文章内容的可信度就瞬间提高了。笔者明显没有要得罪晶茂的意思，讲述的虽然是金窈窕被沈启明甩掉的故事，内容却偏向于描述金窈窕倒追人时的死缠烂打。

而故事里的沈启明，倒更像是一个高居神坛的施舍方，与他过往给外界留下的印象极其契合，以至于故事最后的结局是他甩掉金窈窕，也让情节发展看起来极其合理，毕竟他这样的人，看起来就不可能为谁停留。

但这样无疑衬托得故事里黯然离场的金窈窕更加凄凉，毕竟从头到尾都是她一个人的独角戏。

这种八点档故事看起来真是……太带劲了！更别提故事里的双方都是商场上响当当的大咖。

晶茂的沈总，低调无比，但无数角落都遍布着他的传说。铭德金董，近段时间无疑是商场上声名崛起最快的人物。

越是大人物的瓜，吃起来越有滋味。

虽然这篇文章不至于让双方名声受损，不过看完以后，大部分人也情不自禁地感叹一声，铭德的金董真是够惨的。

正常人感叹一句也就算了，但网络上从来不缺幸灾乐祸的人，有人就跳出来酸溜溜地嘲讽道："所以说女人工作能力再强有什么用，还不是被甩没人爱？"

"之前老有人说她多厉害，我看了就觉得假，果然现在牛皮吹破了吧？哈哈哈哈！"

看不下去的人忍不住回道："没人爱？先别说钱，人家金董，就那张脸都不可能没人爱的好吗？"

"人家厉害也是真的吧？把铭德公司直接做成集团，有几个同行能像她一样把产品销成海外网红的？"

后援会的粉丝也不觉得这是黑点，把写文章的笔者骂得狗血淋头。

但好不容易抓住自己永远不可能触及的人的伤口，幸灾乐祸的人哪会那么容易就放弃嘲讽呢？见不被赞同，他们反而跳得更高了——

"跟我说她厉害有什么用？人家沈总还不是看不上？她跟沈总订婚的时候外面有一点消息吗？"

“哈哈哈哈，最好笑的是你们家金董还找来一帮水军假装晶茂员工给自己挽尊，真的笑死人了。”

他们说的，自然就是参与讨论的人中最大的异类——那群顶着晶茂员工的名头声嘶力竭号叫沈总真的心里苦的账号。

众人对此自然无话可说，说实在的，别说是这些喷子，就是普通人看到他们发的东西都感觉太假了。

双方正争论着，又有一个挂着晶茂头像的账号冒了出来，发表了一番莫名其妙的话：“没有死缠烂打，没有施舍厌倦，我从最初起，始终喜欢她。窈窕也没有被甩，是我做得不够好，才让她提出分手。被退婚至今，我一直在努力追求挽回，希望外界不要妄加猜测，传谣信谣。”

这说的什么鬼啊？跟当事人似的。众人再一看那个挂着晶茂头像的账号名字——沈启明。

点进去一看，全是跟铭德相关的新闻。

幸灾乐祸的那批人顿时狂笑留言：“哈哈哈哈，水军假装晶茂员工还不够，现在连沈总都来扮演了，我的天哪！”

中立者们也看得皱眉，留言劝说：“哥们儿，玩梗也要有个度，无冤无仇的，何苦要跟铭德过不去？金董也不容易。”

后援会的粉丝们最是来气：“滚！要点脸吧，你以为大家都是傻子吗，会看不出来？”

然而态度不尽相同却都在怀疑的网友们很快就发现了有点不对劲。因为那个账号被他们按在地上疯狂摩擦嘲讽以后，居然被晶茂的官方账号转发了？

晶茂那个经过认证，首页全是各种公务相关的官方账号转发时，还小心翼翼地加上了问候词：“祝老板一切顺利。”

几秒前还在幸灾乐祸的人挂着满脑袋的困惑，战战兢兢地删除了骂人的评论。中立者们迷茫地望着这一幕，发出发自内心的疑问——原来晶茂那位沈总也会上网冲浪看八卦的吗？

后援会的粉丝们骂完以后才忽然觉得这个账号有点眼熟。这不是当初殿下家的集团新产品上市时出钱最狠的那个土豪吗？！

但与此同时，所有人都注意到了沈启明郑重其事发的那番话。

对此，群众们只有四个字可说：金董你牛。

金窈窕此番来广电，是来参加最后一场会议。

临近年末，节目准备完毕，至此，相识一场的各城代表即将分离。

她是准备将铭德三个分公司的店开遍全国的，自然不会不重视各个城市的人脉关系，因此最后这场会议，她足足让员工们带来了几十份送别礼，都是铭德今年赶在冬至之前推出的新口味。

大伙都是业内人，感兴趣极了，甚至不等拿回去，就有好些人张罗着要打开看看。最后借着顶层的设备炊熟，热热闹闹地闹腾了一场。

当然，那位兴市的代表全程缩作鹌鹑状。

这些年纪大的老厨师遇上吃的就跟开品鉴会似的，你一言我一语争论不歇，金窈窕受不住，躲出来想暂避清静。

她端着分到的碗，出来后就接到了蕾秋的电话，听完后一愣，再打开对方发来的链接，她看得神情复杂。

她正要跟沈启明联系，不远处忽然传来幽幽的声音：“金窈窕。”

那声音太过幽怨，吓了她一跳，随即看到发声人，金窈窕辨认片刻，才露出几分意外的表情：“怎么是你？”

不知道多久没见的宁萌裹着一件厚外套站在不远处，神色憔悴得吓人：“我看到网上他们发的文章了。”

金窈窕：“怎么？”

宁萌：“我想来告诉你，不是我写的。”

金窈窕听完后反应了几秒才明白她的意思：“谁怀疑你了？”她都快忘记宁萌这个人了。

宁萌却不相信似的：“你应该第一个怀疑我才对，毕竟我那么讨厌你。”

金窈窕失笑道：“讨厌我的人海了去，你还排不上号。”

又不是以前，她现在驾着铭德南征北战，断了不知多少人财路，远的不说，单兴和那位老板估计就恨她恨得要死。

宁萌得到这个回答，沉默了很久。她低下头，轻声说："我都被沈总开除了，肯定是最讨厌你的人啊。"

金窈窕一愣："你被沈启明开除了？"

宁萌也愣住："你不知道？"

金窈窕真的是非常意外，沈启明没跟她说过。

宁萌整个人好像都恍惚了下，半晌后才笑了声："你骗谁呢？你那么讨厌我，会不知道我走了？在沈总身边看不到我这个威胁，你应该立刻就发现了才对啊，不会再有人给你危机感了。"

金窈窕突然发现此时的自己面对宁萌，内心真的一点波澜都没有。

其实她很早以前确实非常厌恶对方，直到上次在晶茂园区碰面，她还觉得对方使的那些手段可笑又怪恶心的。可刚才，她甚至没有第一眼就认出她是谁。

金窈窕垂眸一笑："宁萌，能给我危机感的只有我自己。"

宁萌面无表情地看着她。

金窈窕浑不在意，上前将手里拿着的没尝过的碗递了出去："随你信不信吧，今天冬至，请你，铭德最贵的新口味。"

说罢，她瞥了眼对方厚外套下若隐若现的病号服，叹了口气："保重身体。"

金窈窕转身回了热闹的房间。

走廊里，宁萌站了一会儿，才端着那个还有些烫的碗回头。

宁瞬跟乔语丝听到消息找到她的时候，她正挨着墙坐在地上，一边掉眼泪一边吃饺子。

铭德今年的新饺子，外皮揉了赤豆进去，看着粉嫩可人。这样漂亮的饺子，内馅也格外鲜甜，弹脆的海肠被切成小段，揉进鱼泥里。

鱼泥很肥，估计是好几种调和的，其中深海鱼丰厚的油脂格外出色，混着外皮赤豆的微甜，就像是在最冷的冬天飞了一趟热带，躺在阳光炽烈的海滩上享受假期。

宁瞬情绪糟糕地站在远处，冷冷地看着她不靠近。乔语丝凑过来，不住地问她为什么从医院跑出来。

宁萌一边哭，一边一个接一个地狂吃，不理会她。

金窈窕始终对她淡淡的，却给了她这碗冬至的饺子，还让她保重身体。已经有多少年冬至没吃到饺子，她都记不清了。有那么一刻，她忽然意识到自己在对方眼里究竟有多可笑。

乔语丝被金窈窕重创的自尊心尚未恢复，又被宁萌搞得焦头烂额，此时已经十分疲惫，却忽然接到合作方打来的电话，对方不知道为什么非常惊恐，对她劈头盖脸就是一顿指责。

她听了半天才听出对方在说什么，万分错愕地打开手机，就短短片刻工夫，竟然天下大变。

沈启明出乎意料的出现掀起了轩然大波，合作方苦心推广的文章下，已是一片嘲讽。

除此之外，网友们皆是叹服——

“晶茂那位沈总的主页你们看到了吗？”

“我现在想的是，最开始那些顶着晶茂名号说话的账号会不会真的是晶茂的员工，如果是的话，那沈总学着炖爱心汤给金董的爆料可能也不是恶搞。”

“我一时竟然无法想象那位沈总下厨房的样子……看来是真的在想尽办法狂追她啊！”

“其实我觉得金董的人设还是崩了的，我知道她牛，但万万没想到她居然能这么牛。”

“明明是来吃瓜，最后为什么吃了一嘴狗粮？”

“呜呜呜呜，虽然沈总真的很有钱，也长得很帅，可我现在不知道为什么越来越想嫁给金董了。”

乔语丝迅速搞明白了事情的走向，瞠目结舌地将手机展示给宁萌看：“这怎么跟你说的不一样？你不是告诉我沈总对金窈窕没有感觉，分手也是他主动提出来的吗？”

宁萌满嘴的饺子，一边嚼一边看手机，咽下去后哇的一声大哭起来：“因为我是个卑鄙小人！我嫉妒她！”

她打着嗝将饺子汤一口不剩地喝得干干净净。

乔语丝浑身僵硬地看着她喝汤，眼泪也跟着掉下来。你害死我了你知道吗？

同一个房间，同一个悲惨世界。

告别未来或许还会碰面的各城代表，金窈窕下到车库，一路走一路看手机关注自己还没来得及插手的事态，突然刷到一条评论：“虽然沈总已经出来辟谣，可我得说，其实之前没辟谣的时候，看完文章我更加崇拜殿下了。哪怕博主说的是真的，可殿下打拼事业的时候所向披靡，遇上喜欢的人也能直接争取，就算最后没成功又怎么样？她还是非常勇敢厉害啊！”

金窈窕笑了笑，划开了，一抬头，却在广电的停车场看到了意料之外的车和人。

沈启明个头很高，打开副驾驶座的车门，对她笑了笑。

很明显，求夸奖的那种。

金窈窕迟疑几秒，还是放弃自家车子，让司机先回去了。

沈启明替她关上车门，上车，探身过来要为她系安全带。雪松的香气扑面而来，金窈窕瞪了他一眼：“我自己来。”

沈启明笑了笑，平静地靠在驾驶座上侧首看着她扣卡扣。

金窈窕很少见他这么嘚瑟的样子，语重心长道：“沈启明，你在网上公开说那么多，以后追不到我，很没面子的。”

沈启明不甚在意：“喜欢你而已，本来也不是丢脸的事情。”

第40章

看看，这种话居然都能说得这么自然。金窈窕眯起眼，今天也是好奇沈启明到底看了什么才变成这样的一天。

沈启明非常自然地躲开她的打量，顺畅地打了把方向盘，将车倒出来后看着前方，笑容才渐渐消失："说到底还是我不对，才会让外界有机会质疑你的过去，对不起。"

除了让人澄清和追查文章的源头，他也看了不少评论，想到那些被文章带着上蹿下跳对金窈窕的过去散发恶意的人，他目光微沉。

他很少自己开车，但开得又平又稳，目光直视前方的时候，侧脸的弧线棱角分明。深城金红色的夕阳透过车窗打在那张脸上，镀出一层柔光。

金窈窕靠在柔软的椅背里，反倒没有受到文章的影响，她平静地看着窗外不断滑走的行道树，有些出神："其实你不用一直自责，我真的不在意那些了，会被他们这样猜测，我也有我的问题。"

沈启明少有地反驳了她，几乎是下意识的："胡说什么？"

你明明一直很好。

金窈窕没有辩解，一手支在窗沿，慵懒地撑着脑袋，有些东西她也是慢慢搞明白的。

她纤细雪白的手腕从衣袖里露出来，连同蓬松乌黑的长发一并被夕阳笼罩，美得坦然温柔。等红绿灯时，沈启明侧头看到这一幕，情绪不自觉地跟着放松下来。

金窈窕忽然开口道："宁萌来找我了。"

沈启明一瞬间没反应过来："谁？"

两秒后才想起这位已经被开除不知多久的前助理，他神情瞬间变得严肃，这人怎么会莫名其妙地跳出来？

"她对你做了什么？"

要死。他还来求夸奖呢，过去那些破事还没翻篇，今天是他的死期还差不多。

他在这儿想着怎么才能让窈窕相信自己跟那些无关的人真的没有一丝工作以外的联系，副驾驶的金窈窕却笑出了声。

沈启明一边觉得好难，一边感受到了鲜有的迷茫，她这是在生气吗？

金窈窕望着远方的天际线，腾地想到了很久很久前，那个胡思乱想又不敢开口的自己。

"她能对我做什么，说了几句话而已。"金窈窕见沈启明如临大敌的样子，叹了口气，"是真的。你不用多猜，她做了让我不爽的事情，我会直接告诉你。"

车一直开到金家门口，金窈窕解开安全带，踏出车门，抬头对给自己开车门的沈启明说："不管怎么说，还是要谢谢你出来帮我。"

沈启明这会儿倒不像在停车库见面时那么嘚瑟了，幽深的双眼看着她："那本来就是我应该做的，只是我以前没有做好。"

金窈窕垂眸一笑，转身离开。

沈启明看她似乎没什么想说的，心头轻叹一声，果然自作孽不可活，现在砸在脚上的石头都是以前自己没脑子搬起来的。

金窈窕走出几步，忽然又转过头来："还有，生日快乐，早点回家吃面吧。"

为了沈启明今年的生日，许晚提前好几个月就开始在公司食堂学习了，还时不时向她请教，今天更是早早地请假回家，估计这会儿早就在家里做好了一桌子菜。

金窈窕带着笑意的瞳孔映着夕阳的光，宛若舒卷的星河般耀眼，看得沈启明怔了下。直到她的背影消失在大门后，他才收回视线。

车门关闭，沈启明拿起手机给助理发了一条信息，让他去追查是否还有人目的不明地靠近并试图对金窈窕造成不利。

发完后，放下手机之前，他划到一条早早就收到已读的信息。是这些年来自母亲的第一条生日祝福短信，并邀请他早一些回去庆祝。

天色渐暗，外头的风已经带上了冬季的凌厉，金家院子里却传出金窈窕逗孩子的笑声。

沈启明听得勾了勾嘴角。这个冬至，过得似乎要格外热闹。

金窈窕朝蕾秋儿子嘴里塞了颗做的牛轧糖，拍了拍小孩的脑袋让他自己去玩，余光瞥了眼正在厨房洗菜的蕾秋。

蕾秋看起来没什么不对。

她收回视线看了眼手机，上头是贾冰洋发来的消息——

“金董，她和孩子还好吗？”

今天的晚间新闻跟铭德相关，说的是金父带着铭德员工做的冬至公益活动。随着铭德的壮大，集团的受关注度与日俱增，她也越来越忙，无法像前几次那样亲自到场。但父亲和公司的员工们都干得很不错，镜头里皆是欢声笑语。

蕾秋端着洗好的菜出来，瞥了眼电视，也被感染得面露微笑：“能坚持几十年做公益，怪不得铭德的风评好。你们集团的名声现在可广得很，我在京城台都听过有节目组拿你们每年冬至的活动报上去了采访话题，说不定年后就要来找你们做专访了。到时候专访出来，不止临江，说不准京城那边都要给你们扶持。”

金窈窕放下了手机，笑着回答：“你这次是请假来深城的吧？什么时候回去工作？”

蕾秋顿了顿，拿起一颗牛轧糖放进嘴里。浓厚的奶味混着坚果的香气，柔韧不黏，她一边嚼一边平静地说："再说吧。"含糊过去后，她又笑着对金窈窕晃了晃手机，"金董，你这下可真的成了全国知名的人生赢家了。"

她说的自然是网络上的段子。

自打沈启明公开回应那篇文章后，网友们的膝盖便碎了一地。

那个发文章的账号被如何嘲讽不说，金窈窕本人已然成了无可争议的话题中心。

网络是有记忆的，更何况沈启明没有遮掩的意思，那行不更名坐不改姓的账号没半个小时几乎就被狂欢的群众翻了个底朝天。

沈启明百忙之中居然还抽空参加了金窈窕后援会为铭德新产品上市发起的应援活动这件事，真是说出来都让人不敢信。分明招招手就能拥有一切的人，私底下竟也会为了喜欢的人如此接地气。这瓜吃得人简直饱含热泪，无语凝噎。

但不知道为什么，这事发生在金窈窕身上竟显得不那么玄幻了。

金窈窕后援会整理出的金董辉煌战绩的图片再度被疯传，这次疯传的范围比上次更广，转发里跪倒一片。

"感觉照这个速度下去，铭德再过两年就该上市了，也怪不得粉丝和公司里的人一口一个殿下地喊她。"

"老天不公平得是不是有点过分了？不是都说女强人都会孤独终老吗？为什么人家就能又是霸道总裁又有霸道总裁追？"

"听说自从她进铭德，铭德现在已经变成了深城和临江最热门的求职单位。"

"真是个可怕的女人，她做出什么事情来我都不稀奇。"

"出本书吧求求了！我买！我买还不行吗？"

蕾秋一边看一边感叹："别说他们了，你要是真的出书，连我都想买。"

金窈窕笑着把冰箱里的食材取出来："你还有什么可不满足的？你不也什么都不缺吗？现在工作步步高升，跟贾冰洋不也挺合拍的？"

蕾秋听到这话忽然沉默了，片刻后才扯开笑容："想什么呢？跟你说了我和贾冰洋只是工作伙伴，他……他跟我怎么可能。"

金窈窕挑眉："怎么不可能？你看不上他？"

蕾秋白了她一眼，过了好久才轻声说："又不是以前了，他现在是大导演，要名有名，要钱有钱，不知道多少年轻貌美的姑娘朝他身上凑，他能看上我这个年纪比他大还带着孩子的？你傻啊。"

金窈窕皱起眉头。蕾秋笑了笑，在手机上翻了翻，朝她抛去："以后别说这种话了。"

她接下来一看，才发现是不久前的一条新闻——"著名纪录片导演贾冰洋疑似恋爱"，配图是贾冰洋在某家餐厅跟对面一个年轻女孩说话的照片。

他一个纪录片导演，虽然粉丝很多，但不至于跟要求明星似的对他的个人生活苛刻要求，因此那条新闻并没有什么热度，只讨论了一下他对面那个女孩的身份。

金窈窕左看右看，看不出暧昧："这也说明不了什么啊。"

蕾秋："我在京城台楼下的咖啡厅里碰到他俩见面好几次了，有一次他骗我说去开会，结果是去见人家，你说他是不是有病，我又不是他什么人，骗我干什么？担心我对他死缠烂打吗？我还是有自知之明的。"

金窈窕皱眉："你又不比谁差。"

蕾秋不在意似的笑了笑："我说的是实话啊，不过你放心，老娘什么都经历过，才不会在乎这点屁事呢，反而松了口气。"

金窈窕沉默几秒，问："你跟他聊过了吗？"

蕾秋垂眸道："有什么可聊的，自取其辱吗？我看到新闻就直接走人了，来深城这么多天，他一点消息没有，只怕也松了口气，何必呢。"

金窈窕想着手机里收到的贾冰洋的短信，总觉得哪里不太对，贾冰洋不像是那种人啊。

蕾秋转开眼，云淡风轻道："没必要说穿，大家都是成年人，识趣一点，以后见面也能不尴尬。"

她看起来确实是不在意的样子，但没多久，金窈窕上楼时，却隔着卫生间的大门，听到了很轻的啜泣声。金窈窕站在外面听了一会儿，轻手轻脚地离开了。

蕾秋下来的时候看不出一点不对劲，一如她灭绝师太的外号那样刀枪不入。

她严肃地让儿子不许再继续吃糖，然后洗干净手，过来给金窈窕帮忙。

她顶着不特别仔细观察甚至都看不出微红的眼眶，嗅了嗅厨房里的香气，感叹道："我都恨不得留在你家过年了，去年在京城，我就特别想念前年拍节目的时候在你家吃到的年夜饭。"

她帮着金窈窕把蒸箱里蓬松的蒸糕取出来，被香气扑了满脸。

紫米做的蒸糕，软而湿润，像即将落雨的云朵，Q弹地晃动着，表面洒满了被加热到变软的葡萄干。

金窈窕张嘴接住蕾秋切好后送来的一块，紫米清香，葡萄的甜汁渗透出来，氤氲出一片酸甜，她打开锅盖，将里头软烂的蹄髈盛出来："你愿意留，我当然没意见，人多热闹。"

蕾秋捧着热乎乎的紫米蒸糕啃了一口，低着头笑道："是啊，那时候可真热闹啊。"

不光有炖烂的蹄髈，还有熬透的牛蹄筋，长长的一条，被酱汁卤成半透明的褐色，胶稠柔软的质感隔着切块的刀具都能毫无遗漏地传达到手中，肉香滚滚而来。

金窈窕看着她帮自己切蹄筋，忽然说："我记得你们当初取景的时候也拍过这个？"

蕾秋"嗯"了一声："是有，不过没你炖的好。"

金家的卤汁是每日都要熬的，金窈窕亲自调的手艺，哪怕是颗石头，浸在里头都能熬得喷香，更别提酥烂的牛蹄筋了。

蕾秋看着牛蹄筋，记忆似乎飘远，笑着说："当时在那家店取景的时候，贾冰洋那傻子就跟我说这东西放在你这儿肯定能做得比那个老板好，你不知道，在铭德取完景之后，我们去外地好久都没缓过来，吃啥都要联想到那东西你会怎么烧。一直到现在去了京城，摄制组都三天两头惦记着，多亏你把铭德的速冻产品铺了过去，知道消息之后摄制组的人高兴得呀，好几次聚会都要下铭德的水饺面条吃，还拼命给身边的人推荐，我怀疑超市里一半的货都是他们买空的。我现在嘴被你养刁了，三天不吃就浑身难受，有次听说家门口的超市没货，贾冰洋非拉着我开了半小时车去三环的一个商场……”

她说到这里，忽然停下了声音。

金窈窕接下她手中的刀，也没看她，轻轻说：“其实难过的时候，可以不用假装的。”

蕾秋笑了一声：“想什么呢。”

结果话音落地，眼泪就下来了。她背过身去，死死地盯着墙壁：“老娘大风大浪都过来了……丢人。”

金窈窕被她逗笑了：“这有什么可丢人的？大风大浪过来，你也是人啊。”

蕾秋哑声说：“我不是人，我是灭绝师太。”

金窈窕越发想笑了：“灭绝师太就要绝情寡欲吗？蕾秋。”她将切好的牛蹄筋码进盘子里，浇上一勺黑红的卤汁，轻轻说，“去说清楚吧，想不通的时候，就把话说开，哪怕贾冰洋真的是那种人，骂他一顿也好，不要觉得丢人，不然心里永远过不去这道坎的。”

她回头对蕾秋笑了笑。这是经验之谈。

蕾秋怔怔地看着她，片刻后一咬牙，洗手擦泪，掏出手机气势汹汹地走出厨房。

金窈窕本以为会听到蕾秋骂人，谁知外头还没讲几句，蕾秋错愕的声音就传了过来：“你说你在哪里？”

金窈窕心想啥情况，出去一看，就见蕾秋已经跑向自家大门，打开，然后呆住。

金窈窕上前，也跟着呆了。贾冰洋居然站在院子外头，胡子拉碴，神情憔悴。这家伙外形条件没有沈启明那么优越，这么一折腾，简直惨不忍睹。

金窈窕：“你怎么在深城？”

寒风里，贾冰洋狼狈地拿着手机，抽了下鼻子：“我跟她一起来的，最近就住在附近。”

金窈窕脑袋上冒出一个问号，给他开门：“那你怎么不来找蕾秋？”

贾冰洋低下头，又看向蕾秋：“我、我以为她不想见我。”

蕾秋目露凶光：“我是不想见你！”

贱男人。

贾冰洋露出几分痛苦的神色："对不起，我也不想给你造成困扰的，我也不希望你这样躲着我，你不愿意的话，我不会死缠烂打的。"

蕾秋："嗯？"

金窈窕："你在说什么？"

贾冰洋垂着头，眼泪啪嗒掉了下来："我知道我配不上你，我泥腿子出身，家里也穷，你长得漂亮，又有事业，家里也是书香人家。以前在摄制组的时候我不敢，我什么都没有，什么都不能给你，连我爸妈都说让我算了，可我就是不甘心。现在好不容易才攒够在京城买房的钱，我爸妈劝我试一试，我才胡思乱想，偷偷买了房子想跟你表白。我、我没想到你知道以后反应会那么大，我不想你走的，假如知道这样，我一辈子都不会……"

蕾秋看起来一头雾水。

金窈窕打断他不知所云的话，思索了很久也想不清楚他到底在说什么，索性掏出手机直接搜出蕾秋给自己看的那个新闻，递到贾冰洋面前："你先看看这个再说。"

贾冰洋泪眼蒙眬地看了一眼手机，傻了一下："哎？我怎么被拍了？"

他居然不知道……也对，这个新闻没什么热度。金窈窕："你对面那个姑娘是谁？"

贾冰洋抽了下鼻子："我请来装修新房的设计师啊，我不敢让蕾秋知道，每次都偷偷摸摸去沟通方案，没想到还是走漏了风声。"

蕾秋和金窈窕面面相觑。

贾冰洋继续在那儿痛苦："我知道我是癞蛤蟆想吃天鹅肉……"

金窈窕回头看了蕾秋一眼，蕾秋整个人僵在那儿，傻傻地看着在院子里不敢靠近的贾冰洋。

金窈窕想了想，转身拍了拍她的肩膀："我说了吧，你不比谁差，这里交给你了，把该说的都说清楚吧，别藏在心里了。"

她说完，笑着抱起听到声音后兴奋地喊着"贾叔叔"跑出来的小朋友，丢下外头的两个人："不打扰妈妈，咱们吃饭去喽！"

门外，蕾秋缓缓抬头，看着天空，眼泪瞬间滑出眼眶。她捂着脸蹲下，又哭又笑。

黏糯的蹄筋和蹄髈汤汁丰盈，格外适合搭配米饭，金窈窕托腮给对面的小朋友擦掉嘴边的饭粒，自己吃了一口蒸糕，酸甜的滋味在舌尖扩散。

她听着外头传来的声音，露出一个浅浅的微笑。

深冬，网络上的风波已经过去，在无人知道的角落，参与者被清算得悄无声息。

春节的脚步逼近，华夏的土地上，各个城市陷入又一年购买年货的狂潮。

寒风刺骨，却无法吹灭深埋人心的热闹，铭德两个城市的各家餐厅，年夜饭套餐再度脱销。

铭德集团，年度会议如期而至，各家子公司的管理层齐聚。屏幕上是春假以后各个子公司旗下餐厅的扩张计划书，由京城开始，再度走向下一个版图。

隐宴子公司的负责人说完京城的市场调查后，笑着对金窈窕打趣道："金董，前几个月我们就把消息透露了出去，京城市场给出的反馈非常乐观，可以说是嗷嗷待哺也不为过。"

铭德大院的负责人似笑非笑地瞥了在老板面前讨巧卖乖的他一眼，起身争宠："金董，现在公司的效率和口碑都已经成熟，人员能跟上的话，我觉得咱们明年可以拿下不止一个城市，至少我管理的铭德大院可以跟您拍胸脯，做不到，我提头来见。"

寻香宴的负责人咳嗽一声："我们寻香宴虽然走的路线比较高端，注定不可能像王兄和赵兄那样在一个城市疯狂扩张多家分店，但是最适合走国际路线。金董，国际市场因为咱们外销的冷冻产品，其实对我们的期待感也很强，您看看这份报告，我觉得铭德走完几个城市以后，就可以考虑用寻香宴从这几个国家打开餐厅市场了。"

他们几个互相争着，直到江柏起身，顿时噤声。这位负责的冷冻食品子公司才是真的打开了国际市场。

虽然能如此轻松被国际消费者认可，大半的原因在金董弄出的产品本身出色上，可这位负责人也是真的牛啊，手段又稳又狠，借着最初黛比为铭德提供的热度，不放过任何一个机会，干脆利落地就打开了好几个大洲的销路，以至于子公司现在最大的工作就是不停地建工厂、建工厂、建工厂……反正只要能扩大产量，在座的所有人都不怀疑他有一天可以把产品卖到北极去。

江柏没什么可说的，该知道的金窈窕全都知道，他要提的建议也只有建工厂而已。深城和临江不够，那就建到省外，倘若有一天国内都不够，那他已经着手联系东南亚那边的门路了。

江柏因为这些事情，每天都忙得不可开交，可他越忙就越是心情愉悦，因为事业的顺利在一点点磨掉他曾经创业失败留下的阴影。

铭德这个公司，就像是上天赐给他的舞台，一切都是契合得刚刚好。

面前的金窈窕也是难得一遇的好领导，既充分给他信任，让他施展手脚，又有着足够灵敏的市场嗅觉，可以偶尔为他补充疏漏。更重要的是，她研究出的产品真的足够好。

老板就是公司最大的技术人员，偏偏还有足够的管理能力，这个基础无疑是公司最高的稳定条件，因此他只要冲锋陷阵就好，根本不需要担心后方不宁。

金窈窕认真翻看完毕他给的成绩表，合拢后对他露出微笑：“很好。还有一件事。”

江柏也微笑：“请说。”

金窈窕接着开口：“年假结束以后记得体检。下一个。”

江柏：“……”

他的老板什么都好，就是对员工的身体健康太关心了。他今年已经体检了三次，想来明年也不可能比这个次数少，真是让人痛并快乐着。

年度报告例会结束，高管们却都没有离开，而是坐在位置上交换眼神，迎接即将到来的下一个重磅消息。

等候良久的股东们被金父带领着从另一个会议室里过来，金窈窕坐在首座，看到他们，合上文件，起身微笑："久等。"

铭德被她管理至今，分出了四个子公司，此举对集团而言堪称震动，直接导致到场的这群股东对公司的影响力越来越小。

他们自然有异议，可管事的是金父那样顾情面的人倒还好，换成金窈窕，真没有一个人敢乱来。好在他们如今能领到的分红到底比以前只多不少，两相权衡之下，这群长辈还是选择了安静。

金窈窕虽然对他们客客气气，可在场却没有一个人敢拿乔，个个脸上都挂起笑容，其中有几个胆子比较小的，看着她笑眯眯的模样，眼中竟多了几分畏惧："没有没有，例会嘛，应该要等的。"

股东们落座，金窈窕跟父亲交换一个眼神。金父对她笑了笑，朝她所在的方向走了过去。

在场所有人心里都明白——来了。角落的记录员紧张得甚至有些手抖。

金父开口道："我也该退休了，开始吧，关于集团董事长的变更会议。"

股东们听得心肝一颤，目光看向坐在他身边，笑容深不可测的金窈窕。

改朝换代这一天，终究是来了。

很早很早之前，在场没有一个股东能想到未来接掌铭德的，会是一个女孩。但任谁都清楚，没人能阻止这一切的发生。

铭德内部消息群，惊人的消息开始疯狂扩散——

"报！殿下登基了！"

这消息宛若砸进水里的一座冰山，顿时掀起了滔天骇浪——

"殿下啊！我们殿下登基了！"

"现在是陛下了对吗？对吗？啊啊啊！"

"拿着陛下今年发的年终奖大喊陛下万岁万万岁！呜呜呜呜……"

"你们部门今年年终奖拿了多少啊？"

"拜托，这个也是能透露的吗？"

"嘻嘻嘻，不用你说我也知道肯定很多，因为我就拿了很多。我们陛下怎么那么英明啊？我哭了。”

“我终于成了天子近臣！陛下的江山我来守护！”

“我的陛下啊，你终于登基了，什么时候封后？看看我吧！”

铭德超话，瞬间被无数员工疯狂的喜悦淹没，以至于新闻还没出来，网友们就知道了一手消息。

“金董转正了？登基了？”

“果然是金董……牛，我第一次看到员工为了董事长变更高兴成这个鬼样。”

“后援会的同胞们！喜报！喜报！从今天开始要叫陛下了！”

“转发这条微博抽九个999红包，恭祝陛下登基，千秋万代，疆土辽阔！”

“我们铭德！起飞吧！”

“快去看沈总的微博！转发抽奖一百个一万的红包！这争后位也争得实在太土豪了！”

网络上，因为铭德的改朝换代，掀起了一波全民狂欢。

金窈窕对一路朝自己道喜的员工微笑点头，踏出铭德的大门，抬头。大门之外，是车水马龙和寒冷的冬风，从今天起，她是这个集团真正的掌控者了。

她将驾驭着这头野兽，走遍她想到的每一个角落。单想到这个，她血脉中的每一根血管都沸腾了起来。

除夕，金家的新年，似乎跟往常没什么不同。只是没什么客人，不够前两年热闹。

二师傅他们工作已经稳定，新年自然都在各自家里，蕾秋也带着孩子和贾冰洋一起回了京城，这让喜欢闹腾的金母感到有些可惜。

“还以为蕾秋那丫头能留下跟我们一起过年呢。”

金窈窕朝父亲搬出的小石磨里倒玉米粒，笑着对母亲说：“人家也有自己的私生活嘛。”

金母想想又觉得很感动：“也是，蕾秋不容易啊，离婚那么多年，还带着孩子，贾冰洋看着是个靠谱的，确实是个好归宿。”

金窈窕等了一会儿，没等来下文，好笑地看着母亲："我以为你要跟我说催婚了。"

金母瞪了她一眼："你刚接手铭德，工作那么忙，我给你添什么乱？你自己的事，自己会拿主意的。"

金父挺着肚子将一大条风干火腿从楼顶的阳光房拿下来，听到妻子这话也没反驳，只一个劲在火腿上嗅，对金窈窕说："你腌的这火腿真是不错，我感觉比之前的腊肉香多了。"

放养的黑猪，材料上等，处理好后自然也就更出色，切开后，片成薄片，随便蒸一蒸就满室喷香。

金父如获至宝地抱着火腿去研究，金窈窕磨了一会儿玉米，接到电话，听了两句，起身出门了。外头特别冷，风吹着枯叶打旋。

院门外，沈启明站在车边朝她摆了摆手机，他穿着一件平平无奇的黑色大衣，却依然像打了聚光灯那样醒目。

金窈窕上前道："你怎么来了？"

沈启明把手上拿着的盒子递给她："给你送饺子，家里包的。"

这次放饺子的不是透明的乐扣盒，而是正正经经的保温盒，金窈窕当着他的面打开，看了一眼就露出了笑容："包得比上次好。"

个个皮薄肚圆，热气腾腾，白胖可爱。

沈启明听到这话也笑了，不管是他还是母亲，这一年来手艺都有了明显的进步。

他给金窈窕整理了下头发，轻声说："回屋吧，我回去了，饺子不能放，趁热吃。"

金窈窕抬起头，正要说什么，却听到发动机的响声靠近，转头一看，熟悉的明黄色小跑车在沈启明沉稳的黑色商务车后停下。

她愣了下，果然见许晚从驾驶座里出来，脸上的表情不是特别好，看到她后却还是笑了笑："窈窕，过年好啊。"

金窈窕疑惑地看着她："许阿姨您怎么来了？"

许晚沉默了几秒："别提了。"又对沈启明说，"我就知道你在这儿。"

出门的时候母亲还在家里准备今晚的年夜饭，沈启明问："你怎么出来了？"

许晚拢了拢身上奢华的皮草大衣，没好气地说："听到线报说你爸要来找咱们，我就赶紧躲出来了。"

沈启明没想到会是这个原因，皱起眉头："他不是在伦敦？"

"我哪知道。"许晚冷笑一声，"不过也不用搭理他。"

虽然表面看起来很相似，可她和前夫的情况实际跟金窈窕和沈启明截然不同，那老家伙是个彻头彻尾的火坑，离婚以后，许晚是一点也不想再跟他有任何接触。

沈启明显然也对父亲不太感兴趣，听到这话果然没再给任何关注。

许晚有些可惜家里做到一半的菜，想了想也只能放弃，开口道："算了。再去你家做也来不及，今年咱们就不在家过年了，找个饭店吃年夜饭也一样，反正咱们家也就两个人。"

沈启明不置可否地点了点头："随便。"说罢又看向金窈窕，"外面冷，回去吧。"

母子二人正要离开，拿着保温盒的金窈窕想了想，出声道："大年三十的，这个点了，外头有位置的餐厅怕是不好找。"

许晚一听也是，脸上的表情有些愁苦。那怎么办呢？要不还是买点水饺上儿子家里对付一下吧。

金窈窕朝她笑了笑："反正都到门口了，不如上家里一起吃吧。"

沈启明一怔。

许晚有点不好意思："这……不会太打扰吗？"

金窈窕摇摇头："多添两双筷子而已，我妈喜欢热闹。"

两人裹着寒风进了屋，金母看到后果然喜大于惊："许姐，启明，你们怎么来了？"

沈启明后背有些僵硬，感受到了前所未有的拘谨，声音都哑了半个调："叔叔，阿姨。"

好在金父金母的态度十分坦然。

金母已经拉着许晚开始唠嗑了，听完许晚出来的原因，一拍手："是该躲出来，大过年的，看到不开心的人多晦气，没事，就在我们家过，一起吃！"

金家的客厅里亮着暖灯，回荡着电视新闻闹哄哄的声音，到处都是食物的香气，让人置身其中就感受到浓浓的年味。

沈启明脱下大衣，转身，看到这一室人间烟火。他垂下眼，僵直的后背逐渐放松。

金窈窕正想继续磨玉米粒，手上的活就立刻被抢走了。沈启明在她的小板凳上坐下，挽起衣袖，露出结实有力的胳膊，沉声说："我来。"

说着飞快转动石磨，恨不能把磨盘抛起来掂着玩似的。

她看得沉默，在一边站了一会儿，进厨房开始洗菜。没洗一会儿，手上的活又被抢了："我来。"

金窈窕："你不是磨玉米吗？"

沈启明："磨好了。"

金窈窕一转头，果然盆里的玉米粒已经变成了一盆浓浓的玉米浆。

沈启明修长的手指轻轻一捏就掰开菜心，她继续沉默，思索片刻，从冰箱里拿出鸡来剁骨。

谁知鸡还没拾掇好，手上的刀再次被抢了："我来。"

金窈窕一看水池，洗得干干净净的菜整整齐齐码在过滤篮里。

沈启明大手一挥，鸡脑袋应声离体，顺从得跟没有骨头似的。

金窈窕陷入久久的沉默。

好，你牛，你来，活全给你！

金窈窕端着做好的金黄的炸酥肉出来时，金父欲言又止地看着厨房里正在炖汤的沈启明，撞了女儿一下："怎么能让客人下厨啊？"

比较意外的是，沈启明居然大多数的活都干得不错。这一点金父挺惊讶的。

金窈窕回头看了一眼，笑了笑："反正也就做其中几个菜，随他去吧。"

晚会时间，餐桌上已经摆满了餐盘，除了金母，屋子里每个人都露了一手。

最醒目的自然是正中央头尾高翘的金窈窕做的八宝鳜鱼，然后是肥硕的烤鹅、酥烂的卤肉、甜蜜的豆沙饭、软糯的玉米糕……灯光洒下，热腾腾的香气伴随着袅袅蒸汽扩散开。

金窈窕打开不停振动的手机，全是祝福信息，商业伙伴的、公司下属的，甚至还有程琛发来的——

“金董，恭喜你高升啊，有没有兴趣强强联手合作一下？对了，我程琛啊，这是我号码，你记得存一下哦。”

她一脸问号地看完，删掉，顺便将这个号码拉进黑名单。

叶白情拍了家里的年夜饭餐桌，和已经牙牙学语的孩子的视频一起发来：“这位干妈，新年好呀，这臭孩子除了爹妈之外学会的第三个词就是叫你。”

露娜给她了个大红包，叽叽喳喳地说这是自己赚到的第一桶金。

远在海外的黛比发来一桌子冷冻食品的包装袋，表示她也在一起过年。

除了黛比，铭德的冷冻食品还出现在了许许多多人家的年夜饭餐桌上。

网络上，不少人都表示自己正在吃着铭德的饺子看节目，因为味道太好导致家里今年不用大费周章地亲手包。京城的网友则更是美滋滋，一边吃还一边讨论着前段时间听到的关于铭德的分店要开到京城来的消息。

金窈窕看着看着，接到了蕾秋发来的视频邀请，手机那头，蕾秋的儿子坐在贾冰洋肩膀上笑嘻嘻地跟她说新年好。

贾冰洋抓着小朋友的手，拔高声音，兴奋得难以言表：“金董！蕾秋答应我的求婚了！”

蕾秋瞪了他一眼，拿着手机躲到角落，难得表现出了一点羞涩：“窈窕，谢谢你啊，我……要不是你，我可能就真的钻牛角尖错过了。”

金窈窕不自觉地露出笑容：“看来真的好事将近？”

蕾秋抿了抿嘴，轻声说道：“嗯，我爸妈没意见，贾冰洋他……他爸妈也来京城了，他们特别好，从老家带了自己种的东西送给我，他妈明明那么省，来之前还特地去买了好大一个金镯子给我，还给孩子买了好多衣服。他们都……很欢迎我。”

那金镯子其实特别土，衣服也不够时尚，但收到的那一瞬间，她却只觉得感动。

金窈窕眉目温柔地看着她：“你能过得好就好，加油，我是你的后盾。”

蕾秋看着屏幕，眼睛瞬间就红了：“你也要过得好。”

金窈窕：“我会的。”

放下手机，金窈窕看向倚靠的窗。

天黑了，万家灯火亮起来。主持人熟悉的声音从音响里飘出来，伴着饭菜的香在她身边萦绕。父亲偷偷开了一瓶酒，母亲念叨几句他虽然日益健康却仍然需要精心养护的身体，却也没有认真阻止。

毕竟是特殊的日子，一切都暖和得正好。

眼前忽然伸出一只手，修长的手指在窗上滑动。

外头太冷，屋内的窗上早已结了一层薄雾，雪松的香气盖过周围的一切飘来，合着体温。

金窈窕看着窗上那颗形状完美的心，抬眼，沈启明垂眸，眉眼笼罩在灯光里：“新年快乐。”

金窈窕笑了笑，也回了一句：“新年快乐。”

沈启明垂着漂亮的脸，看了她一会儿，认真地询问：“既然已经登基，那什么时候考虑封后？”

“都别忙活了，来吃年夜饭啦！”餐厅传来爸妈催促大伙坐下吃饭的笑语，餐碗相撞，清脆柔和。

金窈窕眼含笑意地听着，随后缓缓挑起眉头——

“等我收拢四海，一统天下的时候。”

沈启明注视着她，片刻后，抬头望进那颗自己画出的心。

窗外，照进黑暗的暖光里，逐渐有雪屑飘落。新年的初雪如期而至，纷纷扬扬。

沈启明勾起嘴角：“会有那天的。”

番　外

商大主校区，体育场鼎沸的人声几乎要传到寝室楼来。

听说今年来校招大会的公司里新加入了知名大企业，学生们都很亢奋，宿舍楼几乎倾巢出动去看热闹。

603寝，结束面试回来的几个女孩都面带喜色。她们寝是学霸寝，成员个个成绩优异，虽然不像舍长那样还没毕业就能收到各大公司的橄榄枝，可在校招上她们也是相当受欢迎的人才，面试过了后，几乎每个人都得到了不错的实习机会。

工作稳了，姑娘们收拾着多余的简历，没看到舍长的身影，都有些疑惑。

“玲玲怎么不在？”

“我早上看她在整理简历，会不会也去校招会了？”

“不是吧？”当即有人惊呼，“她还需要去参加校招？”

邱玲是商大这一届的风云人物，为人虽然低调，可成绩优异，很受校领导器重，还没毕业就收到了很多跟商大有合作的大企业的橄榄枝，可都被她婉拒了。所有人都以为她要留下保研，她怎么会跟普通学生一样去参加校招呢?

正疑惑间，宿舍大门再次被轻轻推开，邱玲抱着文件袋走进来。

她穿着崭新的职业套装，妆容和发型都一丝不苟，虽然气质仍显青涩，可从头到脚隆重而正式的装扮可见她对招聘方的看重。

舍友们看到她这个模样，哪儿还能不知道她做了什么，立刻围上来问："你真的去校招会了啊？"

邱玲捋了捋鬓边的头发，额角带着汗珠，看着还有些紧张："嗯。"

众人大哗，又问："那拿到offer了吗？"

邱玲的眼神立刻变得亮晶晶的，两颊浮上红晕，激动得肉眼可见："嗯！"

舍友们倒不意外这个结果，只是看她激动的样子，不免有些好奇究竟是进了什么样的公司才能让她这样激动，要知道，当初被她婉拒的几个企业里不乏其他同学相当眼馋的呢。

邱玲对上朋友们的视线，面上长久保持的稳重终于完全消失不见，用如同掀开惊喜般的姿态慢慢将手中的文件袋翻了过来，正面朝外："当当！"

众人终于看清了文件袋上硕大的公司名，几秒的寂静后，寝室内响起尖叫："铭德？！"

"我是不是看错了？"四下登时一片欢乐，"天哪，你拿到铭德的offer了！不愧是你啊玲玲！我超崇拜金董姐姐的！天啊！你要去她的集团上班了！"

"我就是为她去的。"雀跃仿佛一个个小气泡那样冒出头顶，邱玲双眼闪闪发光，"我很喜欢她，也很喜欢铭德的企业文化，我为这场面试准备很久了。"

同层其他寝室去围观校招的女孩陆续回来，听到这个消息后都难掩羡慕。

铭德这个集团，在应届生群体里名声一直很响，其中自然有它规模大的缘故——首屈一指的食品企业，旗下子公司包括零食、冷冻速食、餐厅等，早已名扬海外。在将饮食做到极致后，铭德近年开始涉足高端酒店行业。几个月前，他们在几大一线城市开业的豪华酒店客似云来，尤其酒店顶端自带的景观餐厅，已经成了无数网红明星聚集的打卡地，自媒体也争相撰写入住体验，直到如今仍然一房难求。

对于有求职意向的学生们来说，其他行业发展前景优良的企业并不稀缺，但铭德之于他们，还有更加吸引人的地方。

这家集团工作节奏快是出了名的，处于开拓期和上升期的企业都难以避免这种压力，不过铭德将员工福利这一点做到了巅峰。除了高昂的薪资奖金和体贴的人文关怀，铭德的所有子公司，工作餐都与旗下餐厅菜色挂钩，其中不乏寻香宴系列的昂贵食材。虽然这一点的本意是用于让公司旗下的厨师培训机构的学生实战练习，但即便如此，菜品也不比各个城市任何一家口碑餐厅逊色，等于说，在这家公司任职的职员，每天早中晚都在吃其他企业的员工未必舍得时常光顾的大餐。

这个说法在铭德的员工食堂超话登上微博每日热榜后得到了证实。

铭德集团甚至修建了家属食堂，允许员工携带固定家属一起蹭饭，坊间渐渐有了一个说法——只要能进铭德，家里再也不用为开火烦恼。

因此每到饭点，铭德园区附近驱车前来的家属，和园区内随处可见的其乐融融的男女老少成为了高新区的一大景观，此举十分有益员工们的家庭稳定。从没有任何一家企业，职工的家属能对家庭成员忙碌的加班抱以如此强烈的包容和支持。

家庭生活无须担忧，又不缺乏晋升渠道，铭德极低的离职率也成为商界的另一个传奇。即便有人因为各种原因从公司跳槽离开，走后也都毫不掩饰自己对老东家的怀念和欣赏，正因如此，在年轻学生的眼中，那地方简直就是梦想中的未来。

可惜离职率低，意向率高，使得铭德的工作岗位格外难得，往日的职缺连内推都要靠抢，哪会有应届生们的事。也就是今年，市领导想大搞一场本市大学城的校招会，铭德国际高端酒店项目又正式上线，确实缺人，才请动了铭德前来。这样的机会，也不知道未来还能否再有。

屋内灯光昏暗，隐隐有酒气缭绕，金窈窕昏沉地睁开眼，视线落在窗外摇曳的树影上。

她缓慢起身，头有些疼，目光转回床头柜红酒杯旁的遗像，想了一会儿才记起自己现在回国了，刚刚结束一场接风酒会。

临江故人们太热情，她一路舟马劳顿，回到房间，累得倒头就睡。

掏出手机看了一眼，发现时间还早，金窈窕关掉床头灯，起身去了浴室。

洗完澡，趿拉着拖鞋出来，金窈窕接起响个不停的电话："您好？"

沉默地听着那头的人说话，她丢开毛巾，将湿漉漉的长发拢到脑后，轻轻"嗯"了一声："好，我知道了，谢谢。"

车往临江监狱的方向开去，金窈窕落下车窗，晨风吹得她乌发四散，更衬得那张不施粉黛的脸雪一样得白。车里坐着给她打电话的人，父亲的旧友一家。爸妈去世后，铭德被大伯一家瓜分，她出了国，国内不再有什么亲人，只是父亲为人正直，总留下了几个知己好友，虽帮不上忙，这些年也常常与她联络，关心她的生活。

车速悄悄放缓，灌入车窗的风立刻柔和了许多，驾驶座开车的青年不时从后视镜瞄她，二十来岁的年纪，长得也算俊朗，只是青涩了些，被她察觉后立刻羞赧地收回目光，被坐在副驾驶座的母亲没好气地拍了下。

这臭小子昨天听说要充当一天司机还老大不情愿，朝她发脾气，今早瞧见人后，普通话都变标准了，没出息！

只是打完儿子，副驾驶座的母亲也不禁觉得好笑，她悄悄打量后座的金窈窕，大概是朝阳刺眼，对方敛起眸，鸦黑的长睫微颤，在光洁的面孔上打下一片阴影，实在活色生香。

多年不见，记忆里那个总是柔柔弱弱的小女孩竟然出落成这般模样，别说儿子，就连她瞧见后也怔愣了好一会儿。

"窈窕啊。"她瞄了眼紧张的儿子，含笑开口道，"挑在重阳节回来……去看过你爸妈了？"

金窈窕点了点头："昨天去看过了。"

车内静默几秒，中年女人叹了口气："你爸妈要是泉下有知，知道你这么有出息，也会开心的。说是长辈，这些年你一个人在国外，我和你叔叔也没帮到你什么……唉。"

金窈窕笑了笑:“您别这么想，我爸妈去世这些年，也就您和王叔叔会这么关心我了，还特地陪我来探望我堂哥。”

“他金嘉瑞也配被你叫堂哥！”旁边的王叔叔面露愠色，显然是想到了金家大伯在病床前谋夺铭德的过往，冷哼一声，“亏得你爸过去那么信任他们……多行不义，老天有眼，才让他们一家竹篮打水一场空！”

早在前些年大伯一家在商场上节节败退时，金窈窕想起过去就已经没那么痛苦了，此时见父亲的老友发怒，她反倒心平气和:“是啊，我也没想到他们会是这个下场。”

就在前不久，接连不顺的金家再度发生巨变，一夜之间集团上下通通被严控稽查，紧接着就是以金家大伯为首的法人高管锒铛入狱。

那时金窈窕人在海外，听说这个消息后怔了很久，她恨的人落得比她所想的更加悲惨的结局，盘桓在心头的最后一点阴云就这么终于散去了。

中年女人跟着唏嘘几句，又想起什么，看了眼儿子，小心地再次询问:“对了，那个……窈窕，你和沈总他……现在怎么样了？”

金窈窕听到这个称呼，愣了下，不知道对方怎么会提起这个:“我跟他？早就离婚了啊，多少年没见过面了，还能怎么样？”

中年女人“咦”了一声:“你们昨天没见面吗？”

金窈窕看对方一脸不信的样子，想到昨天的接风宴，明白了过来:“昨天是临江这边的一些朋友给我接风而已，没请沈启明。”

中年女人越发疑惑了:“是这样吗？我听朋友说沈总前天突然在俄罗斯中断了一个合作洽谈，接着就听说你回国了，还以为他是要来临江见你呢。”

突然中断工作，这倒确实罕见，也不怪其他人瞎猜，金窈窕失笑道:“您想什么呢？”

记忆中意气风发的堂哥肉眼可见地苍老了许多，四十不到，鬓边的头发却都花白了，整个人像是被抽空了精气神。

金窈窕在他对面落座，笑盈盈地打招呼:“别来无恙，金总。”

隔着玻璃，金嘉瑞被她好似在发光的面孔晃了几秒，才认出她来，惊怒交加：“金窈窕？！你回来了？你还敢回来？”

金窈窕往椅背一靠，气定神闲地问：“我为什么不敢回来？”

金嘉瑞被她一噎，好似才意识到他现在的处境，表情顿时一空，腰渐渐弓起，不知在想什么。

金窈窕将他颓丧的模样从头打量了个遍，发现自己心中竟然毫无波澜，不由得兴致缺缺，也懒得再探视下去了：“你争取重新做人吧，我走了。”

她正要起身，对面的金嘉瑞却猛然抬起头：“是你吧？啊？是你吧？”

金窈窕被问得莫名：“什么？”

金嘉瑞活像着了魔：“一定是你，我说呢，好好的上头怎么突然盯上我，明明我们一直做得很隐蔽……”

金窈窕皱起眉头：“你在说什么？”

其实她听懂了，只是觉得很滑稽，她人在国外，手哪能伸得那么长？

金嘉瑞惨笑一声：“到了这个时候你还要在我面前假装吗？有意义吗？铭德的财务一直是我的亲信在管，不是你，还有谁会花那么大的力气搞到内部文件交上去，我爸想保外就医，也被使绊子……”

他说着说着，脸上剩余的光彩尽数褪去，只看身形，简直就像垂暮的老人，一点精气神也没有。

金窈窕安静地看他发疯，没有给出回应，沉默地起身离开。

原来是这样。

她说呢，铭德瘦死的骆驼比马大，普通犯罪也不至于让大伯一家落到这个地步，即便经济上不干净，最多也是破产而已，届时转移财产，全家移民，至少衣食无忧不成问题，结果竟然是有人刻意给了他们致命一击。

是谁呢？除了自己，还有谁能有这个耐心？

她思索着踏出大门，阳光正盛，她瞬间捕捉到一抹身影。

不远处，漆黑的商务车停在荒凉的路边，车边倚了个人，穿黑色风衣，露出半张棱角分明的侧脸，眉目清冷矜贵。

送她来的叔叔阿姨想上前又有些却步，拘谨地跟他搭着话，那人支在车顶的手上夹了根烟，垂眸心不在焉地回应着。

金窈窕的脚步声传来，对方立刻回头，迎着阳光看过来，眉端微微一跳，掐灭烟站直："窈窕。"

很久没见了，但这张脸任谁看过都无法忘记，金窈窕朝对方笑了笑："沈总，好久不见。"

沈启明听到她的称呼，张了张嘴，片刻后才回了句："好久不见。"

王家夫妇看了眼他俩之间的气氛，识相地没开口，倒是偷看了金窈窕一路的王家青年皱起眉头，错身挡住沈启明的视线，朝金窈窕走来："出来了？"

金窈窕看到他脸上的不服气，失笑地"嗯"了一声。他大约是被沈启明的外貌刺激到了，犹豫了下，竟然大着胆子开口："包、包沉吗？我帮你拿。"

金窈窕看他忐忑，没驳这个面子："谢谢。"

年轻人松了口气，拿到包的瞬间，感受到身后如芒在背的视线，他有点怕又有点高兴，雄赳赳地钻进车里。

沈启明把跟到驾驶座的目光收回来，两个长辈见状也回了车里，金窈窕走过去，想了想还是开口道："怎么在这里？来看人？"

沈启明没回答，低头用那双黑白分明的眼睛看了她一会儿，忽然问："你去看金嘉瑞了？"

一瞬间，金窈窕什么都明白了，但她没多说什么，只点了点头："嗯。"

沈启明好像想说什么，最后还是没开口，半晌后脱下身上的黑风衣披到金窈窕肩上，拢了拢："最近降温，经常下雨，早点回去。"

他看着瘦，外套却大到可以把人包起来，金窈窕又"嗯"了一声。

沈启明倒是没有走，而是站在原地，好像想看着金窈窕先上车。

被熟悉的雪松香味笼罩，金窈窕沉默片刻，忽然出声道："沈启明，谢谢。"

发自内心的。

他只是看着她，没有说话。

金窈窕也没有想等他回答，对他笑了笑就转身准备离开，走出一步后却忽然听到背后传来声音:“他是谁?”

好像憋了很久似的，声音都有些哑。

金窈窕停步回首,思索几秒,才意识到对方问的是谁:“哦,他呀,挺帅的吧?”

沈启明缓缓抿起嘴。

金窈窕朝他挥了挥手，利索地上车关门。

驾驶座的小青年殷切地把包递过来，又挨了亲妈一下拍，捂着胳膊一脸委屈地看着她。金窈窕险些笑出声，赶紧侧开脸:“走吧走吧。”

车身缓缓启动后，她还是没忍住笑声。

副驾驶座的阿姨不由得扶额叹息，旁边的叔叔很迷茫:“你突然笑什么?”

金窈窕降下车窗，侧头靠在窗框，任由阳光打在脸上，笑着说:“没什么，天气挺好的吧?”

王叔叔被她弄得越发迷茫了。

手指微动，金窈窕忽然醒来，发现自己居然趴在桌上睡着了。

她揉了揉额头，总觉得梦到了什么，内容却不太清晰。总归不是噩梦，因为醒来以后她心情挺不错。

桌上是一沓公司递来的关于东京新酒店的策划，内容十分无聊，看得她直犯困。她索性起身伸了个懒腰，从办公桌踱步到落地窗边，俯瞰这一城繁华。

桌上的电话铃响，她接起，那头是助理部的汇报:“金董，晶茂沈总的助理来了，您现在有空见吗?”

金窈窕头痛道:“沈启明不是去加拿大出差了吗?他助理又来干吗啊?”

那边的助理静了静，有点害羞:“他说沈总在加拿大看到了漂亮的枫树，特地让他带回来给您也看看。”

金窈窕:“让他进来吧。”

十几秒后一个年轻人和几个保安吭哧吭哧地搬进来一个盆栽。晶茂的助理常干这事，一点也不生疏，还干劲十足地给她介绍这是沈总在哪里搞来的树，移栽进盆里后就十万火急地派他送回国了。

火红的枫叶倒真是很漂亮，跟常见的品种好像是有点区别，金窈窕抱臂靠在桌边赏了一会儿，电话响了起来，是沈启明的视频邀请。

他那边大概很忙，只匆匆说了几句话，挂断之前沈启明问："树收到了？喜欢吗？我给伯父伯母也送了几棵，品种很适合盆栽，可以栽在你家的花园里。"

金窈窕："沈启明，你不觉得自己很像昏君吗？"

一骑红尘妃子笑什么的……

没想到电话那头的沈启明居然一点不以为耻："你要是愿意嫁给我，从此不早朝也没什么。"

金窈窕震惊地喃喃："你怎么变成这样了……"

"窈窕。"沈启明隔着屏幕深深看她，"我只是想让你知道我很想你。"

金窈窕赶忙挂掉视频，无言片刻，对昏君手下的那个小可怜摆摆手："辛苦你了，现在是饭点，快去吃饭吧。"

对方立刻欢天喜地地走了，一看就是为了铭德食堂来的。

室内恢复寂静，金窈窕歪头打量那棵枫树片刻，上前摘下一片精巧的叶子，托在掌心细看。

火红的表皮下，细密的脉络自由生长。

"金董？"助理敲敲门，探头进来，"人事部的吴部长来了，说是大学城的几个领导想当面跟您聊聊关于这次校招大会配合宣传的事情。"

金窈窕回神，对她点头道："知道了，请他们进来吧。"

大门拉开，有风吹来，落地窗外的阳光打在摇曳的枫枝上，地板上细碎暗影一片。

恍惚中，这灿烂的阳光似乎跟模糊的梦境交叠起来，却难以记得真切。

金窈窕不再费力回忆，只朝来客们粲然一笑。

管他梦到什么，她已经找到最好的现在了。

《窈窕珍馐2》完